黑影地带

SHADOW

〔日〕松本清张 著

叶荣鼎 译

AREA

上海三联书店

松本清张,日本社会派推理侦探文学奠基人
(代序)
叶荣鼎

松本清张,日本著名作家,曾荣获日本文学界最有影响的芥川奖,是深受日本民众喜爱的平民作家。在日本文坛,他与紫式部、夏目漱石、松尾芭蕉、森鸥外、宫泽贤治、芥川龙之介、太宰治等大文豪一起居于前八名行列。

松本清张创作的作品多样化,并且个性鲜明。他主张创作应由主题来决定写作形式和表现方法;他还主张文学作品应该是属于大众的,无论纯文学作品还是通俗文学作品,检验基准只有一个,就是看作品是否拥有广大读者以及能否流芳百世。

综观他的小说作品,博采众长,独辟蹊径,自成一家,翻开了日本文学多角化的新篇章,为日本文学树立了新的里程碑。松本清张创作的作品注重社会性,着重揭露日本上层的黑暗内幕,诉说生活在底层的工薪阶层的疾苦。

松本清张的作品还有一最大特点,即把侦探推理

与纯文学有机地结合在一起，表述的空间扩大到日本的全国各地，不仅地点和方位描写得一清二楚，就连列车、电车的时刻表以及中途停靠的站名和周围情景都交代得与实际不差分毫，可见他严谨踏实的创作态度。

1971 年至 1974 年期间，他出任日本侦探推理作家协会理事长，为创新采用侦探推理手法撰写文学作品的新型创作模式和使纯文学以及推理文学走可持续发展之路做出了不可磨灭的功绩。在他的家乡北九州市小仓北区，建有豪华的松本清张纪念馆和庄严的纪念碑。

《黑色福音》是其创作生涯中炉火纯青的巨著之一，不仅社会性、思想性、文学性、艺术性和可读性极强，且结构极其严密。截至 2002 年，已在日本国内印刷 38 次，赢得不计其数的读者青睐和评论家及同行的高度评价。

《黑色福音》展示了日本在侵略战争失败后饱受西方凌辱的社会状态，淋漓尽致地描述了宗教团体中神父的两面生活、神校学生生活，同时用细腻的笔触勾勒出信徒们对神父的仰慕和对宗教的虔诚。在被视作净土的天主教堂里，神父们无视日本法律，从事黑市贸易、走私和贩毒，而日本高官则为他们提供保护伞。神父违反禁欲教规，利用女信徒的虔诚肆无忌惮地性骚扰。一位年轻女信徒天真幼稚，上了神父的性恋贼船而走上不归路。有学者说，作品详尽地剖析了当时日本的宗教团体内幕，读者可从中了解神秘的宗教世界，正确对待宗教、婚姻，走好人生路。

松本清张生于 1909 年 12 月 21 日，是日本福冈县企救郡板柜村（现改为北九州市小仓北区）人，逝于 1992 年 8 月 4 日。从小家境贫寒，只上过小学。读小学时三次转学，15 岁那年毕业于板柜寻常高等小学（现改名为清水小学）。小学毕业后，先后就职于川北电器有限公司小仓办事处和高崎印刷厂。

20 岁那年，因与文学同仁宣讲杂志上的无产阶级理论被列为红色人物，在小仓警署拘留了十多天。被释放后，相继在福冈市乌井印刷厂和《朝日新闻》报社九州分社广告部工作，直到 33 岁那年才转为正式职工。可一年后被强行服役去了朝鲜战场，36 岁即 1945年回国。

41 岁那年，松本清张参加了"周刊朝日"主办的百万人小说征稿活动，以小说《西乡札》获三等奖，崭露头角。仅隔了一年，他的小说《为石花菜》闪亮登场，获次席推荐奖。又隔了一年，他创作的《小仓日记》脱颖而出，被刊登在当时著名的《三田文学》杂志上，在日本文坛引起了震撼。并且，该作品于第二年荣获日本文学界最有影响的芥川奖（第 28 届）。同年，他被推选为日本宣传美术协会九州地区委员。44 岁那年被调至《朝日新闻》报总社工作，可三年后，即 47 岁那年，松本清张毅然辞去了《朝日新闻》报社的工作，以写作谋生，正式步入文坛。

在长达 40 年的作家生涯中，松本清张先后共创作了逾千部脍炙人口的短篇和长篇作品，还撰写了许多评论。松本清张的文学作品多样化，内容涉及面广，时间跨度大，拥有广大不同领域、不同年龄和不同层次的读者。相继获得"周刊朝日"举办的百万人小说征稿活动三等奖、第 28 届芥川奖、日本推理作家协会奖、第 5 届日本记者会议奖、第 1 届吉川英治文学奖、第 18 届菊池宽奖、第 29 届 NHK 广播电视文化奖和 1989 年朝日奖等在日本文坛颇有影响的大奖。

松本清张虽只上过小学，可他勤奋好学、酷爱读书，迷恋国内外文学名著和侦探推理小说。功夫不负有心人！锲而不舍、勤奋刻苦的他，终于以一鸣惊人的力作《点与线》刷新了日本的侦探推理文坛，开创了社会派侦探推理文学。之后，他又相继创作了《眼壁》《日本的黑雾》《彩色的河流》《深层海流》《现代官僚论》《黑色福音》《黑影地带》《黑点漩涡》等作品，在日本文坛独领风骚，在社会上引起了极大反响，在日本侦探推理文学和纯文学有机结合史上具有划时代意义。《黑色福音》《黑影地带》《黑点漩涡》，必将与《点与线》《砂器》《日本的黑雾》《彩之河》一起，轰动我国大江南北，赢得众多读者的追捧。

2018 年端午节于上海东华美寓所

目 录

第一章　漂亮女人

在福冈的板付机场，田代利介乘上了十二点五十分起飞的日航客机。离开陆地飞行没有多长时间，飞机来到了九州上空。这时，田代利介浑身像散了架似的，后脑勺靠在座椅靠背上酣睡起来。十天里，他绕九州转了一大圈太累了，辗转了别府、宫崎、鹿儿岛和云仙等训练营地，为正在那里参加集训的职业棒球队摄影。他虽然年轻，却对最受日本年轻人青睐的棒球不太感兴趣。

这一次，他特地从东京赶来九州拍摄照片，是受杂志社的委托。他是被誉为有独特才能的专职摄影师，技术功底扎实，擅长捕捉对象瞬间表情，拍摄作品里的老到视角博得了很高的评价。"手法新颖！""他拍摄的照片，最主要是将艺术性和敏感的社会性巧妙地融合在一起，在众多靠技术吃饭的专职摄影家中间，田代利介的摄影称得上鹤立鸡群。"

这些评价，来自评论家和杂志编辑。田代利介是专职摄影师，不属于出版社编制，也不属于杂志社编制。最近，他的名气越来越响，加上技术出众，成了各企业竞相拉拢的大红人。今年一月，他步入了三十二岁行列，然而还是个单身汉。

近来，除月刊杂志外，周刊杂志都各自在大量增加照相凹版彩页方面下大力气，除铅字排版外，都把重点放在令读者愉快的彩页上。因此，照相凹版彩页成了每期杂志的竞争焦点。根据摄影师们擅长的摄影能力，被有趣地分为女性类摄影师和社会类摄影师。也就是说，专门拍摄女性裸体照的，称为女性类摄影师。可是田代利介对女性摄影没有什么兴趣，而对捕捉社会现象进行摄影倒是饶有兴趣，属于社会类摄影新人。

在飞机上，田代利介不知不觉地竟然睡了两个小时。尽管睡得很熟，可放在大腿上的大背包却被他抱得紧紧的，真让人佩服。那包里，装有三架他爱不释手的照相机和摄影辅助器材。

天空晴朗，发动机不时传出单调的轰鸣声。飞机一点也不摇晃，乘客们都睡得很死。"各位乘客，本次航班现在已经飞到了伊势湾上空。"客舱里响起了空姐带鼻音的甜美声音，接着空姐又用英语重复了同样的内容。田代利介猛地从熟睡中醒来，揉了揉眼睛从窗口朝下俯视，那是一望无际的蓝色海洋。

他的后脑勺又靠回座椅靠背上，眼睛又眯了起来。所有座椅上都有客人，大约四五十个吧。他认为乘飞机的都是忙人，能聚集在这里是缘分。稍稍环视了一下客舱，几乎都是中年以上的男乘客，妇女乘客只有五六个。飞机乘客与列车乘客不同，其特征是相互间不太交流，自顾自，有看杂志的，有睡觉的，有的则从圆形窗向外俯视大地。

田代利介的位置接近机舱的中段，机翼遮挡视线难以眺望窗外风景，不过，由于工作需要已经多次往返于这条航线，对窗外的眺望已经没有什么兴致了。

到达东京后又要忙了！田代利介心不在焉地思索眼下正在进

行的三项工作。这架飞机是下午四点到达羽田，事先已经通知木崎助手在羽田空港等候，他一接过自己拍摄的胶卷就立刻坐车回工作室冲印。田代利介还打算利用两三个小时去银座背后的酒店喝酒，在外地转了十天，疲劳的旅途结束后也该享受享受了。

他眺望窗外，大海已经被崇山峻岭取代，远处空中的山脉闪烁着银光。由于天空晴朗，视线可以延伸到高空，木曾山脉的御岳山轮廓也因晴朗而一目了然。是呀，下个月应该去湖畔转圈喽！木曾山脉出现在眼前，田代利介又在思考工作。按照《文声》杂志的策划，打算把全国的主要湖泊印制成照相凹版彩页。

因为要忙于这样的策划，整整一年里出差任务一个接一个，不过去湖畔出差的任务马上就要开始。这对于他来说是愉快的，比起去多个职业足球训练基地出差，在诗情画意陶冶情操方面要强许多，令人兴致勃勃。

"各位乘客，你们的左侧能看见富士山。"日语广播结束后，又传来空姐用英语重复的同样内容。圆形窗外，出现了早春里富士山英姿勃勃的姿态。田代利介突然想起该为它拍一张照，于是从大背包里取出照相机，把粗圆筒形状的广角镜装在上面，站起来朝后舱走去，其目的是寻找有利于摄影的最佳窗口，可是最佳摄影窗口那里坐着一位正在低头看报、年轻而又漂亮的女乘客，身着黑色西装，头戴黑色帽子，侧脸朝着走廊。

田代利介踌躇起来，倘若窗边位置的乘客是男的，即便正在睡觉，他也会上前推醒，请那位乘客稍稍挪一下身体，然而偏偏那里坐的是女乘客。刹那间，田代利介觉得不好意思起来。就在他犹豫时，飞机已经毫不客气地将富士山移到了窗前位置。

如果再不迅速拍摄，富士山景色就会被飞机抛向身后。凑巧的是，今天富士山的洁白里有山壁的阴影部分，轮廓清晰，富有气势磅礴的立体感。田代利介的踌躇，最终还是被强烈的拍摄欲战胜了。

"不好意思。"他用手搔了搔没有油味的干乎乎长发，"借个光，我想拍摄富士山……"

于是，坐在窗边的女乘客将视线从书本朝上移到田代利介的脸上。这时，她的嘴里似乎"哦"了一声，猛地转过脸朝着窗外，接着转过脸说："请！"说完为了不妨碍照相机拍摄，背部向前朝下稍稍弯曲。

"对不起！"田代利介将广角镜朝向窗口，为了稳定最佳位置，必须请坐在靠走廊座位上的乘客，也就是与年轻女乘客坐在一起的男乘客稍稍移动身体。男乘客身材矮胖，肩膀宽而结实，年龄三十四五岁，好像正在看周刊杂志之类的读物。

"不好意思。"田代利介也求男乘客帮忙，可他根本就没转过脸来，不过身体还是微微挪动了，不情愿地摇晃脑袋，脸上是无可奈何的表情。

"谢谢！"田代利介又鞠躬致礼，一窥视取景器，映入两百毫米广角镜头里的富士山转眼间临近眼前，苍穹辽阔，深色滤镜将背景褪成了黑色，使洁白的富士山非常明显地屹立在镜头里。田代利介连续五六次按动快门，传出咔嚓咔嚓的响声，接着眼睛离开照相机，欲朝给自己提供方便的男女乘客说谢谢之类的话。"请问，你那照相机镜头能把富士山放大许多倍吗？"年轻而又漂亮的女乘客注视着田代利介手上圆筒状的广角镜。

"是的，可以放大许多倍。"田代利介手持照相机答道。

女乘客睁着大而黑的眼睛望着他，充满好奇的目光，柔情似水的脸上还残留着稚气，那般神情更显露出她孩子般的好奇心。"能不能借给我看一下呀？"女乘客微笑着说。旁边的矮胖男子捣了一下女乘客的胳膊肘，似乎是制止她没有礼貌的举止，脸上浮现出很不愉快的表情。田代利介看到矮胖乘客的表情，不由得与他唱起了对台戏。

"行啊！请！"他说着主动将照相机递给女乘客。

"好重！"女乘客把装有长筒广角镜的照相机拿在手上说，脸上笑容可掬的。田代利介从上朝下俯视着她，觉得她脸上的笑容阳光而且灿烂，于是视线像情不自禁紧盯着被摄影对象那样射在她的脸上。这时，女乘客的眼睛赶紧凑到照相机上朝着窗户。"哎哟，美极了！"她嚷道，"好美啊！富士山好像就在眼前，真雄伟啊！"

此刻，富士山的位置已经移到女乘客很后边的地方，她的脑袋也随之朝后扭动。因为穿戴的是黑色帽子和黑色衣服，后颈脖子的发际处的肌肤显得更加洁白。

"有灰蒙蒙的颜色。"女乘客小声地说。那是高兴的声音。

田代利介看着正在窥视照相机的女乘客，不禁回忆起电影《后窗》里的某个场面，凑巧她赞扬该情景，自己脸上也堆起了微笑。坐在旁边座椅上的男乘客，满脸苦不堪言的表情，虽然眼睛朝着周刊杂志，可杂志内容似乎并没有往心里去。这，只须看他的表情就可以一清二楚。

"咦，这对男女乘客究竟怎么回事？"田代利介思忖。他俩看上去不像夫妻，也不像情侣，可能是兄妹吧？假设他俩是兄妹，却没有半点相像的地方。男人颧骨高，嘴唇厚。

"你看吧！"女乘客的眼睛离开照相机，劝说旁边的男乘客用照相机欣赏富士山。但那男人像田代利介预料的那样摇了摇脑袋，脸上紧绷着的表情似乎示意说，快把照相机还给机主。

"衷心感谢！"女乘客把简直重得捧不动的照相机递给田代利介。刹那间，田代利介似乎觉得她漂亮的眼睛会说话。

田代利介回到自己座位后把照相机放回背包，做好随时背在肩上的准备，然后在胸前交叉着胳膊眺望窗外，飞机正在伊豆半岛的上空。女乘客长得太美了！他的眼前浮现出刚才借照相机的女乘客的模样。这时快傍晚了，海面被抹上了一层淡红色。

那男乘客到底是什么人？他又开始在大脑里琢磨。不是夫妻，也不是情侣，更不像是兄妹……他按这样的顺序反复思索着。那么，大概是那女乘客的姐夫吧？！他有了新的想法，而且觉得这想法是最贴切的。可是由于察觉到男乘客的讨厌眼神在警惕自己，心里感到不快起来。是东京人还是九州人呢？这架飞机是从福冈的板付机场起飞的，那对男女乘客当然也是从那里上飞机的，然而女乘客说话是东京口音。

"各位旅客，再过十分钟左右，本架飞机将降落在羽田机场，请大家系好座椅上的安全带。"接着，空姐在广播里用英语又重复了一遍刚才的内容。这时飞机螺旋桨的声音变轻了，神奈川县的海岸线在飞机下面朝后缓缓飘动，田代利介对女乘客的思绪随着海岸线飘荡而变得浮想联翩起来。他拿出笔记本，看着从明天开始的工作日程表，嗨，工作排得满满的。

工作日程表里，有趣的是围绕湖畔风景拍摄，也称得上半休息半工作。他打算用一半时间去各地轻松地走一回。这当儿，田代利介的眼睛里映入白云和雪山倒影的山湖情景，紧接着是渐渐变大的羽田机场大楼。飞机开始盘旋，东京湾水面上的汽艇和小船也由小变大，飞机与跑道的距离也变近了。

飞机降落在跑道上滑行片刻后在机场大楼跟前停下，旅客们站起来，客舱里随之嘈杂声四起。空姐打开客舱门，用微笑欢送旅客下机。田代利介希望再看一眼女乘客，但刹那间发生胃痉挛疼痛只得作罢。他跟在大胖子外国人身后，肩扛几件道具沿走廊朝出口走去。

"师父！"迎接人群里跑出木崎助手，他眼睛里射出的是喜悦的目光。

"噢，辛苦你了！"田代利介说完，把装有道具的背包交给他。

木崎助手是职业摄影师的打扮，头戴贝雷帽，身穿夹克衫，把田代利介递给他的大背包高高兴兴地挎在肩上。"先生，九州好吗？"木崎模仿大人问话的语气。

"嗯！"田代利介嘴里哼了一声后停下脚步，与此同时把烟叼在嘴上点燃火，其实他是打算从身边拥向出口的乘客中间寻找在飞机上遇见的女乘客。然而，她不在前面的人群里，好像还在很后面。

"先生，我已经让车停在门口了。"木崎助手这么一说，田代利介无可奈何地迈起步来。

"九州那里暖和吗？"木崎助手继续问，好像隔了好久才见到师父似的，脸上兴高采烈的表情，也不知怎么的，话好像问不完似的。

"是啊，九州是在南面啊！"田代利介尽量慢腾腾地经过候机室，朝着大门走去。他想在这里回头看一眼身后，可转而一想觉得还是再过一会儿好。他自己也不知道为什么，竟然如此惦记那位年轻的女乘客。

"长岛和广冈的情况怎么样？"喜爱棒球的木崎助手想问职业棒球运动员的情况。

"嗯，好像打得不错！"田代利介对棒球不太有兴趣，没有这方面的知识。

"西铁职业棒球队已经去岛原了吧？稻尾运动员的肩伤怎样啦？"

田代利介为拍摄睡眼惺忪的稻尾运动员和他的投球动作，用去了大约三卷左右的胶卷，但是不知道他的肩伤是不是已经痊愈。"球投得很好！"田代利介精神饱满地答道。

"见到主教练了吧?！他说到目标是夺冠军的话题了吗？"木崎助手的提问没有个完。这时他俩来到机场大门，木崎助手举手示意，那辆包租车像飞机滑行那样徐徐驶到他俩跟前。

"请！"司机打开车门。田代利介孤注一掷地转过脸朝后看，女乘客和男人总算出现在眼前，刹那间，身着黑西装的女乘客与他的目光面对面地交织在一起，微笑着向他示意，好像是在感激他借照相机给自己。在她的五官里，还是那双迷人的眼睛给人的印象最深。他微微点头后视线移向她旁边的男伴，他也清楚意识到那位男伴满脸不愉快的表情。男伴身材矮胖，高颧骨，脸色红润，他目光锐利地瞟了一眼田代利介后便催促女伴快走，随后喊了一辆出租车。

"先生。"木崎助手问正在发愣的田代利介，"您认识刚才那个年轻女人吗？"

"不，不认识，只是刚才在飞机上见过。"田代利介一边弯腰坐进包租车一边回答。

"长得真漂亮！飞机族女人就是不一样。"木崎助手随后上车，感叹地主动对田代利介说。

"哪里不一样？"

"是身份！有钱呗！"

"也不是那样。我没钱，不是也乘飞机吗！"

"先生乘飞机是做生意！而女人不同！"包租车启动后离开羽田机场，沿轻轨道路朝品川驶去。田代利介乘坐在车上，还在琢磨刚才那个年轻女人的身份，既不能视她为富家小姐，也不能视她为酒吧女，总觉得她温文尔雅。然而男乘客到底是她的什么人？他好像意识到自己在故意接近女人后高度戒备起来。

片刻，包租车驶过品川后渐渐接近都市中心。天色已经黄昏，街道灯火犹如海上一望无际的点点渔火不时地朝车头涌来。田代利介近来一直在农村巡回拍摄，已经很长一段时间没有领略东京夜景，因而内心激动不已。平日里没这么想过东京，此时却觉得它不愧是一流大都市。

"木崎君。"田代利介喊木崎助手。

"师父，什么事？"

"你就坐这辆车径直去工作室做冲印准备工作吧，快去！"

"好的，那师父你呢？"

"我途中下车去银座，然后步行回工作室！哎，需要冲洗的胶卷一共有三十二卷，千万别弄丢了哟！"他在田村町下车后叮嘱木崎助手，然后朝有乐町方向走去。东京街头已经好久没来了，似乎觉得格外亲热。时逢各企事业单位下班高峰，路上车水马龙，熙熙攘攘。田代利介逛街似的走着，突然有一辆雷诺轿车悄悄驶到他边上停下，司机从驾驶窗探出脸喊道："喂，利介君。"

"哦！"田代利介立即停下脚步，原来驾车司机是摄影同行久野。他是专为女性拍摄的摄影师，但他脸上的健康血色和严肃表情与专业格格不入。"你在忙什么呢？最近有一段时间没见到你啊！"久野一手抚摩着长发，笑嘻嘻地对在窗外停住脚步的田代利介说。

"我在九州待了大约十天时间。"田代利介正面朝着他边笑边回答。

"是在九州啊？"久野没再问干什么，从窗口伸出脑袋说，"那你收获不小吧？怎么样，今晚咱俩去喝一杯好吗？"

"嗯，我其实也很想喝一杯，可时间还早，打算看场电影后再去喝。"田代利介答道。

"那好，就按你说的。晚上八点过后我就有空了，咱俩就老地方见！"久野说。

田代利介立即点头表示赞同："行！现在情绪来了。唉，都怪工作太忙。"田代利介摆出忙碌的架势让久野把车开走。他在 U 影剧院里度过约两个小时，如果有时间还想看西方进口电影，至于情节无所谓，但所有场面的拍摄对自己的工作来说都有参考价值。

可是进口电影的情节不仅不精彩，就连拍摄技术也很一般，于是离开电影院。这时凑巧是晚上八点零五分，来到外面，天空已经被染成了夜色，银座的霓虹灯光显得更加耀眼、明亮，行人你来我往的，车辆川流不息，一片繁荣景象。

好久没见过街上这么多漂亮的女人了！田代利介走进电车道背后的小巷，朝大约一百米开外的土桥方向走去，只见路边已停着一辆眼熟的雷诺轿车，那是久野的自备车。走进服饰商店和日本风味菜馆夹杂的小巷里，排列着许多标有酒吧店名的霓虹灯招牌，其中有标明"榆树酒吧"的霓虹灯招牌。

他用手臂推开百叶窗形状、有一定重量的橡木门后走进去，顿时，房间里的暖气犹如暖流迎面扑来，与此同时迎着碎步跑来的几个服务小姐，不约而同地喊道："欢迎光临！"

狭窄的店堂里烟雾弥漫，黑色的天花板仿佛夜空，天花板上的许多小灯泡犹如天上星星，洒下模糊的光线。吧台里的调酒师一边摇晃调酒器制作鸡尾酒，一边和蔼地望着田代利介笑，尔后鞠躬行礼。"先生，"三四个服务小姐飞快跑来围住田代利介，"哎哟，好久没见了！怎么，您不光临这里了？妈妈桑在生您的气呢！"

"是吗？"田代利介叼着烟嘴说，"我去九州了！"

"听说了哟！刚才听久野先生说的，您辛苦了！"

"你看，即便这样，我还是一下飞机就从羽田机场径直来这里了。"

"太谢谢了！"叫百合子的服务小姐以最恭敬的姿势鞠了一躬，接着说道，"不愧是摄影师！我百合子代表榆树酒吧向您致敬！但只能在妈妈桑没来店里之前代表！"

"妈妈桑不在吗？"田代利介环视烟雾缭绕、光线昏暗的店堂。尽管如此，由于面积狭窄，只须稍稍转动视线，店堂里的情况就能尽收眼底。久野正坐在包厢的角落里举手示意。

"瞧，久野先生已经来了，谢谢光临！您别担心，我刚才用电话报告过了，妈妈桑马上就赶到这里！"服务小姐们把他带到久野坐的包厢。久野喝的是高杯酒（威士忌或白兰地里掺入苏打水和冰块）："你迟到了哟！我等好一会儿了！"

"对不起！小姐，来一杯有冰块的苏格兰威士忌！"

"是，是。"一服务小姐朝吧台走去，其他两个服务小姐则坐在田代利介旁边："先生，您好像看过电影来这里的？"

"嗯。"

"啊，真悠闲！如果早点光临就好了，可是……妈妈桑一直等您光临，可是……"

另一位服务小姐问："您看电影了？好啊！我真想和先生一起去看！"

"你说什么呀？要是一起去了，你肯定会挨妈妈桑训的哟！"

"所以呢，我是趁妈妈桑没来之前先引诱田代先生。"

久野笑着说："哎，一个劲说妈妈桑妈妈桑的，你们别老逗田代君开心哟！我可是比他早来哟！"

"哎呀，请您原谅！那，我和久野先生在一起！"

"傻瓜，别专挑好听的说！"

"为从熊袭族（指古时候住在萨摩、大偶和日向的人们）回来的男人干杯！"久野说。

田代利介脸上乱糟糟的长胡子似乎被抹上了浅黑色。

"说您从熊袭族回来，这话太过分了，是吧？田代先生。"

"不，这家伙原本就有那地方血统，瞧他身上不是毛茸茸的吗？"

"噢，田代先生原来是九州人？"

"不，是山梨人。"田代利介纠正道。

"是甲州的山猴吧，难怪身上的毛长得特别密。"久野举起酒杯说。

"不管怎么说都说不过久野君，话到了他嘴里就……"田代利介说到这儿，与久野和服务小姐一起喝酒。

"说到山梨……"久野喝了一口高杯酒后问田代利介，"出售甲府住房的事了结了吗？"

　　田代利介的老家在山梨县鳅泽，弟弟和弟媳妇住在那里，但是近来弟弟因公司内部调动去其他县分公司工作，加之田代利介是长子，被委任处理老家房屋。

　　"不，还没有呢！总之是旧房屋，要出售，短时间内是找不到适当买家的。"

　　"那你打算以什么价出售？"

　　"一百二十万日元吧，房屋面积很大的。"

　　"即便不那么做不也可以吗？赶紧建一栋新房吧！那钱你大概有吧？"

　　田代利介一直租借公寓居住，因为单身，租房生活很适合他，便于从公寓去工作室上班。不过只要有看得中的土地，他还是想建造自己设计的房屋。这事情他曾对久野说起过，因此久野还记得。

　　"嗯，虽说有，但是……"

　　"这么说，钱大概不会棘手吧？田代君，目前的摄影界里，你可是走红的摄影师喔！"

　　"哎，你知道哪里有好地皮？"

　　久野好像想起了什么，说："我家附近有一块高地吧！你曾经指着那里说，这地方太好了。是啊，眼下长满了野草，像野地……"

　　"啊，我想起来了。"田代利介点点头，曾经去久野家玩的时候顺便看过那里，到现在已经有好长一段时间没去了。那是大约一千平方米的空地，周围是住宅区，不嘈杂，不喧闹，曾想过购买那块空地，但是一下子买不起那块近一千平方米的地，所以断念了。

"不是说，那不卖吗？"

"可是，最近好像在建房。"

"啊，是建房？这么说，那块地已经售出了？"田代利介一边吩咐服务小姐端一杯掺冰块的苏格兰威士忌来，一边问。

"好像是的。最近那儿筑起了板质围墙，像工地，据说是要建造小型肥皂厂。"久野说，"然而不是那块地的全部，好像是把工地那块分开出售的吧！土地主人住在藤泽，距离远，马上也打听不到。"

"如果是土地分割出售，我可以买。"田代利介觉得那一带环境不错。

"就这样决定了！那里距离我家也近，方便。"久野劝说道。

"哦，这是有钱人说的话题。"服务小姐坐在旁边羡慕地说，"我也想赶紧建楼房。一直住在十平方米不到的公寓里真难受！"

"要那样，快找有钱人吧。"久野打量服务小姐们的脸。

"哦，哦，如果有那样的人就找！"久野指着面前的服务小姐说，"上次那个怎么啦？不再来了？"

"啊，他？"服务小姐难为情地吸着久野的烟。

"他只是客人而已！大概换别的酒吧了？！"

"哦，活该！太急了，那是抓不住满意对象的。换了我，一定缠住那样的阔佬。"

久野用下巴示意没有吭声而是独自笑嘻嘻的田代利介。

"田代先生，您坏！"服务小姐捣了一下他，眯起一只眼睛说，"还没缠上他就挨了妈妈桑的一顿臭骂。"

"是啊，妈妈桑来了吗？太迟了！"

"应该就要来了吧？"一服务小姐朝门口方向望去,随即喊道,"哦,来了,来了!"

"还真来了!"大家不约而同地转过脸去,只见一位身着黑色和服、身材苗条的女人一边朝左右客人和蔼地笑,一边朝这边靠近。

"妈妈桑,您好!"服务小姐们异口同声地问候妈妈桑。

"晚上好!欢迎光临!"妈妈桑英子朝着久野笑,尔后笑脸又移向田代利介说,"田代先生,好久不见!"

妈妈桑的脸是阔气相,加上非常合身的黑色和服显得特别与众不同。坐在田代利介旁边的服务小姐心领神会,打算站起来开溜。

"没关系,我坐这里。"妈妈桑英子说完坐在久野旁边,身上的香水味直扑久野鼻孔。

"别那么不好意思,妈妈桑,坐田代君边上去。"久野用手指捅她的肩膀。

"哎哟,你别那么刻薄!"

"说什么呀!你分明想坐到田代君的边上,可偏偏……"

"还是坐你旁边好!这样可以正面看到田代先生的脸。"

"他……"久野举起酒杯,透过杯里的威士忌液体端详田代利介的脸,那脸色仿佛是滤烟嘴那样蜡黄。

"他这样的脸好在哪里?"久野叹息,"真不明白妈妈桑迷恋他的理由。"

"对不起!"妈妈桑笑着说,"久野先生专门拍摄女性脸,真希望你别把感情带到镜头里!"

"好呀,久野先生,您吃亏了吧!"服务小姐们鼓掌,"还是我们安慰您吧!"

"别说可怜我的话！就是受气我还是来这里付钱喝酒。"

服务小姐们不约而同地笑了。

"田代先生，九州好吗？"妈妈桑英子目不转睛地望着他的脸。他看上去比实际年龄小许多，眼睛有神，像喝酒时那样热烈，讨女人喜欢。

"哦，不管去哪里都一样，因为是出差，太疲劳了。"田代利介一边看着杯底剩下不多的威士忌一边说，好像是在避开妈妈桑射来的视线。妈妈桑故意凝视着他，热情地说："田代先生，今晚没有工作吧？请慢慢喝！"

"嗯，是啊。"田代利介心不在焉地回答。这时店门被推开了，顿时田代利介的视线被那里吸引住了，完全是吃惊的目光，走进店堂的人居然是飞机上那个态度冷漠的矮胖男子。

包厢座位的光线暗淡，店门内侧的光线明亮，站在那里的矮胖男子理应看不清楚田代利介所在的位置。矮胖男子毫不介意地走到吧台前面，坐在身着粗花呢服装的客人旁边。这客人已经独自一人坐好长时间了，不声不响地喝着酒，脑袋上的头发里掺有一半银发。

吧台里的调酒师恭敬地鞠躬，随后问矮胖男子想喝什么酒。田代利介看清楚了，他确实是飞机上坐在漂亮女乘客旁边的男子，女乘客向自己借照相机欣赏富士山，他则板着脸避开。矮胖男子坐在高高的吧凳上取出香烟，调酒师用打火机点燃，刹那间火光照亮了他的鼻子部位。只见他嘴里吐着烟，胳膊肘撑在吧台上等酒。他与田代利介坐的位置面对面，每一个动作都被看得很清楚。

"向你打听一下。"田代利介朝旁边的服务小姐轻轻耳语道，"刚进来的客人，瞧，就是坐在吧台前的那个矮胖男子，他是干什么的？"

服务小姐的目光移向那里："哎，我不知道那客人是谁。您如果问他旁边的客人那我知道，是一家开发公司叫三木的先生，我只认识他。"服务小姐用眼神示意边上与矮胖男子肩并肩、头发半白的男人背影。田代利介对其他客人不感兴趣。

"不过，那客人有时候也来！"服务小姐小声补充。

妈妈桑英子脸朝着这边，不知道背后吧台那里的情况，故意瞪大眼睛生气似的看着他俩说："你们在说什么悄悄话？"

久野从酒杯那里抬起脸来笑着说："妈妈桑，吃醋啦？"

"是的哟！田代君，我嫉妒男人在我眼前和年轻姑娘说悄悄话！"

"哎哟，妈妈桑，不是那回事。"服务小姐举起手，就在她想高声说的时候，服务生从吧台那里走来，嘴凑到妈妈桑耳边窃窃私语。

妈妈桑转过脸朝吧台望了一眼后站起身来朝着田代利介说："我有事要离开一下，请原谅！"田代利介眼睛望着她表示回答，视线紧跟着妈妈桑朝矮胖男子跟前移动。矮胖男子脸朝着妈妈桑笑，好像打招呼说："你好。"妈妈桑朝他鞠了一躬，坐到他旁边的高吧凳上。

坐在久野边上的服务小姐邀请说："久野先生，跳不跳舞？"立体音响在播放舞曲。

"行，我兴趣来了。"久野兴奋地站起来，走到包厢边上宽敞的地方与服务小姐组合。

"田代先生，您呢？"另一名服务小姐用眼神示意自己主动邀请。"哦，等一下跳。"田代利介拿着酒杯摇头。

"哎哟，好生硬啊！"

"什么生硬啊？"

"不是妈妈桑就不跳是吧？"

"也不是那回事。"

"不好意思。"

"也不是。"

"瞧您脸红了。"

"什么呀，你听我说，那是因为喝酒。"

"您辩解的语气有点奇怪！"

说话的过程中，田代利介的视线也不时地移向吧台。这时的矮胖男子与在飞机上脸紧绷的表情截然相反，笑嘻嘻地跟妈妈桑说话。妈妈桑的表情也好像和蔼可亲的，在说着什么。

借照相机的漂亮女乘客怎么啦？田代利介苦苦思索，女乘客的黑色眼眸和苗条身材浮现在自己的眼前。她与吧台喝酒的矮胖男子之间到底是什么关系？她现在在哪里？这个矮胖男子是什么职业？这时，另一个服务小姐从其他包厢走来。"田代先生，晚上好！已经有很长时间没见着您了。"她边笑边鞠躬，名叫信子。

"你好。"

"和我跳舞好吗？！"信子伸出双手邀请。

田代利介看着久野边扭腰边兴趣十足跳吉特巴舞（二战后在美国流行的快节拍交际舞）的模样，站起来说："好。"

"哎哟！信子，你真狡猾！"其他服务小姐大声嚷嚷。

"嘻嘻，我这是凭实力！"信子弯着一只手。

田代利介一边与信子组合一边低声问道："喂，信子，那个男子，瞧！就是坐在吧台与妈妈桑说话的矮胖男子，他是什么人？"信子边跳舞边转动身体，视线猛地射向那里说："哦！"

可见，那是知道的眼神。当一曲跳完返回包厢的时候，妈妈桑也回来了。

"妈妈桑，我刚才借用了田代先生。"信子恭敬地向妈妈桑致礼。

"没关系！"妈妈桑笑着说，"作为补偿，我坐到田代先生旁边。""是，是，请！"信子站起来和妈妈桑交换座位。

久野舞兴正浓，已经是第二支舞曲了，还在继续跳。

"妈妈桑，喝什么？"田代利介问。

"是啊，就喝与你同样的酒！"

"好哇，妈妈桑，你好风趣啊！"一服务小姐故意瞪大眼睛站起来走了。那矮胖男子独自用胳膊肘撑在吧台上喝着酒，一副安详的姿态。田代利介的嘴凑到妈妈桑耳边低声问："坐吧台的客人，就是那个矮胖男子……他是谁呀？"

"你是说那位客人吗？"妈妈桑的视线迅速移向那里，"不认识，是最近偶尔光临这里的客人。"

"叫什么名字？"

"那个，没有向他请教。我有一次说过请他给一张名片，可他只是笑了笑。"

"噢。"

"怎么啦？"

"不，一点点。"接着，田代利介言辞含混地嘟哝，"他大概是九州人吧？"这是为了试探妈妈桑的反应，可是她脸上没有什么变化。

"哦，田代先生，您认识他？"

"不，不认识，只是好像在哪里见过。"田代利介掩饰实情说。

舞曲结束，久野回来了。

"喂，瞧你俩亲密得太过分了！"他看看妈妈桑嘲笑说，"不知不觉地坐到了田代身边。"

"噢，对不起！"

"哎，妈妈桑，田代他好不容易从九州回来，作为慰劳，今晚一起去几家酒店喝酒好吗"

"是啊！"妈妈桑目光朝下。

"说是啊，什么意思？是身体不舒服？"

"请原谅，我有急事不能外出。"妈妈桑双手作揖，模仿拜菩萨的姿势。

"那太没劲了！田代君好不容易从熊袭族回来，偏偏……"

"实在抱歉！"妈妈桑脸上是遗憾的表情，"你俩下次光临时我一定奉陪，请一定光临。"

妈妈桑像拜托田代利介那样说。田代利介心里很清楚，妈妈桑早就对自己持有好感，一直以为如果像久野说的那样邀请她去别的酒店喝酒，她一定会像平时那样乐意跟着去。今天，没想到她拒绝了去其他酒店喝酒的邀请。

不用说，田代利介没有因为她的拒绝而灰心，只是突然觉得妈妈桑拒绝外出，多半是与矮胖男子在吧台那里跟她交谈的内容有关。然而这种推测没有根据，仅仅是猜想而已。这时，一服务生蹑手蹑脚地走来与妈妈桑耳语。"有一点事情，失陪了。"妈妈桑站起来，走到吧台角落拿起电话听筒。这时候，刚才坐在吧台的矮胖男子已经无影无踪了。

"回家吧？"久野说，他脸上也好像有胆怯模样。

"嗯，好啊。"田代利介表示赞同。

"怎么啦？准备回家？"坐在旁边的服务小姐们嚷了起来。

"哎呀，再轻松坐一会儿！"

"久野先生，还早着呢！让田代先生再待一会儿好吗？"服务小姐你一句我一句地嚷嚷。

"喂，买单。"久野没有搭理，喊道。

"久野先生态度冷冰冰的。"

"太失望了！"

然而账单还是拿来了，他俩按 AA 制付款，这已经成了习惯。这一回小费由田代利介支付，放在桌上。在经过包厢之间狭窄走廊的时候，似乎客人比他俩来的时候要多。当经过吧台旁边时，见妈妈桑漂亮的背影朝着走廊，是趴在吧台上听电话，不过她意识到田代利介他们要回家，忙转过脸来："怎么，现在就回家？"她遗憾地注视着田代利介的脸。

第二天田代利介又挎着照相机包出门了，那是某杂志社委托的拍摄任务，策划要有三页关于"每月文化人"的照相彩页。半年来，该杂志社的照相彩页都是由田代利介负责提供。就杂志社来说，正焦急等待着田代利介从九州回来。

田代利介与该杂志记者佐野在咖啡馆见面后，乘车迅速来到世田谷访问小说作家 A 先生。A 先生是当前走红作家，下期杂志将刊登他的生活照片。

车行驶途中，田代利介环视周围。这一带到处是杂树林，犹如世田谷风景，是啊，曾几何时好像来过这里。他有过两三次拜访久野家的经历，A 先生的家似乎就在久野家附近。

A 先生家小而雅致，是日式和欧式两种风格兼而有之的建筑。

A先生和其家属已经在家等候，立刻请他俩进屋。

"先拍什么地方？"A先生笑容可掬地问。

"我想，最好先拍摄您在书房工作、您和家属说话以及您独自散步的照片，其次拍摄一些您躺在床上看书的照片。"田代利介说了大致的构思。

"那好，就按你说的拍摄。"五十岁左右的A先生身着和服坐在桌前，时而撰写稿件，时而看书查阅。田代利介从各种角度按快门，一会儿站着拍摄，一会儿蹲着拍摄。

"接下来是在会客厅拍张全家合影照。"

A先生把夫人和孩子喊到会客厅，田代利介光全家照就一连拍摄了十张左右。

"还拍摄什么？"A先生问。

"拍摄您写作中间休息时表情轻松的照片。"

根据田代利介提出的要求，A先生摆出各种姿势，有靠在椅子上睡觉的，有躺在廊子上的，有边晒太阳边看书的，有和狗玩耍的……

"我想室内照片就拍摄到这里吧。不好意思，接下来想拍摄您室外散步的照片。"

"行！"A先生立即应允，身着便装来到室外，手拄拐杖。"我散步路线通常是固定的。"A先生走的路就是在久野家附近。"我喜欢这条路线。"A先生摇晃着拐杖走在前面。

这一带有许多四周竖有围墙的大型房屋，到处是杂树林，环境幽雅，确实像作家喜爱的散步地方。田代利介时而在A先生前面和两侧给他拍摄，时而在A先生背后与他保持相应距离给他拍摄，一边构思一边按快门。

"你的工作也很忙吧？"A先生看着田代利介紧张拍摄的情景问道。田代利介没有回答而是不客气地要求他："先生，请站在那里眼睛看对面！"

"请站在那里抽烟！"

"请站着和佐野先生说话！"

A先生性格爽快，认真按要求做。拍着拍着，他们沿着小路来到一块宽敞的空地上，那里的野草已经萌发出早春的绿装。

就是这里！田代利介忽然想起来了。果然这里是在久野家附近，自己曾经来过，那时还想过在这里建房。啊，就是这片空地，大约有近千平方米。当时问过久野，被告诉说土地主人说是不能分割出售，于是就停止了建房念头。

昨天晚上在榆树酒吧听久野说，这片空地上好像在建工厂，看来土地主人已经在分割出售土地。如果真是这样，就在这里购买土地建房。田代利介想起那天晚上与久野喝酒时说过的话，不露声色地转动眼眸，发现与路有距离的空地深处围有板墙，围墙里面的面积大约近一百平方米，建造厂房的木质框架还没有竣工，只是告知这里是建筑工地。

"好像是在建造肥皂厂。"A先生的视线也停留在围墙上说，"我也喜欢这片空地，经常来这里散步，可是要在这里造厂房，尽管面积不大，但总让人觉得不舒服。"说完，他稍稍皱起眉头。

A先生喜欢清静，多半不欢迎在这里建厂房。这会儿从围墙后面走出三个男子，两个身着木工服，一个身着西装。刹那间，田代利介情不自禁地"咦"了一声，瞪大眼睛径直望着那个西装男子，他就是在飞机上、后又在榆树酒吧里见过的矮胖男子。田代利介惊愕不已。田代利介见到矮胖男子已经是第三次了，觉得自己与他还真有缘分。此刻，矮胖男子正热衷于和手艺人打扮的木工说话，没有察觉到田代利介也在这里。由于A先生还在朝前走，田代利介急急忙忙地追了上去。

"据说是在那里建肥皂厂呢！"A先生一边转过脸一边说。

"嗨！建肥皂厂？"佐野脸上是意外表情。

"是那样的，好像前些时候着手基础工程的。"A先生用镇静的声音说，"交通方便的土地价高昂，再说也没有空地，因此工厂也可能渐渐会出现在这一带吧。"

"但那是小厂吧？"佐野看了一眼后面的空地说。这会儿，西装男子和两个木工好像返回围墙背后了，没有了踪影。

"是的，是街道工厂。"A先生选择左边的路转弯。

"听说肥皂厂要不了几个人。"

"是吗！"A先生和佐野频频交谈。

田代利介是为工作来这里的，一个劲地为A先生拍摄，尽管在继续拍摄，心里还是在琢磨矮胖男子为什么去九州。也许为了什么材料。不，不可能，要是为肥皂材料，不必去九州那么边远的地方。那么，是为筹措资金？是的，这样的假设可以成立。

那么，那漂亮女人跟他是什么关系？当然不可能是夫妻，也不可能是情侣，更不可能是兄妹，但她也不像雇主，也许拥有资金！不，那也太年轻了。还有奇怪的是，年轻女人太漂亮了。

美女办事方便！田代利介心想。他的所有印象是美女在公关上有利，但又觉得她和那个建肥皂厂的矮胖男子不是同路人。那天从九州回到东京的晚上，矮胖男子出现在榆树酒吧里。那么，他是喜欢那家酒吧还是喜欢喝酒？拍摄结束后，田代利介和佐野记者在回家途中分手。

"你去哪里？"佐野可能察觉到田代利介是去什么好地方，笑眯眯地问。

"不，我想起久野就住这附近，顺便去他家。"

"原来是这样。哦，哦，久野原来住这里！那好，请代我向他问好。"佐野爽朗地告别田代利介。田代利介沿着记忆模糊的路行走，走到久野家附近，购买了送给久野孩子的礼品。当站在久野家门前的时候，久野夫人出来迎接。

"哎哟，田代先生，好久不见。"久野夫人胖乎乎的，瞪大着眼睛请田代先生进屋。

"久野在家吗？"

"嗯，嗯，他在家呢！不知为什么，昨晚喝酒回家后就开始工作，通宵达旦一直忙到今天早晨呢！"久野夫人把田代利介请到客厅。

"哦，是的，是的，他说是和田代先生一起喝酒的。"

"是的，因为我刚从九州回来。"

"他回家说了那情况。田代先生，你看上去也很忙的吧？"久野夫人去了一下里屋，须臾，久野睡眼惺忪地来到客厅。

"早上好！你真是雷厉风行。"久野一坐到椅子上便取出烟。

"雷厉风行？什么雷厉风行？"

"大概是为买地的事吧？！我昨晚一说，你今天就来了！"

田代利介想，既然他是这么认为那就干脆顺水推舟，便一声不吭。这时，久野夫人把茶端来了。"这，是给你孩子的。"田代利介递上礼品。

"哟，谢谢！"

"嗨，我没想到田代君还这么细心！"久野吐出烟，脸上还是睁不开眼睛的困倦表情。

"你能看得那么清楚？"

"嗯，你呀，是个说话生硬的家伙。"

"田代先生，请慢慢聊。我这就去准备午餐。"

"不，请别介意，我现在要拽久野出去一下。"

"去哪里呀？"也许误以为要去喝酒，久野的眼睛亮了。

"去看那块地。我是为这目的来的，看完就立刻回来。"

第二天，田代利介邀请久野出门。"你来得太早了哟！"久野一边吸烟一边说，"你果然是想快点建房吧？"

"其实呀……"田代利介由于觉得只被认为是为这事来有点遗憾，便说，"我是受杂志社委托来拍摄作家 A 先生生活照的，没想到发现他家与你家近在咫尺。"

"是的，A 先生就住我家附近。"久野一边吐着淡蓝色的烟雾，一边在路上走了起来。"我经常看见 A 先生散步。"

"我拍摄他散步照片时偶然路过那块空地，发现果然有肥皂厂的建筑工地。"

"怎么回事？你刚才是一路看一路走着来我家的？"久野望着他的脸继续说，"要是看过了，为什么还要把我拽出来？是想再去看一次？"

"是的，是想请你看过以后决定剩余空地上哪里是最佳的建房位置。"

"啊，原来是这么回事。"久野的眼神立即变得愉快起来，"好，要是那样，我来帮你选择。不管怎么说，建房子的话，选择地点确实是大事。"

路两侧是店铺，然而都已经歇业。上坡道的路面，高低不平。走了不一会儿，他俩来到长满野草的空地上，站在那里可以立刻看到唯一竖立着的工地围墙。

"还剩大量空地呢！"久野眺望后说，"是的，说是工厂，其实面积很小，估计剩余空地也多半是分割出售。"

"听你说土地主人叫藤泽吧？"

"是的，他说过一起出售和不分割出售的话，现在看来，倒是出售的架势。"

"土地主人不是住在这儿吧？"

"嗯，好像不住这里，他通常一个月或者两个月来这里转一圈。"就在久野说这番话的时候，田代利介走到了工地围墙跟前从板缝间隙朝里窥探，也许是为了建设基础工程，地面上已经搭起了纵横交错的木架。田代利介期待的矮胖男子和木工打扮的手艺人一个也没见着，或许他们在自己去久野家时都离开了。

"喂，你朝里窥视是不是看到什么可疑的东西？"久野在田代利介背后说。

"不，不是那回事，只是看看而已。果然如此，要是建工厂好像太小了。"他俩离开围墙，站在野草地上。

"瞧，还剩有大片空地。"久野边眺望空地边说，"看来，田代君就是建造稍大一点的房屋也没问题。"

"不，我已经不想在这里建房了。"田代利介给烟点燃火后说。

"什么？不建了？"久野瞠目结舌地望着他，"怎么？你难道是讨厌这里才来看的？"

"嗯……是我的想法变了。"

"啊，你变得可真快呀！来得快，去得也快。哎，快说说想法改变的原因是什么？"

田代利介没有吭声，只是淡淡一笑，决不能说是矮胖男子把肥皂厂建在这里的缘故，可思考过后又找不到理由，只能赔不是地说："来这里看了以后，心里总觉得不像以前那么好。"

"你好像是突然情绪变得不好了。"久野笑嘻嘻地走到他跟前，"喂，怎么样？今晚再去银座喝酒好吗？"说完捣了一下他的肩膀。

"去银座？"

"嗯。昨天晚上我们难得邀请榆树酒吧的妈妈桑，但她说不能和我们去别的酒吧。难道忘了？"久野逗他说，"肯定有不能出门的大事，她脸上不是有遗憾的表情吗？今天晚上再发出邀请，妈妈桑一定会乐意跟我们去其他酒吧的，因为她喜欢你！"

"别无聊。"田代利介说。不过，他朦胧地感到妈妈桑对自己确实有好感。

"不，这是真的，我坐在旁边看得清清楚楚的，她看你根本就是异样的眼神。"

"别说废话！"

"我是在想，妈妈桑为什么喜欢你这样不爱干净的男人。其实我也被她吸引住了。"

"喂，喂，你这样说对得起你妻子吗？"

久野笑得脖子直往后仰："我吗，没关系。怎么样，田代君，去那里好吗？"他已经决定了，使劲拍田代利介的肩膀。

那天晚上八点左右，田代利介和久野推开榆树酒吧的大门，朝里面扫视，可能是时间还早了一些，没有满座。"欢迎光临！"服务小姐们一起拥上前把他俩围了起来。

"久野先生，真难得呀！"服务小姐们边笑边说。

"什么难得？"

"不是吗，您和田代先生连续两晚光临，这是很罕见的呀！"

"是吗？他刚从九州回来，产生了想家的奇怪念头。"

"你说什么呀。"田代利介笑了。

"不管为谁，都太难得了。好，去包厢吧。"服务小姐簇拥着他俩朝包厢走。

"来酒吧时间最好提前。"久野笑容可掬，"小姐们闲着没事干，会假装欢迎我们的模样。"

"哎哟，您太坏了。久野先生，我们一直是欢迎的哟！"

"撒谎！"

"是真的。听我说，您如果不信，就请每晚光临试试。"

"请原谅，我没那么多钱。"这时，服务生端来他俩要的高杯酒和下酒菜。

田代利介不经意地看了吧台那里，发现昨晚站在吧台里的调酒师换了人。

"咦，调酒师是不是辞职了？"田代利介无意间嘟哝道。

"不，不是辞职，今晚他休息。"服务生解释说。

"喂，田代君，"久野嘴离开酒杯说，"你牵挂的该不是调酒师而是妈妈桑吧？"

"也不是你说的那样。"田代利介这样说。不过，他从一进来就察觉妈妈桑不在酒吧里。服务小姐听了他俩的对话便说："哎哟，遗憾！妈妈桑会来的，但好像要晚一些时间。刚才来过电话了。"

"什么，晚来？"久野觉得失望，"糟啦，糟啦，我是费好多口舌才把他带来的，可是……"

"听我说，你俩先慢慢地喝酒，没准喝的时候她就来了。"一服务小姐用挽留的语气说。

田代利介的眼睛又不经意地朝着吧台眺望，两个人边喝酒边等候，一个小时过去了，妈妈桑还是没有出现，久野却已经喝得酩酊大醉。

"喂，田代，我们走吧？"久野喝完剩在杯底的酒说。

"哎呀，久野先生，不是还早嘛！"

"妈妈桑就要来了哟！"

"不，我怎么都行，可是田代君已经等得无聊了。"

"哎哟，田代先生，妈妈桑不在，你就那么打不起精神？"

"不，不是那回事，我今晚是被这家伙拽来的。"

"总之，我们走吧。"久野急匆匆地说，"现在离开，还能去两三家酒吧。"

"哎哟，久野先生，再待一会儿。"服务小姐们想挽留他俩，但久野大声喊道："买单！"与此同时，他摇摇晃晃地站起来。

田代利介对服务小姐说："这样吧，为了尽他的兴，我们去两三家酒吧喝完酒后再来。"

"一定要回来哟！先生。久野先生，我们等你们哟！"他俩被服务小姐送到门外。久野慷慨地结了今晚的酒账。

"你说，我俩现在去哪里？"久野的表情好像在思考什么。

"你醉了，那就去普通酒店喝一杯回去怎么样？"田代利介说。久野大幅度地摇晃脑袋说："不，好不容易为她来的，可妈妈桑那家伙不在，太没趣了，转两三家酒吧后再回去。"

"妈妈桑在也好，不在也好，不都是一回事吗！好了，今天就到这里，回家吧。"

"不，妈妈桑最近有点怪兮兮的。"

"为什么？"

"最近，我独自来过两三回，妈妈桑都不在，过去她都不离开酒吧的。"

久野一边这么说，一边紧盯着田代利介的脸："喂，田代君，小心点！"

"小心什么？"

"女人是魔鬼！也许对你有好感的同时又是别人的情妇。"

"你说什么？"田代利介笑了，"那跟我没关系。"

田代利介那样说道，没有搭理久野说的妈妈桑是别人情妇的问题。其实，妈妈桑过去不曾离开过酒吧，最近有这样的举动确实有点怪。他俩离开岔道沿电车道背后的小巷朝前走，这一带就数夜总会和酒吧多。此刻，正是霓虹灯光最耀眼的时候。

"去哪里？"田代利介问久野。

"去我这张脸起作用的酒吧，走！"

"远吗？"

"不，就在前面。喂，别老是发牢骚。"久野迈着醉步走在前面。

田代利介跟在后面走，当久野正要朝小酒吧里迈步的时候，凑巧驶来一辆车停在跟前，那不是出租车，而是进口新款轿车，黑色车身在霓虹灯光下朝周围反射着亮光。司机跳下车开启车门，从车上走出一对男女。久野他俩准备去的是小酒吧，可这对男女是去隔壁大型的"皇后夜总会"。这是一家非常有名的高级夜总会，拥有大量外国客人。

"咦！"久野先停住脚步瞪眼注视。皇后夜总会门口大约有三四级石台阶，正在沿石台阶朝上迈步的女人背影正是榆树酒吧的妈妈桑。洁白和服的后腰上佩有鲜艳的红色腰带，服装和个头都很眼熟，无疑是妈妈桑。

"哎，榆树酒吧的妈妈桑带着男伴走进那家夜总会了哟。"久野一脸严肃地说。

"男的是什么人？"田代利介只看见男子胖乎乎，绅士派头，不用说他猜不出是谁。

"我总感到妈妈桑的举止奇怪，好像是男人把她拽到这里的。"久野嘟哝着，脚步改变了方向，"哎，我们也进去看看。"

"哎，别去，别去，那里面价钱贵。"田代利介制止久野。

"什么，再贵也没关系！"也许醉了，久野大声嚷道，"这地方我们也有必要见识见识。"

"你这想法不犯傻吗？"

"不，进去再说。观察妈妈桑在和什么样的男人交往。"

"就是观察到了也没用。"

"别说了，进去吧。"久野说完自己走在前面，朝皇后夜总会的豪华大门走去。

走到皇后夜总会里面，只见地上铺有红色地毯，迎接客人的服务生说了声："请！"随后为他俩担任向导。通道左右两侧都垂有沉甸甸的黑色窗帘，走廊弯弯曲曲的。当来到走廊尽头大厅时，久野好像猛地酒醒了。宽敞的客席朝着正面呈扇形状，洁白的桌面上亮着红色筒灯的灯光，大约有一百几十盏，红光闪闪，好看极了。

田代利介和久野在服务生引导下来到空桌边上坐下，所有客席几乎满员，就像传说里的场面那样非常壮观。外国客人多，有高个，有矮个，每张脸的半边都被红筒灯照得红彤彤的。榆树酒吧的妈妈桑坐在哪里呢？久野瞪大眼睛到处打量，可在这样的灯光下难以发现她。

这时，正面舞台上的表演开始了，爵士乐队演奏日本民谣改编的曼波舞曲（来自古巴的拉丁舞曲，四分之四拍，第二四拍为强拍）。在圆形照明灯光下，身着和服的舞女挥起六角形纸罩蜡烛灯跳起舞来。服务生蹑脚走来询问喝什么。

"我喝高杯酒。"

"我喝苏格兰威士忌。"

"是。"服务生把他俩要的酒名写在账单上后说道，"请问，要指定服务小姐吗？"

"不，谁都行。"久野像吐什么东西似的说。

"是。"服务生正要离开，久野把他喊住："喂！榆树酒吧的妈妈桑也来这里了吧？"

"哦。"服务生歪着脑袋，脸上是像知道又像不知道的暧昧表情。"好了，去吧！"久野让服务生退下。

"好，既然那样，我来找她。"

"喂，你别那么认真。"田代利介劝说道。

"什么呀？我这是在帮你弄清楚那男人是干什么的。"久野一脸认真表情。这时，两个身着夜礼服的服务小姐走来。

"欢迎光临！"服务小姐说完坐在他俩旁边，一个胖身材，胸部隆起；一个瘦身材，胸部平坦。

"唉，这种无聊的表演快结束吧！"久野朝上举起酒杯说。

"怎么啦，您心情不好吗？"服务小姐面面相觑，笑了。

表演结束了，一直光线暗淡的中央区域变得亮堂堂的，爵士乐队开始演奏舞曲。这时许多客人立即站起来，纷纷朝中央区域的地板舞池拥去，男女组合在一起。

"怎么样，我们也跳吧？"久野看着田代利介的脸站起身来。

"来，跳吧？"旁边的服务小姐邀请田代利介。这时，舞池已经拥挤得无立锥之地。

"这么拥挤，太小了。"久野和服务小姐一边组合，一边快速来到高个外国客人中间。田代利介也在跳，但是眼下拥挤得稍不留神就会撞其他跳舞伙伴，只能小幅度地晃动上身。

爵士乐队演奏的乐曲，时而是布鲁斯歌曲（一种伤感而缓慢的美国黑人民歌），时而是探戈曲。其实这么拥挤的舞池，不管放什么节拍的舞曲都是一回事，跳的人只能稍稍摇晃上身而已。田代利介打算等适当的时候退出舞池。这时有人捣他的右腹，只见久野和服务小姐跳到了他的身边。

"哎，瞧那边！"久野轻声说，用下巴示意。田代利介按他说的方向望去，那里的桌子边上拥挤得看不清楚。

"那个，那个。"久野先生对田代利介说，"从右侧数过去第四，就是正中央那张桌子。"

田代利介朝那里眺望，暗淡光线下排列着好几盏红筒灯，其中一盏渔火般的灯光映照出榆树酒吧妈妈桑不大的脸蛋。

"怎么样，看清楚了吧？"久野叮嘱似的说。

田代利介点点头。妈妈桑稍稍低着头，好像是在喝高杯酒，坐在她旁边的男人由于距离太远看不清楚。观察了好一会儿，才看清楚那是鼻子下边留有小胡子的绅士，边喝高杯酒边不时地跟妈妈桑交谈。

"这家伙是干什么的？"久野在旁边问，接着说，"也许是妈妈桑的高级客人，或许是妈妈桑的经济后台。"

田代利介摇摇头。不用说，这不是他能知道的事情。这时，小胡子男人对妈妈桑说了什么，从桌边站起来，那模样不像是去舞池跳舞，好像是准备离开夜总会。

"咦，妈妈桑好像是要回去！"久野做出了敏锐的判断，急忙对舞伴服务小姐说："喂，舞不跳了。"

"什么，舞曲还没结束呢。"

"不结束也没关系，我们想马上回去。"

"这不是失礼吗？！舞曲还没结束就不跳了……"服务小姐朝久野直瞪眼睛，田代利介也边笑边松开手回到桌边。

"买单，买单，快点！"久野催促着，在等服务生拿来账单时不耐烦地说道，"喂，田代，你立即去门口，拦截妈妈桑和那个男伴上车！"

"拦截？"

"是的。我们如果出去迟了，那辆车就会在我们还没有到门口时开走，我们就无法知道他们的去向了。"

"这样做能行吗？"田代利介不可能按久野说的那样对待与其他客人在一起的妈妈桑。

"哎，你觉得不行，那我去门口，你先把账结掉！等一会儿再跟我结算。"也许是醉酒的原因，久野满脸兴奋的表情，大步流星地朝门口走去。

"他怎么啦？"身着晚礼服的服务小姐歪着脑袋问田代利介。

"呵呵！没什么，没什么。那家伙只是有点怪。"两个服务小姐无声地笑了。服务生把账单放在银盘里走来，田代利介结完账沿狭窄的走廊朝门口走去。这时，从另一个洗手间走出一男子，一看到田代利介的走路姿势忽地停住脚步站在旁边，他便是那个矮胖男子。不过田代利介没有察觉到，而他则站在原地目不转睛地目送田代利介的背影。

田代利介来到大门口，见久野直愣愣地站在那里："怎么啦？"

"我看到他们上车的，但你不在，最后我还是选择放弃跟踪。"久野一脸遗憾的表情，朝着天空挥舞拳头。

"哎呀，行了，就是追上妈妈桑也没什么了不起的。也许回榆树酒吧了。"田代利介说。

田代利介和久野离开皇后夜总会在街上走着，狭窄的路上车非常多，路边还停了车辆，一百多米前面的路况根本看不清楚。不用说，根本不清楚榆树酒吧妈妈桑的车去什么方向了。

"喂，去榆树酒吧？"

"不，我不再去了，你想去就自己去吧。"久野气呼呼地说，"我现在是去熟悉的酒吧。"

"那好，我也一起去。"

"行了，你别去了。"久野狠心地拒绝说，"我有我喜欢的女人，那里是我的根据地，这情况就连你也不能说，咱俩就在这里分手吧。"

"原来是这样。"田代利介苦笑。

久野是酒鬼，遇上不高兴的事容易发怒，醉酒后的习惯也不太好。这时候如果不按他说的做，酒疯的程度就会变本加厉。"那好，我回去了。"田代利介挥挥手。

"回去！"久野紧盯着田代利介，尽管那样，还是握了一下对方的手。

田代利介成了一个人。那么，现在该去哪里呢？看了看手表，十点刚过，心想径直回家太早了点，心里这么想，可自己没有像久野那么熟悉的酒吧，还是回家吧。再说冲洗工作还有大部分没做完，木崎助手冲洗出来的胶卷还必须亲自审查一遍。

田代利介边想边慢腾腾地在路上行走，猛然间他觉得人群里好像有年轻女人迈着矫健步伐的身影，凑巧前面是十字路口，在身边行走的人群里忽地冒出那张女人的侧脸。

咦，是她！田代利介差点喊出声来，她就是在飞机上见过的漂亮女乘客，不会看错。虽一瞬间只看到她的侧脸，但有把握认定她就是那个女人。田代利介立刻迈起大步，急匆匆地在周围寻找。一路上不时地撞上迎面走来的行人，还要避让从横道驶出的汽车，因而浪费了许多时间，越发不清楚漂亮女人究竟在人群中的哪里。

即便那样，田代利介还是想追上她。路上行人相当拥挤，田代利介为寻找她绞尽了脑汁。尽管那样，他还是大步朝前走，刹那间又忽地发现酷似她的背影，于是加快脚步。两侧路灯的光线交叉着照射在地面上，人的脑袋和肩膀被映照得清清楚楚，行人们的肩膀之间好像飘逸着她的头发。田代利介紧盯着目标边追赶边思索：我为什么要追她？不就是同乘一架飞机的女乘客吗？如果见到她该说什么好呢？

他脑子里这么思索，奇怪的是却没有中途返回的想法，也许她有吸引自己的地方。漂亮女人在狭窄的路上步履如飞，田代利介边走边从后面望着她的背影，可她根本就没有往后看，也没有侧过脸眺望旁边商店橱窗里流行商品的迹象。

她好像是有目的的，径直朝着前方行走，走着走着，沿右边街角转弯了。田代利介也朝右转弯，很想追上去跟她交谈，可总觉得找不到适当机会，但还是希望自然而然地遇上她。她如果停下脚步窥视橱窗，自己就可以从后面上去喊她，看上去也就显得自然。就在这思索的时候，令他惊奇的是，漂亮女人拐进一条狭窄的胡同里，而胡同深处正是榆树酒吧。

"奇怪。"他这么想的时候，脑子里忽然闪出前天晚上那个矮胖男子在榆树酒吧的情景。也许，那男子和她商定今天在榆树酒吧碰面。他俩是什么关系？矮胖男子来榆树酒吧仅仅是作为客人来喝酒？还是把那里作为跟谁见面的场所？他的真实身份到底是什么？还有刚才走在前面的她的真实身份又是什么？

田代利介在思考的时候，她在榆树酒吧前面停住脚步，然后敏捷地走进店里。跟在后面的田代利介慢慢地走到那里，随后也推开了榆树酒吧大门。

第二章　不期而遇

　　田代利介用手臂推开门，霎时间店堂里弥漫的烟雾朝门口涌来。

　　"哎哟！"服务小姐们朝田代利介走来。

　　"久野先生呢？"

　　"久野在途中跟我分开了。"

　　"是吗！还是先生诚实。"

　　"别说无聊话。"田代利介在服务小姐引导下刚要去包厢，但他没有忘记留意吧台那里。果真像推测那般，她夹杂在其他男客人中间将胳膊肘撑在吧台上。从这里可以完全看到她的侧脸，田代利介确认了坐在吧台那里的女人，千真万确就是在飞机上见到的她。他刚要朝吧台那里迈脚步，服务小姐说："哎哟，先生，有空包厢！"

　　田代利介拂开服务小姐的手。这时，那女人好像在和调酒师说着什么，田代利介走到她跟前，她惊讶地朝这边转过脸来，黑眼眸的大眼睛，细长的鼻梁，轮廓漂亮的嘴唇微微张开，从脸颊到下巴的曲线看上去稚嫩、可爱。他大脑里再次涌现飞机上见过的印象。"哎哟！"她睁大眼睛，脸上惊慌失措。

"你好。"田代利介走到跟前鞠躬致意。

"在这意想不到的地方见到你啊。谢谢上次在飞机上借照相机给我。"她还是瞪大眼睛吃惊的模样，少顷，美丽的微笑终于浮现在嘴角上。

"我也根本没想到啊。"田代利介接过对方的话，用仿佛也是忽然见到的表情说，"我也感到意外。"

"啊，当时……"她回忆起飞机上的情景，"给你添了许多麻烦，衷心感谢。"她向田代利介鞠躬致礼。

"不用谢。"田代利介轻轻点头回礼。酒吧小姐见状便彬彬有礼地走开了。那么，这漂亮女人为什么来这里？这是田代利介想知道的。他先让调酒师制作了一杯高杯酒，随后察觉到她什么也没点，便说："哎，你不喝点什么吗？"

"不，我不能喝。"她摇摇头。

"怎么，一点不喝？"

"是的。"

"那么，点一杯度数很低的饮料，怎么样？"

"谢谢！"女人说，"我不是客气，是真不能喝。"

"是吗？"田代利介忽地端详起她的脸，"不喝酒的客人光临这种场所，很少见啊。"他开始询问对方的来意。

"嗯，嗯。"她稍稍苦笑，"因为有事。"她小声地说。

"哦，原来是这么回事。"

在交谈过程中，他一直在观察她似乎闲得无聊的表情。从表情可以推断，她好像在等什么人。那好，田代利介下决心看她在等谁。他想主动搭讪，但是话题只有从机上相见说起："哎，您常乘飞机吗？"对于这一问题，她眼睛里开始露出天真的目光说：

"不，我那是第一次乘飞机。"回答语气显得很单纯。

"你是第一次乘飞机，那实在是让我感到意外。"

"啊，为什么？"

"我以为你常乘飞机呢！因为你在飞机上十分镇定自若。"

"其实，即便担心也不管用，要是坠落掉地，那也是命中注定。"她微笑着，露出漂亮整齐的牙齿。

"了不起。"田代利介表扬她，又说，"你觉得望远镜里的富士山风景如何？"

"非常壮观雄伟。"她好像在回忆，目光炯炯有神，"像那样从正面并且是在同一高度观赏它，还从来没有过，就像嵌在镜框里的画。我从来没有过从那样的角度眺望富士山。"

通过她的这一回答可以明白，她不是东京人就是东京邻县人。"经常去九州旅行吗？"田代利介开始问下一个问题。

她刚要说什么，但瞬间沉默了，不说是，也不说不是，只是稍稍低下脑袋摆弄手指而已。

"我常去九州。"田代利介诱导对方接话，"像阿苏山那种地方，不管去多少次都不会生厌。就是把照相机对准那里，你也会感觉到雄心大志在你身体里油然而生。"

"你是摄影家吧？"她满不在乎地问，视线朝上。

"是的，因此不管哪里都去。博多也是好地方。到了晚上则风景更美。"

"用照相机拍摄，可以把它美化成比实际还要漂亮的景色吧？"她就是不说自己对博多知道还是不知道。

她乘坐的飞机是从板付起飞的，不用说应该去过博多，可田代利介想了解她是清楚地知道还是不知道，还想打探她的身世，打探她与矮胖男人之间是什么关系。但是，她的回答巧妙地避开了这些问题。

少顷，她看了一眼手表朝调酒师说："妈妈桑今天怎么这么晚还没来啊？"从这句话可以得知她等的不是矮胖男人而是妈妈桑，真是太意外了！她竟然是在等榆树酒吧的妈妈桑。出乎意料的等候，使田代利介对她的兴趣更加浓厚了。

"你……"这其实是多余的话，但他主动搭讪说，"你认识妈妈桑吗？"

她忽地闪动着黑眼眸望着田代利介，脸上表露的神情不是愉快而是困惑。"嗯，嗯。"她好像是无奈地微微点头。

"是吗！那倒是件让人高兴的事。"田代利介爽快地说，"我常来这酒吧，跟妈妈桑很熟悉。"他端起酒杯继续说："原来是这样。世界看似很大其实很小，人嘛，也许是缘分在起作用。"

他朝着她微笑，这时，她那端正漂亮的侧脸线条，流露出似乎有点踌躇的复杂表情。"妈妈桑还没有回酒吧，今天好像比平时晚吧？"她脸朝着调酒师问。

"这……"年轻调酒师一边摇晃调酒器一边回答。

"是吗，"她又看了一下手表说，"那好，我等一会儿再来看看。"

"好呀。"

"如果她回来了，请告诉她一声。"

"明白了。"

她脸重新转向田代利介说："那，我失礼了。"稍稍低头致礼。

"哦，原来是那样。"田代利介慌慌张张地把杯子放在吧台上。

"那，再见。"她苗条，身材漂亮，一阵风似的朝门口走去，消失在门外。

"刚才离开的女人叫什么名字？"田代利介问调酒师。

"她是第一次来酒吧，没有听说她的名字。"调酒师答道。

实在是不可思议。说其他事，她是那么爽快搭腔，一触及她自己，说话便吞吞吐吐。直觉告诉田代利介，她可能有什么心事。结完账，服务小姐们上来劝他再坐一会儿，可他还是拂开服务小姐们拉拉扯扯的手。不用说，这时候已经过去一段时间了，那漂亮女人已经不见人影，外面人来人往的，但都是无关的行人而已。

那以后三天过去了。三天里，田代利介埋头于冲印从九州训练营地拍摄的胶卷，忙得不可开交。由于杂志前五页都要刊登彩照，因而要全部冲洗后从中选出满意的照片。光照片放大就足足有四十张之多，从那里选出约二十张构图好的照片送到杂志社，让责任编辑最终选定。

由于出差，还堆积了许多与该杂志社商妥并接受委托但没有完成的工作，需要花费一点时间收尾。为此，田代利介与木崎助手、吉村助手一起加油工作。

第四天上午，田代利介在公寓里起得很晚，从工作室回到公寓是次日清晨两点左右，确实疲劳了。由于单身，因而委托公寓附近的阿姨担任早晨和傍晚的钟点工。当睁开眼睛的时候，钟快要指向十一点了，可是窗上垂有厚窗帘，室内光线暗淡。这是特别关照阿姨的。

"阿姨，请开窗。"田代利介躺在床上说。

阿姨在厨房忙乎着，不时地传出响声，听到叫声后说："早上好，你睡得好香啊。"随即拉开窗帘，明亮的光线顿时射入房间，新鲜而又冷飕飕的空气从打开的窗户吹入房间。其实，田代利介喜欢躺在床上呼吸这样的空气。

"牛奶，拜托了。"

"好，好。"

阿姨去厨房热牛奶。枕边叠放着当天的晨报，爱好抽烟的田代利介习惯睡醒后抽一支烟。

"今天早餐是烤面包片还是烤饼？"阿姨问。

"吃什么好呢？吃烤面包吧。"

淡蓝色烟雾从门外涌入房间，在室内空气里飘荡，又形成一种特别的氛围和心情。完成一项任务后的次日早晨，心里显得格外痛快。田代利介一边叼着烟嘴抽烟，一边思考昨天工作是否有什么疏忽的地方。也许新鲜空气让人变得清醒，脑海里交替掠过新颖的构思和方法。这是早晨赖床的优点。

"牛奶，放哪儿好呢？"阿姨端来了牛奶。

"请放在这里。"田代利介扔掉烟，边喝牛奶边有选择性地看晨报。当翻开社会版面的时候，他不由得瞪大眼睛凝视起来，不是别的，而是社会版面下端一篇报道文章。

榆树酒吧妈妈桑失踪

银座背后的酒吧妈妈桑已于三天前下落不明，已经传得满城风雨。银座的榆树酒吧经营者叫川岛英子，今年二十九岁，二十三日下午八点左右，她打电话给店里说，今晚有事，要迟些上班。最终，那天晚上没有来酒吧。也许是在熟人家里过夜。可是，她第二天和第三天的晚上都没来上班，于是，榆树酒吧向当地警署报警，要求寻找其下落。

根据该酒吧员工说，英子平时在酒吧里穿漂亮的会客和服，也就是颜色和花样鲜艳的和服。目前，当地警署正在寻找她的下落。

报道很简单，报社也许重视或许觉得有趣，用两个段落的篇幅刊登了该消息。田代利介反复阅读了好几遍，看完后放下报纸，仿佛在精神上受到了沉重的打击。

榆树酒吧的妈妈桑失踪了……

这是真的吗？报上出现的也许不会有错，但似乎也有令人难以相信的地方。当渐渐冷静下来思考时，又觉得并非完全不可能，因为妈妈桑近来的举止有异常。过去她在酒吧里一心一意地为客人服务，很少因交往需要跟客人外出。

最近，她变得坐立不安，好像有什么心事。前些时候，田代利介看到妈妈桑和一个奇怪男子去夜总会。说到奇怪男子，似乎也与那矮胖男子有什么关系。询问酒吧服务小姐，则回答说不常来。漂亮女人为什么跟矮胖男子同乘一架飞机？为什么要来榆树酒吧拜访妈妈桑？

妈妈桑失踪就是那天晚上开始的。那么，妈妈桑是遭绑架还是因为什么原因主动消失的呢？在田代利介看来，矮胖男子出没于榆树酒吧的举止完全可疑；而漂亮女人没有可疑之处，只是不可思议而已。她在哪里？尽管不知道她的姓名和身世，但绝对不能怀疑，可是理由说不上来。说得勉强一点，或许是她长得漂亮的缘故？

久野打来电话："是田代君吗？"声音十分激动，"你看今天的晨报了吗？"

"嗯，看了。"田代利介答道。

"哎，别故作镇静。榆树酒吧的妈妈桑失踪了哟！"

"我知道了。"田代利介说。

"我感到震惊！"电话里充满了惊讶语气，故弄玄虚是久野的性格。

"听我说，你别那么慌张。"田代利介说，"说不定突然从哪里冒出来回到酒吧。"

"怎么，你有线索了？"

"你真是个傻瓜。我怎么知道，只是心里这样想而已，也许有人故意炒作妈妈桑和谁隐居了。"

"榆树酒吧的妈妈桑可没有那样的相好哟。"久野肯定地说，"说不定被人杀害了！"

"有那样的事吗？别说傻话。"田代利介说，但是被久野一说，也不是没有那种担心。

"不，我是这样想的。妈妈桑失踪的晚上，就是我俩去皇后夜总会的那天。"

"……"

"喂喂，你听见我说话了吗？"

"嗯，听见。"田代利介也觉得是这么回事。这么一说，眼前好像即刻出现了妈妈桑和那个绅士男子。他俩是在没有见到田代利介和久野之前离开夜总会的，假设妈妈桑是那个时候失踪的，似乎确实有可能。但当时那个绅士男子与妈妈桑的失踪究竟是否有关，眼下还不能立即断定。

"喂，田代君，今晚去榆树酒吧好吗？"久野还处在兴奋状态，大声邀请。

"不行，我今晚有工作要完成，谢谢你热情邀请，可我真的不能去。"

"不仅仅是喝酒，主要想打听妈妈桑失踪的原因。"

其实，田代利介也很想了解妈妈桑的失踪原因，可转而一想，跟久野这种喝酒后胡闹的人一起去实在受不了。

"不，我手头工作忙，有许多工作必须在明天早晨前完成，抱歉，今晚你就一个人去吧！"

"你这无情的家伙！"久野遗憾地说。

那天晚上的工作，田代利介干到九点左右才结束，这么忙的情况已经好长时间没遇到过，感到全身疲劳，于是对两个助手说："买你俩各自喜欢吃的。"说完把钱给他俩，自己去工作室换上外出衣服。

他坐在椅子上思考，现在是回公寓休息还是去什么地方走一走。从今天早晨见到晨报披露的榆树酒吧妈妈桑失踪的消息后，妈妈桑的影子就一直在脑海里时隐时现。他想去榆树酒吧了解情况，可久野肯定在，如果他发酒疯瞎胡闹，自己只能甘拜下风，于是决定今晚不去那里。

可是妈妈桑为什么会失踪呢？从没听说过她有巨额存款，看来钱财不是什么失踪原因。那么也许是男女关系？这不太清楚。不过妈妈桑给人的感觉，是品行端正的女性，口碑好，没有艳遇方面的传闻。但从事接客生意的女性经营者背后，有人们无法从外表察觉到的各种隐情。

从表面上看，妈妈桑对于田代利介有好感，但在田代利介看来，好感的百分之五十是出于生意需要，不用说，多半不会有讨厌田代利介之意。不过，如果百分之百地相信那种好感是真实的，那对男人来说才是最危险的。

然而，世上男人容易产生强烈的自我满足感，执意轻信妈妈桑的生意用语是内心真情的表露，因而热情、热烈、热爱。一旦妈妈桑的举止不像期待的那样，男人会把那种热情化作仇恨。应该说，那样的例子屡见不鲜。如此分析后，觉得妈妈桑失踪原因也许就在这里。

田代利介的脑海里，相继掠过两个男子的身影，一个是在飞机上见到的矮胖男子；另一个是在皇后夜总会和妈妈桑在一起的绅士男子。但是，他们都不是榆树酒吧的常客。如果喜欢妈妈桑，理应是光临榆树酒吧的常客，然而服务小姐回答说矮胖男子不是常客。应该说这个回答不像是撒谎。

实在无法理解。虽说失踪，但除了再观察一段时间以外似乎没有其他的好办法。像久野那样乱激动，一旦情况明了后未必不是判断上的失误。就在这时候，电话铃响了。

木崎助手接的电话，随即说："先生，是文声社伊藤先生打来的电话。"

文声社是出版综合杂志社，伊藤是该出版社照相彩页的责任编辑。"喂，田代君。"伊藤的声音从送话器那头传来。

"什么事……现在这时候？"田代利介看了看手表，正值晚上九点半。

"想跟你见一面。上次跟你说过的，也就是巡回拍摄湖畔的出发日期越来越近了。需要事先跟你商量，今天晚上，也就是现在可以见你面吗？"伊藤的声音里混杂着音乐。

"在哪里？"

"新宿咖啡馆。确实有需要与你商量的事，能来吗？"

"是吗！"田代利介琢磨了一下，凑巧需要收尾的工作也结束了，也有想去外面溜达溜达的心情，觉得可以去他那里。

"好，去你那里。"

"是吗，非常感谢，等你。咖啡馆叫万隆，就在武藏野馆附近。"

"知道了，乘车大约需要二十分钟吧？"

"差不多，我等你哟！"伊藤挂断电话。这时木崎也要回家，于是一起离开工作室。

"先生，什么时候去湖畔巡回拍摄？"

"再过四五天吧。"

"太好了！现在这季节。"木崎助手羡慕地说。

这时驶来一辆空出租车，田代利介招手示意停下，乘上车后说："再见。"

"再见。"木崎助手鞠躬致礼。他是田代利介忠实的助手。

按照预定时间，二十分钟后到达新宿，没费多大工夫就找到了万隆咖啡馆。走进店堂只见伊藤坐在那里，并举手示意他的所在位置。文声社的伊藤编辑与田代利介的年龄大致相仿，两人交往时间也比较长。这次湖畔巡回拍摄的方案，是伊藤策划的。

"对不起，让你久等了。"田代利介坐到伊藤对面座位上，伊藤的咖啡杯已经底朝天了。

"对不起，我来喊服务员。"伊藤说，"是上次说过的湖畔巡回拍摄的事情……"他立刻把话切入正题，"按最初商定我也理应一同前往，但是社里有文人演讲旅行项目，我是发起人，被安排去大阪，所以你那里我就不能一起去了。"

"噢，原来是这原因。"田代利介要了一杯咖啡说，"如果是那原因，不必介意，我一个人去。"

"那好，对不起你了。"

"不，应该同情你才是，好不容易盼来的愉快旅行，是这样吧？"

"嗯，要说心里话确实是那么回事。"伊藤又说，"跟任性的文人们在一起远远比不上和你一起出行。我这次出差是侍候别人的活儿，不去不行。哎，湖畔巡回拍摄的计划有眉目了？"

"嗯，可以先从信州开始。"田代利介答道。

"原来如此，是从信州开始？"

"拍摄白桦湖、诹访湖、木崎湖、青木湖、野尻湖。"

"哦，接下来呢？"

"接下来，打算乘飞机去东北地区巡回拍摄。"那是愉快的话题。田代利介一边说，一边好像眼睛已看见了白色云彩和蓝色湖面。

"好！"伊藤表示赞成，"预支出差费的事情，我会提前跟编辑室主任说的。"

"拜托了。"

"时间不要往后推迟得太多。因为印刷原因，照相彩页很费时间。"

"明白了。"田代利介喝起了服务员端来的咖啡，"那，等一下去哪里？"田代利介问，伊藤似乎来劲了，说："去涩谷。"

"去涩谷？"

"嗯，是我最近发现的，那是一家快活的酒吧。"

"嘿，该不是发现漂亮姑娘了吧？"田代利介开玩笑似的嘲笑性格轻浮的伊藤。

"嗯，去了你就明白了。"伊藤脸上是愉快的表情，站起身来抢先抓住账单。

那天晚上，田代利介跟着伊藤外出玩耍到很晚才回到家。第二天早晨，其实已经是快中午时分了，一睁开眼睛便想起要做的事，连忙着手外出准备。来到门口，扬手招了一辆出租车，让司机快速驶往世田谷，地点是那片正在建造肥皂厂的空地。

矮胖男子与自己同乘一架飞机，可疑的模样始终停留在田代利介的脑海里挥之不去，眼前不时地浮现矮胖男子在榆树酒吧和妈妈桑交谈的情景。田代利介想，出发前无论如何与他见一面，并且想再去一次工地。

去工地的路，他隐隐约约记得。他让车停在坡道上，去那里必须从这里沿狭窄的小路步行。田代利介下车后徒步去那里，高地上有一片杂树林。到了空地，田代利介被眼前的情景弄蒙了，空地上尽是野草，丝毫没有曾经是工地的痕迹，板质围墙也不知什么时候被拆除了。他开始怀疑自己的眼睛，怎么回事？上次见到的工地周围的板质围墙，现在竟然不翼而飞了，又恢复了以前满是野草的空地模样。

上次来时，说这里正在建造肥皂厂，从围墙间隙窥视里面，好像正进入基础工程阶段。那以后已经过去了许多天，心想建房工程大约进入后阶段了吧，没想到再次来这里却什么也没有了。这到底是怎么回事？是突然停止建造？那么，理由是什么呢？由于工地出现过矮胖男子，田代利介不可能把这种异常变化看作一般意义上的变化。他走在草地上，去有工地痕迹的地方，发现还有些水泥素砼基础的痕迹，还有好像是什么东西破碎了，到处是混凝土碎片。他捡起一块碎片查看，碎片内侧沾有油脂。

油脂是制造肥皂的材料之一，油脂和苛性钠经过碱化再注入甘油调匀后，肥皂就诞生了。这么看来，这里也许制造过肥皂。但就现场观察到的情况来看，混凝土碎片好像来自冷却槽。通常，肥皂材料先经过煮工序，再放到冷却槽冷却固定。

碎片数量不是很多。在田代利介看来，如果是遗漏的碎片，看来冷却槽也不是很大，充其量长二米、宽一米左右，仅仅是用于试制肥皂而已。不用说，其他设备都被运走了。总之田代利介做了这样的推测：混凝土碎片内侧沾有油脂，由此看来，那些人在建筑工程没有完工的情况下先试制了肥皂。虽无法知晓试制结果如何，但结果也有可能是失败的。纵然就是有一两次试制失败也是正常的，然而突然终止厂房建造的举动，无论如何是令人难以理解的。

田代利介的两只胳膊交叉着抱在胸前思考了一会儿，突然觉得久野肯定知道这一情况，因为他就住附近。田代利介离开空地，走完下坡道后又走了五分钟来到久野家。

"打搅了。"他推开大门，久野妻子闻声从里面出来。

"啊，是田代先生。"久野夫人瞪大眼睛微笑道，"请进！"

"请问，久野在家吗？"田代利介问。

"真不凑巧他出门了，现在不在家。"久野夫人抱歉似的说。

"原来是这样。"

"他说今天迟了，说完就出门了。对不起，你是跟他约好的吗？"

"不，没有约过。"田代利介看了一眼久野夫人的脸说，"我刚才去空地转了一下，你忘了吗？就是久野建议我建房的那块地方。"

"哦，原来是那里。"久野夫人点头表示知道。

"那里原先好像是在建造肥皂厂房，周围还竖有板墙，我今天去了，没想到那里什么都没有了。这究竟是怎么回事呀？"

"噢，原来是那事啊！"久野夫人坐到大门槛上，"据说土地主人来过了，怒气冲冲地命令他们拆除建筑物和围墙。"

"哦，土地主人发脾气了？为什么？"

"那呀，据说是没有经过土地主人同意建造的。"久野夫人接着又说，"土地主人好像不常来这里，事先不知道有人擅自在自己的土地上建造厂房。我们也不清楚那情况，还以为土地主人出售了那块地。其实，我们也没想过有人无视土地主人权利擅自建造厂房。"

"啊，遇上了蛮不讲理的家伙哟！"

"是的，我也是后来听人说的，真的吓了一跳。"

"是土地主人抗议后拆除工地的吧？"

"是的，好像连围墙也都拆了。土地主人好像是这么说的，有人写信告诉他这一情况，于是他气冲冲地赶来命令拆除工地。"

看来，建筑工地的终止原因不是肥皂试制失败，而是没经过主人同意。田代利介认为，土地主人发怒是有道理的。

"太狠毒了，不经过同意就在别人土地上建房。"久野夫人好像自己是主人，愤愤不平。

"那会不会是中介公司使坏欺骗建房人上当？"田代利介边抽烟边问。

"不，好像不是那回事。"久野夫人一边请田代利介喝茶一边说，"据说是擅自建房。"

"那是太过分了。"

"是过分哟！现在跟商人打交道要多长一个心眼。据说某商人擅自建房，当土地主人责令他拆除时，他还强行索要拆迁费。"

"这么说，这回也是用同一种手法？"

"不知道！如果是那样，土地主人也许会遇上麻烦。"

田代利介心想，土地主人到底抗议谁？便问："夫人，据说有人写信给土地主人，土地主人来了以后多半跟建筑工地上的人说过抗议的话吧。"

久野夫人好像不知道这情况。

"信是谁写的呢？"

"说是附近的人，大概是知道土地情况的人吧，可能是看不下去后才写信的吧？"

久野夫人说。那种假设姑且是符合常理的，但田代利介还是觉得模糊，分析不出理由……

"听说土地主人没有出售土地的打算。田代先生好不容易对它感兴趣，可是……太遗憾了。"久野夫人安慰说。

"没关系，今后请夫人再帮我找一块好地方。"

"我会放在心上的，你不能永远单身生活，年龄也不小了，房屋建好后娶一个好太太。"

看这架势，久野夫人很有可能出任介绍人角色。

"实在是给你添麻烦了。"田代利介说着站起来。

"怎么啦？你马上要回去吗？"

"嗯，还有没做完的工作，我现在回去把它做完，请向久野君问好。"

"哎，请走好。"久野夫人送他到门外，"我丈夫回来后也会感到遗憾，没准今晚会打电话给你。"

"请。"田代利介回家了。

第二天早晨，睡梦被尖叫的电话铃声吵醒了，一看手表才八点钟。这么早打电话来会是谁呢？田代利介一边想，一边从床上爬起来拿起电话听筒。

"喂，是田代君吗？"是久野的声音。

"哦，是久野君吗？什么事？"田代利介问。

"好长时间没听到你声音了，身体好吗？"

"好啊。"

"最近稍稍忙了一点，我一直在外面。"

"那，你辛苦了。"

"听妻子说，你昨天来我家了？"

"是的，是为上次说起的那块地。"

"听说了。"久野说，"我也一直觉得空地上建厂房是怪事，曾经听说过土地主人是不愿意出售的。不出所料，果然是瞒着土地主人建造厂房！"

"听说是那样的。"

"我把那样的土地推荐给你，实在是对不起你。你说原来的想法改变了，我才放下心来。"

"是预感吧。可是，我也一直想给你打电话。"

"哦，有什么事？"

"是熟悉的榆树酒吧妈妈桑下落不明的事情。"田代利介说。

"你好像很关注，哎，听说什么了吗？"这时，久野的声音来劲了，"我也惦记那件事，不凑巧工作忙，那段时间也不在家。喂，那是绑架事件！"久野明确地说是绑架事件，让田代利介一下变得紧张起来，虽说自己也那么想过，可没有掌握确凿证据。看来，久野一定是有什么证据了。

"你有绑架的确凿证据吗？"田代利介问。

"我是凭直觉。"

"没有证据吧。"

"证据嘛，来自我的直觉！"久野还是原来说法，田代利介失望了。

"直觉不能成立。"

"那说说你的判断。"

"在电话里说不清楚，见面后再说吧。"

"那么，今晚见面好吗？我也有新的消息，会让你吃惊的。"

"喂，什么新消息？"

"这，就把它当作今晚的愉快话题吧。晚上八点还是在榆树酒吧见面，怎么样？"

"好！"两人约定后挂断电话。这时电话铃响了，好像一直在等候似的。

"喂喂，你是田代？我是文声社。"电话那头是小姐的甜美声音，文声社是伊藤的单位。小姐说完，接电话的是文声社编辑室副主任中原。"你好，田代君，好久不见。"

"是的，好久不见。"

"简单扼要地说一下吧，就是上次伊藤托你巡回拍摄湖畔的事，根据策划部的安排把时间给提前了。请明天出发！"

"明天出发？"田代利介吃惊地说，"那太急了。"

"哦，对不起！"中原副主任道歉说，"情况是这样的，原定一星期过后编辑照相彩页，可现有的那些照片都看不中，于是决定请你拍摄湖畔照片，无论如何请帮忙！"

田代利介听完原委后无法推脱了："就这样吧。"

"另外还有必须向你道歉的事，真是对不起，伊藤去大阪还没有回来，只能安排别人代替他跟你一起去，好吗？"

"不，既然那样，我还是一个人去，转来转去方便。"他想，比起跟不知脾气的人同去，还不如一个人去，工作起来也顺利。

"那样行吗？那好，对不起了！"

"没关系，请在傍晚前把机票和出差费送到我这里。"

田代利介放下电话赶紧做出差准备，一会儿调查摄影预定地，一会儿查询列车时刻，一直忙到中午。从下午开始，他让木崎助手准备两架照相机、广角镜头和望远镜头。由于有五六天时间不在工作室，便提前给木崎助手和吉村助手安排自己外出期间的工作，随后是处理手头的工作，一直忙到晚上七点多钟收工。

与久野约好晚上八点见面，田代利介让出租车飞速驶往银座，来到榆树酒吧门口后猛然觉得像撞墙似的，没想到大门紧闭，玻璃窗里漆黑一团。借助微弱的路灯光线，发现门上贴有一张白纸。

各位客人：

本酒吧因为内部改建需要停业相当一段时间，由此给各位客人带来的不便，谨此致歉。等到开张时，还请各位客人多多光顾。

榆树酒吧　店主

关门理由是为了酒吧内部改装，田代利介觉得可能是借口。上次来酒吧时生意很清淡，结果现在停业了。原来在这里工作的服务小姐们，肯定都各自去了别的酒吧。

"你好。"久野认出田代利介后打招呼，"你来得比我早。"

"早来倒没什么，可就是……"田代利介答道，"你看呀，榆树酒吧关了！"

久野顺着田代利介指的方向望去，啊！满脸诧异的表情。

"还真关门了！"他瞪大眼睛阅读纸上的内容，"好像是真改装？"他歪着脑袋流露出表示怀疑的神色。

"哎，我觉得是关门借口。"田代利介说。

"嗯，我也那么想，或许有人买下酒吧把经营权转让了。"

"可是妈妈桑不在，那样的交易恐怕不应该进行吧？"

"哎，你可能不知道，酒吧的经营内幕很复杂，背后的隐情外面人是不知道的。"久野仰望着漆黑的窗户嘴里嘟哝道。

也许背后隐藏着什么。久野的嘟哝给了田代利介暗示。

"久野君，你好像非常关注妈妈桑的失踪事件。这情况，你了解到什么程度了？"

"哦，这情况正如电话里说的那样，工作脱不开身，还没有调查。"

"请一定要调查！"田代利介用积极的语气说，"我也突然对这起事件感兴趣了，也想展开调查，可事不凑巧，因为已经接受文声社委托，明天必须去外地巡回拍摄，大概要五六天时间。怎么办？这段时间里请你展开调查好吗？"

田代利介乘上深夜列车离开新宿，木崎在站台上送行："先生，请一路小心。"

"剩下的工作就拜托你了。"田代利介从窗口探出脑袋对木崎助手说。

"明白了。"木崎笑嘻嘻的。

"哎，还有一件事，也许久野君会问起我，你就代我回答说，我会按照时间回来的。"

"知道了。"列车启动了，木崎助手挥手致意。

田代利介打算等窗外城市灯火消失后就睡觉。经常出差在外，他已经习惯了这样的生活，可今晚不知什么原因就是睡不着，主要是不放心榆树酒吧。"……妈妈桑到底怎么啦？上次在飞机上遇见的漂亮女人与妈妈桑之间是什么关系？"在他看来，妈妈桑的失踪背后有犯罪迹象。他抱怨自己不该在这种时候悠闲出差。然而该杂志社是老客户，是不能推脱的。

调查已经委托久野了，也许他能了解到什么。田代利介打算强迫自己睡着，可不知什么原因大脑神经仍然兴奋得毫无倦意，不得不从行李架取下那份看过的报纸，摊开后认真地阅读没看完的部分。看着，看着，不知什么时候困倦得视觉模糊起来，梦里遇见了与自己同乘一架飞机的漂亮女人……在列车快要到达松本车站的时候他醒了，可外面还是灰白色的晨雾，眼熟的平原大地在窗外一掠而过地消失在车尾。

换乘从松本到信浓大町的大丝线，又在大町换乘酷似轻轨的内燃机列车。在车厢里，许多年轻旅客身着登山装，虽然春天来临，完全还是冬季装束，沉甸甸的背包占据了走廊，相互间说的尽是有关登山的话题。年轻的登山旅客在途中相继下车。清晨的阳光下，大雾消失殆尽，天空变得晴朗，山脉表面金灿灿的。一小时后，田代利介摇晃着肩上的照相机背包在小车站下了车。

田代利介在海之口小车站下了车，站在这里可以清楚看见北边的爷岳山、布引岳山和偏北面的鹿岛枪山。车站广场附近有既不像饮食店也不像旅馆的破旧房屋，对面车站的背后是木崎湖。说早晨，还很早，也没有在这车站下车的客人。田代利介知道，这条小湖呈南北细长条状，北端有车站。于是，一下车后就沿北面的湖边行走。

木崎湖一侧的岸边，是来往于大丝线的铁路，另一侧岸边是山脉。在早晨清新的空气里，两岸的山倒映在湖水里，编织出美丽的景观。田代利介在那里拍摄了十三张照片后返回街上朝大町方向行走，接下来是拍摄湖水的中央部位和南端。这时他察觉到自己还没吃早餐，于是走进了一家饮食店。

"你好。"一走进店堂，昏暗的店堂深处走出一个老太太。

"有早饭吗？"

"没有饭，"老太太说，"如果吃面条，那有。"

"吃面条？行。"坐在椅子上等了一会儿，老太太端来热气腾腾的面条。

"好快啊！"田代利介这么说，原以为自己来得太早水还没有烧开呢。

"是呀，刚才来过吃面条的客人。真是太巧了，所以你要吃面条凑巧就赶上了。"

"哦，原来是这样，那太幸运了。"果然，已经有游客先到这里填饱了肚子。老太太看着田代利介吃面条，问："先生，您是东京人吧？"

"是的。"

"咦！刚在这里吃面条的客人也好像是东京人，今晨连续光临我店的是两个东京人。"

"这么说，来这里的东京人很多了？"

"不，除年轻人夏天来爬山外不常见到。尽管这里湖景很美，但还没有达到旅游观光的程度。"

也就是说，这儿还没有建造观光设施。田代利介站在湖畔中央位置，正面是山，湖面是浓浓的山阴色，的确是一幅旷世美景。然而也正像面条店老太太说的那样，其设施没有达到观光的水准，周围尽是树林和杂草。不过这一带有拍摄价值，有必要进一步宣传。

在此，田代利介拍摄了十四五张风景照。这里万籁俱寂，除偶尔有经过的列车汽笛声外没有令人讨厌的噪声。在东京人眼里，这里简直是绝无仅有的世外桃源。当地农民经过这里时，频频地眺望着正在摄影的田代利介。

"大叔，东京的同行也常来这一带摄影吗？"

"不，不常来。"农民笑嘻嘻地说。

"噢，原来是这样，可我觉得这里风光秀丽。"

"我们也觉得这里是好地方。"农民环视了一眼湖面后赞美地说，"我早就住这里了，要说早晨和傍晚的大自然景色吧，日本的任何地方都比不上这里。"

这时，从他们所在岸边的某个地方传出好像把东西扔进湖里的水响声，涟漪在宁静的湖面上荡起，朝四处漫延。"咦，好像有人扔东西？"农民歪着脑袋思索，向传来水响的方向眺望，就是看不清楚什么人在扔东西。那里的涟漪还没有消失，水面还在晃个不停。

"经常有人这样扔东西吗？"

"不，很少。"农民说，"湖底有白龙，我们当地人按理没有这种遭报应的人，真奇怪！"农民说完不可思议地走了。

田代利介改变取景位置而朝南边方向走去，也就是从湖畔南端拍摄。花费了大约一小时，拍摄木崎湖的任务大致结束了。接下来是拍摄青木湖，需要在北边山梁场车站下车，但是去那里只有乘列车。于是，田代利介打算乘沿街道行驶的巴士去车站。巴士驶来了，一边扬起白色尘土一边摇晃着，到站后没有下车的客人，上车客人也就田代利介一个。"您去哪里？"女售票员问。

"去梁场。"

"明白了。"售票员说了价钱，撕下车票给他。上车后发现乘客多得出乎意料，他好不容易在后边找到座位。从车窗朝外眺望，左侧是时隐时现的山脉和湖面，山岳距离很近，右侧是平原，能看见远处的山脉。巴士到达下一个车站时，上车的是三个带着孩子的乘客，没有座位，只能站着。

"下一站是海之口车站广场。"女售票员朝着田代利介说。

巴士到站了，因为是车站广场，上下的乘客都很多。田代利介不经意地看着一个接一个上车的客人，忽然发现其中一个乘客时瞠目结舌。那乘客是混在众多乘客中间上车的，咦，不就是那个矮胖男子吗！"

田代利介刹那间怀疑起自己的眼睛来，可对方似乎并没有察觉到田代利介，只是双手抓住安全拉手，两眼发愣地望着窗外。塌鼻，厚唇，浓眉，细眼，绝对没有认错！田代利介一时间紧张得说不出话来，万没想到在这种地方见到这男子。第一次是在从九州回来的飞机上，第二次是在榆树酒吧里，第三次是在世田谷空地的工地上，现在是第四次，竟然是在去信州路上的巴士里。

田代利介尽量躲在站着的乘客背后观察矮胖男子，他身着与在飞机上和在酒吧里见到时相同的西装，上面满是褶子，粗看宛如上街的农民。他还是没有注意到田代利介，仍然眺望窗外。田代利介越看那张侧脸，越觉得自己没有认错，是他，绝对是他！那家伙究竟是为什么目的来这里？田代利介歪着脑袋沉思。看来这家伙来路不明，难道仅仅是肥皂制造业主吗？

"下一站是梁场车站广场，要下车的乘客请检查一下随身行李，别把东西遗忘在车上。"

片刻后巴士停在梁场车站广场，下车的乘客相当多，站着的乘客先下车，矮胖男子也跟在后面一起下车，但他还是没有发现田代利介。田代利介只是紧随在后面。

奇怪！他为什么来这里？田代利介停住脚步，歪着脑袋目送他朝车站走去。人也许有什么要事出现在什么地方，这并不奇怪，但在这种地方碰上他是田代利介无法想象的。不过，在这儿碰上矮胖男子也许不是坏事，这应该与榆树酒吧事件有关。现在是侦查他行动的绝佳机会。田代利介朝前面走，看见矮胖男子走进搬运公司店铺，便躲在隐蔽物背后观察。

矮胖男子跟搬运公司店铺的主人说着什么，片刻后店铺主人在货物堆放的地方不停地寻找，找了好一会儿从中拿出一个四十厘米边长的正方形草席包裹交给他。包裹看上去沉甸甸的，矮胖男子把它扛在肩上，边走边神色慌张地扫视周围。田代利介在隐蔽物后面紧盯着他。

根据他从搬运公司提取包裹的模样来观察，好像是把从哪里运来的包裹寄放在搬运公司店铺，现在是来提取。他特地把包裹发送到偏僻的农村车站再亲自提货的举止，就令人不可思议，而且压根儿看不清楚包裹里的货物。再说看他把包裹扛在肩上的状态，可以想象分量很沉。那里面究竟是什么呢？田代利介很想知道。矮胖男子没察觉被田代利介看见，朝着车站走去。

咦，他乘列车是去什么地方吧？就在这么思考的时候，矮胖男子乘上了停在车站广场唯一的一辆出租车。怎么回事？矮胖男子把包裹放入出租车后敏捷地上了车，出租车在田代利介前面经过。刹那间，他用目光搜寻其他出租车，可出租车在偏僻农村很少，只能无可奈何地看着他乘坐出租车消失了。自己无法继续跟踪，于是决定去搬运公司店铺打听被领走的是什么包裹。

"你好。"刚走进店铺，刚才那个店主就从里面出来，并瞪大眼睛打量着肩背照相机背包的田代利介。

"我是东京杂志社的。"田代利介编了个假话，如果不这样说，难以调查到别人的包裹。

"刚才，大概有客人来这里领取包裹了吧？"

"是的。"店主茫然地注视着田代利介的脸。

"能不能告诉我，包裹寄件人和收件人的姓名，还有包裹里的货物名称和重量等。"田代利介故意用傲慢的语气说，这样做居然获得意想不到的效果。

"是不是会刊登在杂志上？"店主显示出兴趣来，见田代利介拿着照相机，似乎对他自称杂志社记者深信不疑。

"是的，需要调查包裹里的货物。好像是中央线列车送来的，我是特地赶到这里的。"

"嗨，那到底是什么呢？不会是尸体被装在包裹里吧？"

"不是那回事。"田代利介苦笑道，"店主，我不能告诉你是什么货物，但它是装在边长四十厘米的方形包裹里。"

"哦，原来是那么回事！刚才那个人来领的包裹就是那么大小。"店主同时用手比画着。

"那，方便的话，请务必把包裹提取单给我看看。"饶有兴趣的店主丝毫没有怀疑，拿来了包裹提取单。田代利介瞟了一眼包裹提取单，内容如下：

名称：肥皂材料　货物重量：5.8公斤　包装形式：木箱外包草席

体积：长 50 厘米　宽 40 厘米　高 40 厘米

寄件人：川合五郎　寄件人住所：东京都新宿区角筈 124 号

收件人：川合五郎　收件车站：新宿　取件地点：大丝线梁场车站广场搬运公司店铺

　　是肥皂材料！这令田代利介为之一振，急忙取出笔记本详细记录下来。离开搬运公司店铺后，他嘴里还念叨收件人和寄件人的姓名、住址等。姓名肯定是假的！田代利介觉得回到东京后有必要核实。姑且就称矮胖男子为"川合"，这家伙乘出租车去哪里了？田代利介在车站广场伫立了一会儿，眼下没那么容易见着返回的出租车。车站广场前面的房屋、玩耍的孩子们、等候列车而溜达的旅客们，都在沐浴明媚的阳光。他看了看手表，三十分钟过去了，过多把时间耗在这里，接下来要去的地方在时间上也就迟了，于是打消了等出租车的念头。

　　包裹里装的是肥皂材料！田代利介朝青木湖方向边走边思考。在世田谷空地上企图建造的是肥皂厂，寄件和收件的包裹名称是肥皂材料，看来是符合逻辑的。这时，路对面开始出现了蓝色湖面的一角，可是田代利介仍然在思索。

　　所谓建造肥皂厂的动机，好像是用欺骗手法在围墙里实施见不得人的勾当，结束后便拆除围墙。为了避免受人怀疑，一直到土地主人提出抗议后再拆除。这种手法可谓天衣无缝。

．　他来到湖畔，觉得青木湖比木崎湖的面积要稍大一些，对面的山相当高，山背后理应与鹿岛枪山和五龙岳等主峰连接。今天是多云天气，那一带朦朦胧胧地看不清楚。

　　那么，矮胖男子究竟在围墙里实施了什么勾当？从地上捡到的水泥碎片，那内侧沾有厚厚的油脂固休，似乎是制造过肥皂。他眺望湖面，一边为拍摄构图一边琢磨，矮胖男子提取的是东京寄来的货物，包裹单上写的是肥皂材料，可他为什么要特地把它寄送到偏僻农村呢？他乘出租车又把货物送到哪里去了？

田代利介没有确定拍摄构图，在那一带草地上转来转去。叫川合的矮胖男子确实与榆树酒吧事件有关，但是他与肥皂制造之间有关吗。拍摄构图终于确定了，在按快门拍摄了第五六张的时候，湖面发生了变化：有响声，好像是大石块被扔进湖里弄出的响声。涟漪呈圆形朝四周散开，随之映在湖面上的山脉倒影抖动起来，浮在湖面上的东西漂荡起来。

田代利介吓得赶紧把视线移向涟漪中心点搜寻，由于是站在岸边，加之树林遮挡和似乎有一段距离，看不清楚那一带。田代利介朝那里奔跑起来，踩草，折枝，根本没有路，只能确定方向后以那里为目标呈直线奔跑。途中时而有河，时而有灌木丛，时而有山崖，时而不得不绕远路。

奔跑过程中也由于树林遮挡时而看不见湖面，好不容易来到有可能是发生涟漪的湖畔时，水的波纹已经消失，水面恢复了宁静，山的倒影也不再晃动，四周已经没有水花痕迹，难以推测有人把东西扔入湖里的具体位置。

田代利介默默地把胳膊抱在胸前，忽然把"川合"的包裹与掉落到湖里的东西联系起来。这也许是突发奇想。他在木崎湖畔听到过水声，看见过涟漪，抑或是巧合？！眼前浮现出"川合"在梁场车站广场搬运公司店铺领取的包裹，外面是用草席包裹的；紧接着，眼前浮现出木箱沉入湖底的情景。

等一下！他顺着这样的思路不停地思索，"川合"肯定是从海之口附近乘坐巴士的。由此看来，他大概是从海之口车站广场搬运公司店铺提取了什么包裹。

木崎湖，就在距离海之口车站两三百米的地方。田代利介打算返回海之口车站，可光为这样的谜团打转转，手头上的重要拍摄任务将被丢在一边。如果把日程往后挤，时间将变得更加紧张。田代利介前思后想感到困惑，但最终还是决定返回海之口，实在是不愿意错失良机。于是他来到路上，凑巧驶来一辆巴士，田代利介举手示意停下。上车后，巴士扬起灰尘，沿着与来时相同的路奔驰。此时此刻，他的心里充满了期待。

田代利介在海之口车站下车。这里是农村车站，广场上只有一家搬运公司店铺，打听情况可能比较方便。"对不起。"他走进店铺，中年女店主从里面出来迎接。里面是水泥地坪，年轻职员正在整理货物。

"有何贵干？"女店主个头矮，体形胖，笑脸相迎，态度和善。

"我想打听从新宿寄到贵店的包裹是否已经到了。"田代利介问。

"请问收件人叫什么名字？"

"寄件人和收件人都叫川合五郎。"

"请等一下。"女店主翻开账簿，"你说的包裹还没有到，包裹里的货物是什么？"

"是肥皂材料。"

"没有。"她两眼离开账簿抬起脸来看着他。田代利介感到意外，心想，寄到海之口的包裹也应该与寄到梁场的包裹内容相同。

"确实是寄到我这里的吗？"女店主问。

"确实的，是三天前从新宿寄出的。"

在一旁整理包裹的职员抬起脸说："来自新宿的包裹，这四五天里一件也没有。"

田代利介不得不作罢，觉得失望而朝车站走去，这时有人从背后喊他，于是转过脸来，才察觉是刚才搬运公司店铺的女店主。

"是关于你刚才打听的包裹。"女店主跑到跟前说，"虽说本店没有受理过，但可能被送到车站了吧？这样吧，我代你向经办人打听。"当地人还真热情！女店主带着田代利介来到车站包裹受理窗口。

"小田君。"女店主从窗口朝里喊车站职员，"请你查一下到达的包裹好吗？"

"什么包裹？"年轻职员走到跟前。

"这位先生呢，"女店主指着田代利介说，"说三天前从新宿寄出的包裹还没有到达这里。本店也确实没有收到，我想说不定发送到你这了，特地向你打听。"她伸长脖子等对方回答。

"包裹里装的是什么货物？"年轻职员问田代利介。

"是肥皂材料。"

"肥皂材料？奇怪！"车站职员拿出包裹单翻阅，"收件人叫什么名字？"

"寄件人和收件人都叫川合五郎。"

"是川合五郎？"车站职员认真查阅了一番，抬起头来说。

"没有你说的名字。"

"没有吗？"田代利介心想可能自己估计错了。

"寄件车站是新宿吗？"车站职员又仔细将包裹单看了一遍。

"从新宿寄来的货物，今天到达的就一件。最近啊……"车站职员自言自语说。

田代利介突然紧张起来，也许……"是不是木箱外面有草席？"

"是的，是的。"年轻职员答道，"不过，那不是肥皂材料。"

"是什么？"

"是蜡烛。寄件人名字也不一样，叫荒川又藏！"

包裹里装的是蜡烛，寄件人是荒川又藏……田代利介歪起脑袋，唯寄出车站和包装相同。

"那，大小是不是边长五十厘米的正方形体积？"

"不是的，是瘦长方形的木箱！长八十厘米，宽约二十厘米，高四十厘米，重四点一公斤。"

田代利介听完直发愣。

"不过，收件人今天中午来过了。"年轻职员说。

田代利介突然明白了，在站台等待列车进站的时候，他细细分析了年轻职员说的话。他乘上开往东京的列车，接下来的拍摄对象是野尻湖，去那里必须先返回松本乘坐筱井线，再换乘信越线列车北上。他在去那里的漫长途中还在思考，觉得川合百般狡猾，不停地变换手法。

寄达梁场车站的是肥皂材料，寄件人和收件人都叫川合五郎；寄达海之口车站的是蜡烛，寄件人和收件人的名字改为荒川又藏。不用说，寄送地点也各不相同。但是车站职员说，收件人今天中午来过了！

问到收件人长相和打扮，无疑都是同一个川合，蜡烛肯定被扔进了木崎湖。把它跟青木湖的情况结合起来思考，肯定也是相同的推断。那么，草席包裹里到底装的是什么货物？迄今只能猜它是肥皂材料，这必须重新思考。尽管那样，如此变换还真是偷天换日！刚才还是冒名川合，转眼间改名荒川；时而把收件地定为搬运公司店铺，时而把收件地定为车站包裹受理窗口。突然，田代利介想起了什么情况，大脑里产生了新的灵感，"啊！"地喊出了声。

川合五郎、荒川又藏，与榆树酒吧事件有没有关联？有，肯定有！川合五郎，是川合又五郎。荒川又藏，是荒木又后卫门，那不就是抄袭说书先生伊贺的复仇故事里的吗？可见姓名确实是伪造的。田代利介怒气冲冲，好吧，川合五郎、荒川又藏，我一定追踪到底，直到你显山露水为止！然而，究竟是什么包裹？他翻开笔记本查看寄达梁场车站的包裹情况：

名　称	货物重量	包装形式	长	宽	高
肥皂材料	5.8 公斤	木箱外包草席	50 厘米	40 厘米	40 厘米

寄达海之口车站的包裹情况如下：

名　称	货物重量	包装形式	长	宽	高
蜡　烛	4.1 公斤	木箱外包草席	80 厘米	20 厘米	40 厘米

两件包裹，唯包装形式相同。里面装的什么？田代利介反复思索，一件是肥皂材料，一件是蜡烛，从性质上看并非完全不同。他认为，应该与那家肥皂厂联系起来思考。

农村的列车很单调。在列车爬山过程中，田代利介昏昏沉沉，上下眼皮打起架来，当列车穿过隧道时他睁开了眼睛，右侧的姨舍山出现在眼前，列车沿下坡道奔驰后驶入川中岛平原。

在筱井车站，他换乘开往与东京相反方向的信越干线列车，驶过长野，相继经过牟礼车站和古间车站，在柏原车站下车时天色已是黄昏。总之，他打算趁太阳下山前的短时间里拍摄，于是在车站广场乘上出租车。

来到湖畔，夕阳的余晖铺洒在湖面上，更加烘托出野尻湖的本色美。田代利介把镜头对准暮色茫茫的湖景，拍摄了若干张照片。这时候，山周围的天色已经渐渐变黑。虽说已进入春天，然而这一带还冷得很。但是到了夏天，随着避暑游客的到来，湖畔则会变得人声鼎沸热闹起来。不过，眼下还没有游客的人影。他看到白桦旅馆，赶紧走进大门。

"欢迎光临！"掌柜出来迎接。

"有空房间吗？"

"有，有，是一个人借宿吗？"掌柜在彬彬有礼询问的同时仔细打量田代利介的装束。

"是一个人。"

"明白了。"

听说是一个人，掌柜脸上的表情似乎不太高兴，不知是赚不到钱还是不欢迎单独客人，跟女服务员打起耳语。女服务员带田代利介去的房间果然狭小，从窗口难以眺望外面的景色。"有没有其他房间？"

"没有了，不凑巧都住满了。"

田代利介感到纳闷但无可奈何。杂志社的出差费用预算也不是很宽裕，没有勇气换豪华房间。

"请问有没有贵重物品？"女服务员问。

"有，就这个。"田代利介卸下照相机背包，"请交给总台保管。"

说贵重物品，就是他随身携带的照相机。

"是。"女服务员费力地抱着照相机背包。

"洗澡水已经烧好了。"女服务员接着为田代利介做向导。田代利介脱下西装换上浴衣。

离开东京后长时间地随列车颠簸摇晃，加上步行去了好些地方，非常疲劳，遂决定晚上早点上床睡觉。全身浸泡在浴池里的时候，不料新的想法在脑海里闪现，不是别的，而是怀疑川合五郎也肯定来过野尻湖，或者还在木崎湖或青木湖。

说到信州的湖泊，除这三个外还有大諏访湖和小蓼科湖等。但是田代利介总觉得川合的旅行路线与自己相同。他从浴池里出来，穿上旅馆专用的浴衣后套上棉袍走到大门口。

"是散步吗？"女服务员准备了杉木拖鞋，"这一带没有供参观的名胜古迹，不过东京客人也许很少见过我们这里的农村街道。"女服务员说完恭维话送田代利介出门。

柏原街道果然不大，也没有特别值得观赏的地方。为野尻湖游客开设的面馆和礼品店比较显眼，此外，酒吧比较多也是观光地的特征。柏原街道坐落在高原上，春天的夜晚即便穿上棉袍也不热很舒服。田代利介走在街上，观看礼品店出售的"一茶馒头"和"一茶羊羹"。这里是伟大俳句诗人一茶先生的诞生地，家家店铺门口都挂着印有俳句的布门帘。田代利介一边观看一边朝车站走去，走到车站包裹受理窗口看见年轻职员在灯光下翻阅包裹单，右手还不停地拨打算盘。

"晚上好！"田代利介说。车站职员抬起脸，锐利的目光打量着身穿棉袍的田代利介。

"有什么吩咐吗？"

"请问从新宿寄往这里的包裹还没到吗？"田代利介问。

"叫什么名字？"

"寄件人和收件人的名字都叫川合五郎。"

车站职员查看了一叠包裹单说："还没有到。"

"名字也许是荒川又藏，包裹里的货物名称或者是肥皂材料或者是蜡烛。"

车站职员又查阅起来。"还是没有到。这一个星期里没有受理过来自新宿的包裹。"看上去，车站职员嫌麻烦。

"原来是那样。"田代利介思考片刻，重新问，"从东京寄往这里的包裹呢？"

车站职员还是嫌麻烦似的说："对不起！"

田代利介说："我是打听三四天前寄往这里的包裹情况，不一定限于新宿，从中野或者荻洼一带寄往这里的包裹是不是已经到了？"

车站职员不耐烦地看着包裹单答道："哦，从中野车站发往这里的包裹有一件。"

"包裹里装的是什么货物？"

"是葛粉。"

"葛粉。"田代利介嘀咕。

"那，重量呢？"

一点五公斤。"

"外包装是木箱吗？"

"不，是纸板箱。"

车站职员合上包裹到货单合订本，背朝着田代利介。如果包装形式是纸板箱，重量仅一点五公斤，这和田代利介想象的完全相反，太轻了。

"衷心感谢！"田代利介朝不耐烦的车站职员鞠躬后离开了，接下来准备去搬运公司店铺询问。车站广场上孤零零地有一家，里面就一盏灯，光线微弱。

"欢迎光临！"出来接待的是五十岁左右的秃顶店主。与车站职员截然相反，他态度和蔼。

田代利介问店主，三四天前从新宿寄往这里的包裹是否到达，并解释说，寄件人有可能是川合或荒川，也有可能是其他名字，包装形式是木箱加草席，里面装的货物可能是肥皂材料或者蜡烛，也有可能是其他货物。店主翻阅包裹单后说：“实在是没有你说的包裹。”又抬起脸答道，“这星期大致没有受理过来自东京的包裹。”

"哦，原来如此。"田代利介为慎重起见，描述了川合的长相，问那模样的人今天是否来这里提取过包裹。

"不，不知道。"店主断然否定。

田代利介那天晚上住在旅馆里，入睡后做了梦，从开始到结束尽梦见包裹。不知寄达车站的名称，却是从车站包裹受理窗口经办人手中提取的包裹，姓名是川合五郎，包装是木箱加草席。当他欣喜若狂地扛在肩上正要走的时候，矮胖男子从旁边出现了，说那是他的包裹。那张脸确实是川合五郎。

于是开始你争我夺。田代利介推开对方逃跑，甩掉尾巴后拆开包装，拆包的地方能眺望到湖泊。费了一番工夫终于打开木箱盖，里面装满了木屑，田代利介大失所望。这时候川合五郎出现了，肩上也扛着木箱。田代利介嘲笑他，问里面装的是什么。川合回答说装的是蛇，田代利介说撒谎，川合说我怎么会撒谎，打开木箱盖，里面果然有几百条蛇，争先恐后地朝外爬，在湖泊里游得到处都是。

田代利介早晨起床后心里不舒服，后脑勺有跳痛。女服务员送来早餐，他没有什么食欲。

"哎哟，你年纪轻轻的却没有食欲？"女服务员很客气，她好像知道田代利介从东京来。

"噢，肚子好像不饿。"田代利介说，"大姐，一茶先生的诞生地在哪里？"

服务员详细地告诉了去那里的路线。现在，他没有立刻去拍摄湖泊的兴趣，好不容易来到这里，觉得应该先在这一带逛逛，支付了借宿费后离开了旅馆。开往野尻湖的巴士是从车站广场出发，但是他没有去那里，而是沿服务员说的路线步行。

柏原街道是商业街，沿小巷朝街道背后走，那里尽是农家住宅，屋顶上放有镇石。眼下是清晨，路上不太有行人，气候寒冷得必须竖起春季外套的衣领。他沿商业街横道步行时，突然发现了什么，随即停下脚步。那不是不经意地停下脚步，而是惊慌失措地停下脚步。

在那里他看到一个女人的身影，不是别的什么女人。她在房屋之间的弄堂口转弯，她的侧脸忽然出现在眼前，尽管是眨眼间，却让田代利介想起她来，是那位与自己同机、后来又在榆树酒吧里相遇的漂亮女人。

田代利介赶紧奔跑起来，跑到她消失的地方朝周围打量，一边是印刷商店，一边是建筑工具商店，商店之间是弄堂，那里面是聚集在一起的房屋。田代利介朝弄堂深处走去，一心想跟踪她。片刻后来到尽头，这里有密密麻麻的小屋，不像农家和生意人家住的。

女人走进这条小巷后不翼而飞了，看来是进入其中的某个小屋里了。田代利介的视线不停地打量路两侧的房屋。还是清晨寒冷的时候，大部分小屋都关上了门和窗（日本式房屋的木框纸糊窗）。他站在路上，无法看到屋里情况。这时候，一身上背着小孩、约五十岁的主妇见田代利介在徘徊，用怀疑的眼神看着他。

"喂，喂。"主妇主动问，"你找哪一户人家？"

"哦。"田代利介难以回答，眼下只有说不引起对方怀疑的话，突然想起那荒唐的名字来："我找川合家。"川合这名字，是他在包裹单上看到的。

"你如果是找川合君，他家就在这条路的尽头。"主妇指着那里说。

"什么？"田代利介惊讶了，绝对没想到这里还真有叫川合的人家。

"我是拜访川合五郎君。"他慌慌张张地说。

"喂！"主妇歪着脑袋建议说，"叫川合的，我们这里就一家，去那里问一下吧？"

田代利介无可奈何，只得朝路尽头的那家走去。田代利介原打算离开小巷去大路，可是察觉到主妇是用怀疑的目光看着自己，不得不改变主意朝小巷尽头的房屋走去。

这一带房屋的特征，屋檐宽，屋顶和房檐都是采用丝柏皮茸制作，上面放有镇石。门上姓名牌写的是"河井文作"，而"川合"和"河井"的读音（日语读音：卡瓦伊）相同，只是书写不同。田代利介移开狭窄的移门。

"来啦。"从黑暗深处传来声音。出来接待的男子，乍一看就是农民模样，年龄四十二三岁，高个头，脸上胡子拉碴的，上身是筒袖上装，下身是细筒裤衩。

"欢迎！"男子望着初次见面的田代利介发愣的表情，连忙打招呼。

"向您打听一下……"田代利介一边后退一边说，"这附近有叫川合五郎的住户吗？"

"哎……"中年男子冷冰冰的目光朝他注视了一会儿说。

"哎，我家姓'卡瓦伊'……可是没有名叫五郎的人！"说完，仍然目瞪口呆地望着田代利介。

"原来是这样。"他从一开始就没有信心，"实在对不起！失礼了。"打算立刻离开。

"你……"中年男子喊住他，"从哪里来？"

"东京。"田代利介回答。

"噢。"中年男子点头后建议说，"谢谢，我想是从东京来，果然是这么回事！一听说你是东京人，总有一见如故的感觉。怎么样，来我家休息一会儿。"

"谢谢！怎么，你有亲戚在东京吗？"田代利介见这男子老实巴交的模样，不由得问道。

"亲戚倒是没有，我妹妹在东京……是啊，来屋里喝一杯茶再走。"

"他大概就是'河井文作'吧？"田代利介接受他的热情好意，因为这时他想出了一个好主意。

第三章　惊天大案

田代利介的好主意也不是别的什么，是想弄清楚刚才拐进这条弄堂的漂亮女人的身世。她确实是进入附近某户人家的，这点不会有错。虽说只是瞬间看了一眼她的侧脸，但太像在飞机上见到的女人了，也许是幻觉？如果仔细端详，也许似像非像。如果只是这样也没关系，但是总希望趁这机会顺便核实一下。他想，先与这男子海阔天空地聊一会儿后再伺机了解。

"打搅了。"田代利介坐在门框上，农民模样的中年男子亲自去里屋沏了一杯茶端到他跟前。田代利介想，这户人家大概没有女主人吧？

"你妹妹住东京哪里？"

男子脸上的胡子又密又浓，说："听说是在新宿工作，但我一次也没去过，不清楚她住哪里以及做什么工作。"从他的回答语气和态度分析，不像是花言巧语。

"原来是这样，你没去过东京吗？"田代利介喝了口茶，感到味涩。

"我是穷乡下人，没有钱去东京。"中年男子说。

田代利介不经意地扫视家中，房间里有地炉（日本农家取暖和烧饭用的），面积大约不到十七平方米，十分宽敞。榻榻米是细竹编织的，已经破旧，天花板上被烟熏得黑乎乎的，墙上贴有杂志的卷头画，用来堵住墙上的裂缝和洞。生活条件如此艰苦，让人自然觉得他确实没有去东京的旅费。

"如果知道你妹妹工作地点，我回东京后把你的口信带给她。"田代利介说。河井文作摇摇头说："不麻烦你，我想过一阵子她会回来的。"

"原来是那样。"田代利介说。他妹妹也许在东京某中产家庭做女佣吧？与其回到这么贫穷的娘家，倒不如做女佣好。田代利介突然想到，要是给这农夫拍一张照……

河井文作的脸上皱纹太深，嘴巴周围黑乎乎一片，而且胡子拉碴的。如果做成"农民相"倒是标新立异，也许可以作为彩页刊登在杂志扉页上。田代利介是专职摄影师，一遇上有特色的拍摄对象就会心跳。

"对不起。请允许我给你拍一张肖像照好吗？"

"拍我的脸？"河井文作皱起眉头，脸上表情困惑，"把我这样的脸拍成照片是没有用的哟！"他说完，用粗手指不停地抚摸拉里拉碴的胡子。

"不，就那样行！"这样的对象唤起了田代利介的艺术欲望，高兴得不知如何是好，接着又说，"这样最好，你有一副地地道道的农民脸，请无论如何允许我拍摄。"

"你要干什么？"河井目光锐利地打量田代利介。

"我要把它编入作品集里，打算在杂志上刊登或者送到展览会上展览。"

"哎呀，别拍。"河井拒绝道，"一想到我这样的脸被那么多人看，就觉得难为情！"这种羞耻感是人的本能反应。

"不，别那么想，不会刊登你的名字，务必请允许我拍摄。"田代利介边说边从包里取出三十五毫米的照相机。

"不，请原谅。"河井摇摇手，感到讨厌。

"不必担心。"田代利介原以为对方嘴里说难为情是客气，最终会同意自己拍摄的，没想到对方极力拒绝，使他感到困惑起来。可是，强迫对方顺从自己的拍摄意愿是摄影师的嗜好。眼下，只要将照相机对准对方按下快门，那就是自己的作品了，于是拽出曝光表。

"你这人居然纠缠不休！"河井脸色骤变，怒气冲冲，"我已经说过，我讨厌在那么多人面前丢人现眼，难道你不明白吗？"

"是。"田代利介被对方的大发雷霆惊呆了。河井因为发火，胡子拉碴的脸红彤彤的。

"出去！"河井吼道，"别以为我是农民就可以被你为所欲为！快离开我的家！"

田代利介急忙收起照相机，三步并作两步地逃到门外。

是啊，那农民火冒三丈是自己的行为太过分，随心所欲地把照相机对准别人不道德，与其遭拒绝半途而废，倒不如厚着脸皮不经对方同意拍摄为好。不仅拍摄是过分举止，没弄清楚拐入弄堂的女人身世更是错失良机。不用说，真打听到了也许不是她，不过那样的结果多少还是能够接受的。

昨天过多地把心思放在包裹上，他打算今天一定要致力于工作。他用取景器观察没有一丝波纹的湖面，与此同时无意中头脑里出现了错觉，似乎又有什么地方传来扔东西的响声，看着看着，眼前的湖面上出现了向四周漫延的涟漪。按理说川合不会来到这里，然而整个大脑里充满了这样的想法。木崎湖有过那样的响声和涟漪，青木湖有过那样的响声和涟漪……因此他觉得，野尻湖肯定也会出现类似的响声和涟漪，因为三条湖都在同一个信州。

昨晚去柏原火车站时，从东京寄来的包裹里装的是葛粉，外包装也不是木箱加草席包装，与原先估计的根本不同，今天不妨再去车站。在接下来的相当一段时间里，他埋头于湖景拍摄。野尻湖的湖岸线错综复杂，改变角度后拍摄出来的照片都不怎么样。通常，摄影师一旦有了拍摄灵感，拍摄欲望便会没有止境，一心想构思最佳图案，便会不顾一切地走到没有路的野地里。来这里是受杂志社委托，拍摄是主要工作，好长一段时间里，他抛开了所有杂念。

湖畔一带有密密麻麻的松树、杉树、山毛榉和栎树，还有群生的白桦树、落叶松树和针枞树（云杉树的一种）等亚寒带植物和高山植物。白桦树和落叶松树等刚冒出绿色的嫩叶，树林里主要是白桦树，与湖面组合构成了有趣的画面。于是田代利介在草地里走了起来，突然脑海里掠过奇妙的感觉，周围没有人影，只有密林、湖和远山，听不到任何响声，也听不到人的声音，只有野鸟在树梢之间飞来飞去。

与此同时，一种不祥预感在他的脑海里升腾，也许有人在暗里窥视自己。就在他正要转过脸观察身后的时候，耳边猛然响起酷似短口哨的叫声，他大吃一惊。这会儿，响起空气迸裂的枪声。他本能地趴在草地里，一股青草味直扑鼻孔，心怦怦直跳。

很明显，有人在跟踪自己，子弹从耳边掠过，显然有枪手朝自己射击。田代利介在草地上趴了大约好几秒钟，丝毫没有动弹。

在这短短的时间里,他的脑海里展开了许多假设。也许是猎人……山里经常有猎人打野物,时而把人错当成猎物。然而这里不是深山,尽管是密林,但不应有这样的失误。

枪手是谁?他无法假设。但是,模模糊糊的推测在脑海里涌现,由于调查包裹而被枪手视为障碍,然而名字和姓氏等一切都是未知数。田代利介开始意识到周围隐藏着"敌人",也许本能或者熟练的保护习惯,倒地时唯照相机被紧紧抱在怀里,没有损伤。田代利介趴在草地上用眼睛搜寻枪手,接着一边移动身体慢慢地爬起来,一边环视周围。

枪声就刚才响过一回,不再响起,而刚才因枪声受到惊吓的小鸟们还在空中飞舞。树林恢复了宁静,从树林间隙看到的湖面,依然在春光下风平浪静,树上的枝叶没有晃动,也没有传来逃跑的脚步声,当然也没有传来朝这边走动的脚步声。高度注视周围的田代利介,这才终于直起身体站了起来。枪手的第一次暗杀没有得手后多半不会继续射击,因为再响起枪声必然暴露。

田代利介扛着照相机晃悠晃悠地走到观光道路上,当来到巴士终点站附近时,咖啡馆等店铺也多了。那里有四五个人,乍一看就知道是普通游客,并没有什么可疑迹象。不可思议的是,人虽然已经来到这里,却还是心有余悸。田代利介回想子弹从耳边呼啸而过,自己趴在草地的瞬间,由于过分异常,相反情绪格外镇静,但事后的那种恐惧感自然而然地出现了。

"大娘,"田代利介走进咖啡馆,"给我一杯汽水。"

"好,好。"咖啡馆的大娘端来汽水。

"这一带猎人经常来吗?"

"哦,偶尔有,但不常来。"

"原来是那样。我刚才听到了枪声，还以为猎人进山了。"

"是啊，我也听到了……"大娘说，"有猎人进山了？可是，没有执照的猎枪是不能携带的。来这里的人我大多熟悉，但是今天没看到有谁带猎枪呀。"

果然不是射鸟，而是射杀我的。田代利介猜测这看不见的敌人会是谁呢？是矮胖男子？最初浮现在眼前的就是他！自己眼下调查的包裹，其实就是追查矮胖男子的踪迹。假设对方察觉到自己是他的"眼中钉"，无疑，除矮胖男子外不会有其他人。

这时，田代利介突然看到湖面有一条小船朝自己驶来。那是从湖对岸朝这边驶来的，划船的是头上裹着毛巾的女人。假若只看她身上的渔民服，难以分辨是男还是女，然而看到对方的上岸情景才知道是一个体形苗条的女人。田代利介朝那里眺望，女渔民将船上的锚绳系于岸边锚柱后手持鱼篮上岸了。

"大娘，"田代利介问咖啡馆大娘，"这湖里能捕捞到什么鱼？"

"哦，湖里有若鹭鱼啦，鲤鱼啦等等！"大娘告诉他，"但是这里的若鹭鱼和诹访湖的若鹭鱼不同，量少，脂肪少，味道不怎么鲜。"

"原来是那样。"田代利介坐下看。

大娘大声对手持鱼篮三步并作两步行走的女渔民说："你好！今天的捕鱼成绩不错吧？"

头戴防寒毛巾的女渔民摇摇头，没有吭声地朝柏原街道走去。

"大娘，这里的女人也捕鱼吗？"田代利介目送远去的女人背影问。

"很少有女人捕鱼，那姑娘也许喜欢所以捕鱼的吧？"

"原来是那样。她也是柏原街道的人吗？"

"嗯，是的。住在街上的，一半是农民，有时也捕鱼。"

"怪不得划船划得很内行。"田代利介看着那条拴在岸边的小船，这时，他鼓起勇气来。刚才的枪声不知道来自哪里，不用说也猜测不出什么人，但有人朝自己射击是事实。人一旦意识到敌人存在，会对看不见的敌人产生愤怒。

好，既然这样，我也就豁出去了。迄今为止，田代利介好像一直在白茫茫的迷雾里徘徊，决心从现在开始走出这迷雾。他乘上开往柏原车站的巴士，欲调查寄到车站的包裹，可以说这是他朝敌人发起的最初攻击。

来到柏原车站小件行李领取窗口，他看见昨晚的那个车站职员正伏案记账，对方看见他时满脸冷冰冰的表情。"对不起，我是为昨晚询问的包裹来的。"田代利介的语气不由得变得拘谨了，"今天的邮车是否到了？"

"什么包裹？"车站职员的眼睛依然看着账簿反问。

"是木箱外面包草席，从东京寄到这里的。"

"没有到。"车站职员坐在座位上说。

"奇怪！"田代利介故意小题大做地歪着脖子。

"听说包裹已经从新宿站寄出。"

"有包裹单提取联吗？"车站职员问。

"不，那还没有到。"

"没有提取联，就是本人来了也不能领取。"车站职员答道。领取包裹是需要他说的手续。寄包裹时要领取包裹单提取联，随后把它交给收件人。收件人凭包裹提取单去寄达车站领取包裹，否则不予受理。看对方的态度，是不会接待的，田代利介不得不走出车站，接下来要去的地方是搬运公司店铺。

"哦，是询问昨晚到达的包裹吗？"对方说。

"是的，有吗？"田代利介不由得眼睛一亮。

"不，你说的那包裹还没有到达！"店主说，"我也注意过了，今天到达的包裹里也没有。"

"原来是这么回事。"田代利介失望了。

"是什么时候寄的？知道准确的邮寄日期吗？"店主问，可田代利介的回答不可能准确。

"嗯，大概五六天前。"

"如果是五六天前，应该早就到了！"

田代利介不再问了，来到外面。也许是估计错了？！他边走边思索。扔货物的地点不仅仅是青木湖和木崎湖吧？他一开始就信心十足，一定要拨开迷雾弄个水落石出，没想到第一步出师不利，尽管这样，田代利介仍然鼓足了劲。他告诫自己，不能因为暂时的挫折失去信心。那矮胖男子把从东京寄来的包裹扔掉的地点，不只是木崎湖和青木湖，肯定还有别的地方。

那么地点在哪里呢？不是这里的野尻湖。他琢磨片刻，野尻湖距离青木湖太远，按照顺序，大概是诹访湖。其次，假设靠近诹访湖的，有从茅野乘巴士去的两条湖，一条是白桦湖，另一条是蓼科湖。这两条湖冬季结冰，现在的湖面理应晃动着涟漪。

既然是巡回拍摄湖畔，这三个湖反正是要去的。田代利介下决心乘上从柏原车站开往东京方向的列车，再换乘仅在山里行驶并且周围景色单调的列车，到达诹访湖时已经是傍晚了。田代利介在途中车站小卖店里买了报纸，然而这一带的地方报纸并没什么特别新闻。看着看着困了，迷迷糊糊地打起了瞌睡。在他旁边座位上的旅客带着收音机，正在收听电台新闻：

"山川亮平先生……山川先生……据其周围熟悉他的人说……山川先生的行动……"

电台新闻里播出了"山川亮平"姓名，而这姓名又频频传入处在似梦非梦状态中的田代利介的耳朵里。他在迷迷糊糊的睡梦里思索，好哇，山川议员又有什么行动了。山川亮平是保守党小有名气的干部，在党内是所谓的实力派。虽然现在还没有入内阁，在党内也没有大职务，但势力很大。前一届内阁他担任过经济策划厅厅长、贸易部部长和产业部部长等职，其能力在党内可谓第一，正因如此也有不少人与他作对。现在，他是怀才不遇，但是许多报上评论说，山川议员是回到山里的老虎。

田代利介昏昏沉沉地睡，等到醒来的时候，列车已到达筱之井车站，他赶紧下车乘上连接中央线的列车，前面的景色也很单调。等到好不容易到达上诹访车站的时候，天已经黑了，田代利介在小卖部买了一张晚报站着阅读，在列车上半睡半醒时听电台新闻里提到过的山川亮平，可是晚报上没有刊登这一消息，好像不是什么大不了的新闻。

田代利介来到上诹访车站的小件行李领取窗口打听："我想打听四五天前从新宿车站寄到这里的包裹。"接着又说，"寄件人是川合五郎，取包裹地点是上诹访车站小件行李领取窗口。请问到了吗？"

"你带着包裹单提货联了吗？"车站职员问。

"不，提货联还没有收到，包裹是用木箱外加草席，里面装有肥皂材料。"

其实，寄件人是不是川合五郎，以及包裹里的货物名称都有可能改变。对此，田代利介只能乱猜。只是包裹从新宿车站寄出，取包裹地点是车站，包装形式是木箱外加草席，这看来不会有错。

"唉。"车站职员歪着脑袋说，"没有提货单，查找起来很麻烦，不过，我帮你查一下吧。"

"真对不起！"

车站职员用手指摁着在账簿上找了很长时间，朝田代利介说："你说的寄件人包裹还没有到。"

"也许是其他姓名。"田代利介解释说，"总之是从新宿站寄出，取包裹地是这里，包裹外面是木箱加草席。"

"取货地是车站？要是那样，我再缩小范围找一下。"车站职员再次把目光投向包裹单。

田代利介心想，用那样的方法不需要多大工夫。

"你说的包裹实在是找不到。"车站职员说。

"哦，没有吗？"

"就是再查也好像没有。如果有包裹提货单，那找起来速度就快。"

"对不起，麻烦你了。"田代利介来到上诹访车站广场。

车站以诹访湖为中心，此外还有下诹访车站和冈谷车站，如果去白桦湖等，还有茅野车站。想到要揭开矮胖男子制造的谜团还必须去三个车站，一向能沉住气的田代利介多少感到厌烦。车站广场上聚集着来自各旅馆的接客员，田代利介随便选择了"湖月庄旅馆"。因为太累了，也没心思选择什么旅馆了，只要有地方睡怎么都行。

上诹访的温泉街不在湖畔附近，在旅馆房间里无法眺望美丽的湖面。田代利介选择的湖月庄旅馆，站在房间里看窗外，只能看到其他屋顶。田代利介心想这太煞风景了，因为是跟着接客员来的，便对女服务员说："有没有稍好一点的房间？"

"不凑巧，就剩这间了。"女服务员麻木不仁地回答。

田代利介无奈，不再打算离开这里重新寻找其他旅馆，心想，既来之，则安之吧。由于太累，那天晚上睡得很沉，等到早晨睁开眼睛时，明亮的阳光已照射在木格窗上。他喊来女服务员说："我去洗澡，请给我准备早餐。"说完提着毛巾出去了。女服务似乎不太热情。

他浸泡在热水里，也许是昨晚熟睡的缘故，一下子感到迄今为止的疲劳全从身上消失了。有了精神，勇气也就上来了。浴池水面在窗外射入的明亮光线下泛着白晃晃的光芒。这次要调查下诹访、冈谷和茅野三个车站，可是……他整个身体浸泡在水里，脑子继续思索。

眼下虽说麻烦点，但回到东京后不可能再到这里调查。也许自己的举止是徒劳的，但是为了使自己放心，需要去这些车站一一调查。田代利介心想，自己的性格也许太固执。离开浴室返回房间，桌上已经放好早餐。

"你回来了。"女服务员向他打招呼，"需要陪你吃早餐吗？"

"不，请回吧。"田代利介拒绝，觉得独自一人吃饭轻松。

饭菜边上放有一份叠起来的报纸。田代利介翻开报纸不经意地看了起来，冷不防一行大字吸引了他的视线，"山川议员在十天前就已经消失"，这是他在列车里似睡非睡时听到的新闻，山川议员失踪了……这是最近震惊全国的大案！电台里报道这条消息也不无道理。

……政界实力人物山川亮平议员突然下落不明，迄今为止已有十天……山川议员在三月二十三日曾拜访过正在逗子疗养的总裁，恳谈后于当晚七点左右回到东京，在T宾馆与事先约好的某实业家共进晚餐，随后乘坐自备车去了皇后夜总会。当时，山川议员对自己雇用的K司机说，今晚乘其他车回家，不要等候。于是，该司机开车提前回家了。

据皇后夜总会说，山川先生是晚上九点左右离开的。此前他和另一位绅士同桌交谈。那位绅士是第一次光临我们皇后夜总会，不知道他是谁。还有，当时有人打给山川议员电话，服务生去那里传达，山川议员便离开座位去电话机那里，一边"嗯嗯"地说一边点头，还说等一下就去你那里。据服务生说，打电话来的是女人的声音。

过了一会儿，山川议员和绅士一起离开座位，在大门口一起乘上出租车不知去哪里了。打那以后，他既没有跟家里联系过也没有跟朋友联系过。

如果说山川议员下落不明的消息报道为什么这么迟，那是因为他有两三个情妇，工作疲劳了，便去其中某个情妇家住上几天也是常有的事，而且这段时间里对外没有任何联系也是他的习惯。

到第三天晚上，由于有必须与他联系的急事，其家属便用电话询问他可能去的那些家，都说他没来过。此外，就再也没有见到他的人影，于是一直到二十七日早晨，山川议员的家人去警视厅报警，请警方寻找。警视厅考虑到他的地位，悄悄展开了搜寻，但是没有找到任何线索，终于在今天四月二日上午十时发表了山川议员的失踪消息。据警视厅说，山川议员的生死情况，警方暂时还不能发表推断。这篇报道下面，是有关人员的谈话内容：

警视厅伊原刑事侦查部长说：山川亮平先生家属于二十七日

早晨向警方报警，说山川亮平先生从三月二十三日晚上开始下落不明。我们向山川家属询问了许多情况，得知家属根据其特殊的生活习惯，似乎从来没有为他担心过。

因此山川议员下落不明后隔了整整两天半时间才通知警方，这给我们警方排查带来了某种程度的困难。有关在夜总会与山川议员一起的绅士和用电话与山川议员通话的女人，目前也没有线索。山川议员是政界极其重要的人物，不能否认他的失踪带有政治色彩。关于他的生死，现在还说不上来，也完全无法预测。

皇后夜总会的服务生A君说：……山川先生经常光临，所以对他的长相记得很清楚。他来的时候，有一位客人好像先到，等了一会儿，一见到山川先生来了便上前打招呼，然后两个人一起交谈，没有服务小姐陪同。那位客人看上去二十五六岁，绅士打扮，是第一次光临我们夜总会。

皇后夜总会大堂负责接待的B小姐说：……接电话的是我，对方是女的。她问，山川先生在贵夜总会吗？我回答说，是的，在我们夜总会。请问你是哪一位？她回答说：你叫他来听电话就知道我是谁了。于是我让服务生A去山川先生那里传达。

山川先生说，是打给我的电话吗？说完，他对绅士客人说，对不起，稍稍走开一下，随后站起身走到大堂电话机边上拿起听筒说话。为避免听到他在电话里说的话，我就离开了，因此不知道先生他说了什么。由于只有最后那句话说的时候声音比较响，我才听见了。话很短，好像是说，那好，我现在就去你那里！电话那头的女人声音，听上去不年轻了，给我的感觉是三十岁左右的女人。

山川夫人说：……丈夫向来不太警惕，不管去哪里都是一个人。像这样的事情，应该让司机等候。有关丈夫的去向，我实在是想象不出究竟去了哪里。

保守党某干部说：……听说山川先生下落不明，我大吃一惊。目前也没什么大事，山川先生理应很悠闲。一部分消息说他被绑架了，我觉得不能轻易下这样的结论，总之，希望警方尽快找到他。

正因为是政界实力人物山川议员失踪，各报纸都是大篇幅报道。警视厅指出，家属报警太迟的原因说是山川议员有特别习惯。比起这情况，向社会公布这一消息也是排查开始后大约一个星期。无疑，那是考虑到他的地位有可能造成不良影响，总之媒体处在兴奋状态。然而对田代利介来说，该新闻尽管轰动却没有多大兴趣，早就通过电台、报纸和杂志知道了山川亮平的情况，通过报上的照片也知道了他的长相。知道的情况有限，感想也就这些。看这张报纸内容和早餐结束几乎同步，态度生硬的女服务员进来收拾餐具。

"哎，我马上出发，给我结账。还有，给我订一辆出租车。"

"明白了。"女服务只是形式上鞠躬后走了。住宿让他感到不愉快，而乘上出租车后觉得爽快起来。

"去哪里？"司机问。

"去下诹访车站。"

出租车离开旅馆街驶上国道，接着朝北行驶，左侧是大面积的诹访湖。湖面颜色让人觉得寒冷，对岸的冈谷街道似乎坐落在面纱般的云雾中，白色游船在湖面上横穿。古时候，这里是从京都经过东山到东京的大道；右侧是丘陵斜坡，还有樱花树和桃树。路上，出租车与慢悠悠行驶的巴士擦肩而过。

东京发生了大案，但农村依然是一派春意盎然。三十分钟后，出租车到达下诹访车站，田代利介立即去车站小件行李窗口打听，可回答的内容都相同，于是又迅速离开了。

"哦，就那些情况，找不到你打听的包裹。"车站职工的回答也和事前的推断相同。

"请去车站广场的搬运公司店铺问一下。"车站职员的说话态度与其他地方不同，有亲切感。在搬运公司店铺也与在别处遇到的情况相同。

"我们没有受理过那样的包裹。"事务员查了一下登记簿答道。田代利介鼓起最后的勇气去了冈谷车站和那里的搬运公司店铺，也仍然没有收获。其实，他也没抱什么希望。

田代利介重复描述了和上回一样的内容。

"是木箱外面加草席包装吧？"车站职员歪着脑袋说。他看上去年龄二十岁出头，歪着脑袋。那模样，田代利介凭着直觉知道可能"有戏"了。

"寄包裹的站名？"车站职员开始翻阅登记簿。

"是新宿。"车站职员用手指按着登记簿的某个方格。

"寄件人是谁？"包裹到达这里已经毋庸置疑了。田代利介突然觉得茫然，是说川合还是说荒川……

"是川合五郎。"田代利介孤注一掷地选择前者。

"已经到了！"车站职员爽快地答道。

"什么，已经到了？"田代利介情不自禁地追问道，心跳声不由得怦怦响了起来，思念了多日的包裹竟然在这里与自己相遇了。

"包裹是到了，可收件人已经提走了。"车站职员对田代利介说。

"哪一天？"

"三天前。"

田代利介在脑海里迅速推算日期，就是自己离开东京的那天，这么说，川合五郎是出现在木崎湖畔的前一天到了这里，在诹访湖畔的冈谷车站提取了包裹。按照地理顺序，这也是合乎逻辑的。

"包裹有多重？"田代利介问。

这时，车站职员反问田代利介："你与那件包裹有什么关系吗？"

"其实，我才是真正的包裹主人，为方便起见使用了买主的姓名。"田代利介想出辩解的理由解释说："可是包裹里的货物内容与对方发生了纠纷。如果知道重量，我就可以大致清楚自己的主张是否正确……"

年轻职员接受了这样的辩解："重量是十六点五公斤，木箱长度是五十厘米，宽度是五十二厘米，大致正方形，高度是二十厘米。"

田代利介把这些数据记在笔记本上。"怎么样，一致吗？"年轻职员用核实的语气问道。

"嗯，果然一致。"田代利介兴奋地答道。

"货物名称是什么？"田代利介问。

"是肥皂材料。"车站职员看了账簿后说，与梁场车站了解到的情况完全相同。"肥皂材料什么的，我们这里又没有肥皂厂，奇怪！"年轻职员看着田代利介，满脸不可思议的表情。

果然不出田代利介所料！他暗自思忖，觉得多半不是肥皂材料。"不，肥皂材料可用于其他工业。"田代利介已经自称包裹主人，必须坚持编造的理由。

"原来是那么回事。"车站职员看着田代利介忠告说："你如果真是包裹主人，我建议你那种货物必须用更结实的材料包装，否则容易破损。"

"什么？有破损的地方？"田代利介受到斥责，佯装不好意思的模样问。

"木箱有部分破损，可以看到里面。"

"什么？"田代利介感到惊讶，同时打心里高兴起来，不由得咽了一口唾沫。

"箱角破损，木板裂开，草席断裂了，是搬运工野蛮装卸的缘故，今后打包时要用结实的材料。"车站职员告诫说。

"从外面能看到里面的货物？"田代利介最希望知道的就是这。

"是的，可以从木板开裂的间隙看到里面。"

"是什么货物？"终于，他忘了自己是包裹主人的"立场"。车站职员脸上立刻浮现出不可思议的表情，但那接下来的表情好像是琢磨了一会儿，似乎以为包裹主人是因为纠纷才来这里打听的。

"是肥皂。"车站职员答道。

"肥皂。"

"是滑溜溜的白颜色肥皂，好像不是一块块的小肥皂，而是包装箱那么大的肥皂！"

"这是真的？"

这与田代利介的假设差距太大。他曾经猜想过，品名是肥皂材料，实际上是完全不同。说不同，虽也说不上是什么，但至少不会是肥皂材料。可是车站职员说是箱子那般大的肥皂，他顿时觉得自己的假设与实际情况相差甚远。

"肯定是肥皂吗？"田代利介再度核实。

"是的！乳白色的，坚硬的，滑溜溜的，肯定是肥皂。"车站职员答道。

田代利介离开车站，从车站广场朝湖畔方向走去。川合既然在这里提取了包裹，肯定把它扔到了湖里。和其他两个湖一样，这里的诹访湖理应不会例外。

冈谷街道纺纱工厂多，街上到处竖着类似那种工厂的烟囱，然而所有烟囱都不冒烟。战前，冈谷是以纺纱工业闻名，但是近几年衰落转产了，变成了精密机械、钟表和照相机等工业，街上到处是富有朝气的景象。然而田代利介来这里不是视察，是想走访湖畔的渔民。

诹访湖面积大，岸边宛如海滨那般浅。假设把东西沉到湖里，必须到湖中心，因而必须使用小船。田代利介走访渔民家，了解是否有矮胖男子某日曾借船用过。渔民居住的区域晾有渔网，乍一看就可以知道。这湖里可以捕捞到鲤鱼、若鹭鱼、鲫鱼和鳗鱼等，一些老渔民正在早春的阳光下修缮渔网。

"向你打听一下。"田代利介走到一老渔民跟前，低下脑袋致礼。

"什么事？"老渔民抬起头问。

"四天前，是否有这样个头的男子借过小船？"田代利介边问边用手比画。

老渔民扭过头来答道："啊，我家小船没有人来借过，但其他渔家的船是否借给别人用过我不清楚，我来帮你问一下。"老人态度和蔼地说完，站起身来。

田代利介等了很长时间。热情的老渔民肯定是在走访有可能出借过小船的渔家，因而花费很长时间。就在等待过程中，田代利介不经意地眺望了湖面，对面凑巧是诹访街道，沿着缓坡建有许多小型房屋，白色欧式住宅（明治、大正时期建造的）和红色屋顶十分引人注目，在湖上穿行的游览船上的广播里传来解说和音乐，也有好几艘捕鱼的小船。

湖上搭建着台架，好像是取从湖底冒出的温泉水。这边背后的丘陵上是蜿蜒崎岖的山路，白色小型巴士在缓慢地爬山，那是盐尻山顶，笼罩着与日光组合的白色云彩，翻过山顶便是松木盆地。田代利介抽了好几支烟，眺望那背后的风景，这时从身后传来脚步声响，转过头打量，是刚才的老渔民，他身后跟着一个男青年，黑黑的脸，结实的身材，乍一看就可知道他是渔民中的一员。田代利介立即扔掉嘴里的烟。

"实在是没有你说的借船人。"老渔民说，"另外，有些渔民也不在家，无法打听清楚。不过，这青年人说看见过你说的那模样的人，所以我把他带来了。"

"那，太谢谢了！"田代利介低下脑袋行礼，"对不起，劳驾你百忙抽空。"

"没关系，没关系，我不知道他提供的情况对你是否起作用。好了，请你问他吧。"

在老人催促下，年轻渔民在田代利介面前主动叙述："那是四天前的事，我想起了一些。"

"好呀，是一些什么情况？"田代利介眼睛朝着他。

"我并没有借船给他。四天前的晚上我凑巧驾船去那一带。"

年轻人指着右侧湖边的树林，"我正在钓鳗鱼，不知是从哪里来的船驶到我跟前停住了。记得那天晚上天色很黑，那条船只是船头亮着灯，看不清谁乘在上面。

"我当时正全神贯注地钓鱼，由于平静的湖面忽然波动起来，还伴有水响声，我的船随之摇晃起来，于是我大声吼道，浑蛋！总之，好像有人把大石块扔进了湖里，以致湖水翻滚起来，我在那里钓鱼费了九牛二虎之力，没想到受到了干扰。不用说，那肯定是不懂常识的家伙。我总觉得，他不像是当地的渔民……"

田代利介从冈谷去茅野车站，此刻是乘中央线回东京的途中，机会不错，再次经过上诹访车站，上来许多乘客，据说是去温泉后回东京的游客，有四五个艺妓女子来送客。三十分钟后，列车到达茅野车站，茅野是高原街道，以出产琼脂而闻名。下车来到车站，也可以见到许多古色古香的建筑。

车站广场上，停着挂有"开往上诹访""开往蓼科"和"开往白桦湖"等指示牌的巴士。白桦湖和蓼科湖，很有可能也是被人扔包裹的地方，于是向车站小件行李窗口职员打听，向车站广场的搬运公司店铺打听，回答的结果都令人失望。白桦湖和蓼科湖是小型人工湖，湖底极有可能不是很深，容易被别人发现。

因此田代利介觉得，川合五郎也许没有把包裹扔到这两个湖里。田代利介乘上下一班回东京的列车，看来，白桦湖和蓼科湖失去了吸引自己拍摄的魅力。

这么看来，矮胖男子没把那样的货物扔入这两个湖里，然而尽管那样，木箱里的货物究竟是什么呢？冈谷车站职员说，由于木箱包装损坏，裸露出来的好像是肥皂。可是，矮胖男子为什么要特地把肥皂材料从东京寄到这里？他本人又为什么一定要亲自来这里领取？为什么要亲自将它沉入湖底？

当然，不知道扔入湖里的是否是那样的货物。虽说这仅仅是田代利介的猜想，但他相信这种感觉大致不会有错。这回巡回拍摄湖泊，似乎觉得花费了很长时间，筋疲力尽。原计划紧接着是去东北地区湖泊，可这回就到此结束，希望杂志社能原谅自己。

列车到达甲府车站时已经傍晚，田代利介在车站小卖部买了一份晚报，晚报上印有大标题：

山川议员依然下落不明

田代利介对这样的消息不怎么感兴趣，连内容也没看就把它扔在一边睡着了。

田代利介是八点多乘列车到达新宿车站的，木崎助手像往常那样在车站上迎接。离开茅野车站时，田代利介打电报给他，让他来车站接自己。木崎助手擅长寻找田代利介，能清楚辨别他在哪一节车厢，因此在列车徐徐停靠站台时，他已经在站台上跟着列车一边喊一边跑："先生！"

"哎！"田代利介取下夹在胳肢窝的照相机背包。无论什么场合，田代利介是不会把重要背包放在网架上的。

"您回来了。"停车后，田代利介一下到站台，木崎助手便上前问候。

"我回来了。"田代利介在站台上伸了个懒腰。

"您一定累了吧？"木崎助手说。

"是的。"他确实累了，不光是单纯的拍摄之行，因此更觉得精神疲劳。

"拍到精彩照片了吧，先生？"木崎助手一个劲地询问照片情况。

"差不多吧。"田代利介的回答含糊其辞，随后问道，"喂，我不在时有什么情况吗？"

"没有。"

"是吗？"

"听说什么了？"

"不，什么也没听说。"这段对话，是他俩和许多下车乘客朝出口走的时候交谈的。

田代利介不经意地扫了一眼从自己面前经过的客人背影，霎时间吃了一惊。在人与人擦肩而过的人流里，一个女人身影猛地映入眼帘。对方也好像觉得被人注意了，脸稍转向另一边。是她！肯定是她！是飞机上见到过的年轻漂亮女人。田代利介与她之间差五六米，那中间夹杂着许多人。他打算再次核实，可夹在中间的人墙成了障碍。

"喂，木崎君，你一个人先回去。"田代利介赶紧对木崎助手说。

"什么？"

"我有急事。"田代利介说完挤入人群朝前赶，紧跟着她朝检票口走去。晚上八点多的新宿车站拥挤不堪，尤其通向出口的地道跟其他列车的下车客人交会，人流像洪水。为了不让她的背影在视线里消失，他连眼睛都没有眨，但是人群遮挡，无法按照自己的想象加速追赶，以至于年轻女人背影时而出现时而消失。

田代利介开始心跳加快，她绝对是飞机上见过的女人，今晚是身着深绿色西服套装。他觉得以深绿色为目标，她是不会在自己视线里消失的。她到底从哪里来？然而地道里交汇的乘客们来自许多列车，无法弄清楚，但总觉得她是由中央线站台进入地道的。如果是这样，她和田代利介乘坐的是相同的列车。

田代利介来到出口时，与深绿色目标之间的距离被拉大到十米左右，检票口那里的人流像被截住的水流暂时停滞不前了，如此一来，要追上她谈何容易。面对挡在前面的人群田代利介急得直跺脚，视线紧跟着走出检票口的绿色背影。

此刻，女人正在打开车站广场出租车的车门。田代利介告诫自己千万别磨磨蹭蹭，可是女人乘坐的雷诺出租车就要离开车站了。他分开人群朝前走，一走出检票口就跑到出租车候车点，正是女人乘坐的雷诺车驶出的时候。

"去哪里？"司机转过脸望着田代利介慢条斯理地问。

"跟上前面那辆车！"田代利介伸出手指。

"哦，是雷诺车吗？"

"是的，除计时器计算的车费外，再给你小费。"

"明白了。"司机粗暴地踩着油门。

雷诺车朝着百货店的方向驶去，田代利介的视线没有离开那辆车。这条路车多，田代利介乘坐的出租车前面夹杂着自备车、出租车、巴士和小卡车，要超车极不容易。那辆雷诺车前面没有什么车辆，行驶速度相当快，看着看着距离就拉远了。

"糟了！"田代利介失望地嘟哝起来。

"如果那辆车前面的信号灯转换成红色，我们就能追上它。"司机也很焦急。

田代利介乘坐的出租车继续朝前行驶，但是夹在中间的出租车、巴士和卡车等依次停车了。

"好极了！先生，那辆车前面转换成红色信号灯了！"司机说。

田代利介从窗口探出脑袋眺望前方，雷诺车确实在等红色信号灯转换。

"能不能趁现在从间隙里超到前面去？"田代利介捣了一下司机。

"哦。"司机歪着脖子，"有点困难，信号灯转换后立即行驶。"

信号灯转换了。还没有等到红灯变成绿灯的时候，前面那辆雷诺车径直朝前飞驶。挤在中间的机动车也不知道田代利介的心情，慢腾腾地朝前蠕动。尤其是巴士车身大，难对付，等到再注意的时候，漂亮女人乘坐的雷诺车已经沿百货商店朝左拐弯了。

"喂，司机，那辆车朝左转弯了哟！"田代利介提醒司机。

"我知道。"司机一边转动方向盘，一边灵活地在车与车之间穿行，其他出租车见状纷纷鸣响了喇叭。

等到终于沿百货商店转过弯的时候，雷诺车已经在很前面的地方亮着红色车尾灯疾驶。这种车型比较少，很容易成为目标，司机也提升着车速。就在距离一点点缩小的时候，雷诺车来到电车道又朝左转弯消失了。

"先生，那辆车已经察觉被跟踪了！"司机说。

"没关系，跟上它！"田代利介命令道，心跳声又怦怦响了。

田代利介乘坐的出租车也来到电车道朝左转弯，虽说能看见雷诺车，可距离已经相当远了，加之前面还夹杂着多辆机动车，不能顺利地直线行驶。田代利介焦急得像热锅上的蚂蚁，前面的雷诺车仿佛在嘲笑田代利介，敏捷地驶入左侧的横巷里。因为是小型轿车，非常灵活。

田代利介的车好不容易驶入横巷，可是这里的行人比较多，无法像自己想象的那样朝前行驶。司机不停地鸣喇叭，分开人群，然而雷诺车的影子已经不见了。

"糟糕！失败了。"司机弹了个响舌，慢腾腾地朝前行驶，这会儿发现雷诺车驶入左侧横巷，似乎那辆雷诺车也在为熙熙攘攘的行人感到烦恼。

雷诺车停在横巷前面，由于行人多无法快速行驶，而田代利介乘坐的出租车也不能自由动弹。这时，不知哪家电影院散场，路上显得更加拥挤不堪。像这样的人流，就是有车驶来也不会避让。田代利介打量雷诺车，车内身着深绿色西服套装的女人身影在晃动，好像是对繁忙的路况不太满意，正在与司机结算车费。

田代利介也赶紧从袋里掏出钱包，出租车费是二百日元，外加小费支付给司机后，连忙推门下车来到路上。他和深绿色套装女人几乎是同步下车，两人相隔的距离约二百米左右。他分开夹在中间的人流朝前走，当觉得距离好不容易缩小的时候，漂亮女人也没有朝后看，而是敏捷地朝边上转弯。她似乎已经清楚意识到田代利介在后面跟踪自己，而田代利介觉得自己好不容易跟踪到这里，绝对不能让她从视线里消失。

他大概迟了三十秒左右，也朝拐角转弯。这一带有许多酒吧、咖啡馆和酒店，灯光亮，视野清楚，没有因为天色黑而朦胧的感觉。引人注目的深绿色，果然在人们的肩膀之间边闪现边朝前移动。就在田代利介加快脚步的瞬间，年轻女人嗖地朝旁边转弯了。

田代利介知道那里没有横巷，女人一定是蹿入哪家店里了，便急匆匆地走过去，那里有一家外观较为华丽的咖啡馆。田代利介快步走到咖啡馆门口，站着的女服务员拉开门。

"欢迎光临！"

田代利介环视店堂，暗淡的灯光下排列着包厢，有几个客人坐在那里，可是那些客人中间没有身着深绿色西服套装的女人。

他急忙仔细环视店内所有客人，却没有发现她。这家店里只有底楼，没有二楼。田代利介东张西望的时候，吧台那里的女服务员走到他跟前问：

"你大概是在找身着绿色西服套装的小姐吧？"

"哦！"田代利介感到惊讶，嘴里发出不像是回答的声音。

"那小姐吩咐我把这张纸条交给您。"女服务员递上纸条，田代利介像抢似的夺过纸条，迅速地浏览了一遍。那是用钢笔写的潦草字：

摄影师：请远离您感兴趣的事情，否则危险也许就会殃及您！

田代利介吓了一跳，抬起头问："给我这张纸条的人在哪里？"

"那个人……"咖啡馆女服务员微笑着用手指着里面，"她从那边出口出去了。"

"怎么，还有一扇门？"

"是的，有前门和后门，客人可以从两边进出。"

没什么奥秘！女人穿过咖啡馆店堂已经从后门走了，再追也是多余的，可他还是穿过店堂，跑着朝后门追了上去。外面是狭窄的横巷，人流依然像车水马龙，却没有身着深绿色西装的女人背影。不知道她朝右还是朝左逃走了，也许她是乘出租车走的。田代利介垂头丧气地返回店堂点了一杯咖啡，重新摊开攥在手上的那张纸条看，虽说字迹潦草，然而乍一看就知道是女人的笔迹。

"请远离您感兴趣的事情！"不用说，这多半是指在多个湖畔车站寻找可疑包裹的行为。看来，在飞机上借用照相机窥视富士山的漂亮女人已经知道了自己的行动。

"否则危险也许就会殃及您！"这无疑是警告，继续对包裹追根刨底，危险就会缠身。女人不太可能亲眼看到自己在湖畔巡回调查，可她是怎么知道的呢？肯定是谁说的。那么，那是谁对她说的呢？

田代利介察觉到，自己已经在某个人的监视下，隐约觉得是某个组织在跟踪自己，而她很有可能是该组织成员。发出警告可能不是她的个人意志，而是受命于组织。

"请远离您感兴趣的事情！"田代利介耳边回荡着女人的声音，这不是小说，不是电影世界，而是自己也身在其中的现实世界。他只喝了一口咖啡便陷入沉思，感到背上冷飕飕的。

警告不是玩笑而是威胁，在野尻湖已经受到的子弹袭击，足以证明从那时起就处在对手的监视下了。但是……田代利介觉得在野尻湖那里，好像并没有见到那个矮胖男子的影子，在木崎湖和青木湖是看到过矮胖男子的行踪，唯独野尻湖没有发现他的行迹，也就是说柏原车站没迹象说有他寄到那里的肥皂材料包裹。在没见到他的野尻湖却受到最危险的袭击，那到底是怎么回事？

田代利介的眼前浮现出野尻湖阳光和煦的湖面，一眼望去美不胜收，小船在湖面上朝岸边划来，靠岸后上来的是年轻的渔家姑娘，咖啡馆大娘大声问她钓着什么啦。这一带洋溢着友好、祥和的氛围，人友好，景色优美，风光秀丽，可是，她说的危险究竟在哪里？田代利介努力回忆当时的情景。

在柏原町寻找川合五郎时撞上了河井文作的门牌，现在想起来觉得奇怪：四十出头的河井文作是地地道道的农民相，于是对他产生了浓厚的兴趣，当把照相机对准他时被他大发雷霆。这也是难以启齿的回忆。无论回忆什么，总觉得野尻湖那里发生的情况不可思议，危险竟然隐藏在哪里？那里是一茶先生的故乡，是典雅古朴的农村街道。田代利介将咖啡杯推到一边，掏出笔写起了备忘录：

1.寄至冈谷车站的包裹：

品名　肥皂材料；重 16.5 公斤；长 50 厘米，宽 52 厘米，高 20 厘米。

2.寄至梁场车站广场搬运公司店铺的包裹：

品名　肥皂材料；重 5.8 公斤；长 50 厘米，宽 40 厘米，高 40 厘米。

3.寄至海之口车站的包裹：

品名　蜡烛；重 4.1 公斤；长 80 厘米，宽 20 厘米。

漂亮女人让女服务员转来的书面警告，是因为自己在调查上述包裹，其实自己无法推测品名为"肥皂材料""蜡烛"的包裹里到底装的是什么货物，并且从着手调查这些包裹是否到达开始，危险已经伴随着自己。因此需要反复思考。

田代利介那天晚上回到公寓就睡了，由于旅途和乘出租车在新宿跟踪漂亮女人的疲劳，使得他倒床就睡着了。越是疲劳越是做梦，梦中见到自己仍在街上跟踪身着深绿色西装的她。梦中的街道像新宿，也像银座，在车水马龙的街上，自己从这条横巷追到那条横巷，在她身后紧追不舍。

梦通常是没有色彩的，虽说周围是灰色，唯独深绿色特别鲜艳。眼看就要追上时，她突然快速逃跑，于是两人前后之间的距离时而拉长时而缩短。当手能够着她身体时，不料后面上来的人夹在中间成了障碍。就在这种情景重复好几遍的时候，田代利介的整个身体受到剧烈摇晃。他从梦中醒来睁开眼睛，原来是钟点工邻居阿姨从上面看着自己，朦胧觉得她已经叫喊自己好几遍了。

"田代先生，田代先生。"阿姨接连喊道。

"哦。"田代利介迷迷糊糊地似乎还没有完全睡醒。

"田代先生，出事啦！"阿姨的眼睛瞪成了三角状，平时从不这样吵醒自己，可能发生什么特别的事情了。他盯着阿姨认真的脸愣了好一会儿，脑子才清醒过来。

"出什么事了？"

"不是什么事！田代先生，小偷来过了。"

"什么？哪里？"

"就是这个房间，你瞧！"

顺着阿姨手指的方向望去，西服橱门敞开，上装和裤子被扔得到处都是。书柜门和抽屉也敞开着，原放在里面刚开始写的原稿、信和照相纸等都散乱在地上。

"是这！"阿姨手指着桌子。只见桌子抽屉都敞开着，别人寄来的信被弄得乱七八糟的。一时间，田代利介茫然不知所措。

"是从这里进来的哟。"阿姨手指着窗户。

朝靠后面巷子的玻璃窗一半是开的，寒风从那里灌入房间，窗台上的金属插销确实是插好的，然而玻璃窗却是敞开着的。仔细查看，玻璃上被划了一个圆口，小偷的手便是从这里伸进来打开插销的。

"是专业小偷干的。"田代利介分析这一状况后感到佩服，自己睡着了，什么也没听见。

"你难道一点都没察觉？"阿姨惊讶地看着田代利介。

"嗯，我睡得太死了。"田代利介搔搔脑袋。

"小偷翻箱倒柜的。田代先生，被偷走什么啦？请仔细查一下。"

"就是被偷了，应该说也没有什么值钱的东西。他进来偷什么呢？"田代利介——打量了西装橱、内衣裤橱、桌子和木箱等，没发现什么特别物品被盗走。

"什么也没有盗走。"田代利介呆站着，接着开始费劲地整理被小偷弄得一塌糊涂的衣物等。

"真的没有盗走什么吗？"阿姨半信半疑。

"没有，东西偷没偷我知道。"

阿姨脸上是不可思议的表情。"奇怪！好不容易潜入房间，却连一套西服都没有盗走。"她喃喃自语地说。

说到田代利介的西服，那都是比较高级的，因为面料是英国产的。田代利介检查了穿到昨天为止的夹克衫和裤子，所有口袋都有被翻过的痕迹，可里面东西一样也没有少，兜里装有三万日元的钱包还是原来模样，没有异常迹象。

"报警吧！"阿姨说。

"并没有失窃，不必介意。"田代利介拒绝。

"不管怎样，小偷进来是明摆着的事实，我看还是报警好。"阿姨劝说，好像有点害怕。

"怎么办呢？"田代利介犹豫不决。

"田代先生，木崎先生打给你电话。好像发生什么怪事了？"阿姨传达说。

田代利介赶紧拿起听筒。

"喂，喂，是先生吗？"电话里传来木崎助手慌张的声音。

"什么事？"田代利介握着听筒问。

"先生，出大事了！"木崎助手紧张地说。

"小偷来过工作室了。"

"什么？"田代利介大吃一惊。

"小偷也来过工作室了？"

"您是说小偷也去过您房间……"这一回是木崎助手惊讶的声音："小偷潜入您住宅了？"

"被翻得乱七八糟的！"

"被偷走什么了？"

"还不清楚，但是照相机好像平安无事，不过，这小偷的行为不可思议！"

"报警好吗？"

"等我去了工作室后再决定。"

"是！"

挂断电话后，阿姨站在旁边问："小偷也去工作室了？"

"好像是的。"田代利介为镇定情绪而取出香烟。

阿姨满脸惊愕："是啊，怎么回事？这里和工作室都被盯上了，这可不是一般小偷！"

"是的，不是流窜作案的小偷。"田代利介想。如果小偷只是潜入房间，那就不能下这样的结论。然而小偷是同时闯入工作室和住宅，必须换其他角度思考。

"阿姨，家里就拜托你了。"田代利介乘上出租车急匆匆地驶向工作室，一到那里，只见木崎助手像等了很久似的迎接田代利介。

"师父，情况糟糕透了！"木崎助手带田代利介去冲印场所，里面被翻得乱七八糟。

桌上抽屉呈拉开状，抽屉里的东西被胡乱地扔在地上，底片和冲洗出来的照片也没被当一回事，撒得地上到处都是。

"照相机呢？"他最担心的是照相机，那是专业照相机，价格非常昂贵。

"一架都没有盗走。"木崎助手说。

"好像是弄坏大门锁闯入工作室的，小偷根本就没顾得上照相机。"

"什么也没被盗走，奇怪！"田代利介嘟哝。

"真不可思议！"木崎助手也是这么看，接着对田代利介说，"要说奇怪，那就是小偷闯入暗室查看了胶卷！"

"你说什么？"田代利介瞪大眼睛。

"你怎么知道？"

"那些胶卷和我原来悬挂的位置不一样。"木崎助手又说，"昨天晚上在新宿从师父手上接过照相机就立刻回到暗室冲洗的，然后挂起来晾干。可是，昨晚挂胶卷的位置与今天早晨看到的不一样。"田代利介走进暗室，室内悬挂着十多条胶卷，都是田代利介去湖畔巡回拍摄的，木崎助手冲洗后挂在那里晾干。田代利介查看胶卷之前问木崎助手："怎么不一样？"

"顺序颠倒了，跟我原来排列的顺序不一样。"木崎助手解释说，"小偷潜入暗室肯定查看过胶卷了，在放回悬挂的地方时没有按照原来顺序，所以就像这样把顺序弄颠倒了。"

"嗯。"田代利介手指放在下巴上注视。

"还有奇怪的地方。"

"什么？"

"德国造康太斯照相机里有最后一卷没拍完的胶卷吧？"

"是的。"

"那后盖被打开了。"

"什么？"

"当然，我事先已经把它取出来冲洗了，没有损坏。假若胶卷还在照相机里，那可就什么都没有了。"田代利介渐渐清楚了小偷的目的，所谓的小偷是调查他拍摄的胶卷里的画面，闯入公寓或许是为带回家的照相机。小偷关注的可能是在湖畔拍摄的照片，担心他在那些湖畔巡回拍摄的内容。

要说万幸，便是拍摄湖畔的照片全都完好无损。其实，田代利介没有拍摄到小偷担心的场面。田代利介将两手抱在胸前低头思索，小偷到底是什么人？肯定不是一般小偷，他真想大声嚷道，小偷快出来！他这么思索后忽然想起，小偷闯入工作室打开照相机后盖查看时，那上面理所当然留有指纹。

"木崎。"田代利介命令说，"立刻打电话报警，就说有小偷。"

木崎助手见师父的情绪突然变了，暗自吃了一惊，立刻打电话报警，一小时后，当地警署派来三个刑事侦查警官。"有什么损失吗？"刑事警官问。

"不，没有实际损失，但被弄成了这般模样。"田代利介指着乱七八糟的工作室。

"原来是这么回事。"刑事警官一脸泄气的表情，由于没有实际损失，好像没有了热情。"是因为有人叫喊而逃走的吧？"

其实，小偷闯入工作室的时候谁也不在，也不可能发生这种情况，但是田代利介没有吱声。尽管那样，刑事警官还是调查闯入和逃走的位置。门锁被弄坏了，看上去不像专业小偷干的。

"警官。"田代利介指着放在手帕上的康太斯照相机，"小偷打开过后盖，也许上面有指纹，请调查一下。"

"是吗？"刑事警官从包里取出鉴别工具，将白色粉末撒在照相机后盖上。田代利介站在旁边看，刑事警官再将白粉撒在照相机上，用刷子在变成雪白色的照相机上轻轻涂抹，把它拿到光线亮的地方，再放在手帕上取出放大镜仔细观察。

警官不停地端详了好一会儿，最后搁下放大镜说："没有找到指纹。"

田代利介打量照相机，当然是不可能发现的。他说："但是，小偷确实摆弄过这架照相机的哟！"田代利介说。

"犯罪嫌疑人作案时是戴橡胶手套的。"刑事警官答道。

"哎，就是医生做手术时使用的那种橡胶薄手套。戴着那种手套，手指可以自由动作做细致的工作。"

"原来是这样。"田代利介越来越觉得小偷闯入工作室是有预谋的。

"大门锁被弄坏了。"他还是那么说，"那里也许留有指纹？"

刑事警官说检查是徒劳的，不过，还是用白色粉末做了鉴定。

"果然不出所料，没有。"刑事警官用嘴呼地吹了一下白粉后说："照相机上没有，这里也肯定不会有。"

田代利介并不甘心，既然这样，希望警方进一步调查。"其实，我居住的公寓也于昨晚被翻箱倒柜了，能否去那里调查吗？"

"什么？"警官脸上浮现出吃惊的神情："有损失吗？"

"虽说没有失窃，但还是希望调查是否有指纹。"

"地点？"刑事警官问清地点后说，"那不是我们管辖的区域，请你向当地警署报案。"并要求田代利介把报案书送到警署，说完就走了。

"哎呀呀！"田代利介无可奈何，只得给公寓所在地警署挂了电话。回到公寓约两小时后，来了三个刑事侦查警官，调查了小偷闯入的地方。

"是从这里进来的。"田代利介让他们看房间里的窗玻璃，上面有手可以伸入的圆孔。

"是老手！"刑事警官打开玻璃窗看外面，房间在二楼，下面就是小巷。

一警官从包里取出工具，将白色粉末撒在玻璃窗台、大橱抽屉、书箱和桌子等家具上面，接着取出放大镜逐一查看。"没有指纹。"他歪着脑袋说，"大概是戴手套作案的吧？有损失吗？"

"没有损失，只是从外面闯入后翻箱倒柜而已。"

警官脸上现出奇怪的表情："这小偷真是不可思议。要是想偷盗，可以带走西服呀！"

他查看西服大橱里的五六套西服，听田代利介说没有什么损失后似乎也无精打采了。

"听我说，小偷闯入民宅什么都不偷，这还从来没有过，请今后小心！"

刑事警官说了那样的话后回警署了。田代利介想，小偷在自己家中也是戴手套作案，不用说，与闯入工作室是同一人所为，但由于判断不出闯入的时间，因而不清楚那家伙是先闯入工作室还是公寓，然而不管先闯入哪里，都是同一晚上先后闯入两个地方的。

情况越来越清楚，小偷关注的是田代利介在湖畔拍摄的胶卷里的内容，担心是否拍摄了他们不希望暴露的场面。如果有，他们的意图无疑是夺走它。那么，他们的担心是什么？田代利介回想自己拿着照相机去过的地方。当然，对方肯定在暗处跟踪过田代利介。看来，他们担心被拍摄到的场面是在田代利介去过的地方。

这时候，漂亮女人让人转交的警告信上的内容，在田代利介的脑子里回荡。不用说，换一种思路分析，小偷不可思议的行为也是变相警告。是警告！我怎么能理会你们的警告！相反，田代利介斗志昂扬，一想起回家后还没有与伊藤联系，便赶紧拿起听筒拨打文声社的电话号码。

田代利介说请伊藤接电话，于是传来了他的声音。

"我是田代。"田代利介报了自己姓名。

"你好！"伊藤大声说，"我早就想打电话给你，这不，一直在等你从湖畔回来。我跟你前后脚，刚从大阪回来。"

"我是昨天回来的。"田代利介说。

"原来是那样。你辛苦了！拍摄到精彩的照片了吗？"

"差不多吧。"田代利介敷衍说，显得不太有自信。他这么说，也是因为整个心思都扑在包裹上的缘故。

"是吗？我天天在期待。请允许我把它用在下期杂志的彩页上。"伊藤感到高兴。

"怎么样，好久不见了，今天晚上喝一杯？"

"好呀。"伊藤眯起眼睛的表情好像出现在电话里。

"选择哪家？"

"等到见面后再定，我俩先在上次去过的咖啡馆见面好吗？"

"好，几点？"

"六点。"

"行！"伊藤精神抖擞地说完便挂断了电话。田代利介想通过今晚喝酒，把身上的晦气彻底洗干净。帮助打理生活的阿姨站在旁边，听完电话后满脸担心的表情："田代先生，不会有事吧？今天晚上？"

"什么不会有事？"

"我说的是小偷可能还会来。我有点担心。"

"没关系，阿姨。"田代利介站起来，"不会再来了。小偷知道我这里没有他要的东西。"

阿姨两眼望着西服大橱，满脸是摸不着头脑的表情。

那天晚上，伊藤把他带到上次去过的涉谷白川饭店，在那里喝酒。白川饭店是模仿飞驒高山民家风味的菜馆。女服务员们一律身着藏青底色碎白花图案的棉织服装，外配红色围裙，显示了浓郁的乡情特色。

伊藤喜欢的小芳姑娘年龄十八九岁，圆脸，白嫩的皮肤，与藏青底色碎白花图案的棉织服装非常吻合，是一个可爱的少女。他俩在小芳和中年女服务员的陪伴下心情愉快，离开白川饭店时已经过十点了，立刻乘上出租车。伊藤建议说接下来去银座，但田代利介想回家。

"不，今天晚上不去其他地方了，我想回家！"他表示拒绝。

"那好，我也回家，一个人去没劲。"伊藤和田代利介回家是同一方向，于是让出租车驶往新宿。此刻，他俩的心情都是怪兮兮的，连说话都觉得费力。这时，出租车上的电台正在播放新闻：

"⋯⋯迄今为止，山川亮平失踪后依然没有新的消息。自从三月二十三日以来，警视厅尽管在继续寻找下落不明的保守党领袖山川亮平先生，但还是没有发现任何线索，有关方面十分焦虑，此外也没有山川先生的主动联系，再者也没有人见过他，眼下没有他的生死消息⋯⋯"

出租车沿环城公路朝新宿方向前进。

"山川议员的家属说，山川压根儿没有自杀或者失踪之类的原因。专案组对此发表相当微妙的见解，说应该根据他的政治立场分析案情。关于他的生死预测，专案组也没有发表明确的见解。总之，山川的失踪倘若继续这样不明不了，有可能与政治有关……"

"好像出大事啦。"伊藤望着田代利介说。

"是的。"田代利介点点头，但是比起担心政治家来，眼下更担心的是自己介入的问题。

"如果在哪里发现山川议员尸体，那就是下山被杀案以来的最大案件。"

"是的。"与伊藤的激动情绪不同，田代利介不太感兴趣。"其次……"新闻报道在继续，"在都下北多摩郡国立街道的杂树林的泥土里，发现了一具被勒死的女尸，推测的死亡时间是七到八天。今天下午四时左右，附近一名主妇去国立街道尽头的杂树林里拾柴，发现了年龄约三十一二岁的女尸，外表好像是先埋在土里后被野犬挖出来的。该主妇立刻报告当地警署。验尸报告说，根据衣服和随身物品，尸体好像是被勒死后埋在那里的……"出租车收音机还在播送，田代利介在全神贯注地收听。

"根据衣服和随身携带物品判断，被害人是东京都中央区银座西××地段榆树酒吧的经营者，名叫川岛英子，今年二十九岁。"

"啊！"田代利介喊出了声，伊藤吃惊地看着他。

"川岛小姐从三月二十三日开始就下落不明，其家属向警方报案后，国立警署设立了川岛英子专案组，已经对本案展开了侦查……"

出租车来到代代木交叉路口。"喂，司机。"田代利介的脸伸向司机背部说，"把车开到代代木车站！是代代木。"

伊藤又吃惊了。"怎么啦？为什么突然做出这样的决定？"他转过脸问田代利介。

"我想起一件急事。"

"嗯，是跟刚才的新闻有关吧？"伊藤眼睛里射出可疑的目光。

"怎么说好呢，也不能说没关系，哪天我会说的！"出租车朝左转弯来到代代木车站。

"那好，失礼了。"田代利介下了车。伊藤一脸吃惊的模样，从车窗打量他的表情，"怎么回事，我一点都不明白。"

"失礼了，对不起，改天我再慢慢跟你聊！"

田代利介摆摆手在车站买了一张去国立街道的车票后，跑步来到站台。晚上，中央线轻轨电车车厢内空空荡荡的，他坐在座位上陷入沉思。榆树酒吧妈妈桑被害，与其说意外，倒不如说自己精神上受到了沉重打击。真是万没有想到会是如此结果。春天了，肩膀还是感到寒冷。

榆树酒吧的妈妈桑已经失踪十多天了。她为什么下落不明？久野也一直在挂念着，但最终却是噩耗。究竟是谁加害于她？把她埋在国立街道的理由是什么？她的失踪，是同一个罪犯绑架了她，还是因为她本人在隐居地遇上那个罪犯？这一切，对于田代利介来说全然是未知数。轻轨电车驶过了荻洼，驶过了三鹰，又驶过了小金井。

田代利介下车后直接去了国立警署，推开门看见三四个警官正围着桌子，有穿警服的，有穿便衣的。田代利介朝坐在正面身着警服的警官鞠躬，于是那警官从椅子那里站起来。

"是这样的，我刚才听到电台播送的新闻，说贵警署管辖区域里发生了凶杀案。"

"是的。"年轻警官冷漠的目光望着田代利介。

"我拜访贵警署的目的，是想详细打听这起案件。"

"你是否与这起案件有什么关系？"警官问。

田代利介摇摇头说："不，不是那么回事，我认识被杀害的榆树酒吧妈妈桑，听到电台新闻后赶来这里的，简直是大吃一惊。"

"你和妈妈桑是什么关系？"警官的眼睛里射出怀疑的目光，田代利介有点紧张起来。

"嗯……个人之间没有什么特别熟悉的关系，但我经常去她那里喝酒也就认识了。由于长时间下落不明，说实在的，一直在为她担心。一听说发现了她的尸体，吓了我一跳。"

这时，坐在对面桌子边的便衣警官小声招呼这名警官。这名警官转过脸去，便衣警官便晃动下巴，意思是说让他到我这里来。于是，这名警官指着旁边入口。田代利介走到并排着桌子的里面，那名便衣警官站起来主动朝田代利介笑着说："好啊，欢迎！"接着说，"来，请坐。"

便衣警官指着空椅子，自己也弯腰坐下，笑嘻嘻地说："你是榆树酒吧的常客？"

"不，也算不上什么常客。不过，偶尔去银座时会顺便去榆树酒吧跟妈妈桑聊天，因此，我赶来这里了解情况并不觉得是为别人的事。"

"那，辛苦你了。"便衣警官不客气地端详着带着照相机的田代利介。

"你要是常去榆树酒吧，大概清楚常去榆树酒吧的那些客人吧？"

"说不上清楚……"田代利介说到这里，似乎觉得自己成了被讯问对象，而警官听说田代利介是榆树酒吧的常客，好像觉得他清楚妈妈桑及其周围情况，便从许多方面向他打听。但是几番打听下来，才察觉到田代利介知道的情况并不那么详细。

"其实，我们认为被害人死因是痴情关系。作为参考意见，我们才向你打听的。"便衣警官那样说完从袋里掏出名片，原来他是刑事侦查探长。

"那么，从痴情关系角度侦查找到什么线索了吗？"田代利介问。

"目前什么线索也没有，被害人好像也没有钱财失窃，因而我们归结到死因可能是男女关系，于是从这方面展开侦查。你说你常去那家酒吧，能否说说妈妈桑是什么性格？"

"妈妈桑的性格比较爽朗，没听说过什么男女感情纠葛之类的事情。当然我是普通客人，不知道内部情况。"田代利介这么回答后接着问，"死因真是被勒死的吗？"

"是的。"

"勒死的凶器是什么？"

"真正凶器是什么还说不清楚，但我们不认为是细绳，而是柔软的布。如果是普通的硬细绳，皮肤上会出现伤痕而有剥落现象，可尸体上并没有那种情况。比如说，可能是领带、布之类的凶器？"

"没发现凶器吗？"

"没有发现。"探长答道，"如果发现凶器，侦查起来可能要方便许多。"探长似乎觉得没有必要怀疑田代利介了，便抽起烟来。

"发现时候的状态是怎样的？"

"现场是杂树林和旱地交界的地方，那附近不太有人居住，远处是零零星星的农家住宅，最近开发建造的住宅距离那里也有两公里左右吧？"探长交叉抱着胳膊，抽了一口烟后说了起来："尸体先是被罪犯埋在土里，后来被野犬挖了出来，手臂裸露在外，是路过那里的行人发现后报案的。幸亏脸没有遭到破坏，虽说大约是四天前被害的，但由于是埋在土里，尸体腐烂得不是很严重。被害人大概是在某个地方被勒死后运送到这里的。目前还丝毫没有发现罪犯的线索。"

"如果说是四天前，附近居民中间是否有目击者见过罪犯把尸体运到现场？"他问。

"根本就没有。"侦查探长皱着眉头说道，"我让侦查员们在那一带走访了许多人。也许是住宅与那里隔有一段距离，所以没有目击者。"

"但是，"田代利介睁大眼睛说，"无论那里距离住宅有多远，也不完全是无人地带呀！罪犯运尸那天，也许有人在旱地里干农活，或许有人在那一带散步什么的？或许有人在家偶尔眺望现场附近时看到那里有晃来晃去的人影……"

探长把烟衔在嘴上，点点头："我也曾做过同样的设想，但根本就没有那样的目击证人。"

田代利介稍稍思考后说："那么，罪犯是在根本无人注意的晚上实施犯罪行为的？"

"完全可以那样假设。我们也是那样推测侦查的。"

"要去现场，是乘坐国营轻轨电车在国立车站下车。请问，走访该车站的结果是什么？"

"很遗憾，车站那里什么线索都没有。国立车站一过晚上十点，乘客要少许多，不过平时客人比较多，因此即便让车站职员认被害人照片，也还是回忆不出。"

"那么，我想从车站到现场大约有三公里路程吧？！榆树酒吧的妈妈桑不可能自己走着去，因此不是乘出租车便是乘包租车去的。请问，走访出租车和包租车的结果是什么？"

"不，那也根本没有线索。走访了司机，都说不曾载客人去过那样的现场。另外，给他们看了被害人照片后也说想不起来。"

田代利介开始思索，也许妈妈桑不是被国营轻轨电车，而是被自备车从东京都闹市中心载到被害现场。如果妈妈桑在别处被害，采用这种方法搬运妈妈桑尸体是罪犯首选的。然而排查自备车是有难度的。来到国立警署了解情况，但在田代利介看来最终什么新的线索都没有得到。看探长的表情，似乎没有隐瞒什么内容。可以想象，案件侦查出现了困难。

田代利介致谢后离开了警署，外面一片静悄悄的，路灯零零星星，走了还不到十米左右的路，见前面驶来一辆亮着强烈灯光的轿车，停在警署门前后关闭了车灯。田代利介走了几步停下，转过脸观察那辆中型轿车。从车上走下三个身着西服的男子，大步流星地朝警署走去。根据走路姿势能猜出他们是警官，与普通市民不一样。

也许有情况！田代利介饶有兴趣地转身朝警署返回。警署大楼里有灯，玻璃窗亮堂堂的，可以清楚地看到里面。田代利介明白了，刚才进去的三个男子是警视厅刑事侦查科的警官，其中高个子警官在不停地说着什么，随后提出问题。回答问题的是刚才跟田代利介交谈的国立警署探长，态度谦和，恭恭敬敬的，那些从警视厅来的警官好像也官衔相当。

再看他们的威严表情，似乎不是一般的马路巡警，那么，多半是警视厅因妈妈桑案件增派了一些有相当侦查能力的警官吧？但是一看手表，已经过十二点了，这么晚了，他们还特地从警视厅赶来遥远的国立警署，看来不会是为一般公务，分析他们的表情，都非常紧张。也许是什么行动前的准备？

田代利介不可能去警署大楼，于是心里焦急起来，倘若妈妈桑被杀案有了新进展，必须尽最大努力知道它。田代利介不是记者，压根儿不认识那些来自警视厅的警官。如果知道他们的姓名，至少能估猜出案件进展的大致轮廓。

看着看着，田代利介忽然想起身上带着照相机，背包里还有望远拍摄镜和广角镜。他立刻取出照相机，装上望远拍摄镜。由于是在暗处操作，警视厅驾驶员没有察觉田代利介。

窗明几净，警官们的长相清清楚楚地出现在灯光下，田代利介把镜头的焦距与警视厅高个警官调到一致，于是望远拍摄镜头里立刻出现高个警官，田代利介对准他按下了慢速快门。

那天晚上他很快进入了梦乡，次日早晨起床时快十一点了。"您太疲劳了，睡懒觉了！"阿姨端来早饭笑着说。

"是的，昨晚回来晚了。"田代利介洗漱后坐到饭桌前面。

"几点？"

"回来时是一点左右吧，差一点没赶上终班电车。"

"那么晚？"阿姨瞪大眼睛，"那，醉得相当厉害？"

"不，不是酒的原因。"说到这儿，他突然想起什么，大声问："阿姨，今天的晨报呢？"

"好，好，这就去拿。"阿姨拿来两份报纸，田代利介赶紧翻开社会版面。

国立街道树林里发现被勒死的女尸

标题占用了三段字的位置，田代利介顾不上吃早餐就看起了报纸，晨报内容与昨晚电台新闻以及探长说的情况大致相同，其他版面也没多大区别，旁边的报道内容还是老样，保守党干部山川亮平议员依然下落不明，似乎与电台新闻一致。他不感兴趣，随便看了一遍。

"请快吃早餐。"阿姨喊道。

田代利介吃完后给久野挂了电话，是久野夫人接的电话。

"哦，是田代先生？好久不见。"夫人说。

"久违久违，久野在家吗？"

"不在。他一大早就匆匆出门了，说中午前回家，大概就要回来了吧。"

"是吗！那好，我现在去你们家。"

"噢，是这样，那，恭候光临。也许你到我家时他已经回来了。"挂断电话后，田代利介立刻做出门准备。

"哎呀呀，你真是好忙啊。"阿姨送他出门，田代利介吩咐她说，"如果木崎助手来了，让他把昨晚拍摄的胶卷冲洗出来。"交代完毕出门去了久野家。

久野还没有回家，夫人不好意思地对田代利介说："你先请进！我想他马上会回来的。"

今天，田代利介打算一定要和久野说说，于是走进榻榻米会客室，面积十三平方米左右，有椅子。夫人端来茶水问："田代先生，好久不见，近来好吗？"

"哦，还可以吧。"

"上次你说去外地旅行？"

122

"是的，去了信州。"

"那儿不错吧？我家久野就是懒得旅行，伤脑筋。"夫人发牢骚。

"我是工作旅行，没劲……久野君偶尔外出散步吗？"田代利介改变话题。

"什么呀，今天一早就出门了。很少见到他这么早起床。他最近好像在竭尽全力调查什么。"

"是吗？"田代利介想到了什么，"他在调查什么？"

"谁知道！他根本就不对我说。"夫人笑了，"像是刑事侦查行当。"

"像刑事侦查员？"

"嗯，走访各种人，有时候是打听，有时候是到处转，自己的工作放着没干。"

"是干什么呢？"田代利介故意歪着脑袋估猜大致情况。肯定与榆树酒吧妈妈桑的失踪有关！从知道妈妈桑失踪开始，他就非常关注。当发现妈妈桑尸体的消息见诸报端后，他的神经处在兴奋极点是可想而知的。那么，他究竟在调查什么？就在田代利介与久野夫人交谈时，传来门被使劲推开的响声，夫人急忙站起来走出去迎接："孩子他爸，田代先生来了！"

"是吗？"传来久野急促的脚步声，转眼间那张红脸已经出现在田代利介眼前。"啊，你来得正好！我一直想跟你见面。"他目光炯炯，说："我给你打过电话，但是你去信州了，又一直不见你回来。"

"失敬。我是两天前刚回来的。"

"什么，是为工作？"

"是巡回拍摄湖畔，按照计划是用于杂志彩页上的。"

"噢噢，你说过那情况。"久野点头，问，"顺利吗？"

"还算过得去，但是不太有信心。"田代利介回答后看着久野的脸，"你偶尔在调查什么吧？"

"不是什么！"久野拉大嗓门激动地吼道，"你看报了吗？"严肃表情出乎田代利介意料。

"我是看了报纸以后来的，是榆树酒吧妈妈桑被杀害的事情吧？"

"还说呢，你太迟钝了！"

"我压根儿没想到她会被杀害，看了报后才大吃了一惊。"田代利介打量久野的眼神，问："你事先想到过妈妈桑被害吗？"

"我根本没想到。"久野眼睛朝下，"我没往那里想，但估计过有危险，绝没有想到惨遭杀害。"

"你是看晨报后才知道的吧？"

"不，我是昨晚听电台新闻后知道的。"久野说，"简直是震惊！凑巧在朋友家偶尔听到电台新闻，总觉得眼前燃烧着熊熊烈火。"

久野是偶尔听到的，跟田代利介在出租车里听到的电台新闻内容相同。

"你看了妈妈桑被害的现场吗？"田代利介问。

"那当然啦！我一大早去了国立街道杂树林！"久野的话语里激动的情绪还没有消失。

"那是武藏野正中央的冷落地段。"久野继续说，"罪犯太狠毒了！居然在那种地方杀害她把她埋在那里。妈妈桑真可怜！"

"听说妈妈桑失踪以后你一直在不断地调查？"田代利介想起久野夫人说的话。

"嗯，走访了许多人。"久野说，"我先是考虑失踪，做酒吧生意的女人，不用说，问题通常出在男女感情纠葛上。我做了各种猜测，怎么也找不到那样的线索。"

"这么说，问题在其他方面？"

"首先，榆树酒吧的生意很顺利，不会为了钱，例如为了债务烦恼而隐居，这不太可能。"

"你原来是这样判断的。"

"既不为色，也不为钱，那剩下的是家庭问题。可是这情况，我也向跟妈妈桑住一起的小姐打听过，好像没有这方面的烦恼。"

"是收银台小姐？"

"嗯，就是那个担任榆树酒吧会计的小姐。她是住妈妈桑在大森的家，最了解妈妈桑的私生活。她说的情况大致不会有错。"

田代利介问了这一情况，心想久野果然在认真调查。

"可是，喂！"久野突然又大声嚷道，"我发现看见妈妈桑的目击者了。"

"什么，这是真的？"田代利介稍有些紧张地看着久野的脸。

"当然真的，是确实的！"久野露出严肃的表情。

"他是谁？"

"一个出租车司机。"

"出租车司机？"

"嗯，那司机以前曾多次从酒吧载妈妈桑回大森，当然记得妈妈桑的脸啦！所以那目击者是真的。"久野本人说完，深信无疑的语气。

"他看见什么了？"

"他说，亲眼看见妈妈桑坐在私家车上，车上还有两三个男的。"久野的目光炯炯有神。

"他是在哪里看见那辆车的？"如果出租车司机说的是真实情况，那就糟啦！榆树酒吧妈妈桑失踪后根本就没有丝毫线索。田代利介屏住气看着久野。

"就在这附近！"久野十分有把握地说。

"附近？"

"嗯，这前面有空地是吧！对，对，你原打算在那里建房，就是我向你推荐的那块空地。"

"哦。"田代利介只是听这么说，心跳速度就已经剧烈起来。

"空地下面是道路，还有小树林，那一带光线暗淡。沿那条路笔直向前，就是你曾经拍过照片的 A 作家住宅。"听了久野的说明，那一带地形清楚地浮现在田代利介的眼前。

"嗯，嗯，我知道那里。"田代利介催他继续说，"那里好像有小树林，晚上很少有出租车在那条路上经过。"

"是吧？揽客的出租车不去那里。可是那司机呢，是载客经由那里去前面的一个地方，说是晚上十一点多，还说如果不是为了客人，平时很少去那里。"

"那后来呢？"田代利介催他下文。

"驶到那条路的树下，那里好像是转弯道，沿转弯道行驶，树荫里好像停着一辆熄了灯的私家轿车。这时，他的车头灯唰地照亮那里。"

"原来如此。"田代利介的眼睛好像看见了当时的情景。

"他说，出现在灯光里的，是榆树酒吧的妈妈桑，她两边有两个男人，因为灯光照向那里，两个男子赶紧转过脸背朝着灯光。"

"哦！"田代利介吸了一口气，"肯定是妈妈桑吧？"

"那是肯定的。就像刚才说的那样，他的车载过榆树酒吧的妈妈桑，记得她那张脸。

"司机在哪里？"

"那，喂。"久野的眼睛里还是刚才那样兴奋不已，"有奇怪事情！"

"奇怪？"对于久野煞有介事的话，田代利介笑不出，因为久野的语气里好像有真实性。

"什么事？"田代利介问，久野耸了耸肩，"其实，我找到了那个目击者司机。"

"是吗！"田代利介坐着身体往前凑，"接下来的情况呢，还真是必须继续向你打听。你到底是怎么找到那司机的？"

"这简单。"久野说，"我偶然乘上那司机同事驾驶的出租车，交谈过程中，他知道我常去榆树酒吧，便对我说了这么一件事。"

"说什么了？"

"哦，他说，他同事见过妈妈桑乘坐在一辆私家车上，还不可思议地说，车停在奇怪的地方。"

"原来如此。你说你还问了其他情况。"

"是的。问了司机的姓名，还问了司机的住所。"

"不用说，你大概拜访过他了吧？"

"是的。"久野胸一挺得意扬扬地说，"我拜访过他了，但他不在家，据说是上班去了，于是我第二天又去了。"

"终于见到他了吧。"田代利介说。

久野目光炯炯地说："接下来呢，哎，遇上了怪事。"

"快说呀！"

"我是第二天去他那里的，司机是上一天班后在家歇一天，因此我想他肯定在家。"

"嗬，听你的口气，他又不在家吧？"

"据说出去散步了。因为我好不容易去他那里，所以就在那里等候。是呀，我足足等了两个小时哟！还是不见他回来，我便去附近咖啡馆喝咖啡。"

"那可不行，这么重要的任务还没有完成，可你……"

"喂，现在进入正题！"久野重新端正坐椅子的姿势，"我大约两个小时以后再去司机小西忠太郎的家，可是那家伙还没有回来，就是散步，时间也太长了。他妻子也不解地说，出去这么长时间不回来的情况很少有过。"

"肯定在途中遇上朋友后一起去了什么地方。"田代利介说。

"这种情况是常有的。我开始也是这么想，接着再等候，最后实在是没耐心了，回家了。"

"那是什么时候的事？"

"是前天。我还是担心，昨天又去了小西忠太郎的家。"

"哦，结果怎样？"

"小西忠太郎还是没回来。"

"是前天出去散步以后没有回来？"没想到田代利介也脸色骤变。

"是的。小西夫人边抽泣边说，如果是驾驶出租车下落不明，企业是不能扔下不管的。可是他那天是休息，所以企业的态度非常冷淡，根本就不搭理他的妻子。"

"等一下，等一下。"田代利介好像大脑里在整理思路，"叫小西的司机是休息天下午出去散步的，当晚没回家，那么，第二天是他的上班日吧！"

"是的，可是企业说没有接到他的联系电话，做旷工处理。据说，企业不仅不担心他的下落，还把他不上班当做旷工处理，说要解雇他。"

"那，可怜啊！"田代利介也听说过，出租车公司对司机向来是冷冰冰的，但是眼下必须打听小西忠太郎的情况。

"可怜！"久野也说，"据他妻子说，小西忠太郎过去从未有过事先不打招呼就在外面住宿的。听了这情况我也有点焦急，其实今天早晨我在去国立街道后回家路上，又顺便快速地去了小西忠太郎的家。"久野今天大清早出门的理由，被他这么一说就清楚了。

"小西忠太郎还是没有回来吗？"

"没有回来。也就是他那天中午刚过突然出门，以后就再也没有音信，现在已经是连续两晚上没有回家了。怎么，喂，非常奇怪吧？"久野注视着田代利介。

"报案了吗？"田代利介问。

"不，那还没有。今天，小西夫人该向警方提交寻人申请了。"久野回答，"但是我想，就是向警方提交寻人申请也不会有什么效果。如果说这跟犯罪明显有关，不管怎么说，连续两晚不让他回家，估计罪犯可能是真下决心了！"他说出自己的判断。

"那，最好还是向警方提交寻人申请！"田代利介说完问道，"你的判断如何？看你那表情，是不是觉得小西忠太郎的下落不明与目击了妈妈桑的情况有关吧？"

久野揉着鼻子推测说："我认为有关。也就是说，杀害妈妈桑的家伙，就是小西司机见过的那两三个男子，当时他们与妈妈桑同在一辆车里。既然被他看到了，罪犯无疑为了杀他灭口而秘密绑架了小西司机。"

"但如果是杀他灭口，为什么当时不立刻动手？"田代利介反问。

"那也是啊！"久野思考后说，"罪犯记住他的出租车牌号，可是调查须用几天时间吧？也就是说，他们在调查出租车企业寻找当晚的当班司机方面花费了时间。"

田代利介歪着脑袋，觉得久野说的有一定道理。连久野也听说过小西司机是目击者，无疑，问题主要是出在小西司机到处说自己亲眼见到过妈妈桑。正如久野说的那样，小西司机的失踪多半是那原因。这时，田代利介的脑子里掠过一个想法。

"你是说，小西司机是在空地下边的路上见到了那辆车？"

"是的，说是停在那边上的树荫里。"

"你家里有锄头或者铁锹吗？"

"哦，有铁锹。"

"把它借给我用一下。"田代利介站起身来。

第四章　奇怪的混凝土碎片

田代利介和久野没费多少力气便找到了肥皂厂遗迹，虽然是在草地里，但唯有那块区域的草被拔没了，裸露出红土壤。

"禁止入内。"警示牌的落款上写有土地主人藤泽的姓名。这好像是最近竖立的，多半是土地主人为了避免有人再次在这里擅自建造厂房。

"挖一下这里。"田代利介手持铁锹指着红土壤。

"挖这里打算干什么？"田代利介没说什么理由，久野满脸惊讶。

"挖有肥皂厂痕迹的地方。"田代利介说。

"挖了以后能找到什么？"久野问。

"不知道，不知道，但一定要挖。"

"有目的的吧？"

"大致是这样的目的，但是不挖一下那里说不清楚。"

"这里呢，应该是建过肥皂厂房的地方，但是建了一半就中止了，因此挖那种地方不可能发现什么……哦，明白了！"久野他自己也好像明白什么了，嚷道。

"你明白什么了？"田代利介瞪大眼睛问。

"大概藏什么东西了？"久野脸上表情好像示意说，我猜着了吧？

"藏什么东西了？"

"哎，不是常有这种情况发生吗？像隐藏什么东西的，例如……"他刚说到这，不再往下说了。

田代利介笑了起来，自己预测的也是罪犯隐藏了什么东西。"有点不同，但差不多吧！"

"别卖关子，说吧。"

"挖了以后就明白了，姑且先挖吧！"田代利介把铁锹插入土里。

相当宽敞的区域里，周围有混凝土基础的痕迹，那是肥皂厂房的轮廓。里面还有好多混凝土痕迹，那无疑是厂区内部的分隔墙基础，然而它与通常的内部分隔不一样，是不大的混凝土区域，面积跟箱子大小差不多。田代利介插入铁锹的地方，就是该区域的中间部位。这里没有草，裸露着红土壤。久野看了一会儿，说了一声"好！"，配合田代利介把铁锹插入。

田代利介把铁锹插入土里挖了起来，那里是为建厂房而夯实过的地方，比较坚硬，石块和混凝土碎片混合在一起。混凝土碎片是基础工程拆除时形成的，许多碎片上粘有泥土。田代利介挖出石块和混凝土碎片后，小心翼翼地把它们集中到一边。

"喂，那些东西有什么参考价值吗？"挥舞铁锹的久野，看着田代利介问道。

"哎，没什么，反正请你把混凝土碎片集中在一块儿。"

"是吗？"久野不理解地用铁锹挖出碎片，把它们集中起来。

碎片一般不在夯实过的地方。田代利介挖了相当大的范围后便停止挖了。

"查看混凝土碎片。"田代利介招呼久野，久野也不挖了，两人挖出的混凝土碎片堆成了两座小山包。

"久野君，把这碎片拿在手上查看，如果粘有泥土就不属于调查范围。碎片上理应有白色凝结物，请把粘有白色凝结物的碎片挑出来。"

"好。"久野也只能按照田代利介说的挑选，那副表情肯定是等一会儿再听解释。田代利介和久野把混凝土碎片分成两堆，粘有白色凝结物的碎片格外多。田代利介拿在手上端详，久野也把碎片拿到眼前目不转睛地琢磨。

"什么？这是。"久野用手指擦了一下白色的东西，只见这些白色的东西一块块掉落下来。田代利介也用手指剥下一块放在从口袋里掏出的纸上，纸上聚集了滑溜溜的白粉。

"噢，噢，这是肥皂吧。"久野说。

"是的，这混凝土碎片大概是肥皂厂为试制肥皂而建造的水池一部分吧？你瞧！"田代利介取出只粘有土的混凝土的碎片，"好像这些碎片稍厚一些吧？也就是说，这应该是水池的碎片。"

"原来如此。听你这么一说，我觉得像你说的那样。"久野听了田代利介的解释也直点头。

"这么说，那家工厂在没有竣工之前就试制了肥皂。"

"是的，是在有围墙的时候试制的。"久野说。

"但是，久野，肥皂厂为什么在还没有完全建成前，就那么迫不及待地试制肥皂呢？"

"那是因为担心产品做得好还是不好吧？"久野答道。

"制作肥皂，材料是当然需要的，但配方是技术啊。所以，在这里建工厂的家伙当然想尽快拿出试制的肥皂吧！"

"制作肥皂的水池需要多大？"

田代利介算了一下："相当大！试制肥皂大概需要这么大的水池吧？"他看着地面。

"可能需要这样的面积，因为是工厂嘛！还打算大量生产。"久野说。

"你是说正式投产？"田代利介看着久野的脸，"既然打算正式投产，肥皂厂经营者为什么不经过土地主人同意便擅自使用土地呢？"

"是啊。"久野脸上表情似乎在说，那，我就不清楚了。"大概有什么情况吧？比如，类似受中间房产商欺骗什么的……"

"这理由暂且可以考虑，但有点牵强附会，那个打算建厂的男人，我认为他应该进一步调查土地情况。"

"你那是什么意思？"

"我呢……"田代利介思考后说，"我认为工厂业主一开始就计划擅自使用他人土地。"

"还真有那样的浑蛋！"久野愤怒地说。

"他肯定事先料到擅自使用后，土地主人会立刻赶来抗议和被拆除的结果。"田代利介答道，"土地主人不住这附近，是住在藤泽。他没有在这里安排土地管理员，发现时也就迟了。也就是建造厂房的业主不是希望立刻接到拆除命令，而是希望基础工程在进行到某种程度时接到拆除命令。"

久野一脸不明白的表情："什么意思？"

"不明白吗？"

"不明白。"久野直摇头。

"也就是说，这家肥皂厂的厂主一开始就没有打算过竣工。"

"什么？"

"是打算半途而废，只要建设到基础工程就行。其实，他们只是打算在这里试制肥皂，没其他事。"

"但是，"久野反问，"如果确实是试制肥皂，没有必要在这里建厂，租用别的工厂试制不也照样行吗？"

"那需要保密。"田代利介说。

"产品需要秘密？"

"哦，是的。"

久野点点头说："原来是这么回事。新产品当然需要保密，不能借用其他工厂。"但是，田代利介说的秘密与他理解的不一样。

"总而言之，"田代利介继续说，"从一开始就没有真正建造肥皂厂的打算，事先估计过建造途中会遭到土地主人抗议，因为没有经过主人同意。你说过，土地主人是接到别人来信才知道这情况后匆匆赶来这里的吧？"

"是那么回事。"

"我想，那封信是与肥皂厂厂主有关的人寄的。"

"……"

"附近居民根本不知道是不是擅自建造工厂。就说你吧，实际上不是也以为是土地主人出售了这块土地的吗？不是还建议我快买下剩余的土地吗？！"

"是呀，是呀。"久野想起了他曾经说过的话，点点头："可……"他眼睛里满是惊讶的目光，说："建肥皂厂的家伙难道需要那么绞尽脑汁？制造肥皂难道需要那么小题大做地保密吗？"

"这，你马上会明白的。"田代利介又挥动铁锹挖土。

这一回不是水泥块，而是用眼睛仔细调查辨别后挖出的泥土。他不停地挖，挖的范围也越来越大，然后手捧起那些土调查似的时而盯着看时而用鼻子闻。

"你在干什么？"久野满脸紧张的表情。

"嗯。"田代利介突然看了一眼久野的脸，答道，"我在调查土质。"

"土质？"久野立即瞪大眼睛，"那与本案有关吗？"

"是啊，我想也许起不了什么作用吧？"田代利介从口袋里掏出纸把那些土包起来。

"好啦，调查到这里就暂告一个段落，回家吧。"田代利介说。

"有什么收获吗？"久野不客气地看着那个纸包问。

"我不知道有没有收获，总之有关下落不明的司机，请你继续关注和调查。"田代利介边走边说。

"那是当然的！司机失踪肯定与杀害妈妈桑的凶手有关。我一个人难以应付，打算让某报社记者帮我调查。"久野一说到司机情况，情绪又立刻激动起来。

"请报社记者帮忙的事情，最好缓一缓。"田代利介考虑片刻后劝说久野。

"为什么？"

"只要跟报社记者一说这情况，马上就会招来大肆报道，我们的判断就会模糊，还有可能被搅得一团糟。等到稍稍调查到有鼻子有眼大致轮廓清楚后再对记者说也不迟，怎么样？"

"好呀！"久野似乎赞同了这样的观点。

"哎，根据你刚才的言行举止，你好像比我还要清楚案情，至少有某种程度的了解，是这样吧？"久野重新问田代利介。

"是的，也许发现了一些。"

"请说给我听听。"

"嗯，我们相互间有约定，说出来也没关系，但是你得等一会儿，等到我把事情调查得再清楚一点跟你说也不晚。目前，还没有脱离假设的阶段。"

其实，田代利介并非不想对久野说，而是考虑到他有轻率的弱点，不能说出自己在湖畔巡回拍摄时了解到的神秘包裹。这消息一旦对他公开，肯定会酿成意想不到的后果。

"啊，你太会装模作样了。"久野脸上浮现出不高兴的表情。

"那，我就在这里失敬了。"田代利介告别久野后乘上出租车，让司机快速驶往 S 大学校园。下车后，他沿着光线暗淡的走廊朝应用化学研究室走去。

走廊两侧分别有教授、副教授和讲师的研究室，门上挂有各自的姓名牌。田代利介手按的门上，挂有"杉原教授"姓名牌。他轻轻敲门后推开，见杉原多市一本正经地坐在写字桌前。

"哦，那不是利介吗！"杉原教授看见田代利介后满脸吃惊的神情，"你还真是稀客。"

田代利介朝高中时代的好友伸出手："你好！我们已经有一段时间没见面了。"

"不是一段时间，而是很长时间没见面了哟。"杉原多市从写字桌前站起来，"是啊，是啊，你的作品经常是作为杂志彩页出现，我一直都在欣赏。"他拍了拍田代利介的肩膀说："你干得真不错。"

"谢谢。"田代利介致谢。

"哎，今天来我这里有什么事吗？"杉原教授问。

"嗯，我是想请你鉴定一些东西。"

"原来是这样。好呀，什么都行。好久不见，先喝一杯饮料再说。"

"有喝饮料的地方吗？"

"别小看，大学里当然有喝咖啡的地方！"杉原教授把田代利介拉到走廊，在前面带路。

餐厅在校园里，学生坐得满满的。他俩找角落座位坐下，各点了一杯红茶，随后海阔天空地说了一会儿，接着杉原教授问："哎，想鉴定什么？"

"请鉴定这个。"田代利介从口袋里掏出两个纸包，一个是水泥碎片，一个纯粹是泥土。

"你先鉴定这水泥碎片。"田代利介递给杉原教授三块碎片。

"这是什么？"杉原教授拿在手上仔细端详。

"这上面好像粘有浅白色的东西，想请你鉴定它的成分。"

"好像是肥皂。"他嘟哝说。

"剥下来的东西有许多，我把它聚集在这里。"田代利介又拿出一个纸包，那里面有剥下来的白色屑末。杉原教授用手指从田代利介拿来的纸包里拈起白色屑末打量，屑末滑溜溜，有光泽。

"是鉴定这吗？"杉原教授看着田代利介的脸。

"是的，其实这是黏附在肥皂厂混凝土水池上的东西，请你鉴定它的成分。"

"行！"杉原教授同意了。

"接下来还有一样东西。"田代利介又取出一个纸包，"这是在现场采集的土，也请鉴定。"

"啊！"杉原教授打量泥土后说，"哎，我不懂地质学。"

"不，不是地质。这土里也许有什么化学反应，最好帮我鉴定一下。"

杉原教授猛地用手指沾上土，用舌尖舔了一下："哎，好像是普通的土，你期待土里含有什么？"

田代利介故意不回答，而是请求他："总之，你看一下它的化学反应。"

他想，也许自己的预测是错误的，同时，也不希望给杉原教授套上神秘的框框。

"好。"杉原教授同意了。

"马上就能知道结果吗？"

"是的。"杉原教授点头后从椅子上站起来，"你在这里再点一杯饮料，我在你抽完第二支烟的时候回来。"

"拜托你了。"田代利介送杉原教授出去。

餐厅里因为有学生显得很热闹，有的同学正在吃咖喱饭和面包，有的同学之间正在热烈交谈，他觉得此时此刻沉浸在充满青春活力的氛围里，点了一杯咖啡后接连抽了两支烟。果然在抽完第二支烟时，杉原教授急匆匆地回来了。

"让你久等了。"杉原教授手上拿着两个纸包坐到田代利介的旁边。

"真对不起，你速度好快呀！"田代利介看着杉原教授。

"哎，我没说错吧，就两支烟工夫。"杉原教授得意地说，"可是，田代君，这不是肥皂哟！"

"咦，不是肥皂？"田代利介抬起脸看着杉原教授。

"是的，黏附在这混凝土碎片上的白色东西与肥皂完全不同。"杉原教授接着说，"肥皂呢，主要成分是脂肪酸钠，但是这白色屑末里根本没有那种东西。田代君，这是石蜡！"

"什么，石蜡？"田代利介重复嚷道。

"是的，是石蜡油的固体。乍一看很像，但性质与脂肪完全不同，是其他种类。所谓石蜡油的固体就是石蜡，也可称之为石蜡油系列的碳氢化合物。"

杉原教授用有点像讲课时的语调说。田代利介虽无法理解，但不管怎么说，唯白色屑末与肥皂的性质根本不同这一点，他明白了。"但是，哎，"田代利介带着疑问盯着杉原教授的脸说，"这是肥皂厂试制肥皂的一部分，这混凝土碎片确实是制造肥皂用的水池碎片。"

"我不知道是肥皂厂还是其他什么厂，但这东西确实不是肥皂，它是经过化学实验证明的，不会有错。"杉原教授咧开嘴笑了。

"大概是在肥皂厂制作石蜡吧？"田代利介的眼睛朝着天空思考着。

"你一定是把肥皂厂和石蜡厂搞错了？"杉原教授反问道。

"那不可能。"田代利介予以否定。

那片空地上正在建造的工厂，确实是肥皂厂，并且矮胖男子在冈谷车站和梁场车站领取的包裹名称也正是肥皂材料。就在他这么思索的时候，突然从嘴里冒出轻轻的说话声，他想起在海之口车站听说的包裹品名叫"蜡烛"。石蜡和蜡烛两者相似。

"喂。"田代利介朝杉原教授探出身体。

"石蜡重吗？"

"不。"杉原教授摇摇头说，"轻。"

"与肥皂相比呢？"

"那是两码事。"

田代利介连忙从袋里掏出笔记本："杉原，我想问你一下。"田代利介看着笔记本说，"长五十厘米，宽四十厘米，深四十厘米的木箱里如果放满石蜡，那重量大概多少？"

"这像是小学算术题。"杉原教授笑了，思考后说，"是啊，不知道是否准确，嗯，大概一公斤吧？"

"什么，你是说一公斤？"田代利介把笔记本上的数据和他说的重量相比较后瞪大眼睛。"这么轻？你不会算错吧？"

"不会的，所以我说了，不知道是否准确，但是大致的重量应该不会有错。"

田代利介重新看笔记本上的数字："我所看到的容积就是刚才说的，重量是五点六公斤。"说完，凝视着杉原教授的脸。

"会有那样的傻事？"杉原教授笑了，"你呀，那不是石蜡，木箱里大概装有石块之类的东西吧！其实就是再增加木箱的重量，理应也重不了许多。"

"石块？"田代利介又一次紧盯着空中，思索着。

冈谷车站职员说过，由于包装不结实导致木箱裂开，还看见了里面的肥皂。他还说那里面的肥皂是滑溜溜的，整个木箱包装的确实是肥皂。田代利介看着从冈谷车站打听来的有关包裹的数据：长五十厘米，宽五十二厘米，深二十厘米的木箱，重量十六点五公斤。

他把该数据告诉杉原问："那也是石蜡吗？"脸上表现出的是理所当然的表情。

"如果是那样的容积，即便再增大木箱的重量，最多也是两公斤左右。"

田代利介听了以后不知所措了。

"你到底在思考什么？"杉原教授惊讶地问。

"不，有一点。"田代利介知道这时还不能说实话，"我改天再问你。到那时候，我觉得什么情况都可以对你说了，现在有的还不能说，请什么也别问。"

"啊，你这不是故弄玄虚吗？"杉原教授并没什么不高兴，笑笑说。

"杉原，对不起，我要回去了，失敬。"田代利介说着从椅子上站起来与杉原教授道别，一走出校门便乘上出租车。

那包裹里不是肥皂材料而是石蜡，重量明显超过石蜡的比重标准。田代利介从杉原教授那里得到的知识就是这些。虽说就是这些，可这两点相当重要。为什么称那片空地为肥皂厂，还在那里把石蜡油凝成固体？为什么把它寄到那些湖畔车站时把包裹名改为肥皂材料？而事实上包裹木箱里装的却是石蜡，为什么？

一连串的为什么、疑问……例如，三件包裹的体积都不相同，重量也不相同。田代利介核实的三个地点分别是海之口车站、梁场车站和冈谷车站。也许还有其他车站需要核实，比如矮胖男子寄送的包裹就是这三件，而其他家伙可能寄送到其他地方。这样的推断是可行的。

装在木箱里的石蜡，是从空地上正在建造的"肥皂厂"里制造出来的。这已不容怀疑。由此可见，与"肥皂厂"有关的家伙不是两三个，可以推断石蜡包裹寄达地点涉及许多地方。这是极其有说服力的。

他们肯定是把包裹寄送到车站或者车站广场搬运公司店铺，随后收件人从东京乘坐列车去那里提取，接着再由寄件人兼收件人各自处置。矮胖男子把包裹沉入了湖底，那么，其他人处置包裹的方法又是什么呢？再说，这种"处置"意味着什么？也许解开了石蜡重量不正常的原因，就能解开"处置"的真正意义。就在田代利介陷入沉思的时候，出租车已来到工作室前面。下车后一进工作室，木崎助手便迎上来，连忙鞠躬。

"怎么样，今天早晨托你冲洗的胶卷好了吗？"田代利介站着问他。

"好了。"木崎助手赶紧走到桌子跟前拉开抽屉取出茶色信封，"就这。"

"拍得清楚吗？因为是在暗处拍摄的。"

"拍得清楚。"

田代利介从信封里取出几张放大的照片，这是昨晚在国立警署前面偷拍的。

田代利介打电话给某报社的社会部问："木南先生在吗？"

"是找木南吗？他被派往常驻警视厅记者团工作了。"电话那头回答说。

田代利介把照片放在袋里，乘上出租车。四月的阳光普照在吐出新绿的柳树上，柳树下面是悠闲行走的年轻男女，护城河里成群结队的天鹅在游弋。田代利介从光线明亮的大街上走进警视厅，突然觉得大楼里光线暗了下来。他走到传达室询问记者俱乐部在哪里，回答说是三楼，于是乘电梯上楼。走出电梯，眼前的空间比较宽敞，还竖有一座大型裸女雕塑。

记者团办公地点很宽敞，是三个房间打通的办公室，里面用屏风拦隔成几个区域，各屏风隔断区域里有桌子、有椅子。几乎没有人在工作，有的跨在椅子上下将棋，有的下围棋。走进贴有"R报社"记者区域的屏风，只见烟雾弥漫，四个年轻男子正在打麻将。

"木南君在吗？"田代利介向其中一男子打听。该男子手握麻将牌，一声不吭地朝墙壁晃动着下巴。

墙边有张"床"，一男子正躺在那里，身上盖着毛毯。他就是木南，看上去四十岁左右。

"木南先生。"田代利介喊道。木南听见有人喊，猛地睁开眼睛。长头发上沾满了灰尘，脸上胡子拉碴的，一双睡眠不足的红眼睛打量田代利介。

"哦。"他应了一声后掀开毯子，从排列着椅子的"床"上咯吱咯吱地爬起来。"这真是稀客来了哟！"木南扑哧一声笑了。

田代利介是两年前与木南交往的，当时是应木南的要求拍摄。那以后，木南被调到这里担任R报社常驻警视厅记者。"好久不见。"田代利介也笑了，他俩相互寒暄了几句。

"我今天来这儿拜访你是……"田代利介把话题转到正事上，"想请你看一样东西。"

"哦，看什么？"

"是这。"田代利介从袋里取出三四张照片，是在国立警署对面偷拍的照片。

木南搔了一下头发，弄得头皮屑直往下掉，于是一边搔头一边把照片拿在手上琢磨。"哟，这是在哪里拍摄的？"

"在国立警署。"田代利介回答。

"什么，在国立警署？"木南不停地眨巴着困倦的眼睛注视着照片。

"我想，警视厅的人你熟悉，肯定认识这人，他是谁？"田代利介指着照片上的一个人。这人几乎是站在玻璃窗背后正中央的位置，正在跟国立警署的警员说话。

"是这人吗？这家伙。"木南说，"他是警视厅刑事侦查一科的探长，叫日下部。"

木南的语调尽管缺乏抑扬顿挫，可目光闪烁，只是田代利介感觉不到而已。

"噢，是警视厅的探长吗？"怪不得。田代利介心想，随即眼前浮现出探长那天晚上出现在国立警署时的威严模样。"他们究竟在侦查什么？"田代利介问。

木南仍然瞪大眼睛凝视照片，突然把它还到田代利介的手上，并没有立刻回答。然后抽出一支烟叼在嘴上，将打火机弄出响声，不知是打火机里没有气还是堵塞，就是点不着火。木南不管三七二十一，仍然咔嚓咔嚓地直按打火机，终于有火了。

呼——，他吐出烟雾后说道："他正在侦查保守党干部山川议员失踪案。"木南说话声音很轻。

"噢，原来是那起案件啊。"田代利介听过电台新闻也看过报纸新闻，知道那是目前一起大案，可他对该案不感兴趣，只是想知道该警官为什么会出现在"妈妈桑专案组"里，肯定是掌握了新线索而深夜赶来的。他本想打听该警官是谁，同时了解一些情况，当得知是政界人物失踪案时又心灰意懒了，因为他不感兴趣，准备打道回府。

"田代君，"木南若无其事地说，"你如果不需要那张照片就给我吧，借给我也行……"

"没关系，给你。"田代利介爽快地把照片交给木南。

从田代利介手上得到这照片后，木南轻声致意："谢谢。"

"不用谢，百忙中打扰你，实在对不起。"田代利介向木南致谢后离开了记者团办公室。离开时，他转过脸稍稍看了一眼，木南又躺在用椅子拼凑起来的"床"上，正在朝身上盖毯子。

田代利介来到大街上，明媚阳光照射下的护城河边上，依然有年轻人悠闲散步。他停下脚步思考着该朝哪边迈步，他不知道盖着毯子看似睡觉的木南在他走后立刻起床了。同事们仍然在打麻将，不停地传出麻将牌响声，其他报社记者办公区域里是静悄悄的，只传来下围棋或者下将棋的声音，根本听不见电话铃声。

办公室里充满了懒散气氛，看不出案件有任何进展的迹象，仿佛天下太平无事。木南装作去洗手间的模样若无其事地来到走廊，再沿楼梯慢腾腾地下楼，脸上是闲得受不了的表情。

一楼的走廊两侧，是紧挨着的刑事侦查办公室。他来到一楼，推开某办公室房门，里面有两三个警官。木南仔细打量他们，然而每张脸上的表情似乎都在对他说，手头上没有任何值得一提的案件。日下部探长正弯着腰在看一本杂志，当他猛朝上看时，眼睛余光发现木南朝他跟前走来，但他又若无其事地眼睛朝下继续看着杂志。

木南慢腾腾地拍了拍正在聚精会神看杂志的探长肩膀。"日下部警官。"木南若无其事地喊道。日下部继续保持专心致志看杂志的模样，连脸也没有抬起来，而是用鼻子"嗯"了一声，算是回答。

"还就是你比别人忙一点。"木南并不介意，用闲得无聊的声音说。

"没这回事。"探长仍然眼睛盯着杂志答道，"就像你看到的这样，我在看杂志。"

"看上去是闲得很。"木南用讽刺的口吻说。

"啊，无所事事的时候只有这样。"日下部探长打了一个哈欠。

木南从口袋里掏出烟来自己嘴里叼一支，递给日下部一支。

"怎么样，日下部警官，既然你这么空闲，一起去喝杯茶怎么样？"

"谢谢。"探长总算不看杂志了，接过烟后见木南在掏打火机便说，"别掏了。"说完取桌上的打火机点火。

"承蒙你好意，但是……"他吐了一口烟说道，"和记者一起喝茶，稍不留神就会受到胡乱猜疑！尤其像你这样套话水平高超的人，是我最担心的。"

木南嘻嘻笑了，说："也不是那样吧？你正闲着，我想占用你一点空闲时间请你喝咖啡。"

他手插在口袋里，手指触及从田代利介手上得到的照片，悄悄环视一下周围。此刻，其他刑事警官正在整理笔录之类的文书。

"那好，算我请不动你，那就在这里说吧。"木南压低嗓音，嘴凑在日下部探长耳边，"你为什么事去国立警署？"

探长的肩膀猛地晃了一下，但是没有转过脸来，语气平静地答道："我没去国立警署哟。"

木南淡淡一笑提醒道："说假话了吧。"

"没说假话哟。"日下部探长还是用平静的语调回答。木南从口袋里取出照片，若无其事地把它递到探长眼前。日下部漫不经心地看了一眼照片，刹那间似乎猛吃了一惊。

"你。"日下部探长嘴里不由得发出轻轻的声音，转过脸来看着木南，瞪着眼睛。

"日下部警官。"木南又一次追问，"你，为什么事去了国立警署？我手里有证据哟！别隐瞒了，请告诉我。"

日下部探长挺起肩膀，好一会儿没吭声。"你，你。"他口吃起来，"这照片是什么时候拍的？"虽这么问，可声音里明显带着颤抖。

"这个吗，你呀，我也是做生意，总之我会始终盯住你的，一直到破案为止。"

"嗨！"探长重重地叹息了一声。木南两眼朝下紧盯着探长，嘴角露出暗自窃喜的笑容。日下部探长放下杂志，站起身来对木南说："走，喝茶去。"

木南不由得扑哧笑出了声，日下部探长完全"投降"了。他俩来到办公室外面，木南说："日下部警官，你先去。要是我俩一起去，其他报社记者会胡乱猜疑的。"

"行！在什么地方等你？"

"日比谷十字路口那里有'茂奈美'咖啡馆，请在那里等我。"

"知道了。"日下部探长独自一人先走了，木南站在原地抽烟，五分钟后才慢腾腾地走了起来。来到大门的时候，果真碰上了其他报社的记者。

"哎，你去哪里？"其他报社的一名记者瞪大眼睛问。

"嗯，闲着太闷，出去瞎逛。"木南装作无所事事的模样答道。

"哎，回头见。"那记者看着木南的眼神，觉得多少有点可疑，走上大门石台阶时，还不时回头向他张望。

好险，好险。木南心想，接着尽量装出悠闲散步的神情，慢慢地朝日比谷走去。一路上，许多车辆飞也似的奔驰，这里的繁忙世界仿佛与他无关。

不一会儿，木南来到位于日比谷十字路口的茂奈美咖啡馆。推开大门，角落桌子边上，日下部探长果然背朝着门口在喝咖啡，凑巧周围没有什么客人。

"让你久等了。"木南在探长对面座位坐下。

"你这个狠毒家伙！"日下部探长眼睛朝着木南，脸上多少流露出抱怨的表情，"你居然让人拍摄那样的照片……"

"不，那是误解了。"木南笑嘻嘻地答道，"我并不是故意给你的工作添乱，只因为那是大案，我的视线自始至终不能离开你，还有我们热心的摄影师偶尔拍摄了你在那种场面的照片。承蒙他的好意给了我，我看了照片后，确实吃惊不小。是啊，你为什么要去国立警署呢？"

日下部探长沉默了片刻，呷了一口咖啡说："我向你公开那秘密吧，事到如今也没其他办法。但是，木南君，请不要把它刊登在报上。"眼睛里是恳求的目光。

"这我知道，只要你如实地告诉我，我向你保证。"

"行，那我说。"日下部探长将脸凑到木南耳边轻声地说，"那是为了山川案件。"

探长道出秘密后注视着木南的脸，表情严肃地说："喂，这要绝对保密。因为我只对你说，万一传到社会上，我的处境可就难堪了。"

"没关系。请你一百个放心，我不会对别人说，还有未征得你同意前不会刊登在报上的。"

"你肯定不报道？"

"我保证！请你放心地说。"

"其实呢，我去那里是为了了解山川亮平失踪案。"

日下部探长出现在国立警署，木南也估猜是与山川失踪案件有关，但听他是了解情况，这还是第一次听说，觉得十分重要。"什么情况？"

"不，说是了解情况，确切地说，我们接到了举报信。"

"举报信？"

"嗯，其实呢，对于这起案件，我们警方也感到很棘手。山川先生失踪后，我们完全没有抓住线索，处在非常困难和尴尬的境地。正在这时，我们收到一封虽简单但很有分量的举报信，我看了以后决定立即去国立警署，但是……"探长停顿了一下说，"白天去显眼，为避开记者视线，于是深夜去了国立警署，然而还是被你逮了个正着！"探长脸上露出了后悔自己粗心的表情。

"喂，那封举报信的内容呢？"

"那，是说山川亮平在国立街道一带被监禁过一段时间。"

"什么？"木南说。自从大人物山川先生下落不明以后，那样的说法曾在报社记者中间流传过，然而地点在国立街道一带倒是第一次听说。"举报信内容是什么？"木南问探长。

"信的内容简单得不能再简单了。说三月二十三日晚上十一点左右，他亲眼看到载有山川亮平的一辆轿车沿甲州路朝国立街道驶去。"日下部探长轻声说。

"是三月二十三日晚上？"木南将视线射向天花板，脑子里迅速思索起来。"这不就是山川先生下落不明的那天晚上吗！"他脱口而出，说话声音很大。

"是的，二十三日晚上山川先生去了银座的皇后夜总会，一直待到九点多，那以后的情况一点也不知道。"

"是啊。"木南点点头，这跟专案组前些时公布的情况一样。

"还有呢？举报信上是否写有山川先生与什么样的人坐在轿车上？"

"那情况写了。"日下部探长答道，"除山川先生外，轿车上有两个男人和一个女人。"

"女人？"木南的目光笔直逼向探长的脸上。

"说有女人跟他在一起，有趣，女人的特征呢？"

"如果把特征写上，也不需要多少时间。但是举报信上就那些，结尾了。"

"车型呢？"

"那也没写。"

"车牌号呢？"

"也没写。如果举报信上都写了，现在这时候，我就不需要在这种地方发呆了。"

"噢，原来是这么回事。"木南端详了探长一脸郁闷的表情，觉得不像是在演戏。

"举报内容就这些吗？"

"不，接下来写的是他本人的推测。"

"啊，是怎么推测的？"

"是说，山川先生多半是在国立街道附近被监禁的。"

"原来是这么写的！"木南镇定地抽了一口烟，"不用说，警方大概找过他了吧？"

"嗯，找过了，但没有找到。信封上盖有四谷邮局的邮戳，好像是女人的笔迹。"

"是女人写的吗？"木南眼睛一亮，"那就精彩了！日下部警官，那太精彩了！"

山川亮平的失踪案里出现了"女人"，木南对此饶有兴趣。

"那是可能的。"木南对日下部探长说，"犯罪背后有女人，这是自古以来的规律。"

"你那么感兴趣，我可就麻烦了。"日下部探长脸上闷闷不乐，"你们可以随便写文章为读者服务，可我们稍有差错就会被脱下警服。"

山川亮平先生是执政党大人物，即便只是下落不明也被称为大案，如果抓不住线索，警方专案组将捉襟见肘，无地自容。日下部探长脸色苍白也是理所当然的。木南也许察觉到了，颇有诚意地道歉说："失礼了。"随后改变说话的语气，"但是，日下部警官，从逻辑看，那封举报信上有疑点。"

"请说说你的看法。"探长眼睛朝上。

"举报信上说，载有山川先生的轿车好像是沿甲州路朝国立街道方向行驶的。"

"是的。"

"如果那样，举报人怎么知道山川先生被监禁在国立街道一带呢？"

"……"

"沿甲州公路朝前，连接有国立、立川、八王子和浅川等多条道路。我不知道那个举报人是站在什么地方看到山川先生乘坐那辆车的，仅凭乘在一辆行驶着的车中，就能准确地推断山川先生被监禁在国立街道一带，根据是什么？"

"嗯，确实是你说的那样。"日下部直直地看着木南，"你不愧是内行记者，找到了自相矛盾的地方。"

"哎，你别奉承人。"木南不好意思地笑了，"我是根据常识判断的。"

"不，一般人是根本不会注意到那种细节的。"日下部探长还是夸奖木南，"我们也注意到不合逻辑的地方，通过研究分析认为，用女人笔迹写这封举报信的人既然清楚山川先生被绑架的地点，那就不仅仅是亲眼看到可疑车辆，而且对案件知道得相当多。"

"可是，日下部警官，"木南问日下部探长，"你去国立警署后有什么明显进展吗？"

"我的国立警署之行一点收获都没有。"

木南目不转睛地观察探长脸上的表情，但他似乎明白了，那不是假话。

"虽然去了趟国立警署，但是看不出有什么进展。那是因为他们在为其他案件忙得不可开交。我说了举报信里的大致内容，问山川先生的监禁地是不是在国立街道一带，然而他们根本就没有想过。"探长说道，"有关那一带地形，我不知道你是否知道。其实，那附近还没有建过房屋，到处是树林和田地。像那种地方如果有监禁山川先生的房屋，可以立刻找到。"

木南抱着胳膊思索，他对国立街道一带模糊地知道一些，那里虽说连年增加来自东京的人口，出现了公寓和新住宅区，然而基本上还是保持了武藏野痕迹的原野风貌。要监禁山川亮平那样的人物，多半不会是小型房屋。何况，还要在那里监禁几天。举报信上说的那辆轿车沿甲州路行驶，是山川先生失踪前最后一次去银座夜总会的晚上。从那天晚上算起，距离现在已经过去相当多的天数了。"目前，你们在那一带采用了什么排查方法？"木南问。

"如果是过去，"探长稍感遗憾地说，"通常是用调查户口的方法排查，但现在不能那样做，无可奈何，只有把有可能成为监禁场所的住房作为目标进行专门排查，只能到这种程度。"

"找到什么有价值的线索吗？"

探长直摇头。"那还没有，如果说有大型房屋，那里有许多学校，有大学分校，有疗养所，有寺院。"

"原来是那样。"木南听他说完，好像在思考什么。

第二天是初夏难得的晴天，木南乘坐报社采访车去了国立街道，一边看国立街道一带的地图，一边命令司机开慢点。车站附近还有类似街道的痕迹，几乎没有人口密集的住宅区。初夏的天气阳光强烈，满是灰尘的道路向前延伸。木南在国立警署前面停了一会儿车，但没打算去警署，仅仅是从所在位置打量了警署大楼。他现在的位置，凑巧是田代利介拍摄时站立的地方。他看着对面窗口思考片刻后恍然大悟，原来田代利介是站在这里拍摄的。

警署附近也像街道，但就是找不到监禁政界大人物那样的大房屋。商业街好像是新开发的，都是相互紧挨着的小型房屋，在田地尽头有新建造的公寓住宅区，还有屋顶颜色红蓝相间的文化馆。但是，那一带任何房屋都不像是监禁山川先生的地方。

看着地图比较，总觉得都不像，只是道路上车来车往川流不息。附近有学校建筑，那是总部在东京都内的分校。操场非常宽敞，操场边上是田地，算不上面积很大。随着车轮缓缓向前，又看到两三家类似的学校。但是，学校绝不可能是监禁山川先生的地方。

车继续朝前行驶，沿这条路径直向前是去埼玉县。在视线够得着的水田和旱地里，绿色麦苗正沐浴着初夏炽热的阳光。木南觉得已经没有必要再往前了，于是让司机调头往回开。车开到十字路口，沿其中一条路行驶，那是去立川、青梅方向的。两侧有许多四周是以杉树为围墙的旧房屋，还种有一排排的山毛榉树木。然而，打量两侧房屋的玻璃窗，也都不像是监禁人的地方。

这条路上，卡车和轿车络绎不绝，而轿车中有一半是外国人驾驶。举报信上说是在国立街道一带。这话难以理解，意思非常暧昧，范围也很难确定。若再继续朝前行驶，就会离开国立街道。木南又在觉得适当的地方，让司机调头返回。就这样，木南乘坐的车一会儿在这条路上行驶，一会儿在那条路上行驶，转来转去地徘徊。

"到底去哪里？"司机觉得不可思议，转过脸来问。

"我也说不上来去哪里，总之今天就是在这一带转。"木南暧昧地回答司机。

司机不吭声了。他从平时的接触中已经熟悉了木南的性格，接下来车还是缓慢地沿着道路转来转去，由于漫无目标，司机将车驶到十字路口时又转过脸来看着木南问方向。木南的目的是寻找有可能监禁过山川先生的房屋，因此几乎都是到了路口才决定方向。

行驶了一会儿，左侧有不高的山坡，石台阶从下面道路朝上延伸。木南突然像想起什么，把脸凑到窗边朝上仰望，看见了一座大型建筑的一部分屋顶。"停车！"木南第一次这么嚷道。

停车后下来的地方凑巧是那幢房屋门前，石门柱上挂有"××开发股份有限公司疗养所"的招牌。最近，政府部门和银行等单位都在建造福利卫生设施，类似这样的疗养所到处都是，像雨后春笋。木南见到的这幢房屋，肯定也是那类疗养设施中的一幢。

石台阶西侧是经过人工精心修饰的草坪，小松树像夹道欢迎似的整整齐齐排列在两侧。重新抬头往上看，这幢房屋好像面积相当大，看上去不是那么新，多半是总公司收购了本来就建在这里的旧房屋用于职工疗养的，粗看有点像寺庙建筑。

木南让车在原地等候，然后慢腾腾地沿石台阶朝上走去。炽热的阳光普照在坡度相当陡的石台阶上。当走完一半石台阶的时候，突然有人影从上面映入眼帘，那人上身着衬衫，下身着长裤，一直站在上面俯瞰木南从下面上来。他那模样，好像是来该疗养所休养的职工。"哎，你好。"木南主动向他打招呼。他想，与其被别人斥责，不如先笑嘻嘻地与人打招呼。但是，尽管他大声招呼，可俯视他上石台阶的那个人没有任何表示，也没有吭声。尽管对方没有友好的表示，木南没有在乎，仍然朝上走了四五级台阶，只见对方眼睛里射出的是怀疑的目光。

"你好。"木南又问候对方，对方还是没有吭声，一脸的无奈，只是点一下脑袋表示回答。

"向您打听一下。"木南慢悠悠地取出烟问道，"听说山城君在这里，请问住哪一个房间？"木南胡编了姓名。

"山城君？"对方目光诧异地看着他，不客气地回答说，"我是这里的主管，职员中间没有你说的那个人。"

"没有？"木南故意慢腾腾地反问，"我确实问清楚他在这里疗养，是没有山城吗？"

这时主管有点着急了，问道："山城是哪个部门的？"

这一问，木南刚才的勇气顿时减弱了，当被问到山城所属部门时，突然回答不出来了。

"嗯，是总务科的。"他忽然灵机一动，答道。他心想大多数公司里都有总务科，这样回答比较安全吧？

"你是说总务科？"主管更觉得木南可疑了，"我们这里没有总务科。"

木南意识到自己的问话彻底失败了，尽管那样，还是不慌不忙地抽了一口烟问："如果不是总务科，那大概就是杂务科吧？"

他自言自语，对方没有吭声，也不搭理，好在主管没有追问。木南从容不迫地像观察建筑那样环视："这里好大啊！"木南像闲聊似的说。

主管的态度开始变得生硬了："你到底是找哪家公司的疗养所？"

"你是问我找哪家公司的养料所？"他重新思考后说，"我确实听说是在这家公司。"

"大概什么地方记错了吧？"男子脸上的态度，似乎是想尽快让木南离开这里，"总之，我公司既没有总务科也没有杂务科，另外，所有部门里也没有叫山城的职员。"

木南无奈地转过身去。这幢大型房屋好像被分割成几个榻榻米日本式房间，从开着的拉门间隙可以看到里面有一个人躺在榻榻米上，并伸长脖子怀疑地审视着木南。木南感觉到主管的目光紧盯着自己，便沿着石台阶慢慢朝下走去。

一坐到轿车座位上，司机便问他接下来要去的地方。

"回报社！"木南有点泄气地说。终于来到远离闹市比较偏僻的国立街道，可结果是竹篮打水一场空。正如日下部探长说的那样，他曾在国立街道一带转圈，也没有找到任何线索。

车返回报社行驶了一个多小时。一路上，木南又想到了那封举报信。无论如何，举报人敢断言乘坐在车里的山川被监禁在国立街道一带，说明不仅仅是凭想象，从信中的字里行间都充满了举报人的自信。

有意思的是，日下部探长说举报信是女人写的，木南对该案出现了女人感到有趣，即便毫无收获的现在还是饶有兴趣。写举报信者，大凡来自许多团伙内部的反对派或者团伙内部分裂出来的人。这封举报信的出现，多半也可看作上述原因。

然而，作案团伙的分裂原因是什么？绑架山川先生的作案团伙，多半不会是山川先生的反对派，也多半不是山川先生的政敌，即便是反对派或政敌，理应不会下这样的毒手。山川先生目前尽管在党内没有任何职务，但确实是党内实力派旗手，正因为如此，其失踪对于政界是相当大的打击。

不用说，警视厅已正式立案侦查，因此专门负责山川先生失踪案件的专案组非常焦急，尤其是山川先生至今下落不明。木南的脑海里，还清晰地刻有日下部探长愁眉苦脸的表情。

约一个半小时后，车来到闹市中心，虽说可以立即去警视厅记者团自己的办公室，但木南还是让司机把车驶回报社。一到报社口，他飞似的乘电梯上了四楼。平时一直是去警视厅记者团上班，已经有很长时间没有回"娘家"了。他推开调查室房门。调查部长是昔日同事。

"哟，稀客来了！"部长站起来，"你现在来我这里，一定是在警视厅里太空闲了吧？怎么样，去喝杯咖啡。"

"办完事再喝咖啡。"木南说，"我想查找资料。"

"查什么？"

"查企业，有这方面合适的资料吗？"

"查哪家企业？"

"查××开发股份有限公司。"

"噢，噢，是哪家公司？"部长说完吩咐部下把有关资料拿来，那是本厚厚的公司名录。

木南叼着烟翻阅公司名录。××开发股份有限公司是著名企业，可意外的是，虽是不久前创立的，但注册资金巨大就像"开

158

发"所表示的意思那样，目的是开发日本国土的处女地，具体开发对象主要是中部地区的山岳地带。业绩栏里有简短扼要的介绍，开发了矿石、电、水利和耕地等等。

总之，木南再次明白了××开发股份有限公司是大企业，也是一流企业。因为是一流企业的疗养所，所以与众不同，疗养所的人用怀疑的目光注视他也是理所当然的。木南合上上厚厚的企业名录，满脸郁闷的表情。没能找到山川先生被监禁的地方，感觉很不爽快。

"怎么啦？瞧你脸上一筹莫展的表情。"调查部长看着木南的笑脸道，"这可不像你哟。"

说到派驻警视厅的特派记者，平时还就数他没有流露出愁眉苦脸的表情。

"嗯。"木南的回答十分含混。

"去喝咖啡吧？"部长再次邀请。

"嗯，是应该去喝一杯。"木南慢慢地站起来。

走进咖啡馆后，木南的情绪还是没能转变过来。"喂，你今天怎么啦？"调查部长问。

"因为没碰上有趣的新闻。"木南回答。

"有趣的新闻不可能天天有，山川先生失踪案怎么样啦？"

即便不是部长，谁都想问该案的进展。政界大人物山川亮平失踪，是目前的重大新闻。

"哦，该案件没有进展。"木南气呼呼地说。

田代利介翻开晨报，社会版面的头条新闻是某公寓发生火灾，烧死三个人；其次是列车与卡车相撞，撞死两个人。总之，头条新闻尽是不吉利的内容。他将视线移到头条新闻的旁边，那里有三段文字，是有关山川亮平的失踪报道。该案发生时，报道的内容是最吸引人的。然而随着山川先生一直下落不明，报道占用的版面渐渐变小。眼下，依然是报道山川先生下落不明，无法推定他的生死情况。

关于山川先生的失踪案，田代利介是在信州列车上从邻座旅客收音机里听到的。那以后的报纸和收音机也都报道过，但他始终不感兴趣。上次让木南记者看了那张在国立警署门前拍摄的照片，因为木南要那张照片，也就没当一回事地给了他。

尽管警视厅记者团目前正在全力以赴地追踪山川案件，但田代利介的兴趣不在政界人物失踪，他牵挂的是妈妈桑被害案。可是那后来的报纸无论怎样翻阅，都没有该案件进展的报道。由于没有凶手浮出水面的报道，该案似乎搁浅了。田代利介的视线渐渐移向报纸下端，看见角落里有一小块新闻报道，内容如下：

在长野县下伊那郡××村××地段，一村民发现天龙河水面浮有一具年龄约三十岁左右的男尸，即报告当地警署。根据验尸报告，死者是东京都××区××街道××地段B交通股份有限公司出租车司机小西忠太郎。目前尚不清楚是自杀还是他杀，但根据目前掌握的情况，很有可能是失足坠落于悬崖下面河里的。根据走访东京其居住地，小西忠太郎于两天前没跟家人打招呼就外出了，从此没有任何音信。

田代利介瞪大了眼睛。这个出租车司机就是久野说的那个亲眼看到妈妈桑的目击者。久野登门拜访了好多次，都没见到他，据说是下落不明。田代利介反复阅读了那条新闻，似乎觉得字里行间有看不见的黑影在飘舞。

他立刻拨打久野家的电话，是久野夫人接的，片刻后是久野接电话。"早上好。"久野先问候。听他的说话语调，似乎还没注意到报上那段新闻。

"喂，久野，发生大事了哟！"田代利介说。

"什么事啊？"久野不慌不忙地问。

"你看今天的晨报了吗？"

"嗯，我看了一遍。"久野回答。

田代利介心想，那篇报道可能篇幅小还没有引起他的注意。

"上次你提到的小西忠太郎，司机的……"

"嗯，嗯，原来是说他。"久野的嗓门突然变大了。

"出大事了哟！他的尸体在出乎意料的地方出现了。"

"什么？"久野大叫道，"到底是什么地方？"

"据说尸体浮在天龙河水面上，快看一下今天的晨报！"

"天龙河？"久野发出惊叫声，"好，你稍等一下！我看一下晨报。"久野没挂电话，田代利介在那头等候。

"喂，报纸，把晨报拿来！"久野大声叫唤着夫人。

在两三分钟的时间里，久野用斥责的口气让妻子把报纸拿来。"找，找到了。"传来夫人的声音。"哪一张，哪一张？"久野的声音与夺报纸的声音一起传到电话那头，接着响起哗哗啦啦翻阅报纸的响声，只过了大约短短一分钟，久野似乎看到了那篇报道，直嚷嚷："看了，看了。真想不到会是那样的结果啊！那小西君……竟倒这样的霉。怎么回事？他多半是被什么人杀害的！"

"是被人杀害的？"田代利介反问，"可报上没有写自杀还是他杀呀。"

"说什么傻话！"久野大声吼叫，"肯定是他杀，因为他死了。

161

你想想看，尸体出现在距离市中心那么远而且偏僻的天龙河上，你难道不觉得奇怪吗？"

田代利介也觉得是那么回事。居住在大久保的司机突然下落不明，尸体却出现在方向相反的信州下伊那郡的天龙河，确实不可思议。不过，田代利介还是不赞同久野说的。

"要想自杀，喂，自杀者别说去信州，就连北边的北海道和南边的九州尽头也会去。总之对于他们来说，不管哪里都会去的。"

"你呀，愚蠢！"久野责备田代利介后说，"小西肯定没有自杀原因，他是亲眼看到榆树酒吧妈妈桑乘坐的轿车后没几天失踪的。原因很简单，罪犯听到小西在说那件事后担心暴露，于是为了保住秘密而杀人灭口。"

田代利介对于久野这一说法也有同感，只是新闻报道过于简单，朦朦胧胧的。应该说，东京的中央报纸对地方新闻比较冷淡，好在小西是东京人，才在报纸角落留给他一个小空间。要想进一步了解详情，只有看信州的地方报纸。

可是地方报纸一般不在东京销售，如果向报社申请邮购那份报纸则需要一段时间。不知咋的，田代利介希望尽快知道小西死亡的具体情况。

"怎么办？"田代利介发出邀请，"你既然那么热心，我俩一起去一趟信州好吗？"

"什么？"电话那头传来久野诧异的声音，"什么时候出发？"

"今天出发。"

"今天？你又是这么急！"

"愚蠢！"田代利介把久野刚才责备自己的话还给他，"像这样的事件，不赶快去现场是无法了解的。"

"嗯，说得倒也是。"久野立刻表示赞同。

"中午有开往松木的特快列车，是十二点二十五分从新宿发车。现在就去！十二点在新宿车站东面出口集合。"

"行。"久野精神抖擞地说。

R报社常驻警视厅的特派记者木南躺在"床"上睡觉，传出轻轻的鼾声。没有大案发生时，记者团办公室是悠闲的地方。年轻记者去警官办公室打探消息了，像木南这样老奸巨猾的记者则悠闲地午睡。当然，记者团办公室眼下是不可能清闲的。政界大人物山川亮平依然下落不明，各报社都在密切关注专案组的动向，与此同时都在全力以赴追查失踪案。

十年前某高官失踪原因不明，是以一种不可思议的方法死的，迄今还没有自杀或他杀的结论。当时，作为周刊杂志的头条新闻曾在日本列岛轰动一时。

面对山川先生失踪，无疑让人想起十年前发生的那起案件，因此认为山川先生已经不在人世的观点多少占有一定的主导地位。报社没有掌握能充分证明该观点的材料，记者们竭力去寻找有力证据是理所当然的。

然而案件侦查目前呈胶着状态，自立案侦查到现在已经过去相当天数，却一直没能找到证明他杀的证据，专案组和报社为此四处奔波而累得筋疲力尽。但是尽管这样，在警视厅的特派记者们始终没敢松懈，担心什么时候被其他报社抢先报道。像这样的大案一旦被其他报社抢先……毕竟是各报关注的大案。此刻，木南正悠闲地躺在拼凑的特制床上酣睡。

下午三点，最先印刷出来的晚报到了，一位年轻记者把其中一份放在木南枕边，由于报纸的清脆响声，木南忽然睁开眼睛醒了，犹如武士听到刀出鞘响声而立刻惊醒似的。

木南打了一个哈欠翻开报纸，首先是核实重大新闻报道是否给其他报社抢先了，这只要扫视标题就可知道。其次，像读者那样慢慢地翻阅报纸。忽然，一条标题吸引了木南的视线。

"摄影师在中央阿尔卑斯大山里遇上奇祸"。那是三段篇幅的报道。木南揉了揉眼睛，紧盯着那篇报道：

田代利介系摄影师，今年32岁，居住于东京都××区××街道××地段，于四月六日为拍摄风景照去了长野县伊那郡当地……

木南困倦的眼睛猛地瞪大了。

七日早晨，田代利介从十米高的断崖上坠落，地点在饭田的大平山顶附近山里。被当地村民发现后得到了救助，幸运的是伤势不怎么严重，仅颈部擦伤。田代利介回忆说，他在××开发股份有限公司的工地上，有人从背后将他推到断崖下面。饭田警署接到报案后展开了侦查。

报道上写的是田代利介的姓名和"××开发股份有限公司"名称，这让木南的睡意完全消失了。他从"床"上一骨碌爬起来，一手拿着报纸高喊年轻记者。

年轻记者刚要写稿，抬起脸看着他。

"你知道田代利介吗？"

"是摄影师吗？知道！可是没见过面。"年轻记者问，"田代利介怎么啦？"他还没有看晚报。

"不，没什么。"木南慢腾腾地离开年轻记者身边，又返回去了。

"田代利介如果有好朋友，那他是谁呢？喂，你知道吗？"

"大概是久野吧？叫久野正一，他俩都是最近同时出名的摄影师，是一起的。"

　　"你也摄影吗？"

　　"不，只是有兴趣。"

　　"那么，对摄影知道得很详细吧？"

　　"不，只是知道一般常识。"

　　"噢，是这样。"木南失望了，回"床"上躺下，眼睛盯着天花板，双目凝视，笔直地望着，突然鱼跃似的爬了起来。

　　"喂，你那里有电话簿吗？"

　　"有，给你。"

　　木南接过电话簿翻阅，抄下电话号码后拨通电话。

　　"喂，是久野先生家吗？"他压低嗓门问，担心其他报社的记者听到，"我是R报社的记者，叫木南，向你打听一件事，如果您丈夫在家，能否请他接电话？"

　　木南的耳朵里，传来似乎是久野妻子的回答声音。

　　"真不凑巧，我丈夫昨晚出差了。"

　　"那他什么时候回家？"

　　"是去山形县出差，估计过五六天后才能回家，请问有什么事吗？"

　　"是吧。"木南不知怎么回答好。

　　"对不起，你是他夫人吧？"

　　"是的。"

　　"那，向你打听一下，你丈夫的朋友中间有叫田代利介的吗？"

　　"有，我知道，他是我丈夫的朋友。"

　　"你知道他现在在长野县吗？"

"嗯，知道。其实呀，丈夫去山形县出差前就和田代利介在一起了。"

"什么？那么，田代先生是和久野先生一起去信州的？"

"是的。他俩说好去拍摄照片的，是两天前出的门。丈夫因为其他事回来过，就田代先生一个人在那里。"

"噢，原来是这么回事。"木南思索后问，"他俩的信州拍摄之行，目的只是拍摄吗？"

"哦，是什么意思？"久野夫人感到不解地问。

"不，我向你打听他俩去那里后，觉得除拍摄外可能还有其他目的吧？"

"哎呀。"对方先是好像有点犹豫不决，最终下决心似的说，"我不是很清楚。是呀，好像是关心某个案件吧，丈夫好像是为那个去的。"木南听到这儿，声音突然变得热情起来。

"夫人知不知道，丈夫此行目的的具体内容吗？"

"哦，那我不知道。"电话里的声音有点犹豫。木南觉得，久野夫人肯定大致知道一点，于是把嗓音压得更低了："夫人，像这样的事情，我用电话询问真是不好意思。你说的是关心某个案件，是与某个犯罪案件有关吧？"

"嗯，是呀，说起过那样的事情。"电话里的声音，还是没有清楚地说出具体内容。

"你说的那起案件，和目前报上轰动社会的大案有关吗？"

"哎，是不是有关呢？"听久野夫人的回答口吻，似乎是说，好像目的有点不一样。

木南到底还是把他们的目的认定为与山川亮平的失踪案件有关，曾经坐车去国立街道野外打探时，见过××开发股份有限公司疗养所，当时的情景犹如幻影还存留在木南的记忆里。

木南从那篇报道中得知，田代利介是在同一家开发股份有限公司工地上被人从断崖上推下去的。凭着记者直感，看了那家公司名称后觉得有情况。不凑巧的是，田代利介的好友久野目前因出差不在家，而木南把自己思考的情况与久野夫人所说的相比较，好像有不吻合的地方。在电话里打听，既说不清也让人着急，他想干脆还是见面时直接打听。

"不好意思。"木南对电话那头说，"我想立刻向你打听一个人，能否跟你见十分钟面？"

"噢，没关系。"

"太好了，一会儿见。"木南挂断电话朝周围扫了一眼，心想派谁去呢？两个年轻记者在办公桌前各自忙工作，左思右想又觉得都靠不住，最后还是决定自己出马，可是自己是 R 报社驻警视厅的负责人，不能轻易外出。

"山田君。"他招呼一年轻记者，"我出去一小时就回来，如果有什么事，请打这个电话跟我联系。"他把久野家的电话号码写在纸上递给年轻记者，随后走出警视厅大门。乘出租车去世田谷，随后用半个小时寻找久野的家，原来他家坐落在平缓的坡道途中。木南下车后在附近买了点随身携带的礼品，找到久野家后按响大门门铃，久野夫人出门迎接，立刻明白了来访的客人是谁。"我是刚才打电话给你的 R 报社的木南。"

夫人脸上流露出困惑的表情，邀请木南进屋："哦，请进！"

木南来到客厅的榻榻米房间，四周墙上排列着镜框，里面嵌有她丈夫的作品。

打完招呼后，木南从口袋里取出折叠的报纸说："夫人，有一件事电话里没有对你说。你知道你丈夫的朋友田代利介在信州山里被推下悬崖的事吗？”

久野夫人感到惊讶："哦，这是真的吗？"瞪大两眼注视着木南。

"请看一下这张报纸。"木南递上报纸。他已经在报道田代利介的篇幅那里用红笔做了记号。久野夫人神情紧张地看着那篇报道。

"哎呀！"她叹了一口气，看着木南的脸发愣。

"我在电话里请教你的，其实是因为看了这篇报道。听你说，你丈夫跟他在一起，所以赶来进一步了解详细情况。"木南陈述来意。

"噢。"夫人似乎精神上受到了沉重打击，没有立刻说出话来，而是重重地叹了一口气。

"我丈夫确实是和田代利介一起出门去了这篇报道上说的地方。"久野夫人稍稍镇定下来后，慢慢地说了起来，"丈夫因为有事而独自一人先从信州回来的情况，我已经在电话里说了。留在那里的田代利介竟遇上这样的倒霉事，真是做梦也没想到。"

"想请你告诉我，他俩除拍摄照片外还有什么其他目的？当然，我问这情况好像有点多余，可对他们持那样的目的感到有点焦急。夫人，你只要把知道的情况告诉我就行了，好吗？"

"行，情况是这样。"夫人脸稍朝着地面说道，"我丈夫对某案颇感兴趣，一直在调查……"

木南的眼睛突然变得炯炯发光起来："那是什么案件？"

夫人磨磨蹭蹭的，好像犹豫不决地在思考是否应该对初次见面的木南说。

"夫人，正如你知道的那样，我是Ｒ报社社会部的记者，但是我写报道绝对不会给你添麻烦，因此，请务必说说你知道的一些情况好吗？"木南诚恳地劝说，久野夫人好像终于下了决心。

　　"我也不是知道得很清楚。"她开始说，"榆树酒吧的妈妈桑前些日子下落不明，后来有人在国立街道附近发现她被人勒死了。"

　　"是的，是的。"木南点点头。他是常驻警视厅记者，那件事也是他秘密追踪报道的案件之一。"这事我知道得很清楚。怎么，你丈夫发现什么了？"他用惊讶的目光望着久野夫人。

　　"是的。怎么说呢，听说丈夫常去那个酒吧，跟妈妈桑熟悉，还有在妈妈桑尸体没被发现之前，也就是从妈妈桑失踪开始，我丈夫就一直在为她担心。"

　　"原来是这样。"

　　"好像就是从那时开始，他绞尽脑汁，用去了不少时间，不厌其烦地到处调查妈妈桑的下落。没料到最终结果竟然会是那样……"

　　夫人看了一下木南，见他全神贯注地听自己说，于是又继续说道："丈夫听人说，曾经载过妈妈桑的那辆轿车，在这前面有山毛榉的空地那儿停过。从那时起，他就开始围绕那辆车调查。"

　　"噢。"这对于木南来说，是第一次听说那辆可疑车的情况。"那后来调查结果出来了吗？"

　　"出来了。"夫人说，"丈夫好不容易打听到目睹那辆车的出租车司机，丈夫也好像去了他的住所，可他太太说她丈夫没跟家里打招呼就出门了，那以后再没有回过家。"

　　"那后来有什么情况吗？"

"唉，后来，那司机也被人在信州杀害了，这情况报上刊登过。"

木南匆匆乘上在外面等候的轿车。

"现在是径直回警视厅吗？"司机转过脸问。

"不，把车开回报社。"由于路窄使得车无法调头，司机只好先将车径直爬坡离开久野的家，不一会儿路边没有了紧挨着的住宅，左边出现了很大一片空地。

"啊，这一带还留着好地方呢。"木南从车窗朝外窥视，自言自语地说道。

司机似乎听见了木南说这番话，也没转过身来，说："可惜，这么好的建房地方就这样闲搁着。"

"有多大面积？"

"哎，肯定有近千平方米。"

"哦。"木南羡慕似的眺望。这当口，车驶入空地调头朝回驶。

"等一下。"木南突然让司机停车。

"为什么？"司机踩刹车。

"大概就是那里吧？据说是在有山毛榉树的地方。"那棵树的枝叶越过空地延伸到道路对面，树长得不高，但枝繁叶茂。他的目光移到树下，想起刚才久野夫人说的那番话，山毛榉树背后曾停过榆树酒吧妈妈桑乘坐的车。经过那里的出租车司机小西看到了那辆车，结果惨死在信州饭田附近的天龙河里。摄影师田代利介邀请久野去看小西司机的死亡现场，久野途中因有事提前回来了，田代利介却在××开发股份有限公司的工地上被人推下悬崖而受伤。

想到这里，木南的眼睛笔直地注视着山毛榉树下，随后命令司机："好，回去。"

"木南先生。"司机说。

"什么事？"

"你买下这片土地建房不好吗？这里地势高，环境安静，是居住的好地方。"司机握着方向盘，用下巴指着空地。

"别开玩笑！我的工资光是透支，有买地造房的钱吗？"木南笑了。车驶入商业街后继续朝报社驶去，木南走进编辑室后径直朝社会部走去。

"哟，你来了。"社会部长鸟井站起来迎接木南。

"有什么事吗？"

"打扰你一下，有事商量。"

木南是老资格记者。虽说在报社里是前辈，但也许做人不太圆滑而被提拔得比较晚。他对上司直言不讳，因此有人敬佩木南，也有人把他当眼中钉。与他同时进入报社的人当上了部长，可他还是停留在副部长级的位置上，被派到警视厅当R报社的记者站长。

现在的社会部长是当年跟他一起入社的，对于像他这样的老记者觉得很难对付。木南一屁股坐在部长旁边的椅子上说："我对你说一件有趣的事情。"

"好呀。"部长拿烟给木南抽。

"是这样的，能不能让我离开一下警视厅记者站？"

"什么？"部长清楚木南的脾气，苦笑道，"什么理由？"

"让我在短时间里作为机动人员，我想稍稍深入调查一下山川失踪案件。"

"你倒是还那么有朝气。"部长笑了，"那样的事情让年轻人干不就行了吗？"

"我想试一下。"木南固执地说。

部长清楚他一言既出驷马难追的性格，脸上也是无可奈何的神情。

"你打算机动多少时间？你不在警视厅，我可就忙得不可开交了。"

"也不至于那样。"木南说，"听我说，我也想趁现在年轻一点，恢复过去的精神状态。"

"那行。"部长无可奈何地同意了。

"如果为了山川议员失踪案，我在局长面前就比较好说。那好吧，就这样，给你两个月的机动时间行吗？"

"行。"木南敲了一下椅子扶手，"就这样定了。既然这样，请迅速考虑我的后任。"

木南从椅子那里站起来，拿起部长桌上的电话听筒喊总机。

"以最快速度接通饭田分社。"

"怎么啦，为什么要接通饭田分社？"社会部长鸟井听木南要接通饭田分社，忙问道。

"嗯，我想起一件事。"木南并不打算解释，趁总机在接通饭田分社电话的时候，坐在椅子上抽起了烟。部长清楚他的脾气，也没有进一步打听。与其相比，填补驻警视厅记者站长的空缺倒是一件大事，至于后任必须与他商量。木南则把后任当作与己无关的事情，脸上一副漠不关心的表情。

这时电话铃响了，木南赶紧拿起听筒对总机说："谢谢！"

"喂，喂，你那里是饭田分社吗？主管叫什么名字？"对方好像在电话里告诉了他。

"我这里是总社社会部，请黑崎君接电话。"被他点名的人好像接过了电话。

"是黑崎君吗？我是社会部的木南，打扰你了。"他开门见山，"你们分社报道了东京摄影师田代利介受伤的消息，那情况后来怎样啦？"他把电话听筒靠在耳朵上，手握铅笔在纸上

"噢，是这样，那后来田代利介本人的情况怎样啦？"听了电话那头解释后问道："噢，他还在那里吗？受伤程度怎么样？"

对方回答他后，木南又追问："是吗？不影响走路吧？"

核实完后，木南又询问田代利介所住的那家医院名称。挂断电话后，他两臂抱在胸前闭目思考了五分钟后走到社会部长鸟井旁边悄悄地说："哎，我要申请领二十万日元。"

部长惊讶地抬起脸问："你要钱用在什么地方？"

"交通费。"木南装模作样地说，"我马上要出门一段时间，不带上二十万日元心里没底。"

一下子要二十万日元，不了解内容，就是部长也不能随便批准的。

"说一下大致用途。"只要是木南提的要求，社会部长通常都会同意，木南和自己同时进的报社，又是报社里蛮不讲理的人。部长也好，副部长也好，都对他感到棘手。

"现在不能说，我脑袋里是空的。"接着又若无其事地说，"如果不能以采访费的名义，那么我作为预支工资也行。当然，会计那里大概也不会作为工资预支给我钱吧？因为，我的工资已经预支得差不多了。"木南露出被烟熏黑的牙齿笑了。

"但是，你。"部长甘拜下风地望着木南，"这，大概与山川议员失踪案有关吧？"

"就是为那件事，可我不知道能否成功，不想说得很清楚。"

木南虽近来常说讥讽的话，但在这事上确实一丝不苟，部长不得不在领款凭证上签字盖了章。

"谢谢！"木南一手插在口袋里，一手接过领款凭证飘飘然然地朝会计部走去。那儿就像银行，出纳员的座位是在被铁丝网住的地方。会计一看到木南，脸上表情立刻多云转阴。但是，木南今天的模样是大摇大摆的。

"拿二十万日元给我。"他把盖有社会部长印章的领款凭证递给会计部出纳员。出纳员核实完凭证后把它传给出纳主任，出纳主任像银行职员那样确认了部长印章后传回给出纳员。木南站在外面，愉快地抽着烟看着这一连串过程，接着二十张一万日元的纸币被递到木南面前。

"谢谢。"木南接过钱，故意把钱随随便便地插入口袋，嘴里哼着小调走了。

第五章　神秘的湖畔

　　木南一大早乘上清晨发出的列车离开新宿，爱睡懒觉的他早起外出还真稀罕。对此，他夫人也惊讶不已。木南高兴得想唱歌，每天在阴森森的警视厅里转来转去的，心里压抑极了。虽说现在是久违的短期旅行，但心里痛快。

　　列车经过甲府后进入信浓境内时，周围山上的树木，仿佛一片绿色海洋；炽热的太阳，似乎在绿色海洋上燃烧；蔚蓝天空下，平缓的八岳山脚朝着四周延伸，随着列车奔腾向前在徐徐地改变方向。

　　木南在学生时代爬过这座八岳山，此刻用怀旧的目光兴致勃勃地眺望窗外山景。列车沿富士见一带缓缓往下行驶，稍顷来到上诹访车站。玻璃窗外的湖面在阳光下泛射着耀眼的光芒，接着诹访湖渐渐消失了。片刻后，列车又在山与山之间穿越，随后停靠晨野军站。乘坐列车的时间并不是很长。木南在站台上等车，好像恢复了原来生龙活虎的精神面貌。这种心情的变化，对他来说还真少见，轻松地吹起了口哨，与躺在警视厅记者站"床"上的悠闲模样判若两人。

轻轨电车驶入站台，随后朝饭田方向驶去。右侧窗外，是中央阿尔卑斯山脉，山上植被茂密。太阳已经高高挂在头顶上。电车停靠饭田车站，下车时，木南没想到已经累得筋疲力尽。因为对他来说，像这样大清早起床又接着长达六个小时的乘车是从未有过的事。

　　下车后，他拦了一辆出租车对司机说了医院名称，从车站到医院的路程不到二十分钟。医院坐落在高地上，饭田街道一部分在坡上，一部分在坡下。从医院大门到坡下的住宅屋顶，都在阳光下泛光而闪烁。这条路尽头的大片桑地，一直延伸到天龙河。

　　木南站在接待窗口说出田代利介的名字。"请跟我来。"一个护士给他做向导。

　　不用说，是一家小医院，走到头就在边上，护士敲了敲房门。开门后，木南跟在护士身后走进房间，只见田代利介正坐在椅子上看报。当他认出木南时，惊讶地从椅子上站起来，没想到木南会来这里。

　　木南笑嘻嘻地问他："怎么样，伤势如何？"随即坐在窗边为来客准备的椅子上。

　　"哎，你是怎么知道的？"田代利介注视着木南。

　　"我看了报纸。"木南取出烟慢悠悠地边抽边说，"好像说你在这一带农村受了伤。"

　　"是的。"田代利介答道。由于木南的突然来访，他连回答的话都没有想好。

　　木南为什么来这里？决不会是专门来探望自己的。不清楚他的此行目的，也就不知道该如何回答他所提出的问题。

　　"报纸上说，你是被人推下悬崖掉落到洞穴里的是吗？"

事实上，那天的第二天早晨，田代利介在村民的帮助下先去当地警署报了案，好像是去当地警署采访的记者把那情况作为新闻刊登在了报上。田代利介答道："哦，是你说的那样。"

"报上说你是在××开发股份有限公司工地现场遭到袭击的，那是真的吗？"

"是真的。"田代利介回答。

"田代君，"听了田代利介的回答，木南突然郑重其事地走到他的旁边，目光锐利地看着他说，"你一定了解到什么线索了？"

田代利介吃惊地问："你想知道什么？"

"是啊，我想知道你来信州的目的。"

田代利介重看了一眼木南的脸说："我来信州只是与好友久野一起拍照片的。"

"就为这？"木南脸上呈现出淡淡的笑容，"大概不光是那目的吧？你来这里恐怕是想了解××开发股份有限公司工地情况吧？"

"你说什么？"这一回轮到田代利介惊讶不已，木南的话出乎他的意料。

"别隐瞒了！"木南仍然是笑嘻嘻的，"我只是想知道得更详细一点，怎么样？我是特地赶来的，能否直截了当地说给我听听？"

田代利介不明白木南说的是什么意思，也决没想到他为了解妈妈桑被害真相追踪到这里。该案不是那么重要的新闻。木南是R报社常驻警视厅的新闻记者站站长，按理说是不会为琐碎案件出差来这里的。木南不客气地观察田代利介的脸色，嘴里抽着烟。他觉得，田代利介还没有对自己公开来信州的真实目的。

"你来这山里与眼下轰动社会的大案有关吧？"木南问。田代利介判断不出妈妈桑被害是否就是木南说的大案，不用说，他也不认为那是轰动社会的案件。

"哎。"他含混地答道，不知如何是好。

"田代君，"木南又说，"别瞒我了！你不是在 ×× 开发股份有限公司工地上遭毒手的吗？"

田代利介不知道 ×× 开发股份有限公司与木南说的情况之间有什么联系，总之木南好像是为那家公司名称突然想到什么而赶来这里的。

"×× 开发股份有限公司什么的……"田代利介回答，"是我来这里后才知道的名称！木南君，你想知道什么？"这一问，木南脸上渐渐浮现出怀疑的神色，好像才明白误解了田代利介。

"你真的是来到这里后才知道这家 ×× 开发股份有限公司的吗？"

"是的，我和久野一起在山里打转，偶然见到那里有工地，还竖有这家公司的招牌。在这以前，我从来就不知道周围有这样的公司。不用说，只是听说过名称。"

"这么说，你不知道推你的人是谁？也不知道他把你从悬崖上推下去的原因是什么？"

"根本就不知道。"田代利介回答。

"总之，那天我是走夜路，万没想到冷不防有人从背后使劲推我。被推下去时没察觉到是在哪里。在医院里苏醒后，才听说那里是 ×× 开发股份有限公司工地现场。"

听了田代利介的陈述，木南歪着脑袋说："真想不起来哪里有什么可疑？"

"嗯，一点也想不起来。"田代利介没有改变自己的主张。

"木南君是……"他问道，"怎么把××开发股份有限公司和我的被推事件联系起来思考的？你特地来这里，让我觉得事情相当重大。到底是怎么回事？"

这一回，是田代利介向木南反问。木南听了反问后，像试探那样看了田代利介好一会儿，渐渐地，脸上浮现出放心的神色。因为他明白了，田代利介确实什么也不知道。

"你，"木南重新点燃一支烟说，"你大概知道山川议员失踪案吧？"

"嗯，知道，是看报纸的。"田代利介答道。

映入木南眼帘里的田代利介，脸上表情平静，也就是说，他的神情与不想关心画等号。

"这是一起非常棘手的案件。"木南像解说那样说道，"说到山川议员，他是政界实力派人物，突然下落不明，至今都不知道他的生死。警方没把重点放在生存上，而是把重点放在死亡上展开侦查。我们报社也在不顾一切地追查这起案件，可直到现在还没有找到线索。"

田代利介脸上的表情似乎想说，木南君你为什么要对我说这件事情。

"田代君。"木南移动椅子坐到田代的旁边，"你去过国立警署的吧？"

"是的，我去过，当时拍摄的照片不是给你了吗！"

"是啊，给了。"木南说，"照片上有日下部探长，所以我要了。托你的福，那张照片起大作用了哟！"

"是吗？那好啊！"

"喂，喂，田代君，那与你有关！"木南认定田代利介感觉到了什么，并且还知道点什么，便不停地追根究底地询问。而田代利介则认为，木南一定是掌握了其他信息才赶来的。他俩说的话，像相互间试探对方内心世界那样持续了好一会儿。窗外时值正午，阳光明媚，远山朦胧，亮丽无比，加之地势高，空气非常清新。

"哎，田代君，你要了解的情况和我要了解的情况好像一致。"木南摆出一副悠闲模样边抽烟边说，"我认为，你的追踪线和我的追踪线肯定会在某个地方交叉。我是为了找那个交叉点来到这里的。怎么样，能否把你知道的情况全部说给我听？"

从木南这番话里，田代利介渐渐察觉到了他的意图。果然，木南追查的是山川议员的失踪线索，而他追查的则是榆树酒吧妈妈桑失踪案。两案的线索，如果像木南说的那样在某个地方交叉，那就可以把两起案件合在一起推理。也就是说，山川失踪案和妈妈桑失踪案变成了同一宗案件。

再说田代利介迄今怀疑的是湖水出现响声和奇怪波纹，那情况不是也和这起案件有关吗？在听木南说话的过程中，田代利介的情绪渐渐变得紧张起来，有一件事他不能说，不是别的，就是在飞机上见到过的漂亮女人，她在跟踪自己，经常在自己的调查线上时隐时现。自己如果对木南说出知道的全部情况，当然得提到漂亮女人。

田代利介担心说出她的情况，想在自己调查清楚她的身世之前，不想对任何人提到她。如果让这资深记者知道，他会毫不留情地披露整个情况。他不能忍受这样的结果出现。

不用说，田代利介不知道漂亮女人的身世。他想了解关于她的许多情况。而木南，有整个报社做后盾，即便他个人凭能力多半也可以查个水落石出，但是与此同时，田代利介推断的案件轮廓也将被他弄得支离破碎。"请等一下。"田代利介眺望窗外的山景思索起来。

田代利介对木南小心翼翼地说着自己知道的大致情况，但尽量不涉及在飞机上见到的漂亮女人。例如，说到在飞机上见到的那个矮胖男子，省略了她在他身边的情况。即便说到榆树酒吧，也省略了她去酒吧找过妈妈桑的情况，还省略了他从信州回来时接到过她书面警告的情况，总之他把她深深地藏在心底里。他知道，如果告诉木南，她神秘的面纱肯定会被揭开。他想保住她，不希望任何人接触她。除此以外，其他情况几乎都告诉木南了。

木南在听田代利介叙述的过程中，连烟熄了火也忘了，全神贯注地聆听，还不时地在笔记本上记录要点。田代利介话里最吸引木南兴趣的，就是巡回拍摄湖畔时矮胖男子提取的包裹，详细记录了包裹的体积、重量和外包装等。

"上面写的是肥皂材料吗？"木南把铅笔靠在脸上沉思，到底是怎么回事？他似问非问似的自言自语："那也许是伪装！按理说，肥皂材料没那么重。"

田代利介想起朋友杉原教授的鉴定，黏附在混凝土碎片上的东西不是肥皂，而是石蜡。

"是的，包裹里的货物是比肥皂要轻许多的石蜡，因此，石蜡里封有什么重要东西的假设是成立的。"田代利介把在杉原教授那里听到的都说给木南听。

木南听了田代利介说的话后更加兴奋，目光炯炯有神，把田代从杉原教授那里听来的石蜡重量一一记下。接着，他不禁失声叫道："不得了，这确实是一桩手段十分隐蔽的大案。"

但是，田代利介丝毫没有说到自己去柏原的情况，因为与她有关。凡是关系到她的情况，不管什么，不管在哪里，都省略了。因此，田代利介说的情况都只有一半，只是详细叙述了出租车司机的情况，他亲眼见过榆树酒吧的妈妈桑，该情况也是从久野那里听来的。

有时候，人在叙述自己想到的情况时，大脑里的思路往往会逐渐清晰起来。田代利介在按顺序对木南叙述的时候，不时会"啊！"地暗自叫喊，从中察觉到了某些问题，然而那些情况又不能对木南说。

"我大致明白了，衷心感谢。"木南满足地说，"最后还有一个情况可以问吗？你在××开发股份有限公司工地上被人从背后推到悬崖下面的情况，你认为是有预谋的吗？"

"那我不清楚，但我不认为是偶然事故。"田代利介答道。

木南和田代利介交谈了两个小时左右，交谈结果让他感到非常满足。总之，他觉得没有白来，信州饭田之行很有价值。

"谢谢你告诉我许多情况，谢谢。"木南说完站起身来，"你快出院了吧？什么时候？"

"我想是明天吧？明天可以离开医院了，不是什么大不了的伤势，其实今天也可以出院。"田代利介微笑着说。

"那好，咱们东京再见。请保重身体。"木南告辞后，田代利介从走廊一直送他到大门。

当他俩来到大门口的时候，护士的尖嗓音从接待窗口朝他俩传来："喂喂……喂喂……田代先生，你的电话！是东京打来的……"护士隔着接待室玻璃窗，发现田代利介后赶紧嚷道。

"谢谢，是谁打来的。"田代利介一边朝接待室跑一边问。

"是叫久野的先生……"

田代利介接过电话听筒大声喊："喂喂……喂喂……"电话那头没有反应。

"喂喂……喂喂……"田代利介急躁起来，接连喊了两声后依然没有反应，也许被挂了。

"确实是久野？是东京打来的？"田代利介叮问护士。

"是啊,对方是这么说的。总机也说是东京打来的,不会有错。"护士被叮问后很不高兴。

田代利介觉得奇怪：久野打电话来，无疑知道了自己受伤，感到吃惊，同时表示慰问，尽管那样，他从东京打电话来的举止多少有点奇怪。根据木南见到久野夫人时说的情况，久野从伊那郡回东京后就立刻去了山形县，还需要四五天时间，现在理应不在东京。然而，他为什么说是在东京打电话呢？

木南乘下趟列车回东京，在漫长的途中，取出笔记本边看记录边思考。在见到田代利介前没期待过有如此的收获，他高兴得喜不自禁。他从玻璃窗朝外眺望诹访湖时，田代利介的话似乎还在耳边萦绕。

到达东京时已经是夜晚了。他走出新宿车站，走进公共电话亭翻阅电话簿，找到电话号码后拨通了电话。"喂，喂，是吉井先生家吗？我是 R 报社的木南。请问先生在家吗？"

电话那头传来女人声音："请等一下！"紧接着传来男人声音。

"哟，木南君。"电话那头是男人说话声。

"是先生吗？我是木南，好久没联系了。"

"是呀，我也是。现在这时候有什么事吗？"

电话那头的男子叫吉井，是法医博士，经常被警视厅请去解

183

剖鉴定尸体。木南是常驻警视厅的记者，因工作关系与他熟悉了。平时一旦发生什么案件尸体需要鉴定时，木南便会去他那里了解情况。

"我有问题想请先生指教。如果不妨碍，我可不可以现在拜访？这么晚了，真过意不去。"

"嗯，你来吧，没什么妨碍，怎么，发生什么棘手案件啦？"

"是的，见到您再说。"木南走出电话亭，立刻乘上出租车。

吉井博士的家在下落合，从新宿坐车到那里只需十几分钟，氛围悠闲的住宅区域突然凹进去的小巷深处便是博士住宅。这位法医博士看上去没有在业余兼职，住宅面积也不大，仿佛普通工薪阶层居住的房屋。

按响大门门铃后立刻有人从里面开格子拉门，似乎正在等候木南，开门的是博士夫人。

"对不起，这么晚了，冒昧登门拜访……"木南不好意思，连连打招呼。

"不，没关系。欢迎光临。"

"谢谢。"木南走进大门，跟着夫人走进来过一两次的榻榻米会客室。

"你好。"博士立刻走进来，"好久不见了。"他一边笑一边坐下。

四十出头的吉井博士身体胖胖的，穿的和服也非常合身，坐在木南前面。他的视线停留在木南身边放着的小旅行箱。

"咦，你旅行刚回来吧？"

"是的，我去了一趟信州。"

"信州？噢，噢，这么说，到我这儿来是和信州旅行有关吧？"

木南没有明确回答吉井博士的提问，反而向他提问题：

"先生，您迄今经手的案件里，是否有过用异常方法处置尸体的例子？"

"这，让我想想。"吉井博士思考片刻后说，"令凶犯最头痛的问题，大多是杀人以后如何处置尸体，于是在不让别人发现尸体方面绞尽脑汁。你想问的大概是隐匿尸体的方法吧？"

"是的。"木南点点头。

"例如，挖土掩埋尸体啦，做成行李寄到农村车站啦等等，有好多。你如果是要问异常的尸体处置方法，那……"吉井博士的视线移到墙上，思考了一会儿答道，"实在是举不出恰当例子。我经手的大多是一般凶杀案件。"

"先生没有经手过，那有没有听说过呢？"

"哦，一些书上有过，把尸体隐匿在墙体里啦，把尸体埋在混凝土里啦等等的手法，小说里有，外国也有。"

木南取出笔记本，向博士提了许多问题，他边思考边回答，有时候还去书房里拿来厚厚的书，查阅后再回答。这一问一答，不知不觉地用去了一个多小时。

提完问题的木南脸上露出相当满意的神色："衷心感谢。"木南鞠躬致谢。

"不用谢，能起作用就好了。"

"嗯，很有参考价值。"

"哎，决不会有那种事情，你也要仔细研究。"他补充道，似乎担心自己说的话。

"好的，我知道了。"木南收起笔记本，站起身。

"下次看哪一天再登门拜访。"

"别客气，礼品就免了。总之，请你有空来玩。"吉井博士性格温和，为人厚道，一直把木南送到大门。

离开吉井住宅后的一路上，木南神采飞扬，兴奋不已。

那天晚上，木南回家后没有立即就寝，一边抽烟一边伏案疾书，还时而沉思。这是他兴奋时候的习惯。不知不觉地，烟缸被他的烟头堆得看不见了。

第二天晌午前的时候，木南起床了，昨晚没有睡着，眼睛是红的。他靠在床上一边抽烟，一边专心致志地看着昨晚上写到深夜的稿件。那上面写有许多数字，一会儿是加法，一会儿是减法，算式写得龙飞凤舞的。他望着算式，好像在作进一步分析。凡是觉得重要的部分，还特意用红铅笔写上记号。随后，他慢腾腾地起床，吃妻子端来的早餐。

"我这次出差也许要四五天时间。"他一边吃一边对妻子说，吃饭的表情似乎饭菜不怎么合胃口。

"怎么，又发生大案了？"妻子看着木南的脸问，不过并没怎么吃惊。

通常，社会上一发生大案，新闻记者往往会一星期或者十天左右不回家，妻子也已经习惯了这种丈夫不在家的生活。尽管木南说要外出四五天，但妻子脸上的表情似乎在说，这是理所当然的。

"不，不是案件。"木南说，"出差几天就回来，是为报社工作。"

"远吗？"

"是信州，是啊，有家庭开支的钱吗？"

"哎哟。"妻子为木南从未曾有过的细心而感到吃惊，听到丈夫十天八天不回来决不会惊讶，但他居然操心起家庭开支来倒是很少见。

"怎么啦？"

"因为预领了支付差旅费的钱，可以留一些下来！"

"那倒是帮大忙了。"妻子笑着说，"谢谢。"

木南默默地从口袋里掏出信封，里面装有出差饭田前从会计部领来的钱。他取出两张一万日元的纸币。

"你暂时用它开支吧。"

妻子没有说话，表情似乎是："难为你了，谢谢。"

"到发工资那天凑巧没钱用了，简直是雪中送炭。"

"你那么高兴也是多余的，那是要从工资里扣除的。"

其实，这钱不是工资预支款，用作差旅费是不必担心从工资里扣除的。木南事先这么说，到时候就可当着妻子的面留下喝酒的钱。早饭结束了，木南开始做出门准备。

"来，帮我做出差准备。"

"是，是。"妻子从手提旅行箱里取出要洗的衣裤，把干净的内衣内裤和其他出差用品装进去。这箱子是木南昨天带回来的。妻子考虑到木南在生活上比较懒惰，在旅行箱里放了许多用起来方便的用品。他每一次出差，都是这样准备的，妻子也已经习以为常。

"哎，准备好了。"妻子把旅行箱递给他。

"好。"

"马上出门吗？"

"嗯，要赶列车。"木南匆匆走出大门，四十分钟后来到报社，可是社会部长鸟井还没有到。他来报社还需一小时左右，提前上班的职员只有四五个。木南走到他们中间资格最老的职员旁边，非常随便地坐在他办公桌上。

"哎，部长上班时你代我说一下。"他说，"我现在就出发去长野县木崎湖。"

那位职员目瞪口呆地看着他。

"哎，我原打算部长来了以后自己说，现在只好请你转告。我到达木崎湖后在那里雇人寻找，但那是要花钱的，等我回来再结账清算。如果钱不够，我就打电报来，让他把钱汇给我。"

职员听完木南说的事情，依然是呆若木鸡地望着他。在报社里，木南是前辈，是大记者，部长也拿他没办法，他任性，想怎么说就怎么说，想怎么做就怎么做。"记住了吧？"木南叮问。

"记住了。可是，木南先生，你去木崎湖寻找什么？"

木南扑哧一笑："你马上就会明白的。"说完，拿起放在那里的背包。

"就是到那种地方找，我想大概也不会如愿的。"

"越是觉得什么也不会有的地方，就越能如愿。"木南说了谜一般的话，趁职员惊愕的时候抱起背包慢悠悠地离开了社会部。那天傍晚，木南在信浓大町车站下了车。

列车里有许多登山旅客，车厢内拥挤不堪，其中许多年轻人乘车去信浓大町登山，几乎都在大町下车，走出车站检票口，叽叽喳喳地喧闹着朝巴士车站走去。每逢登山季节，这寂静的街道就会变得熙熙攘攘。东京的许多年轻人纷纷来这里登山旅游。

木南穿过车站广场的宽敞道路，朝距离车站不远的街道办事处走去。走进办事处，见一职员卷着衬衫袖子正在忙工作。木南朝挂有劳务科标牌的窗口走去。

"对不起，我想在木崎湖里找东西。"木南递上名片说。

中年职员满脸不知如何是好的表情："你要在木崎湖里找什么？"

"包裹。"木南漫不经心地回答。

"包裹？"职员瞠目结舌。

"包裹里装的是什么货物？"职员看了一眼木南递上的报社名片，亲切地问。

"是正方形木箱，该包裹是在东京下落不明的。至于包裹里装的是什么货物，我不能在这里说，不过，不是像宝石那样的贵重货物。"木南解释说，"我总觉得那木箱被扔进了木崎湖。虽说那东西没什么社会价值，但对需要的人来说是一定要找到的。"

"也许是为什么原因扔进木崎湖的？"

"这我也不知道。"木南说明来意，"我的来意是请你找四五个人给我帮忙，行吗？木箱是被从岸上扔到木崎湖里的，但不需要抽干湖水，因为能大致估计扔木箱的位置，想在那附近的湖底寻找。"

假如是个人请求，职员也许会拒绝，可名片上印有报社名称，中年职员只好为他想办法。

"这个吗，你最好找那一带农家的年轻人帮忙。现在正好是农闲期间，只要支付工钱，年轻人马上就能集合起来。"

"那应该找谁呢？"

"我给你介绍，请等一下。"好心的职员在印有街道办事处名称的便笺上写了便条，插入印有街道办事处名称的信封。

第二天早晨木南离开旅馆，乘上开往木崎湖附近村庄的巴士。他在巴士车站下车后，觉得木崎湖水的蔚蓝颜色刺得眼睛疼痛，沐浴着明媚阳光的村庄似乎还在沉睡。天空晴朗，似乎已经好长时间没下雨了，北阿尔卑斯山脉诸峰重叠，不断地向两侧延伸，仿佛在天空中勾勒的巨幅山水画。站在这里，可以清楚眺望鹿岛等山峦。

"对不起。"木南走到光线暗淡的门口。

从里面出来的是五十多岁的农民，除短裤外，其他部位暴露无遗。

"加藤次郎大概是住这里的吧？"

"哦，哦，是的，我就叫加藤。"男子看着木南答道。

"是你吗？"木南正巧遇上了本人，便接着说，"我是东京报社的，特地来木崎湖寻找一件东西，想请你协助我找一些人帮忙。"木南一边这么说一边递上便条。

加藤次郎脸上的表情，似乎还没有理解木南说的意思，拆开信封，看完里面用街道办事处便笺写的便条后，小心翼翼把它放回信封。

"你来这里的意思我大致明白了，但是你到底想在木崎湖里找什么？"

"扔掉的东西。"木南回答。

"扔掉的？什么东西？"加藤次郎吃了一惊。

"是大包裹。"木南说，"那是用木箱包装的，确实沉在这湖底。那地方我大致清楚，水不深，是从岸边扔进去的，我想谁潜入湖底就立刻能找到的。"

"是吗？"加藤次郎脸上现出茫然的神情，"那木箱里装什么了？"

"肥皂。"这回答似乎也让加藤次郎无所适从。

"是把装肥皂的箱子扔入湖里的吗？"

"嗯，有一个耿直的家伙，也是肥皂厂工人，他和经营者吵架后盗出肥皂泄私愤，来到这里把肥皂箱扔进湖里，真是太浪费了，我想把它打捞上来。"

加藤次郎好像是这一带的头面人物，立即找来村里五六个年轻人。"先生，肯定在这里吗？"他请木南确认位置。

"是啊，请从这一带开始打捞。"大致位置确定后，剩下的由加藤指挥。

"好了，干吧！"他的声音刚落，四五个年轻人就跳了下去，随即从湖里飞溅起白色水沫。

水还是冰凉的，但是站在岸边观望的木南觉得心里很舒服，也真想脱光衣服跳到水里。他叉着腰站在湖边，等待年轻人的成果。

潜水打捞作业持续了一个小时，然而谁也没有成果。木南一直在描绘，刹那间眼帘里会映入年轻人抱着木箱上岸的情景。可是很长时间过去了，年轻人仅仅是胡乱地搅动湖水。木南边上的加藤次郎看了看手表后歪着脑袋招呼木南：“先生，你肯定把位置弄错了？像这样打捞还是找不着的话，那包裹多半不在这里。”

木南听他这么一说，也开始失去了信心：“那就移动一下位置，能否请大家把寻找的范围再扩大一点？”

加藤次郎根据木南说的向年轻人发出了指挥令，打捞作业持续了一会儿。年轻人一边潜入水里一边在新的地点寻找，但还是没有找到货物。这种时候有这么多人在湖里寻找东西，于是住在附近的农民不知道究竟发生了什么事情，纷纷赶来看热闹。

"哎，在找什么？"大家不可思议地望着年轻人在湖里打捞的情景，人群中有人特地走到加藤次郎身边问。

"找木箱。"加藤次郎回答道,"听说里面装的是肥皂。"

"什么？"问的人惊叫,充其量就是打捞装肥皂的木箱,居然支付那么高的劳务费雇人打捞,打捞上来后合算吗？

"大概不是肥皂吧？"有人这么说。表面上说是肥皂,其实可能是其他宝物。

雇用五六个年轻人,支付他们的工资,如果仅仅是肥皂,按理说是不合算的。岸边看热闹的人群一边相互猜测想象,一边仍然望着水面。可是,年轻人不管移动到什么位置打捞,还是找不到木箱。天色渐入黄昏,眼看就要变黑了。

"先生,好像实在是找不到。"加藤次郎对木南说。木南从刚才开始就已经绝望,像这样打捞还是找不着的话,大凡木箱一开始就不在湖里吧？

田代利介说的情况也许有什么地方弄错了？或许是在湖里打捞的方法有问题？不,不,不是那回事。年轻人如此潜在水里打捞,如果有东西,不可能找不到。寻找的面积不是很大,要打捞的东西又是大木箱。对此,木南没有气馁,假设在这里发现不了,接下来去青木湖打捞。他打算暂时把木崎湖放一下,把明天打捞的地方移到青木湖。

"加藤先生,"木南说,"我明天想去青木湖寻找,今天辛苦大家了,明天能否再干一天？"

加藤次郎也觉得费尽周折还是不见木箱,脸上多少有点遗憾的表情,便说:"好呀,既然开始打捞了,那就继续打捞吧。我去跟年轻人说。"

"拜托了。"事情既然这样,木南觉得加藤次郎还是值得信赖的。

木崎湖和青木湖相互间隔得很近，仅七八公里的距离。第二天，木南拜托加藤次郎把年轻人召集到青木湖。

"今天要是找到就好了。"加藤次郎说。从他的表情看，对于木南支付高报酬给年轻人似乎感到不好意思。可能是朴实的当地人，才会有这样的同情心吧。

年轻人个个摩拳擦掌，由于昨天没有成果，下决心今天一定要找到它。木南问田代利介有关青木湖的情况时，位置也是在湖岸北端。田代利介说他在那里听到过水声，看到过湖面上有波纹朝四周蔓延。

木南指定位置后说："加藤先生，请从这一带开始打捞！"

与木崎湖一样，青木湖的岸边也聚集了附近的人们，都以为出什么事了。当听说打捞装有肥皂的木箱时，都不知说什么好。然而与昨天木崎湖不同的是，打捞从早上就开始了，时间比昨天要充足许多。

木南抱着胳膊站在岸边，蔚蓝色的湖面上溅起白色水沫，年轻人在下面潜水寻找。过去了一小时左右，还是没有发现"目标"。加藤次郎与昨天一样全神贯注地望着湖面，有了昨天在木崎湖竹篮子打水的经历，似乎依然是十分担心。

木南盼望今天一定要从湖底打捞到木箱。只要能看到木箱里的"货物"，就能像事先想象的那样，找到了有充分说服力的线索。看热闹的人渐渐多了起来，突然从人群背后走来一个男子，与这一带农家相同的打扮。木南不认识他。其实，他就是那个矮胖男子，眺望年轻人在湖里不停打捞的情况，问站在岸边看热闹的老人：那些年轻人在湖里打捞什么？

"听说是打捞什么木箱！里面装有肥皂。"

"什么，找木箱。"矮胖男子用异样的目光投向湖面，年轻人依然在刺眼的阳光下坚持打捞。他眺望着，眼睛里同时又流露出讥笑的目光。

年轻人在青木湖里潜水找了一整天，结果与木崎湖相同，什么也没找到。打捞地点移动了，打捞范围扩大了，年轻人潜入水底仔细地找过了，然而一切都是徒劳的。加藤次郎非常遗憾地对木南说："先生，像这样找都没有，肯定是原本就没有这货物。"

木南对于这样的结果非常灰心丧气，习惯性地在胸前抱着胳膊，呆呆地望着湖面发愣。田代利介说的大概不是事实？！就像加藤次郎说的那样，年轻人在湖里到处寻找，可以说没有丝毫疏漏的地方。他本人也自始至终地看着年轻人热火朝天地干，清楚他们的认真劲。

木崎湖也是这样，没有出现田代利介说的"肥皂木箱"。这不是打捞不着，而是原本就不存在那样的东西。他听了加藤次郎那番话，更是那样的感觉。但是木南还是没有死心，因为他坚信从田代利介说的那些话里得到了某种暗示。

关于木箱里的货物，木南仍然执着地按自己的想象进行推测，虽说全力以赴地干到这种地步，可结果却与自己的期待不相吻合。然而，不管怎么说，木南还是乐观的，在着手潜入湖里打捞时，他一直在幻想着眼前突然冒出肥皂木箱。至于接下来化验木箱里的货物，他心里也做好了准备，可眼下，结果和幻想一起破灭了。他觉得不能再委托加藤次郎了，不能再让年轻人明天继续打捞了。

"实在是给您添了许多麻烦。"木南打心里向加藤次郎致谢。

他心里清楚，年轻人和加藤次郎都抛开了金钱私欲，诚心诚意地尽了最大努力。

"那么，不打算继续打捞了吗？"加藤次郎同情地说。

"哦，不了，承蒙你们尽了最大努力。看到这样的结果，我觉得也许像你说的那样，原本就没有肥皂木箱。"

"太可惜了。"加藤次郎安慰木南。

按照事先说好的付酬，木南把劳务费如数递给加藤次郎后朝车站走去。他原本是遇事不慌不忙的人，可这一回似乎有点忍不住了。在去车站的路上，他的心里再次鼓起了勇气。然而此时此刻，那个混在渔民中间的矮胖男子正目送着木南渐渐远去的身影，一边观察，一边从口袋里掏出笔记本记下木南的特征。

此刻，田代利介正躺在床上，他接到了来自木南的信。

他是昨天离开信州饭田医院回家的。临走时，院长告诉他不要过分疲劳。于是，他打算在家静养一段时间。护理和照顾他的仍然是平时的钟点工、邻居阿姨。此外，木崎助手也常来看望他。

"先生，工作上的事情请别担心，你就放心休养吧。"木崎助手说。

由于是长年跟随自己的助手，在技术上早已能独当一面。因此平时一般的拍摄任务，田代利介都是委托他，虽出院回到家了，但遵照医嘱必须静养相当一段时间，于是正常的拍摄活动都不能亲自参加了，心里也不免有点遗憾。

昨天回到家，他立刻给久野挂了电话，可是久野太太说丈夫出差山形县还没回来，这似乎出乎他的意料。因为据说电话是从东京挂到饭田医院的，护士还说确实是自称久野的人打来的。看来，久野是谎称去山形县出差，而其实是在东京某个地方。他觉得久野夫人不可能知道久野的谎话，也就没在电话里详细追问。不清楚久野住在什么地方的疑惑，一直困扰在田代利介的心头。他感到不安起来，希望久野别出什么事。

这时，他收到木南寄来的信，上面盖有信浓大町邮局的邮戳，顿时，他回想起木南当时听完自己叙述的情况后兴高采烈回家的情景。根据这封来自信浓大町的信，木南好像是回到东京后又马不停蹄地去那里了。田代利介拆开信封一口气看完信，木南果然是为那事迅速去现场的。

田代君：

恕不赘述客套用语。上次冒昧拜访你，实在是太失礼了。我想你已经从信州饭田回到东京了，故把信寄到你东京的住所。

你身体好吗？有关你介绍的情况，非常有参考价值。与其说参考，倒不如说深深地吸引了我。打那天回到东京，报社同意我出差，于是立刻去了大町。我这么说，你想必察觉到了吧？就是这么回事，我是去了你说的有人扔肥皂木箱的现场，也就是青木湖和木崎湖。

找了当地几个年轻人，于昨天潜入木崎湖打捞。湖的面积很大，我是大致听了你介绍的扔木箱地点，遂请年轻人以那里为中心打捞，可不管怎么寻找，还是没能找到肥皂木箱。我觉得可能地点错了，于是在别的地方又展开打捞，然而还是白搭。

我想暂时把木崎湖放一下，于今天把地点移到青木湖。我们是从早晨开始打捞的，结果还是与昨天木崎湖寻找的相同，一无所获。果然，肥皂木箱不在青木湖。尽管那些年轻人全力以赴地打捞，还是没能找到。我猜想可能又是地点错了，于是扩大范围寻找，结果还是零。看来，肥皂木箱既不在青木湖也不在木崎湖。也就是说这两条湖里都没有，我想也许湖里原本就没有木箱。也就是说，你当时可能是错觉，误以为有人把肥皂木箱扔到了湖里。

但是，你说的内容已经与我的心情组合在一起。若要认为那是错觉，那就太有真实性了。由于那样打捞都没有发现肥皂木箱，因此，或许……我想怀疑你说的情况。然而从另一方面，我却又越来越觉得你说的话是真实的。当然，我不能在这里详细公开我的这一观点。因为，你说的情况和我的直觉完全吻合。

假设你的想法和我的直觉是正确的，应该有这样的结论：那就是不应该在中途结束打捞工作。我想，明天再请那些年轻人打捞。好在报社拿出了相当数额的经费，在支付劳务费方面可以不必斤斤计较。

现在我有一个疑问，即包裹单上写的品名是肥皂。假设实际货物是你想象的那样都是石蜡，那么，要制造如此大量的石蜡，还要把石蜡装在木箱里，那是需要相当设备的。由于工作性质需要保密，那种设备应该是放在掩人耳目的地方并且进行生产的。我疏忽了，这情况是现在才想到的。

关于这情况，你有没有想到什么呢？不用说，就像你推断的那样，肥皂木箱不光青木湖里有，木崎湖和诹访湖里也有，此外还被送到许多地方。所有肥皂木箱的消失都与湖有关，这种举止确实不可思议。在策划该阴谋的罪犯看来，也许认为扔到湖底是最安全的吧？！剩下的是石蜡在哪里生产的问题。你对于该情况如果想到什么，请火速与我联系。另外你如果有什么好的想法，也请你迅速告诉我。

木南

对此，田代给木南写了一封回信：

木南：

感谢你上次来医院探望我。打那以后，我身体在渐渐恢复，已经离开信州医院回到了东京，在居住的公寓里疗养，实在是让你费心了。关于我说的装有肥皂的木箱，你想了许多办法去寻找，真是太辛苦你了。你信上说青木湖和木崎湖里都没有打捞到木箱，使我觉得十分意外。你在信上说，也许是我的错觉，但是，我个人坚持认为那是真实情况。

在木崎湖畔和青木湖畔，我确实听到扔东西的响声和看到波纹随即在湖面向四周漫延的情景。在青木湖那里，我亲眼目睹一男子在车站提取木箱后乘出租车不知去了哪里。他是矮胖男子，可是脸相没有看清楚，提货凭证上的名字是川合五郎，该包裹是寄到梁场车站的，品名是肥皂材料，重 5.8 公斤，长 50 厘米，宽 40 厘米，高 40 厘米。另一包裹是寄到海之口车站的，品名是蜡烛，实际货物多半相同，重量 4.1 公斤，是长 80 厘米、宽 20 厘米的瘦长包装。收件人是荒川又藏。

我想请你在这里考虑一下，一收件人是川合五郎，一收件人是荒川又藏，乍一看就觉得那是编造的姓名，也就是两者都与说书的故事有关，根本就是戏弄人的姓名。就是根据这种玩笑成分，也可以断定那是伪造姓名。其次说说你问的工厂，没想到凑巧也有一致的地方。我的一个叫久野的摄影师朋友，他家附近有一大片空地。

该空地主人虽打算出售，但不愿意分割出售，也就是说要出售必须是整块空地出售。也不知是什么时候，有人擅自在那片空地上建造起厂房来。我也到现场观察过，当时空地上有木板围墙，据说里面正在建造肥皂厂房。又不知是什么时候，那座正在建造的肥皂厂被拆除了。据说土地主人接到举报信，说有人擅自在他的土地上建造厂房，于是下令立刻拆除。

这在常人看来是理所当然的，可我觉得建肥皂厂的家伙从一开始就没有准备竣工的打算。在四周竖起木板围墙，多半是在建造了一半的工厂里干了一些什么勾当？！也许担心目的达到后主动拆除会被人怀疑，而故意以举报人身份写信给土地主人，等到土地主人出面抗议后再拆除所谓工厂，以让外人看上去拆除是很自然的事情。我想，这就是他们的鬼蜮伎俩。

我对这家工厂做了相当的调查，但是一直到现在还没有掌握真正情况。根据你的来信，我也觉得那是制造过蜡，然后把石蜡装在木箱里的地方。另外，我的伤势还没有完全痊愈，不能外出活动。等到你那里情况明了时，我立即展开调查。我刚才说了，由于有上述事实，我认为木箱肯定在湖底。预祝明天的打捞取得成功。

田代

田代利介写完给木南的信，封口后对阿姨说："阿姨，请让快递公司送这封信。"话音刚落，电话铃响了。阿姨接电话传达说："是久野先生打来的。"田代利介赶紧接过电话。

"喂，田代利介吗？伤势怎么样？吃了不少的苦头啊！"电话那头传来久野焦急的声音。

"不，伤势没什么大不了的，就要痊愈了。"田代利介回答后，突然想到一件事，问："哎，久野，你是什么时候从山形县回来的？"

刹那间，久野在电话那头不吭声了。"是刚回来。听妻子说你受了伤，我吓了一跳，就赶紧给你打电话了。"久野声音不可思议地变得慌里慌张的，好像不希望被涉及他出差的事。

田代利介差点想说，从东京打电话到饭田医院来的是你吧？然而最后还是没能说出来。

好像有什么情况？田代利介改变了话题："好久没在一起喝酒了，很想跟你喝一杯。可是要有相当一段时间不能出门，但是又有许多话要对你说，如果方便，你能否来我这里？"

田代利介试探地问，可是，久野回答得很不痛快。

"嗯，是啊，按理我应该去看望你，可是说实在的，我是刚回来啊，外出期间又来了许多拍摄委托，实在忙得脱不开身，只好请你原谅。"久野说完，接着补充说道，"好吧，过几天我去你那里，请保重身体！今天通话就到这里，失礼了，再见。"说完，久野主动挂断电话。

田代利介觉得这电话通得不过瘾、不满意，大脑渐渐地沉思起来。没隔多久，田代利介又接到木南的来信：

田代君：

接到你的快递信件，太谢谢了！我觉得身体好比什么都重要。且说上次在信里告诉你，我将再去木崎湖和青木湖。昨天，再度打捞工作结束了，结果还是与上次相同，没找到箱子。像这样竭尽全力打捞最终还是零的结局，我不得不推断为原本就没有那样的肥皂木箱。我这么说，绝不是怀疑你的推断，也许木箱可能被扔到离岸边更远的地方，或者说是湖心，因为这两条湖的中间部位都非常深，像我这样用简单的打捞方法寻找木箱，是不可能奏效的。我想必须花更大财力大规模地在湖里寻找，因此决定暂时中止。但是，这并不意味我丧失了信心，是因为突然出现了那样的情况。

在说明那情况之前，我必须感谢你的是，你使我明白了，我一直思考的石蜡是在哪里制造的。看了你的来信，我觉得实在太有收获了。其实，我也拜访过你信上写的久野先生家，不凑巧，他出差没能见着，但是见到了他的夫人。在回去的路上，我让报社轿车驶过那条小路，偶然映入眼帘的就是你说的那片空地，你说的目击者小西司机，就是在那里亲眼看见榆树酒吧的妈妈桑在山毛榉树荫里。对此，我有深刻的印象。

意外的是，偶尔见到的空地是我想知道的制造石蜡的工厂位置。还正如你说的那样，那里是把货物装在木箱里的场所。罪犯的做法简直天衣无缝，巧立肥皂厂名目，在工地周围用木板围墙把里面遮得严严实实，然后实施阴谋。罪犯们的巧妙策划，我不得不为之感叹。如果罪犯确实是在那里制作和灌装石蜡油，那么，寄件人在新宿车站寄发包裹的假设是成立的。

有关达到目的后拆除只建造了一半的工厂的说法，我也觉得你的推测是成立的，罪犯从一开始就是策划让土地主人发出拆除命令。这么一来，擅自建厂就不会遭到怀疑，给人以极其自然拆除的假象。我想，这也是罪犯让我不得不感叹的鬼蜮伎俩。分析罪犯的上述伎俩，我觉得这是高智商犯罪，并且策划的各行动之间都非常紧密，可以说是在超常综合性计谋下的组合犯罪。

且说，暂时中止在青木湖和木崎湖打捞木箱的另一个情况，是因为在青木湖打捞木箱时，从看热闹的人群里走出一个奇特人物，说他是信州柏原人，问我寻找什么，我照实回答了。那人说，也有人把那样的木箱扔到了野尻湖里，说他亲眼看见的，还说记得扔的位置。我现在决定去他说的地方，坚信野尻湖之行能打捞到那木箱。

另外下次给你写信时，希望能写上我的重大推断。此时此刻，我的心情已经兴奋得按捺不住了，想尽快去野尻湖打捞到那口木箱。

木南

木南在柏原车站下车时已经是傍晚了。这里是一茶诗人的诞生地，以去野尻湖的车站而闻名。车站广场上，竖有引导游客去野尻湖的指路牌。出售土特产礼品的店门口挂着印有一茶诗人创作的诗句的布帘和布毛巾。像这样的布置，所有店门口几乎千篇一律。

木南先去车站，小件行李窗口在车站的角落里。

"对不起，我想打听大约一个月前从东京寄到这里的木箱。"木南说得很具体。这是因为他在青木湖打捞时有人说亲眼看见那木箱被扔进了野尻湖。

除这情况已经清楚以外，木南还认为木箱应该是在新宿车站寄出的，为获得这样的确凿证据去了小件行李窗口，但是他受到了冷眼冷语的责问。不用说，也许他太大意了，既不知道具体日期，也压根儿不知道寄件人和收件人的姓名，只说内容是肥皂材料。

"就凭你这没头没脑的话，我们是没有办法找到的。"车站职员突然停止翻阅厚厚的包裹到站登记簿。

"你说得对。"木南表示歉意，"那么，有没有外包装是木箱，里面装的是肥皂材料呢？"

"到底是什么时候从新宿车站寄出的？"

木南觉得，那多半与包裹寄到青木湖和木崎湖的时间相同。一说出那时候，车站职员才勉强地翻阅起登记簿来，但结果是根本就没有品名为肥皂材料的包裹。"这以前也有人来问过这些情况。"车站职员忽然想到补充说。

"真的？什么模样？"木南心想那是谁呢？可进一步问车站职员后才觉得是田代利介。

"当时也没有弄清楚。打那以后经过了相当时间，因此现在也无法弄清楚。"

田代利介也来这里找过，对于他早就来这里寻找木箱的行动，木南的心里感慨万千。不过，他只是怀疑被扔进湖里的木箱。

木南思索：包裹单上写的货物也许是没有变成肥皂的东西，而被发送到木崎湖畔海之口车站的货物确实是蜡烛。罪犯处心积虑，没有把货物名称都写成肥皂。可见，就是在这里根据货物名称寻找线索也是白搭。因此，即便车站职员说想不起来也未必货物没有到达。木南不再询问了，打算立刻去野尻湖。说实在的，糊里糊涂地去野尻湖打捞也是白搭，何况在青木湖向他提供该情况的是三十五六岁的矮胖男子。那人说自己是住在柏原的。

"记得当时，那大木箱就是在我眼前不远的地方被扔进湖里的，同时伴有响声，我大吃了一惊。"他这么对木南说，"不用说，扔木箱的人好像没有注意到我就在附近。当时，我是在旁边的树林里行走，那是一条林荫小路，扔包裹的人看不清楚树林里的情况，也许以为周围一个人也没有吧？瞧，是这么大的一口木箱！好像有相当重量。"说到这么大木箱时，那个矮胖男子还张开双臂，用手比画体积给木南看。木南估算了一下，有啤酒箱那么大。

"如果您光临柏原我来带路，因为漫无目标地寻找是不可能找到的。我把地点告诉您，如果您需要雇人寻找，我还可以帮助您打捞。如果您光临那里，请在柏原车站广场的越后屋旅馆住宿，那样的话，我拜访你比较方便，请问，您大概什么时候去呢？"

木南回答说，如果去的话，就在这两三天里。他想把自己的名片给他，可又不希望在这种场合让对方知道自己是新闻记者，因此只把名字告诉了对方。此刻，木南走出柏原车站后看见了那家越后屋旅馆，是一家不很大的旅馆。一看手表已经五点左右，太阳也已经西斜，可自然光线还是白天模样。他朝越后屋旅馆走去。

"欢迎光临！"女服务员带木南上了二楼。

一到夏天，野尻湖便聚集了避暑游客和观光游客，于是附近就变得异常繁忙起来，但是现在距离那样的旅游旺季还稍稍早了一些，因此这家旅馆似乎还很空闲。木南把旅行箱放在旅馆房间里，随后来到外面，本打算马上去野尻湖，然而旅馆前面竖着的"一茶旧居"指示牌吸引了他，于是逛街似的朝那里走去。

独自一人去野尻湖，是难以找到扔木箱的地点的，再说还期待在青木湖热情提供线索的矮胖男子今晚来旅馆，因此决定见到矮胖男子并且打听清楚后再说。他想参观"一茶旧居"，便在门前端详照片，然而想到自己好不容易来到这里，不去那里参观也是一种遗憾，于是从一条狭窄且热闹的小路进去。这一带，简直是农家住宅区。

行走在陌生的街道上觉得有点好奇，路两边的小沟里流淌着清澈的水，似乎快要漫溢到沟外。农家住宅的屋顶上都摆放着镇石，富有浓郁的地方特色。目睹这一景色，木南觉得自己确实来到了信州。他许多白天都是在地窖般的警视厅记团办公室里度过的，眼下行走在山水秀丽的陌生土地上，感觉格外新鲜，心情特别舒畅。这里是高原气候，空气清新，蓝天清澈。环视山脉，信州重叠的山峦连接着越后。

他走在一茶旧居指示牌的旁边，附近的一茶旧居犹如快要倒塌的泥灰墙仓库，一想到那就是一代俳句诗人在信州的旧居，便觉得真像他穷困潦倒的一生。旧居旁边有出售明信片和土特产品的礼品店，木南想买点什么留作纪念，便走进那家稻草屋顶的礼品店买了一条布巾。

木南把印有一茶俳句的布巾放入口袋，在街上溜达起来。不走与来时相同的路，这是他的怪癖，也不知会走到什么地方，但认准大致方向后可以走其他路回旅馆。站在高地上朝远处眺望，风景如画的景色里矗立着妙高山和黑姬山的山顶。

片刻后耳边传来机械锯的响声，一眼望去是木材加工厂。工厂不大，厂房是做工粗糙的临时简易房，刺耳的金属声从里面不断地传出。工人们将木材推向正在转动的机械锯。此外，还有不处在使用状态的机械刨，其旁边只堆放着一点点木材。

这一带农家稀少，土地荒芜，破旧的木材加工厂仿佛是这片土地的缩影。木南不停地往前走，谁知前面竟是三岔路，他迷路了，不知该走哪条路才能回到旅店。他打算去木材加工厂问路，可去那里要走相当一段路。这时，凑巧有个四十岁左右的瘦高个男子从木材加工厂方向走来。

"对不起，向你打听一下。"木南轻轻地点头问，"去车站应该怎么走啊？"

男子看上去像木材加工厂的业主或者负责人，上身穿着衬衫，下身穿着弄脏的黄色裤子。

"是去车站吗？走这条路。"瘦高个男子说。

"噢，谢谢！"木南按照他说的那条路走了，木材加工厂的机械锯轰鸣声伴随着他走了很长的路。晚上大概八点左右，他回到了旅店。

晚餐过后，女服务员敲门对木南说："先生，有人拜访您。"

"是吗？好吧，请他到房间里来。"女服务员出去不一会儿，走廊上便传来脚步声。

"打扰你了。"来人按农村规矩坐在走廊上说客套话。木南受宠若惊地站起来，因为对方是为自己的事情特地上门来的。

"请进！"来人确实是在青木湖见到的那个男子，身体矮胖，脸圆滚滚的。木南尽管请男子坐下，但对方没有立即坐到榻榻米房间中央，而是规矩、拘束地跪坐在榻榻米边上，一副纯朴的农村人模样。

"来，坐这里。"木南再次请客人坐到正中央位置，"你坐在那里我没法说话，请坐过来。"

木南劝说了好几遍，对方才终于移动，诚惶诚恐地坐到榻榻米上席，背后是壁龛，墙上是画工粗糙、农村风味十足的挂轴。

"承蒙您特地光临，真对不起。"木南向对方鞠躬问候。

"没，没什么，这么晚打扰您。"矮胖男子也彬彬有礼地鞠躬。

木南吩咐女服务员拿酒来。"请喝，别客气。"

矮胖男子仍然像农村人那样恭恭敬敬地接过酒杯。

"我亲眼看到有人在野尻湖扔木箱时，还没过多少天，记得很清楚。"他礼貌地把酒杯靠近嘴边说，"明天也行，我想带您去野尻湖。请问，什么时候来接您好呢？有关详细情况，还是等明天到了现场后再对您说吧，行吗？"

"原来是这样。"木南想了一下，觉得还是到现场后请他告诉实际位置，同时向他打听比较直接。

"那好，明天上午十点左右，请你来这里好吗？"木南想如果是上午十点出发，三四十分钟后就可到达现场，这样可以有足够时间询问矮胖男子，为现场寻找做准备。

"明白了。"矮胖男子表示听从吩咐。

"可是，"木南打算把要问的话放在明天，便说，"这样吧，我打算你告诉我地点后再找木箱。"

"是，是。明白了。"矮胖男子点点头，"还是像您在青木湖打捞那样，需要找几个会潜水的当地人下湖去寻找吧？"

"是的，是的，由你召集当地会潜水的人好吗？我是初到这里人生地不熟的，不知道应该委托谁。你嘛，因为是当地人，我想可以委托你办这件事。"

"嗯，嗯，那行！"矮胖男子接受了任务，"我虽不是这街道的人，但住在附近，有这方面朋友。明白了，我来召集。"

木南与矮胖男子喝了好几杯酒。矮胖男子好像不讨厌酒，木南也能喝酒，加上酒是当地产的，不比东京酒差，口感好。另外在这种旅馆里喝酒，似乎喝出了特别的滋味。总之，所有的事情都放到明天再说。矮胖男子起身告辞回家，木南送他到旅馆门口。

"怎么说呢，也许有好几个肥皂木箱呢。您寻找它，看来是相当贵重的货物吧。"矮胖男子告别时对木南说，这在木南看来带有点讽刺味。

木南给田代利介寄去了一封信，内容如下：

田代君：

那后来你伤势痊愈了吗？我目前在柏原，今天白天参观了一茶旧居，也总算去过伟大俳句诗人的诞生地。不用说，我也在柏原车站打听了木箱里装的货物，车站职员也说你来这里问过。我问了许多，但还是没能问到那样的包裹。我是带着感慨，打听了你在我之前来这里的情况。

　　且说，我在上封信里说过，有一个在青木湖向我提供信息的男子晚上来旅馆见我，约好明天和他一起去野尻湖。他今晚没有往深处谈，我也没有多问，因为我想过，还是去现场问他更好些。明天的野尻湖之行，大概不会找不到木箱的！同时，我把召集当地会潜水青年的任务交给了他。他住在柏原附近，应该能找到打捞帮手。

　　那么，我为什么对木箱那么感兴趣？也许你觉得不可思议。其实，我是在听你说那些情况时突然动心的，我把它与山川失踪案联系在一起。我把山川先生和木箱有关的想法写在信上。

　　我持有某种推断，为了验证它，我在探望你返回东京后立刻拜访了某医学家，打听到了人体重量，这是标准重量，不是人的全部体重，而是人体各部位的重量例如，头部、躯干、双手和双脚的分别重量。我把它们分别写在信上供你参考，头部：4.42 公斤；躯干：26.5 公斤；左上肢：2.6 公斤；右上肢：2.8 公斤；左下肢：7.3 公斤；右下肢：8 公斤。

　　提供上述大致的重量数据，我想你会明白我的意图。也就是说，尸体的最佳处置办法是肢解后到处隐匿。这种办法也是罪犯们迄今用得最多的，也有罪犯把肢解后的尸块分别以包裹或者棉被行李的形式寄出，由列车运送到各地。罪犯的这种弃尸办法还真是天衣无缝。

　　刚才，我写的是有关人体肢解后的各部位重量数据，我想你应该察觉到我写信的动机了吧？是的，因为它暗示我，你所见到的木箱里的货物究竟是什么。我再写上你告诉我的木箱重量，即从新宿车站发送到梁场车站的木箱重量是 5.8 公斤，货物品名是肥皂材料；其次发送到海之口车站的货物品名是蜡烛，重量是 4.1 公斤；发送到冈谷车站的货物也是肥皂材料，重量是 16.5 公斤。它们都是木箱包装，各自的体积是：寄送到梁场车站的包裹长 50 厘米，宽 40 厘米，高 40 厘米；寄送到海之口车站的包裹长 80 厘米，宽 20 厘米；寄送到冈谷车站的包裹长 50 厘米，宽 52 厘米，高 20 厘米。

现在，我以其中寄送到梁场车站的包裹为例，重量 5.8 公斤的是头部，因为该木箱重量接近 4.4 公斤。用 5.8 公斤减去 4.4 公斤剩下 1.4 公斤，该 1.4 公斤重量可以推断为石蜡和木箱的总和。由此可见，长 50 厘米、宽 40 厘米、高 40 厘米体积的木箱里装的是人的头部，头部与木箱内侧的间隙是采用石蜡填充。这样的推测确实是与客观情况相吻合的。

发送到海之口车站的包裹重量是 4.1 公斤，可以推断为重量 2.8 公斤的上肢部分。用 4.1 公斤减去 2.8 公斤，剩下 1.3 公斤，它是石蜡和木箱的重量总和。上肢形状是狭长的手和手臂，是把它装入体积长 80 厘米、宽 20 厘米、高度 20 厘米的木箱里，伪装成狭长货物。

最后发送到冈谷车站的包裹重量是 16.5 公斤，分析该包裹让我觉得棘手。近 16.5 公斤重量的东西，而且还是长 50 厘米、宽 52 厘米，我无法判断它与人体什么部位相似。最终我把它推断为人体躯干部位，因为该部位重量是 26.5 公斤，多半是罪犯把它分成两部分。

这么一分析，各自变成了 13.3 公斤重量，于是重量 16.5 公斤的货物是什么，该谜底也就显山露水了。用 16.5 公斤减去 13.3 公斤，剩余的 3.2 公斤多半同样是石蜡和木箱重量的总和吧！人的躯干长度是 72 厘米，分成两部分后各自凑巧是 36 厘米，由此也就明白了长度 50 厘米、宽 52 厘米、高 20 厘米的木箱容积，确实相当于人体的躯干部位。

寄站名称	到站名称	货物品名	包装形式	重量（公斤）	长度（厘米）	宽度（厘米）	高度（厘米）	推测实际内容
新宿站	梁场站	肥皂材料	木箱	5.8	50	40	40	头部
新宿站	海之口站	蜡烛	木箱	4.1	80	20	20	上肢
新宿站	冈谷站	肥皂材料	木箱	16.5	50	52	20	躯干

我就是这样推测的，由此可以推断，寄送到三个车站的包裹分别是头部、上肢部分和身体部位的一半。尸体被肢解后是用石蜡封闭的，再装入木箱，最后被发送到各个车站。那么，其他部位的情况呢？根据上述情况依此类推，其他部位也可以视作罪犯用同样方法寄送到了其他车站。

你无意中发现的扔包裹地点，奇怪的是都与湖有关，因而依此类推，尸体其他部位被寄送到与湖或者与水有关的车站。你无意中在诹访湖、青木湖和木崎湖等湖畔车站发现的情况，就是上述被肢解的三个部位。那么，其他部位被扔到哪里去了？

当然，目前可以考虑的是野尻湖。然而在柏原车站打听后，回答却是没有那样的包裹。除信州三个湖边车站分别到过那三个包裹外，野尻湖畔的柏原车站却没有到过那样的包裹。我实在是觉得不可思议，好在遇上亲眼看见罪犯扔木箱到野尻湖的目击者。

按照我们的分析，寄出的包裹是通过列车运送到那些车站的，于是我们一个劲地在车站小件货物窗口打听和寻找。如此一来，列车托运也变得可疑起来。那么，扔入野尻湖的木箱到底是采用什么方法运送的呢？

推断之一，是列车托运，即罪犯必须将货物经过完全的乔装打扮后送到车站寄出。不用说，没有看到实际货物无法断定包装形式，也有可能换成了其他货物名称和其他包装形式。

推断之二，采用卡车运输，即像这样大范围地寻找下去，靠我个人力量是无法调查的。总之必须尽快找到木箱，以便调查清楚里面的实际货物是什么。扔入野尻湖的木箱里，可能装有人体的某个部位，也许是剩下的躯干部位、手和脚等等。罪犯肢解尸体后，把各部位分别寄送到不同的农村隐匿。这手法真可谓别出心裁。

此外，罪犯还把肢解后的尸体各部位分别封闭在石蜡里。据我的推测，罪犯可能先把石蜡油盛到木箱里，再分别把尸块浸泡在石蜡油里，石蜡油冷却后便与尸块凝聚成固体。也就是说，被肢解的尸块被冷却的石蜡包裹住了。

分析到这里，我觉得罪犯的作业场地可以像你推断的那样，是世田谷那块空地伪装的肥皂厂。可见，这是一起有计划、有预谋的杀人犯罪。那么，被害人究竟是谁？按照我的想象，多半是至今仍然下落不明的山川议员。

木南

田代利介看了木南的来信。这封信，他是在自己房间里阅读的。现在，在木曾的××开发股份有限公司工地上受的伤已经好得差不多了，但还没有上班，在公寓里闲得无聊。面对闷得发慌的每一天，唯有木南的信刺激了他。出差去信州的木南非常细心，不断地寄信给田代利介报告自己的行动，详细叙述了在木崎湖和青木湖的无一收获，还有现在来到野尻湖畔柏原街道的情况。

木南写在信上的推断引起了田代利介的极大兴趣。虽说办事要内行，但往往是一个想法正确了，再根据前后情况分析，所有的谜团也就迎刃而解了。尤其吸引他的是，石蜡里面有肢解的尸块。正因为木南请教了法医学专家，才把人体躯干、头部、上肢和下肢的大小和重量与木箱的货物名称、重量和体积对上了号，这确实是了不起的发现。击中了目标！

还有让田代利介惊诧的是，木南怀疑被肢解的尸体主人是失踪的山川议员。由于他对政治不太感兴趣，因而也就没有把山川议员的失踪，即便现在也没有放在心上。可是，木南却以新闻记者特有的敏感在不断追查山川亮平失踪案。他推测木箱里是蜡封的尸体，还推断被肢解的是山川议员的尸体。假设这是事实，那确实令人震惊。虽不知道罪犯是谁，倘若罪犯杀害的确实是山川议员，那将是惊天动地的大案。木南作为新闻记者，欣喜若狂是理所当然的。田代利介读着信上的内容，精神渐渐地振奋起来。

田代君：

山川议员失踪后，警察当局连一点线索也没有找到。虽说山川议员的死活是目前当务之急的大案，但是如果把被肢解的尸体推断为山川议员，就可以把他的失踪日期和那后来毫无线索的现象联系起来思考，就可认为该推断是正确的。

那么，杀害政界实力人物山川议员的罪犯是谁？要将罪犯捉拿归案，首先得找到被扔在湖里的三具尸块，当然，寻找其他尸块被扔的地方也是大事。不管怎么说，掌握确凿的物证是首先要做到的。我想，明天一定能够从野尻湖找到物证。那个目击证人来过我借宿的旅馆了，借助胜利在望的兴奋给你写了这封信。

木南

"……我想明天一定可以从野尻湖里找到物证。"田代利介看到这段话，猛然不安起来，正是野尻湖这三个字让他回忆起往事来。说到野尻湖，田代利介不能不想起那天的危险情景。当时，自己也是为寻找木箱而去了柏原车站。车站职员回答说没有那样的包裹，于是去了野尻湖，就在树林里行走的时候，子弹突然从耳边飞过，紧接着是空气迸裂的巨响声。

当时的危险情景历历在目，他曾用眼睛搜寻逃逸的罪犯，但没有听到脚步声，还以为子弹是猎人射鸟时的飞弹，可又觉得是在瞄准自己射击的，总之是半信半疑。后来根据情况分析，才断定有人朝自己开枪。从柏原街道回到东京，巧遇曾在飞机上认识的漂亮女人，她托咖啡馆女服务员转来警告信。由此可以断定，枪声不是偶然，而是有预谋的。

现在，木南竟然决定要去充满危险的野尻湖。危险！木南尤其要与自称在野尻湖看见有人扔木箱的目击者见面，这让田代利介焦急万分。木南没有在信上写目击者的姓名和模样，只是说那男子居住在柏原一带。田代利介凭自己的预感，木南好像掉到了漆黑的陷阱里。

在推断木箱内装的货物方面，木南比田代利介更具体、更详细、更细腻的思维让他佩服得五体投地。正因如此，木南的行动才让他感到格外危险。他打算尽快赶到那里阻止他的行动。

虽说来信也是快件，却已经是三天前的邮戳日期，就是现在乘列车去柏原也可能赶不上。田代利介想到这里着急得坐也不是站也不是，不知如何是好。心急如焚的他，似乎预感木南就要陷入罪犯布下的陷阱，不，也许已经陷入深渊般的陷阱里。

接到木南的来信后四五天过去了，田代利介的伤势也已经完全痊愈，觉得应该去工作室上班了。其实这段时间里，木崎助手常去田代利介家。在他养伤期间，几乎所有工作都是他和同事吉村完成的。木崎本人也为有这样的机会感到高兴，只要什么都试着干，技术上才会有长进。田代利介看了木崎助手的拍摄作品后，不时地告诉他要注意的地方。

"先生，我的拍摄和冲洗技术也许不能令您满意，可您身体还没有好，请让我试着干干看吧。"木崎助手说。

在田代利介看来，木崎助手近来技术大有长进，几乎达到可以完全委托他的程度，只是高难度的业务还必须自己亲自出马。那天，田代利介正在看木崎助手拍摄后冲洗出来的底片时电话铃响了，木崎助手接了电话，随即转过脸说："先生，是R报社社会部吉田记者打来的。"

R报社就是木南供职的报社，田代利介只是想不起来叫吉田的人，他从助手木崎的手里接过电话听筒。

"喂，喂，是田代先生吗？"电话那头问道。

"是的，我是田代。"

"我是社会部吉田，打电话不为别的，是为木南的事。"

田代利介听到这里吃惊不小，对方说是打听木南情况，瞬间，在脑海里闪现出一种不祥之兆。

"你想打听木南先生的什么情况？"

"是这样的。木南先生去信州出差已经两个星期了，至今还没有回到报社，也没有电话联系，社里有点担心。关于木南的信州之行，听他说好像与你有关，所以打搅你了，只是作为参考问问情况而已。"对方说的，果然是田代利介担心的事情。

"明白了，我在家里等你光临。"电话挂断后，田代利介似乎觉得担忧成了现实。为缓解紧张心情，他取出烟抽了起来，还走到窗边朝外眺望。此刻，强烈的阳光正照射在隔壁大楼的墙上，田代利介忐忑不安地等待着。三十分钟过后，公寓门口传来汽车引擎声。木崎助手已经离开回工作室了，家里就只剩他一个，没想到来访的竟然是久野。

"哟，身体恢复得怎么样，已经完全好了吗？"久野看到田代利介精神抖擞的外貌，脸上露出了意外的表情。

"嗯，其实，我是打算今天去工作室上班的，但是突然有人要来我家，我从刚才起就一直在等。"

"什么人？"久野的眼神忽然变了，想弄清楚来人是谁。

"其实，是 R 报社的人来我家，按理马上就要到了。"田代利介看了一眼手表。

"R 报社？为什么工作？"

"不，不是为工作。"田代利介回答暧昧。

"哎，田代君，自从上次跟你通过电话后我就想来看望你，哪怕一回也行，可是工作忙得怎么也脱不开身。"久野坐到田代利介的床上抽了一口烟继续说道，"好不容易有时间了，想见你，想慢慢地问你那以后的情况，这，就来你家了。但谁知又有客人要来你家。"

"不，不必介意，客人办完事后立刻回报社。"就在田代利介这么说的时候，门口又响起汽车的引擎声，来人果然是 R 报社的记者，年轻、体胖，眼镜后面是细长的眼睛。

"我叫吉田，刚才打电话给你的。"他递上名片彬彬有礼地自我介绍。

"房间小，真对不起，请坐。"田代利介请吉田坐在窗边椅子上。

"事情就像我在电话里跟你说的那样，我们报社的木南去信州后至今还没有回来，原定出差四五天，可是已经两个星期过去了，却还没有返回报社，而且跟社里也没有什么联系。"

吉田一边说，一边不放心地频频望着半躺在床上抽烟的久野。

"去信州的事是木南先生自己决定的，事先也没有到编辑部商量，我们也不知道为什么事情出差。他虽然平常有点自由散漫，但也有比较规矩的时候，如果延长预定的出差时间，肯定会与报社联系。可是这一次情况反常让我们担忧起来，也许发生了意想不到的事情！"

田代利介聚精会神地听吉田说，久野则半躺在床上，身体一动不动地也在听。

"听说木南先生前不久见过田代先生，田代先生也确实在信州饭田那里受过伤。"

"是的，木南从东京特地去饭田医院探望过我。"

"木南先生从饭田一回到报社就说马上去信州出差，我们编辑部的判断是因为他与您见面后才决定去信州的，所以想问问您和木南先生之间交谈了什么内容？"

吉田非常谨慎地对初次见面的田代利介说。

"哦，其实情况是这样的！"田代利介把迄今为止所发生的事原原本本地说了一遍，说木南好像把山川失踪案、妈妈桑被害案和信州湖畔不可思议的扔木箱事件联系在一起追查等等。吉田仔细听田代利介叙述，并在笔记本上记录要点。田代利介还拿出木南寄给他的信，信上最让吉田感兴趣的是木箱里的货物和人体各部位的重量。吉田在阅读那封信的时候，不由得激动起来。"这是非常有价值的数据。"他目不转睛地看着那些数字，长长地叹了一口气，"木南先生为这样的推断而激动不已是理所当然的。其实，他是一个不太有激情的人。通过这封信，我明白了他特地亲自去信州出差的原因。"吉田的语气里掺杂着兴奋感，脸色红扑扑的，脸和鼻尖上渗有汗珠。"假设木南先生推断正确，这种犯罪手法实属罕见，如果尸体真是山川议员，无疑是史无前例的大案。"吉田大声说，随即视线紧盯着田代利介压低嗓音说："田代先生，这情况绝对不能跟任何人说！一旦让其他报社知道就麻烦了。我希望由我们 R 报社追查下去，直到彻底揭开这起凶杀案的真相为止。"

这番话让田代利介看到了记者发现特别新闻时的兴奋模样，然而自己并不是记者，眼下最担心的是木南下落不明。眼前的吉田虽也注意到了木南杳无音信，但相比之下更关心的是木南关于山川亮平失踪案的理性推断，瞧他那兴奋无比的模样，仿佛全身热血沸腾，似乎并没有把木南下落不明放在首要弄清的位置上。

"田代先生，谢谢你！那，我想立刻回报社向部长汇报以制定对策。我就打扰你到这里，失礼了。"吉田兴奋地站起来，匆匆告别后走了。

田代利介送吉田到门口后回到房间，目光停留在一开始就半躺在床上没有吱声的久野身上。可能睡着了？刚想到这里，久野突然从床上一骨碌爬了起来。

"好了，我也该回家了。"久野看了看手表说。

"怎么啦？久野，好久不见，好不容易来一趟我家，这就要回家吗？"

"哦，我把跟别人约好见面的事忘到脑后了，我还会来的。好，再见。"

久野突然决定离开，走到门口时转过脸说："田代君，你要小心哟！你刚才说的那席话让我担心。你在饭田的遭遇，其性质与小西司机的厄运相同，幸亏你命大福大保住了性命，可你还没有吸取教训。我已经停止追查了！我有老婆有孩子，不想现在就死，整天纠缠侦查就会减少拍摄工作量，是要饿肚子的！"久野说完，自嘲般地笑着走了。

吉田记者再次拜访田代利介的时候是第二天。

"昨天太谢谢你了。"吉田费力地弯下肉鼓鼓的腰部朝田代利介鞠躬。

"不用谢，回到报社后有什么关于木南的消息吗？"

"哦，还没有。"吉田答完又接着说，"听了你昨天说的情况后我有一个请求，所以今天又来打扰了。"

"什么事？"

"是这样的，我报社社会部长对这起案件饶有兴趣，说无论如何要与先生见面。"

吉田担心田代利介不答应这样的请求，胖乎乎的脸上渗出了汗水。

"与我见面？"

"是的，社会部长说，木南先生本人不久会与报社联系的，决定再等一段时间视情况再说。相比之下，部长非常关心湖里的木箱。我还报告了木南先生写给你的信上的内容，他也很感兴趣。"

社会部长感兴趣是当然的，也许是邀请自己商量什么吧？

"至于部长跟你见面的详情，我不清楚。"吉田只是根据指示邀请而已。

"怎么样啊？如果有时间，现在就劳驾你跟我去报社好吗？车就在下面。"

"好吧。"田代利介考虑了一下说。他正在担心木南的下落，不知道社会部长会说些什么，总之去一下再说。

"非常感谢，百忙打搅。"吉田高兴地鞠躬行礼。

田代利介做完外出准备后与吉田一起出门了。车头插有社旗的轿车正在门口等候。吉田让田代利介先上车，自己坐在旁边。在车里，吉田说了些让田代利介事先有思想准备的情况。

"我们报社的社会部长很有才干，一进报社就被分配在社会部工作，每遇案件便全力追查。这一回木南先生去信州出差，一开始就是部长批准的。"

"当时，木南先生没有向部长详细介绍情况吗？"田代利介看着吉田的侧脸问。

"嗯，什么也没说，这是木南先生的怪癖，就他自己知道，而且是独自一人突然出差的。他是受特别照顾的记者，资格老，可以我行我素。"两人说着说着，车来到了R报社大门了。

吉田走在前面带路，两人乘上电梯去了三楼。社会部旁边是会客室，田代利介被恭恭敬敬地请到那里。他刚刚走进房间，只见一个戴眼镜的高个男子紧随他身后也走了进来。

"是田代先生吗？"高个男子递上名片，上面印有社会部长的头衔，名字叫鸟井慎次郎。吉田也一起坐在边上。

"木南得到了您的大力支持。"鸟井部长打招呼问候道，"劳您百忙抽空光临，对不起！"鸟井部长感谢田代利介光临报社，接着说，"其实，木南出差的时间太长了，我们因此也在担心，所以让吉田去您那儿打听一下有关木南的情况。"

说到这里，他朝旁边的吉田看了一眼："他从您那儿听到了非常有价值的情况，回到报社后立即做了汇报。正如您知道的那样，木南这人比较任性，连一封信都没有寄回报社。在得知他寄给您的那些信并且知道里面的内容后，还真是让我又惊又喜。我说的是，有关他对于木箱里货物和对于那货物的推断。"

田代利介点点头，看来社会部长非常关心这件事。社会部长接着说："你也知道，山川议员失踪是大案，各报社都在全力追查。我们掌握的特别信息或者说特别资料，不想被其他报社知道。这次的行动也是一样，这点希望你能谅解。"部长用委婉的语气与田代利介交谈，显然是希望他同意。

诚如部长说的那样，报社希望保密是当然的。

"还有一件事要拜托你，请详细说说你估计的扔木箱地点。"社会部长一边说，一边把准备好的五万分之一比例的地图放在桌上摊开。田代利介探出上身，寻找分别在三张地图上的诹访湖、木崎湖、青木湖和野尻湖。

"诹访湖那里扔木箱的地点，我不清楚，我是从当地渔民那里听来的，无法判断那里的具体位置。"田代利介把诹访湖地图挪到一边。

"其实我不清楚野尻湖那里是否扔过木箱，只是木南君来信说他遇上目击者而已。我连木箱是否被寄送到柏原也还没有弄清楚，也就无法说明野尻湖的扔木箱地点。"田代利介把野尻湖地图移到一边。剩下的，是青木湖和木崎湖地图。

"我是在木崎湖一带听到水声的，"田代利介望着地图用手指着木崎湖的某一点，"我站在这一带，是从这方向看见水面波纹和听见水声的。"

"噢，原来是这样。"社会部长用红铅笔在该位置标上记号。

"关于青木湖的扔木箱位置，我想大约是在这一带。"田代利介看地图后做了大致判断。

"嗯，是这里吧？"社会部长又用红笔在该位置标上记号。

"我把这位置说给木南先生听了，他来信说雇用当地人潜入湖底打捞过，可是什么也没发现。但有人在这里扔木箱是肯定的。"田代利介说到这里，突然想起什么补充道："当然我并没有亲眼看见木箱，只是听到有东西被扔入湖里的水响声和看到朝四处漫延的水波纹。不能说那一定就是木箱，只是推断而已。"

"噢，我大致明白了。"鸟井部长频频点头，表情似乎没有像田代利介那么慎重而深入思考，他已经按照田代利介的推断确定了扔木箱的位置。

"非常感谢！"社会部长低头向田代利介致礼。

"接下来打算怎么办？是以报社名义展开调查吗？"

"是的，雇用当地人打捞。"社会部长下定了决心。

第六章　陷阱

　　R报社根据社会部长制订的计划在当地召集了会潜水的人，在木崎湖和青木湖里展开大规模打捞。与木南不同，这次是以报社出面来进行的，预算金额充足，打捞规模大。与此同时，R报社为收集木南的消息而派出两名记者到柏原街道，并对野尻湖展开打捞进行事先调查。

　　在木崎湖和青木湖打捞了整整两天，可是最终没能找到那只木箱。接下来是在诹访湖打捞，比起木崎湖和青木湖来似乎更麻烦，那里不仅面积大，还有更困难的是田代利介本人没有亲眼见过有人扔木箱，只能根据田代利介想象的地点，和前面两个湖的打捞一样，又投入一百多人打捞，最终一无所获。

　　且说去野尻湖的两个记者先打听木南下落。木南寄给田代利介的信上有柏原那家旅馆的名称，因此一开始就走访了那里。旅馆女主人接待他俩时说了这样的情况："你们说的那个人确实在我们旅馆住过一晚上，第二天上午好像是十点左右结完账后就离开旅馆走了。"

　　"当时，他说去哪儿了吗？"

"我想起来了，前一天晚上他房间里来过一位客人，与他交谈了很长时间。第二天早晨那客人又来了，看上去是给他做向导的，好像是说去野尻湖。"

"那客人是干什么的？"

"不知道，是第一次来我们旅馆。"女主人答道。

像这样回答的情况简直是云里雾里。"木南和向导模样的人，就那天早晨走后再也没有来过旅馆吗？"

"是的，再也没有来过。他本人也没有回旅馆的打算，一分不少地付了住宿费以后走的。"

两个记者离开了旅馆。就这样，寻找木南的线索在这家旅馆完全断了。两个记者非常清楚木南的性格，也就是他近来的怪癖，做什么事都得由着自己的性子。即便事先制订了计划，行动起来也未必按照计划。虽说木南没有与报社联系，但记者们还是觉得没有担心他的必要。

"怎么办？"他俩面面相觑。既然来了，就去一下野尻湖吧。两人决定后便从柏原街道去了野尻湖，乘巴士去那里需要十五分钟。他俩来到湖畔，可是并没有什么具体的目标，仅仅是适逢旅游季节，映入眼帘的是一群群游客，无法判断湖畔的扔木箱具体位置和木南的去向。

"木南先生还真是无忧无虑的。"

"现在，他也许在我们意想不到的地方行走。"

"不，我不那么认为，像他那样的人也许突然哪天又回报社了。"

"那就不找了，我们在这里漫无目标地转圈只能是浪费时间，回去吧。"

"也只能这样。"

两个记者从野尻湖空手而归。但是木南仍然没有回报社，在柏原街道已经失踪十多天了。

田代利介乘上八点十分从上野开往江津的普快列车，虽还是五月初，气候却像三伏天那么炎热，铁路沿线的行人大多身着洁白的夏日服装。从列车经过大宫开始，窗外渐渐变成了田园风景，绿色的麦苗一望无际。为乘上这趟列车，田代利介早晨六点就起床了，因而大脑还是迷迷糊糊地直想睡觉。他购买的是去柏原的车票。

木南没有消息已经十多天了，田代利介焦急不安起来。自从听到木南下落不明以来，凶多吉少的预感就一直在脑海里涌现。随着时间推移，预感带来的担心越发强烈。田代利介本人曾在野尻湖险些被子弹射中，总觉得这现象和木南的下落不明有相似之处。当时树林深处响起枪声，田代利介先是趴在地上，后来抬起脸朝四周观察，但是没有发现罪犯身影。

木南下落不明也是那样，是的，木南眼下杳无音信的本身就意味着"枪声"。是谁软禁了木南？是谁威胁木南的生命？无疑，田代利介是不清楚的。可他总觉得这么多天来，木南似乎被一步步逼到了危险境地，也许木南已经离开了人世。

但是，他没能把自己的第六感觉报告警方和R报社，只是默默地独自一人沉思。假若告诉别人，没有证据，反而被认为过于主观想象。从客观说目前没有任何证据，其实田代利介对于自己去柏原也感到不安，觉得是主动把自己暴露在危险地带，去那里是打探木南的下落，却极有可能成为罪犯的捕获对象。

然而田代利介心里清楚，自己不会不顾木南的生死，他也考虑过久野的忠告，但为了自身安全放任罪犯杀害木南，这绝对做不到。列车到达柏原车站时已经是傍晚了，他是第二次来这里。高原气候，给人的感觉是冷飕飕的。

他手提旅行箱走进车站广场上的一家旅馆，这就是木南借宿过的旅馆。此行是为打探木南下落来柏原的，但又不知道一开始应该怎么做，应该如何着手打听。

"晚上好！"中年妇女迎上前来，她是旅馆女主人，嘴里一边喊"欢迎光临！"，一边接过田代利介的旅行箱，把他领到房间。

晚餐结束后，田代利介喊来女主人打听木南借宿时的情况。女主人说了许多，基本上与R报社记者来访时说的情况差不多，总之，有一男子来过木南房间。但是田代利介与那两个记者不同，详细打听了男子的特征。女主人说，是矮胖男子。这一特征引起了田代利介的注意。

"什么，是矮胖男子吗？"田代利介不由得脱口问道。

"是的，身材矮胖。"

"五官呢？"

"五官么，不是什么英俊男子，三十五六岁，粗眉毛，厚嘴唇。"

女主人描述的特征，与田代利介见到的矮胖男子几乎一模一样。田代利介在从九州飞往东京的飞机上见过他，在榆树酒吧见过他，在海之口车站广场见过他，而且确信提取木箱后把木箱扔入湖里的男子也是他。

"那他，没说自己姓名吗？"

"嗯，什么也没说。"女主人答道，"我那天晚上和第二天早晨见到过他，早晨是来邀请借宿我们旅馆的客人的。"

"当时，借宿客人和那男子都说了些什么？"田代利介很细心地问。

"让我想想看。"女主人歪着脑袋思索后说道,"想不起来,他俩没怎么说话,好像是说一起去野尻湖。"

"原来是那样!"田代利介想,假设木南确实跟矮胖男子去了野尻湖,那么木南失踪的地方从客观上看多半是湖附近一带。想到这里,田代利介不由得回忆起自己的危险遭遇,木南遇到的危险与自己的经历无疑是相同的。

"先生。"这一回是女主人问,"为什么总是有人来打听那位借宿客人的情况呢?前几天两个记者来这里打听的情况也跟你一样。"她觉得不可思议。

第二天早晨。田代利介离开了旅馆。不管怎么说,先必须打听木南下落。虽然没有具体目标,但在柏原街道上行走时总感到有他的足迹。这次来柏原已经是第二次了,上次是从车站广场去一茶旧居遗址参观。想到当时的情景,自然而然回忆起偶然见到的当地年轻女子。

记得那天自己在后街行走时,小路口突然闪过年轻女人的侧脸,那模样很像在飞机上见到的漂亮女人,于是情不自禁地追了上去,谁知她瞬间无影无踪。后来在当地居民怀疑和追问下,万般无奈,凑巧想起木箱寄件人的姓名,于是回答说找川合家,没想到居然有与"川合"读音相同的"河井"家,当时还真是惊讶不已。

田代利介想立刻在车站广场乘巴士去野尻湖,可转而一想又没有明确目标,费这么大劲去那里还不是白搭,倒不如在这条街上走一走,兴许能得到有关木南的线索。虽现在说不上来,但他有那样的意识。

然而这条街道并没有什么可逛的地方，只有让信州柏原闻名全国的俳句诗人小林一茶的旧居。虽说已经第二次了，可他还是朝那方向走，算是故地重游吧。一茶旧居是仓库，倒塌的建筑废墟相反印证了伟大俳句诗人的贫困一生。

其实木南也来过这里，当然田代利介是不知道的，他在这里选择了另一条路，觉得与其走相同路，倒不如试着走其他路，也许能找到木南下落。在初夏阳光下，这条路静悄悄的，道路一侧是农家和田地，另一侧是门面差不多鳞次栉比的店铺。他在店铺门前走了好一会儿，突然从前面传来刺耳的机械锯响声，在附近的山谷里回荡，附近好像有木材加工厂。

他继续朝前走，刺耳的机械锯响声也越来越近，猛然朝那里望去，发现左侧有木材堆，中间是临时简易房，与他走的那条路还有相当距离。这样的地方，怎么会有木材加工厂？他不由得停下脚步紧盯着简易房观察。其实，这种地方有木材加工厂并不是什么稀奇事。周围尽是山林，只是不知道这一带山上是否出产小有名气的木曾木料。乍一看，木材加工厂里仅有小型设备，木料也堆得不多。再说，木材加工厂里好像只有几个工人。

他见过销售情况非常景气的木材加工厂，相比之下，这个加工厂确实寒酸。尽管那样，机械钢锯还在不停地传出尖叫声，正因为距离很近，叫声更加刺耳。好像是休息时间到了，锯声和刨声都刹那间停了。几个工人转过脸来，其中一个男子一边抽烟，一边散步似的走到跟前主动鞠躬打招呼："你好！"

农村人都很朴实，讲礼貌。田代利介也鞠躬回礼。

"是参观还是去野尻湖？"

"嗯，嗯，是的。"田代利介不紧不慢地回答。在农村与陌生人这样交谈，似乎飘逸着特殊气氛。其实，木南也曾经在这里伫立过，也朝木材加工厂眺望过。这情况，他是不可能知道的。

"这里是深山老林，没什么可以值得参观的地方吧？是啊，就一茶旧居和野尻湖。"男子还是边抽烟边说，也许他觉得来者不是本地人，想和他聊天。

"不，这街道太美了！正因为古老才让人觉得典雅富有魅力。"田代利介热情友好地说。

"原来是那样。"男子为田代利介那番赞美的话感到高兴。

"这一带有好木材吧？"田代利介拉家常似的问道。

"嗯，嗯，没什么好木材。"男子说，"这里主要是深山，杉树太多，比不上木曾和吉野那里的木材。"

也许是那么回事。站在这条路上眺望，可以看到黑姬山、妙高和饭绳等大山景色。大山后面与北阿尔卑斯山脉相连，说这里木材丰富是理所当然的。

"是运到东京吗？"田代利介问。

"嗯嗯，运到东京也运到直江津，再从那里转运到北陆一带。"他俩聊天时，木材加工厂的工人们有的下将棋，有的午睡。初夏的高原上湿度低，树荫下十分凉爽，尤其适宜午睡。

"对不起，打扰你了。"田代利介致谢道。

"噢，我也失礼了。"男子回谢致礼。

田代利介走在路上忽然想，真希望有工人在这里见过木南。他一心要找到木南行踪，满怀着求援心情。忽然，他又往木材加工厂走去。

"对不起，向你打听一件事。"田代利介主动打招呼。

男子听到说话声转过脸来问："哦，什么事？"

"嗯，这事儿已经过去相当一段时间了，请问，你见过从东京来的新闻记者吗？"

"哎？"男子歪着脖子思索，"是高个子记者？"

"当然啦，我只这么说你可能不明白。他走路时头有点朝下，脸消瘦，颧骨凸出，头发长长的，像个艺术家。"田代利介说了木南的特征。

"喂，你们都没见过吗？"男子招呼起其他休息的工人来，可大家都异口同声地说不知道。

尽管他自信想出这么一个好主意，可还是没能从这家木材加工厂打听到木南的消息。

"什么，你是来找那人的吗？"突然一工人漫不经心地问。

"对，是的，那是我的一个朋友。"田代利介说，"两星期前他来野尻湖观光，可以后就没有回去过。他本来就是慢性子，出差经常不按照计划做，这一回外出时间又超过了预定时间，家里人正在为他担心。"

"这么说，你是专门来寻找那朋友的？"

"不，不是专门为那事。我是凑巧有旅游野尻湖的计划，顺便接受了他家人的委托。"田代利介这样辩解说。

"那，让你担心了。"工人关切地说，又问了一遍木南的长相特征，然后朝大家说，"你们再想想看，不光工厂附近，在各自住宅附近是否见过那种特征的人。"

"实在想不起来。"大家都说不知道。

"谢谢。"田代利介向大家致谢，"实在对不起，打扰了大家许多休息时间。"

田代利介又迈开步子。片刻，工人也结束了休息，木材加工厂里重新响起机械锯的尖叫声。

不管哪里都没有木南的足迹，暂且也只有去野尻湖了。他从那里乘上开往野尻湖的巴士，到了湖岸边，独自一人在湖畔行走，游客看上去比上次来的时候多。他一边走一边回忆上次来时在树林里遇到的危险，现在他可以在站的地方看到那片树林，还可以看到回去时顺便去过的那家咖啡馆。

田代利介朦胧地望着湖面，湖里有岛屿，黑姬山和妙高山的倒影映在湖面上，景色如画。但是田代利介感到了湖底里有令人不快的东西。木南究竟在哪里失踪，是活还是死？

大约一个月前，湖面还被寒冷笼罩，周围静悄悄的，没有一个人，唯湖中央有一艘渔船，划船的还是一位女渔民。可眼前的野尻湖也许进入旅游旺季的缘故，观光客人多极了，也有相当的游客划着小船，其中有好多性急的男女情侣，好像是来自东京的。

田代利介是来寻找木南行踪的，可也被眼下的情景所感染，仿佛自己是观光游客中的一员。在这里，看来不太可能打探到木南的下落。太阳已经来到头顶上空，光线径直射来，耀眼刺人。他漫无目标地来到咖啡馆租借小船，年轻时曾有一段时间热衷于划船，在大学里还是划船兴趣小组的成员。

他避开拥挤，特意把船划到寂静的地方。也许还没有到酷暑季节，不像其他避暑名胜那么门庭若市。湖面映有岛屿和湖畔树林的倒影，湖水深邃且颜色浓郁，倒影变得黑乎乎的。一晃动桨，水的波纹便朝着前方延伸。他把船划到某个地方，收回桨放在船上，整个身体仰卧在小船上。光线强烈，但吹在湖面上的风冷飕飕的。

闭上眼睛，身体感受到小船在轻轻晃动，仿佛陶醉在梦幻之中。声音远去，不，几乎听不见声音。闭上眼睛，周围鸦雀无声。他既不是睡着也不是睁开眼睛，而是似睡非睡的，不知不觉地进入了迷迷糊糊的梦境。

梦见木南在山里走路，也不知是哪座山，总之是深山树林里，茂密的草丛里有木南的背影，正三步并作两步地朝前走着，全然不知他在后面跟踪。他确实在叫喊，可木南还是自顾自地走了。喂，木南君，他大声喊叫，因为叫喊而睁开眼睛醒来了。耀眼的太阳，还高高挂在头顶上空，身体依然在摇晃，做山里的梦，他却在水上漂荡。这情景几乎是在嘲讽他。

做这样的梦，证明自己在为木南担心。他握着桨打算把小船划到林荫下面，那里酷似小海角，上面树木枝繁叶茂。当小船划到那里的湖边时，他发现水面上漂浮着刨花屑，刨花屑在水里晃动，碰上岸边后又被水波推了回来。

刨花屑出现在这种地方很少见，仔细端详，颜色已经发黑，看来不是最近才有的。这一带湖水清澈，可以看到湖底相当深的地方。如果出现在被弄脏的河边和海边，也许就不容易发现这样的东西了。

他想这一定是从哪里漂来的。不用说这一带没有住宅。也许是附近建造孟加拉式房屋时工地上留下的刨花屑。他毫不介意地摇着船，可猛然间发现岸边草丛里也有相同的东西，和浮在水面上的刨花屑相同。也就是说原先被扔在岸边的草丛里，被风吹散到水面上了。

那堆刨花屑有相当重量！田代利介突然觉得可疑，像这样的地方撒有这么一堆木屑，多少有点不可思议。如果它出现在住宅多的地方，不用说是不足为奇的。他重新思考，也许是建造孟加拉式平房时留下的？但孟加拉式平房与河畔树林有相当距离，把刨花屑扔到这片树林里有悖常识，不合情理。

他停下手中的桨，让小船任意地在水上漂浮。他顺手捞起刨花屑放在手掌上，像杉树或扁柏树的刨花屑，虽颜色发黑，但最终还是能判断出来。

然而其中有一片刨花似乎不同，好像是什么树节上的刨花，正中间呈圆圈状，颜色非常黑，其刨花屑本身没有树木特有的年轮，好像是从大木材上刨下来的。

踌躇片刻，当视线移到树林深处那堆刨花屑后，他决定上岸去看一下。这里的草地也很茂密，不用说连路也没有。他踩着草地朝树林深处走去，果然是一堆刨花屑，就像估计的那样，浮在水面的刨花屑是被风吹散到湖面上的。

他把堆积在草地上的刨花屑放在手上观察，果然与水里捞起的刨花屑相同。根据颜色相当陈旧的现状分析，该刨花屑似乎也有相当一段时间了，由于雨水的浸泡，刨花屑整片整片都是黑的。用皮鞋踢散堆积的刨花屑，下边除了草以外没有其他东西。

环视周围后发现树林深处有异样东西，遂朝那里走去，虽说夏天草长得茂盛，但这高原不像其他地方的草那样散发热气，空气干燥，树荫下十分凉快。原来那里是木柴燃烧的痕迹，严格说是木板烧后的痕迹，甚至还有烧剩的木箱和绳子。为什么要把木箱拿到这里焚烧？看到烧剩的木箱，他此时此刻的脑海里涌现出装有石蜡的木箱。

从迄今发生的情况来分析，把包裹寄送到湖附近的车站已是肯定的了。那样的包裹也一定被发送到这里的野尻湖。这是他曾经推断的，看一下眼前的现场，足以证明他的推断是完全正确的，只是无法明白究竟是什么货物。不用说，包裹里的货物已经从木箱中取出，燃烧的仅仅是木箱而已。然而为什么一定要搬运到这种地方燃烧呢？如此秘密的举动与木箱里的货物究竟存在什么联系？抑或是木箱里的货物必须搬到这里取出？

木箱里装的是什么？多半是石蜡吧？木南在信中曾推断说，肢解尸体后，用蜡封裹尸块。那么，蜡封尸块是否在这里被从木箱里取出的呢？田代利介根据这一分析假设该情节：罪犯在柏原车站提取包裹。该作案手法标新立异，迄今尚无这样的案例，通过对外包装的"涂脂抹粉"而假扮成其他货物，所以，田代和木南再怎么去车站和搬运公司店铺打听也都不起作用。

收件人领取包裹后拿到这偏僻地方，采用某种方法处置里面的货物，随后烧掉木箱以销毁罪证。那么，木箱里的货物是放在哪里处置的呢？假设木箱里是尸块，应该有相当重量。关于重量，木南在寄给他的信上写得很详细。易于假设的罪犯处置手法，多半是把尸块扔到湖底。罪犯用小船装上木箱运到这里，取出蜡封尸块后再用船运到湖中央沉入湖底。之所以选在湖中央扔弃尸块，是湖水过于清澄的缘故。如果扔入岸边的湖里，则水清容易暴露尸块。再者，湖中央水深，一眼望不到底。

他返回停靠小船的岸边，忽然发现船上有一封信，刹那间不由得环视周围，可湖面没有涟漪，没有其他船只来过和经过这里的迹象。在树林深处，他确实仔细调查了燃烧过的木箱、木柴和绳索。倘若有人划船过来则应发出水声，再说信也不可能从天而降。看来，有人趁他不在时来到这里把信放在小船里。这是廉价的茶色信封，信封的表面和背后没有写字。

他上船后拆开信封，只有一张便笺，那是一般商店出售的没有特征的普通信纸。他粗看了一下文字，不由得暗自叫喊起来，那不是陌生笔迹。他第一次从信州返回东京时，在咖啡馆里接到过漂亮女人让人转交的警告信，和这封信的笔迹相同。

上次已经提醒过你，如果继续调查就会殃及你的生命，请到此为止！

又是警告！他在看这封信的瞬间又环视一下周围。信是漂亮女人严密监视自己的证据。无疑，她已经尾随自己跟踪到这里，多半是趁自己走进树林深处时把信扔到了船上。她究竟是乘小船还是沿陆地潜入这里的呢？信上说深入调查就会殃及生命，可见她知道田代利介的所有行动。这起谜一般的案件里竟然有女人，他怎么也无法相信这女人如此胆大妄为，无法把天真烂漫的她与大案联系起来。

划着船返回到湖中央，这里幽静，平安无事，周围仍然是划着小船和乘在伴有引擎声响的快艇上的避暑游客们。刚才靠岸的地方比较冷清，很少有人划船去那里。他边划船边仔细打量周围，然而所有船上都没有漂亮女人的身影，真不可思议！

无疑，女人现在仍然隐蔽在某个地方，两眼紧盯着他划船返回，他的所有举动都在这女人的监视之下。他把小船划到停泊点后上岸，春天去过的咖啡馆就在附近。如今与早春时的情况不同，时值旅游旺季，店堂里稠人广坐，女主人大娘忙得不可开交。

"打搅了！"田代利介走进店堂。大娘让年轻女服务员接待和询问客人点什么饮料，看到他也只当作一般客人，也许对他那张脸早已没有印象。除饮料外，咖啡馆还供应荞面、醋饭卷和汽水等。他点了饮料，不一会儿，大娘用托盘端来饮料。

"哎，大娘，好久不见。"

大娘吃惊地望着他似乎还没回忆起来。

"哎，今年春天，我不是来这里麻烦过你的吗！"

"啊，啊，好像是有这么回事。"大娘打量他后终于回忆起来，"我实在是没认出你来，你确实是从东京来的客人吧？"刹那间，大娘脸上笑容代替了惊讶，"欢迎你再次光临这里。"

"是啊，当时的景色太美了，所以我又来这里观光了。看你忙得脱不开身，这是好事啊！"

"谢谢，因为是夏令季节，正值旅游旺季哟！"大娘情绪高涨。

"哎，今年春天来这里时见渔民在湖里划船钓鱼，现在是不是停止了？"

"没有，但现在这时候划船钓鱼，鱼要吓跑的，一般是在清晨或在夜间钓鱼。"

"这一带女渔民多吗？"他回忆起春天来时见到的情景，问咖啡馆大娘。

"不，全都是男的，很少有女人划船去湖里钓鱼。"

"但是我春天来的时候，确实见过有女渔民捕完鱼后上岸的。"

大娘想了一下说："哎，哎，是有那么回事，但她不是渔民，她来这里是钓鱼兼观光。"

大娘这番话唤起了他的回忆，当时，他好像听大娘这么说过。"那女人没再来这里钓鱼吗？"

"嗯，最近没有见过。"大娘又说，"打那以后就没见过她。"

"她是富人家闺女吗？"

"听说是柏原人，但不是什么富人家……"大娘没有继续往下说，这当儿凑巧有客人招呼。这时，如果再打破砂锅问到底，或许会改变接下来的行动。大娘也忙得不再与他交谈，因为客人不断地走进店堂。

离开咖啡馆，他顶着酷暑烈日返回旅馆。外出没有结果，木南下落也没弄清楚，不过也有收获，在湖畔树林草地上发现了燃烧过的木箱和刨花屑，还接到了第二封警告信。他把椅子搬到凉快的廊子那里，拿出那封信来又认真地看着。

确实是漂亮女人的笔迹，十分流利，看上去受过相当教育。那么，这封信到底意味着什么？也许是善意的，即她确实担心他的安全；二是用圈套阻止他继续实施调查。他反复看了好几遍，渐渐悟出漂亮女人是善意的，是"担心"，不是"阻止"。

夜晚来临，旅馆女服务员端来晚餐。饭菜里有金枪鱼生鱼片，有烤鱼，与普通旅馆没什么两样。

"大姐，有当地特色的菜肴吗？"

"没有，没有其他菜肴。"女服务员冷冰冰地回答。田代利介毫无食欲，对山里旅馆这样的常见菜肴不感兴趣。

草草吃完饭后觉得无事可做，心里闷得慌，自己是特地来到这里的，却是一筹莫展。没有木南的下落，假若找到木南在这一带或者去别处失踪的确凿消息……这时，他的脑海里忽然涌现这么一个想法，这段时间里也许报社已经知道木南的下落。如果这样，自己就不需要继续在这偏僻农村发呆了。他下到一楼说："老板娘，请借用电话，我有事与东京联系。"一看手表是六点，现在是报社最忙碌的时候。

"打电话到东京？"女主人惊讶地说。在这家旅馆里，几乎没有挂东京长途电话的客人。

"你打吧。"女主人回答得不痛快。凡是长途电话，任何旅馆都不是很欢迎。电话机就在账台那里，他申请拨通东京R报社的电话。

"电话通了以后请喊我!"他吩咐后上了二楼。接通电话大概需要一个小时,这段时间里只能耐心等待,但是心里还是焦急不安。

"先生,东京电话接通了!"女主人大声喊道。田代利介赶紧跑到楼下,一把接过听筒。

"喂,喂,请转社会部,是的,与社会部长通电话。"东京那里传来的声音比较清楚。他希望社会部长还在报社里,也许祈祷显灵了,接电话的是社会部的鸟井部长。

"我是田代利介,谢谢你上次接见我。"他在电话里向社会部长致谢,随后问,"木南君后来有消息吗?"

"没有,让你担心了。"鸟井部长很会应酬,不过声音低沉,"他还是没有与报社联系,一点消息都没有,目前仍然在寻找木南下落。"社会部长接着又说,"眼下已经通知本报社驻信州分社寻找木南君。虽说还没有向警方报案,但我想等两三天看看有什么动静再说。假如他本人还没有跟报社联系,那就不得不向警方提出寻人申请了。"

社会部长十分担心木南下落。平日里木南是乐天派,从部长的语气来看,是期望木南没有与报社联系是因为他的性格古怪。他说等两三天,这话里也有那种想法。

"我也在关注。"田代利介说。

"务请关注,多多关照。"社会部长说完挂断了电话。

田代利介返回房间从窗户眺望外面世界,可能是空气纯净的缘故,星星与地面的距离显得格外近,银河在大规模移动,明天好像也是大热天。是的,上次来时发现了酷似在飞机上见过的漂亮女人后追了上去。他想再到那里去一次。那次去河井家时，是瘦高个中年男子接待的。此时此刻，当时的情景又突然在脑海里涌现。

"哎，您是出门吗？"女主人问，下到一楼的田代利介没有回答，出门沿着昏暗的道路行走。农村道路一到晚上特别昏暗，大路还过得去，小路上几乎家家都是大门紧闭。这里与大城市不同，家与家之间有旱地和树木，路灯格外缺乏。

因为曾经来过，田代利介凭借记忆快步行走，一边走一边想，木南是在哪里失踪的呢？这当儿来到有印象的那个街角，是的，就是在这里看见她的。他想起当时情景，狭窄的小路两侧是紧挨着的小住宅。当时为寻找那漂亮女人，徘徊的模样被人怀疑而受到盘问，最后不得不以寻找川合家敷衍。

没想到这里有河井住户，就是小巷到底那家，可是最终没有找着漂亮女人。他沿着想起来的那条路拐弯，这里比大路暗许多，许多人家已经熄灯，即便没有熄灯，从门缝和窗缝泻出的光线也很微弱。他在那里走着，来到曾经拜访过的河井家门前。

这户人家比周围人家还要昏暗，几乎看不到灯光。他小心翼翼地注视，所有木板防雨窗户都关闭了。时间才刚过七点，也许是提前睡觉了吧？他打量这家的大门，记得上次来访时门口挂有河井文作的姓名牌。可是现在没有了，奇怪！田代利介暗自称奇。

不会是错觉。上次看到那姓名牌时，清清楚楚是河井的姓名，现在……他惊愕得哑然失色。由于光线黑暗，误以为可能是自己看漏了，于是再度打量，还是没有见着那块写有河井文作的姓名牌。他感到茫然，姓名牌拆除和防雨窗关闭，说明这家人迁走了。然而农户搬家一般是很少见的，于是他又重新竖起耳朵仔细倾听，不用说，屋里还是没有传出一丝响声，他沿着房屋边上走了起来。

这条路上的房屋建筑有许多特征，屋檐宽敞，屋顶是砖瓦，好像是按照当地农家风格建造的，院子很大。田代利介来到那家院子，由于是农家用于晒稻谷的，跟普通空地没什么两样。田代利介绕到房屋的背后端详，那里也是防雨木板窗紧闭。他站在那里，突然一股逼人的阴气拂面袭来，尽管是初夏夜晚，却宛如凛冽的冬季严寒，那也不是常见的寒冷，而是令人难受的潮湿气流。他逃跑似的离开了那里。

他再次去那里的时候是第二天早晨，由于一直想着昨晚的潮湿气流，觉得必须再去一次。他站在曾经来过的"河井"家门前，昨晚光线微弱，而今天又仔细看了，确实没有姓名牌。

不仅正门，连边门和后门都是紧闭着的，房屋周围好像打扫收拾过了。从表面迹象看，无疑这里早已没有人住了。昨晚站在房屋前面的晒场上时，为什么突然有冷空气吹在脸上？当时令人讨厌的寒流直朝颈脖子里灌。眼下已经是阳光明媚，再度打量这幢洒满阳光的房屋，觉得平淡无奇，只是普通百姓家而已。

尽管这样，河井文作究竟去哪里了？按理说，农村人很少搬家。他沿着房屋门口的路走，发现附近有一位老人直愣愣地看着自己经过，于是主动低头行礼。农村人讲礼貌，连忙诚惶诚恐地鞠躬回礼。

"对不起，向您打听一下。"田代利介走到老人跟前问，"我是来拜访您邻居河井先生的，可看上去好像屋里没有人。"

"哦，河井先生已经不在这儿住了，他搬走了。"老人答道。

"噢，那情况我不知道，他搬去哪里了？"

"听说好像是搬到东京了。"

"东京？他搬走多少天了？"

"大概快一个月了吧？听说他在东京的堂弟帮忙搬迁的。"

"那么，河井先生出售自己房屋了吗？"

"没有，屋主不是他，河井先生只是房客而已！"

农村人基本上只住自己拥有的房屋。他一直认为河井也是这么回事。

"他不是当地人，是从其他地方来的。"

"噢，我不知道这情况，还一直以为他是当地人。那么，河井先生租这屋住多少年了？"

"让我想想，好像一年左右吧？"

"只住了一年？那，向你打听一下其他情况，河井是什么职业？"

"哎呀，那我就不知道了。"老人摇摇头，"河井租借这样的房屋居住，可他并不是农民，也没见过他在这里做过什么生意。"他与老人谈了一会儿后离开了那条小巷。

他一边走一边思索，迄今为止，自己一直觉得河井文作是当地人，可刚才老人讲不是那回事，只是在这里租房住了一年而已，也不知道是从事什么职业的，既不是农民，也不是生意人。从某种意义上说，他当时觉得河井只是与自己擦肩而过的人而已，与自己没什么关系。

老人说，不知道河井文作现在去哪里了，只是补充说他好像有堂弟住在东京，依靠堂弟搬迁到了某个地方，还听说他和堂弟共同出资做起了生意。

他觉得有关河井文作的情况就到这里，因为该话题与自己没有关系。他一个劲地走着，这当儿传来撕裂空气般的金属尖叫声，就是从昨天见过的那家木材加工厂传出的。农村道路单一，不知不觉地来到与昨天相同的地方。木材加工厂与昨天一样有几个工人在干活，昨天那个与他说话的男子可能也在其中吧？现在不像是休息时间，小屋里光线暗淡，正在工作的工人似乎变成了黑影。

外面的光线格外明亮，相反使厂房里面显得更加昏暗。他在这一带徘徊，只是为了寻找木南的下落。他像流浪儿，站在木材加工厂前面眺望。阳光下，绿色树林的影子映在加工厂背后的陡峭山坡上。

"喂！"突然有声音从背后传来，他转过脸去，原来就是昨天与自己说话的男子。工作帽下面，被太阳晒黑的脸笑嘻嘻的。"又见到你了。"木材加工厂工人向他打招呼。

"你好。"田代利介也笑着打招呼。

"还在这里住吗？"

"是的，也不知为什么还住在这里。"其实是说不出什么原因，也没有制订明确的目标和计划。

"怎么样，就是这么破旧简陋的木材加工厂，想参观吗？东京人也许觉得我们农村这样的工厂稀奇？"男子很会应酬，因为昨天和今天田代利介都在关注木材加工厂。

"谢谢。"田代利介注视着木材加工厂。

他本人也不知道为什么要盯着这家工厂看，也不知道这家简陋的木材加工厂为什么让他这么感兴趣，也许寂静地带旁若无人的刺耳金属声音吸引了他？

"就是这么破旧简陋的工厂。"正在说话的工人再次劝说道，"就请您参观一下好吗？"

"那好，添麻烦了。"他是顺路经过这里，就这么一点点交往，希望参观一下那家工厂。

从路上到工厂就一点点距离，说是小厂，确实规模很小，堆积的木料也很少，只有一台小型机械锯和小型机械刨，工人也就四五个。

"打扰了！"他鞠躬致礼，工人们都微微鞠躬回礼，但各自的手都在不停地继续干活。他的脚边散乱着堆得很高的刨花屑，眼看脚尖部位被刨花屑埋没得看不见了。他就站在机械刨旁边，看着木材在刨刀上经过时发出刺耳的叫声。

看着刨花屑不断掉落在脚边，他想起划船到湖畔时见到过的刨花屑。木料里，数杉树木料最多，其余是山毛榉、松树和扁柏树。

"这是刨花屑？"田代利介突然问职工，"怎么处置呢？"

"是呀，大多是由街民把它拿回家代替引火柴，澡堂老板们都非常喜欢它。"

"如果还处置不了，有时也把它扔到别的地方吗？"

"不，我们绝对不干那样的事，就是送到垃圾场也是件麻烦事。"

"在野尻湖上划船时，我看见岸边树林里有一堆刨花屑。怎么会放在那里呢？我觉得奇怪，你们有时也把刨花屑扔到那种地方吗？"

"湖畔树林里？"也许是心理作用，那工人好像脸色骤变。

"不可能，不可能扔到那样的地方！大概是什么人把与我们不同的刨花屑扔到那里去了吧？那一带距离孟加拉式平房近，有可能是装修房屋时木工师傅扔的。"

木材加工厂工人说这番话，听起来有一定道理，装修孟加拉式平房的木工也许将刨木料时的刨花屑扔到了那里，但不能解释的是，那只被烧剩后扔在那里的木箱。其实，即便对工人说起这些也是浪费时间。

"衷心感谢！"他参观结束后致礼。

"你要走吗？"

"嗯，已经麻烦你们很长时间了。"

"还在这里住吗？"那工人问。

"不，我想就要回去了。"

"今晚上还住吗？"

"嗯，还住一晚上。"

"您住哪里？是住野尻湖附近吗？"

"不，住车站广场的旅馆。"

"噢，原来是这样。"

"那么，祝大家愉快，再见！"

他走出木材加工厂，工人们都一起朝他点头致礼。这是打不起精神的街道，没有参观的地方，如果住上三四天会感到厌烦。没有木南的消息，没有目标地住在这里也毫无意义，田代利介打算再住一晚上就回东京。回到旅馆时已经是傍晚，太阳还没有完全下山，气温不像东京那么闷热。

"您回来了。"女主人出来迎接，"洗澡水已经烧好了，请用吧。"

他浑身是汗地走进浴池，窗外的树叶延伸在旅馆浴池的窗户上，从窗户可以眺望到对面妙高山的一部分。

"先生，"浴池玻璃窗外传来喊声，"您的电话，怎么办？"

"谁打来的？"他大声问。

"是女的，她说您接了电话就知道是谁了。"一听说是女人打来的电话，他大吃一惊。

"好，我马上出来，请她稍等一下。"他大声对女主人说，随后立刻走出浴池，用毛巾匆匆擦去身上的水。电话机就在账台边上，听筒搁在那里。

"我是田代。"对方没有立刻说话。"喂喂。"他接连喊了两三声，对方没有挂断电话，也没有吭声。"喂，喂，"他的喊叫声有点焦急起来，在电话里喊对方，而对方不吭声最让他火冒三丈。他又喊了一遍，打算对方再不回答就挂电话了。

"是田代先生吧？"电话那头这才传来声音，是年轻女人的说话声音。

他琢磨这声音，好像是在飞机上借用照相机和后来在榆树酒吧里交谈过的声音。

"请你今晚立刻离开旅馆。"对方又说话了，说话内容唐突。

"什么？"他惊讶地问。

"请今晚离开柏原街道，最好回东京。"

"你是谁？"他快言快语地问。

"姓名不能说！加上这一次跟你通话，我已经是第三次提醒你了。"

"哦，果然是你！"他把现在听到的和记忆里的声音比较了一番，既相同也有不同，再说电话里和亲耳听到的声音是有区别的。

"我为什么今晚一定要离开这里？"

"那也不能说，总之，请你今晚乘列车回去！"

他反而固执起来："谢谢你的提醒和特意劝说，但我不能按你说的做。"

"那不行！"从声音听得出，对方情绪激动不已，"我求你了，请你别再继续调查了。"女人的说话速度快了起来。

"你为什么要这样提醒我？"他冷静下来，反问道，对方没有回答。瞬间，他的脑海里涌现出一个疑问。

"喂，我只想问你一件事，木南现在怎么啦？木南到哪里去了？"她一定知道！田代利介脑海里猛然涌现的就是这，她一定知道。

"请告诉我木南的下落。"

没有回答。

"喂，喂。"他大声喊。

旅馆其他客人因他激动的叫喊声而吃惊地望着他，对方还是没有说话。

"喂喂，你在哪里？请告诉我你现在在哪里，我立刻去你那里。"

"不能告诉你。"她又说话了。

"我只想见你一面，有话对你说。"

"这难以办到。我是想请你尽快离开这里，我只是为了说这件事才打电话给你的，此外其他什么都不能对你说，对不起，我要挂电话了！"

田代利介着急起来："请只回答我一个问题，木南去哪里了？请只告诉我这件事。你如果回答我这个问题，我就立即离开。"对方又沉默了。他侧耳细听，打算弄清楚对方是从哪里打电话的，对方电话机周围有什么其他响声。他想通过对方传来的杂音推断她所在的场所，但是什么声音也没有传来，对方仍然一声不吭。

"喂，喂。"他又嚷道。

"我想说，请你尽快离开这里。"女人的声音也焦急起来，"如果不那样做，你会有危险的，其他我什么也不能说，好了，我挂电话了！”

"喂，喂。"田代利介赶紧嚷道。但接下来的一瞬间，随着"咔嚓"声响电话断了。他握着听筒惊呆了，把听筒放回原来位置后离开账台返回自己房间，推开外拉窗，漆黑的农家屋顶和黑压压的大山在眼前朦朦胧胧，只是星星似乎实实在在地就在眼前，自己是否应该服从她刚才的警告呢？

不，田代利介摇摇头，这才是等待罪犯出动的最好机会！电话结束后约三十分钟过去了，他还在独自一人思考，这当儿走廊上响起了脚步声。

"先生，有客人拜访您。"田代利介立刻觉得可能是打电话的女人来访。

"是女的吗？"他脱口问道。

"不，是先生。"推开拉门的是旅馆女主人，笑着说，"对不起，他是男的。"

"是谁？"

"他说白天见过您，说是木材加工厂的工人。"

田代利介想起白天见到过的那家简陋的木材加工厂的工人，便说："那好，请他进来吧。"

片刻和女主人一起进来的人，不出自己所料，就是那个和自己说过话的木材加工厂工人。

"打扰了！"工人走进不太习惯的旅馆房间，怯生生地不知如何是好，和白天相反，好像性格懦弱。

"欢迎你！"他请来人坐榻榻米，"白天给你添麻烦了。"

"没有的事。"工人诚惶诚恐地双手撑在榻榻米上行礼，"失礼了！其实我问过您，您说还住在旅馆里，所以登门打扰。"

田代利介请女服务员把酒和酒杯拿来。一听这话，男子赶紧向女服务员摇手说：“不必介意，我马上要走的。”

“哎，没关系。”

一来到旅行地，白天即便是短时间的聊天，也会有亲近感。他记得这工人白天的热情。

“其实，突然拜访您不是为别的。”工人说，“昨天向我们打听的时候，我想起来您确实打听过您朋友的事吧？我就是为这件事来打扰您的。”

“是吗？”他晃了一下膝盖，“听说什么了吗？”

“听说了。”工人深深地点点头，“有一个人见过您打听的那个人。”工人把昨天他打听木南的情况记在脑子里。

“是吗？”他不由得身体前倾，“那太难得了，说说是什么情况？”

工人正襟危坐，膝盖端正地拢在一起，慢腾腾地说了起来：“我对朋友说了您打听那模样的人，他说，曾经见过那模样的人与另外一个人结伴去了国见山顶。于是我问是什么时候看见的，他说是三天前。”

“国见峰？那山在哪里？”

“凑巧在柏原街道北面。那里是穿过信州去越后的路，唯那条路有当地人走。就像您知道的那样，现在有铁路了，那里便成了非常冷清的旧路。”

“原来是这么回事。木南，是的，我正要找的那个人叫木南。哎，和木南君结伴的人是什么长相？”

“我朋友说，那个与他结伴的人个头矮，胖墩墩的，年龄三十五六岁。”

田代利介心想，这就是那个矮胖男子的特征。

"你提供的情况非常有用，你朋友是三天前什么时候看见的？"

"他说好像是傍晚，在去国见山顶路口与他俩擦肩而过，就是那时候看见的。我的朋友从上面下来，那两个人结伴去山顶。"

"哦，原来是这么回事。"他觉得木南在这家旅馆接待矮胖男子来访是一个星期以前。这么说，木南和那个矮胖男子在某地一起待了一星期左右，并且在一起好像做了些什么。只是这么听说也可以推测，是矮胖男子有阴谋强行绑架了木南。

"当时，他俩是什么表情？"田代利介问。

"我也问了当时情况，他说那两个人一边悄悄说着什么一边朝山顶上走去。我的朋友觉得他俩傍晚上山顶有点不可思议。"

"那山顶上一定有什么吧？"

男子回答说："我刚才说过，那里有一条旧路，白天偶尔有人沿那条老路翻山越岭去越后，山顶途中有出售点心的咖啡馆。"

原来如此，既然是唯一的一条路，很有可能遇上那家咖啡馆，于是就问：

"那家咖啡馆晚上也有顾客吗？"

"不，咖啡馆主人是村民，晚上打烊后就回自己村了，因此咖啡馆一到晚上便关门没有客人了。"

"那后来怎么样了呢？"

"那咖啡馆是在山顶村庄中间，邻近咖啡馆的地方有条狭窄的岔路，尽头是一座村庄。"

"是村庄？"田代利介的眼睛忽然炯炯有神起来。

"村庄情况你介绍一下！"

"是啊，叫枥之木村，村里大概有十二三户人家吧？大部分是伐木和烧炭的。"

田代利介记住了村名。"从咖啡馆去那里有不少路吧？"

"是啊，可能有足足一里半路。"

"那里坐车怎么去？"

"车通过那条旧路，但接下来的岔路很狭窄，再说又是山里，必须走着去。"

田代利介在思索。如果木南遭人绑架，根据目击者看见的情况分析，枥之木村是最有可能的绑架地方。

"假若从这里去有多少路？"田代利介问距离。

"是啊，到山顶是半里路，到那座村庄是两里多一点路。"

他思考了一下那段距离，两里路没什么大不了，当然农村的两里路比城里人想象的要长得多，但是他听了工人的介绍后兴奋得按捺不住了，一看手表时间七点刚过，一想起木南便睡意全无了。特意从东京来柏原街道，迄今还没有找到线索。

"衷心感谢！"他说。

"就这情况能起作用吗？"工人微笑着说。

"嗯，这非常有参考价值。"他边说边站起来，于是工人抬起脸问，"您出门去哪里？"

"嗯，我想上山顶看看。"

工人猛地站起来说："要是那样，我陪你去。"

"什么？你去？"他看着工人的脸，"你好不容易下班有休闲时间，哎呀，真不好意思。"

"你一点也不必介意。"工人边笑边说，"反正晚上没事，权当作逛街，要紧的是你一个人走那条不熟悉的路，还是由我给你带路吧！"

其实，他本来就没把走夜路当一回事，心想反正是一条路，就是自己一个人去也不必担心走错，但是工人既然这么热心，有向导总比没有的好。

"那好，就拜托你了！"他鞠躬致谢。

"请放心，那一带路只有当地人熟悉，对于没有走惯的人是非常费劲的。"

他俩商定一起去，稍稍做了些准备后便离开旅馆出门了。在离开旅馆时女主人问："咦，您出门吗？"

"嗯，外出走走。"

女主人观察了一下他和那工人脸上的表情后又问："回旅馆迟吗？"

"是的。"他计算了一下说，"大概十点钟左右回来。"

距离十点还有整三个小时，按理说有充足时间看完那里回来。两人并肩来到旅馆外面，天上还有仿佛就在跟前眨巴着眼睛的星星。这里和东京不同，空气新鲜，又是高原，星光强烈。他俩走着走着，两边房屋渐渐少了起来，所有房屋里都有人在说话。

"东京人不习惯走农村夜路，相当费力的哟！"工人善解人意似的对他说。

"是的，这我有思想准备。"

"总之，是相当累人的，不过晚上可以睡得很香。"工人说完笑了。

他俩片刻后走到坡道上，周围有零星的农家。说到坡道，因为是沿山腰朝山顶盘旋，所以路很长。路只有一条，白乎乎的，在黑暗里向前延伸。

"这是去国见山顶的路吗？"他问与自己并肩行走的工人。

"是的，笔直沿着这条路往上攀登，慢慢走到七曲坡道就可以翻越山顶了。因为是晚上，太遗憾了，要是白天就好了，周围的景色美不胜收！站在山顶上眺望越后山脉，我想东京人一定很喜欢那样的风景吧？"

他想象着那样的风景：黑姬和妙高矗立在左侧，壮观雄伟，国见山顶的名称由来也就是因为能看到越后国而命名的吧？此刻，他的眼前浮现出看到北国山脉时的情景。

"去刚才向你打听的栃之木村是走一条岔路吧，那条岔路是在去咖啡馆的途中吧？"

"不，是在咖啡馆还要前面一点的地方，走过咖啡馆门前就可以立即进入去栃之木村那条岔路，所以那家咖啡馆也是栃之木村村民在来回途中的休息场所。"工人这么解释。

在两人交谈的过程中，路开始渐渐变得陡峭起来。工人说的七曲坡道，是因为坡陡峭路弯曲的缘故。

"经过七曲坡后呢，"工人还在说，"一边是山，一边是悬崖。不习惯的人走夜路非常危险，不过我在身边你不必担心。如果是白天，这一带景色也很壮观，可晚上就只能遗憾了。"

一听说七曲坡道一侧是悬崖，他暗自吃了一惊，耳边不由得响起电话里的警告声，脑海里也涌现出在工地现场被人推下悬崖时的情景。黑暗里他悄悄打量了一下旁边的工人，可是觉得身边的这位工人并没什么可疑的迹象，仍然是农村人的热情模样。

他决不会认为这么淳朴而又懦弱的男子是罪犯，是的，那么怀疑别人似乎自己的心情不舒畅。尽管那样，女人的警告声猛然间遍布整个大脑。他小心谨慎地警惕着周围，与那工人保持步调一致。

走了很长的路，实际上也许没有走多少路，因为是在伸手不见五指的黑暗里行走。去山顶咖啡馆的路上没有店铺，而坡道却像工人说的那样陡峭，杉树气味不间断地从黑暗里飘来，也不知道过去多少时间，也许是过去了近一个小时，走在旁边的男子停下脚步。

"就是这儿！"工人手指着路边。

看上去很像旧路，两边是紧挨着向前延伸的树林，杉树气味也从那里飘来，山路的夜间冷空气触摸着肌肤冷飕飕的。被告诉咖啡馆的地方是黑色轮廓，房屋不大，没有一丝朝外泄露的灯光。

"就是这儿！"工人走到咖啡馆跟前敲门，声音在寂静的大山里显得格外响亮。

"门关得很严实。"工人在黑暗里发出笑声，解释说，"里面是店铺，主人这样做是防止其他意外！"

田代利介来这里的途中曾经后悔忘了带手电，工人好像也没带着手电，但他似乎习惯走山路，就像白天那样从容不迫地行走。

"您朋友和另外一个人结伴去的山顶，就在这坡道上面。"他提起木南的情况，"再向上走一会儿就是山顶了，那前面就是我说过的直接去越后的路，还有一条路是去枥之木村的。"

他刚才在旅馆听工人说这话的时候，大脑记住了山顶咖啡馆，可是看了现场后想接下来再去枥之木村。此时此刻，他觉得对身旁的工人向导不管多么淳朴和老实也必须再三警惕。

"稍稍往前面去一下好吗？"他说。

"什么，还要去前面？"

252

"是的，给你添麻烦了，想去看一下枥之木村庄，因为我怎么也不相信我的朋友翻越山顶去了越后，看来枥之木村庄一带也许有什么线索。"

工人沉默了一会儿又说："不过，去那里一路上非常糟糕，您大概不知道？那里非常冷清！"

"没关系，请无论如何带我去。"他下决心说，"既然到这里了，我想设法找到朋友的线索，实在是给你添麻烦了。"

"不，我没关系，可是接下来路很难走的哟！"工人说，"比这条路还要窄，并且这时候大部分人家都睡了。"

"现在是什么时候？"

"请等一下！"工人说完手伸到口袋里找了一下，取出手电打亮后看手表。一直到刚才还以为男子没带手电，可这时他突然取出来，还真让他感到有些意外。

"哦，我这是因为走惯了山路。"工人好像也察觉到了些，赶忙说，"为防万一，唯手电是要随身携带的。"他把手电筒放到口袋里。

"现在是八点十分。"

"那现在去枥之木村需要多少时间？"

"是呀，还需要足足一个小时。"

"这么说，九点半左右才能到达。"田代利介心想，"如果九点半左右，村里总还有人家没有睡吧？你说有十多户，我朋友如果有去那里的迹象，我想只问一户人家就可以弄清楚了。"

"那就去吧！"工人说，"您既然那么执着要去，那就遂您的愿吧！其实我也是热心人，明白了，我给您带路。"工人迈开脚步。

"实在对不起！"田代利介感到过分麻烦别人不好意思，假如没有这人做向导，就只能告别柏原街道怏怏而归。他俩沿着黑暗的山路走，也不知什么时候来到岔路口，离开那条旧路拐进羊肠小道。这条小路朝树林里延伸，路狭窄，两人并肩行走起来非常困难。

一走进这样的林荫小道，工人似乎也受不了了，亮起了手电。黑乎乎的山路上只亮着孤独的一盏灯，看上去给人一种阴沉沉的感觉。

"是啊，我被你的执着感动了。"走在稍前面一点的工人说，"对我来说，给你带路到这里等于是乘坐在驶出的航船上。其实，夜晚去栃之木村我也是头一回！"

"噢，原来是这样，实在对不起。"他感谢工人的好意。

路朝着树林深处延伸，似乎越来越深邃，仰望天空，星星之间的空间变得狭隘起来，小路两侧的树梢高高耸立，山里的瘴气夹带着夜间冷空气紧逼而来，远方传来无名夜鸟的啼声，猫头鹰在鸣叫。

脚下的路裸露着树根，稍不留心就有可能绊倒，在这种地方一旦摔倒，最终有可能滚落到昏暗的灌木丛里。虽说是灌木丛，可由于漆黑一片，无法判断是否在断崖边上。

"危险！"工人小心翼翼地不断用手电照着脚下的路。

"还没到吗？"他觉得已经足足走了一个小时了。

"不，还有一点点路。"工人用激励的语气说，"再忍耐一会儿！因为是夜路，无法像白天走路那么顺利。"

路不断地弯曲，另外，刚才还是上坡，转眼又变成下坡，接着再度变成上坡，不断地反复，简直让人感到厌烦。由于天色黑得无法眺望前方，一时间似乎迷失了方向，觉得好像是在相同的路上来回转圈。

"哎，终于到了！"工人转过脸对田代利介说。

他看着前方，但一时还弄不清楚村庄在哪里，连一丝灯光也没见着。那工人好像是通过地形判断村庄所在地："再走一会儿就是村庄了，哎呀呀，可把你累坏了！"接着又沿那条路走了一会儿，果然眼前出现了农家住宅的黑影。进入村庄后，农家住宅变得清晰起来，整个村庄是坐落在山坡的平地上，有矮石围墙，有农家建筑。

"应该还有人家没睡吧！"工人一边嘟哝一边环视周围。

其实这连一盏灯也见不到的村庄，在田代利介的眼睛里好像是山里的废墟堆。工人去敲一家没有灯光的房门。刚才走进村庄里，他已经明白所有人家都已经安静地睡着了，没有一丝灯光朝外泄露。

"对不起。"工人敲门的那间房屋与其他房屋一样，屋檐低，简陋，听说这里的农民大部分以伐木和烧炭谋生，把小屋改建到生活适宜的程度。这时候，屋里好像有人回答。等了片刻，有人从里面开门，也是个男的。

"晚上好！"工人向开门人问候，接着轻声说了两三句话，也不知商定了什么。接着工人喊他："请进！"

房间里泄出微弱的灯光，后面的光线仍然黑得看不清。

"家里脏得很，请进。"开门人酷似户主模样，对他说。

"这位是主人。"工人介绍说，"刚才我对这位主人说了你要求打听的情况，主人说他好像知道一点。有关详细情况，请你进屋后直接问吧。"

"那好，添麻烦了！"一想到能在这里打听到木南的消息，他的勇气油然而生。

"请跟我来。"主人在前面带路，把他引到屋里，他的身后跟着工人。

走进大门内侧的换鞋间，紧挨着是长门框，主人推开拉门，榻榻米上方悬挂着一盏光线微弱的小灯。房间里空空荡荡的，连一件家具也没有，榻榻米破烂不堪，起着毛刺，屋子的中央有暖炉，但没有火。尽管那样，主人还是递上做工粗糙的坐垫。

"来，请坐下。"

借助微弱光线看到的男主人，是瘦高个，也不知什么原因，主人的脸始终朝下。"您特地远道而来，辛苦了！"男主人没有抬起脸来，就那模样朝着他低头鞠躬。

"对不起，晚上来打搅您了。"他鞠躬回礼。

"什么招待都没有，先请喝茶……男主人沏了一杯粗茶。

他和工人肩并肩坐着，两个人面前都有一个做工粗糙的茶碗。"请别介意！"他喝了一口茶，沏茶的水几乎没有温度，涩嘴，没有茶味。

从进屋一开始只看到这户人家就男主人一个，也许时间晚了，家里其他人睡了。可是屋里静悄悄的，似乎除主人外没有别人的感觉。

"冒昧向您打听。"他切入主题，"这位工人可能告诉您我来这里的意图了吧？"他看了一眼男主人继续说，"我是在找朋友，刚才听这位工人说你知道一些情况。"

"是的。"男主人用笨拙的声音说，可是背部始终朝着暗淡的灯光坐在那里，即便坐在他对面也压根儿看不清楚他的长相，只是黑影在眼前不停地晃动。

"那情况，我刚才听这工人说了。不仅我，另外一个人更清楚，我把他喊来，请等一下。"男主人说话音调仍然没有起伏。

"听说就住在隔壁。"工人解释说。

"那么，就请你在这里等一下。"男主人站起来后慢腾腾地朝里屋走去。

"这么晚了，实在是给您添麻烦了！"田代对工人说。

"不，我没关系！不过，能在这儿知道你朋友的情况太幸运了！"工人这样答道。但过了两三分钟后他突然站起来说："对不起，我去一下洗手间。"

工人也离开了，田代利介被独自一人留在房间里。他环视周围，拉门是破的，灯光暗得连报纸也看不清楚。这家男主人也好，工人向导也好，都隔了很长时间没有回来。工人说是去洗手间，可突然给他的感觉是，工人好像知道这家的情况，熟门熟路地离开房间出去了。也许他常来这里吧？

两人都说出去一会儿就回来，可等了很长时间就是不见人影，周围仍然死一般寂静，整个房间静悄悄的，田代似乎觉得自己被拽到了深夜的山谷里。忽然灯光熄灭了，虽说亮时灯光显得非常微弱，可灯光一熄灭，整个房间变得更是漆黑一团。

他惊讶地站起身，觉得灯突然熄灭不是单纯故障，大脑里立刻掠过漂亮女人在电话里的警告声音。可这时已经晚了，黑暗包围着自己，不，是看不见的罪犯们包围了自己。他伫立在榻榻米上，不知道罪犯会突然从什么方向朝自己偷袭。

他一点点挪动身体，判断出门口的位置后逐渐朝那里移动，但是黑暗酷似包围他的"墙壁"，不知道隐蔽在黑暗里的罪犯会从哪里来偷袭。时间过去了，还是连一丁点儿声音也没有，静得所有响声似乎都被黑暗吞噬了，但是他觉得有耳鸣声。

他打算挪动身体，可挪动了好长时间似乎也不足三十厘米。在黑暗里，他嗅到了杀气，周围冰一般的冷空气包围了他。他想大声叫嚷，觉得自己不这样做无法忍受。这时有响声传来，他吓了一跳，原来是脚踩地板时发出的响声。

"田代君。"黑暗深处传来叫声。他立刻摆开架势，这当儿心跳加快，呼吸也跟着急促起来。

"田代君。"声音从屋里传来，他慢慢朝门口方向走去。"逃跑也是白搭。"从门口传来不同的声音，他意识到自己被包围了。

"谁？"他第一次说话。

"不要问谁，反正你给我在那里坐下！"黑暗里传来回答的声音。

他暂时在那里坐下，但摆出随时投入格斗的姿势，可是对方好像有好几个人。从刚才听到的声音判断，就已经是三个了。从这些声音分析，既不是工人的声音，也不是这家男主人的声音。他醒悟了，自己已经陷入了罪犯布下的陷阱里，完全是被诱骗到这里的。工人看上去淳朴老实，其实是犯罪团伙的成员，而且还把自己引诱到这里。处在这种困境，可以想象到木南已经离开这世界，自己也将步木南后尘。

也许，木南的追查已经与谜底近在咫尺？木南是嗅觉灵敏的社会部资深记者，已经清楚了犯罪阴谋的端倪。罪犯为了继续逍遥法外而杀害了木南。而自己此前也已经四处调查，从而激怒了罪犯，罪犯无疑让自己走与木南相同的命运之路。

他清楚地意识到，这是一开始就精心策划的"陷阱"；那女人用电话警告自己，证明她是犯罪团伙的成员之一。然而她为什么要事先并且是悄悄地警告自己呢？就在瞬间思索这些问题的时候，又有喊声闯进耳朵。

"田代君，你为什么要来这里？"该声音，与刚才命令自己坐下的声音相同。

"那是我想问你们的事情。"田代说，"引诱我到这里的工人是你的同伙吧？请问，他为什么要把我骗到这里？快站出来！把灯点亮！"

回答他的声音里带有轻轻的笑声。

"把你带到这里来的是我们，那只是因为你的行动可疑。其实，我们早就掌握了你的所有行动，按理说我们曾经警告过你，要你停止可笑的行动，但你置若罔闻，殊不知你的行为已经干扰了我们的行动。"黑暗里的说话声与刚才相同。

"我只是在追查实情，根本就不知道你们是谁，你们叫什么名字，长什么模样。你们这样做，是拦住我不让我了解真相。"他回答后对方立即说道："你那是给我们添麻烦！那记者追查到这里，不是你指使他的吗？"

"不对，他只是以新闻记者独有的敏感行动而已。喂，你们把木南弄到哪里去了？"

对方没有立刻回答，片刻后竟然轻轻地发出笑声。

"按理不能对你说那情况，不过我想透露一点给你。你听好了，凡是企图追查我们组织机密的人，出于防卫，我们是不会听任不管的。"

"你们果真杀了木南君？"他嚷道。

"随你怎么想象都行。"对方答道。

根据他们说的情况，他意识到木南遇难已经毋庸置疑了，木南在追查山川亮平失踪案线索时不幸落入罪犯设下的圈套。那山川议员的命运究竟怎样了？大凡是在木南快要弄清其失踪真相时连自己本人也消失了，不用说，山川议员也无疑是被他们处决了。

"山川议员也是你们杀害的吗？"

片刻后，对方答道："与木南君的情况相同，那也随你想象。"

"好，好，我是那么判断的。"他在榻榻米上稍稍活动了一下身体，"你们杀害木南君的理由我已经明白了，但你们杀害山川议员是什么理由？"

山川议员是政界实力人物，曾担任过政府部长级职务，像这样的大人物落入这些无赖的手中好像不太有说服力，但是过去也并不是没有发生过这样的案件。在夺走别人生命权的罪犯看来，他们是不管对手有多么高的社会地位的。在这些凶恶卑鄙的罪犯看来，地位高的人与常人没什么区别。也就是说，有人在幕后操纵他们。

第二次世界大战结束后，也有高官遇难案，迄今也不知道其原因和罪犯是谁。然而他想知道罪犯们的底细，也非常清楚自己面临的危险处境，大概再过二三分钟，或许再过一小时后，自己的生命极有可能被他们夺走，但是即便是这样的险境，他也还是想知道木南和山川议员的命运究竟如何。

"你们说说如何处置我。"他朝着黑暗问道。这会儿，包围他的罪犯们发出的一点响声传到了他的耳朵里，好像是一点点朝他逼近。

"是请你放明白，"一罪犯在距离他很近的地方说，"我们好不容易邀请你到这里，是不可能让你平安无事回去的。这道理你也该明白了吧？"

"我明白。"田代利介在回答的同时站了起来，"但是，该让我看看你们的模样！快点灯！最好说说你们各自的姓名，别放着君子不做做小人！"

他觉得枪声就要响了。但在这种地方被抓获，也有可能被勒死或者被刀捅死。然而罪犯并没有立刻采取过激行动，只是发出明显的响声，徐徐从周围朝他身边靠近。从一开始，他就用耳朵分辨黑暗里与自己对话的各种声音。那声音也是刚才听到过的，其中一种声音确实在什么地方听到过。无疑，不是工人的声音。

那么，是谁的声音呢？就在他辨别声音的过程中，危险正在一点一点地逼近，罪犯们从房屋深处、从院子里、从门口，悄声地朝着他身边靠近。那种感觉在黑暗里非常明显。他深知自己的最后时刻到了。罪犯们对于处置尸体很有信心，在黑暗里杀害他后也可以完全做到尸体不知去向。木南就是这样，或许山川亮平也是惨遭同样命运。不用说，如果是用相同方法处置了山川议员，那么收拾像他这样的小人物更是轻而易举。

"田代君。"这说话声从他旁边传来。这声音好像在哪里听到过！他使劲回忆。这时，相同的声音继续响了起来："请你明白，我们不可能放你回去。虽然同情你但没有其他办法。"

为了延长对方的说话时间，田代说："我一点都不知道你们的秘密，为什么要杀我？"

"你也许不知道，但你追查的这条线已经连上了我们，有朝一日将对我们产生不利影响。"

根据这家伙说的情况，他意识到自己的行动有一定程度的准确性，但是现在有这种大悟已经太迟了。突然，屋外传来巨大的响声。

　　起初，他不知道那是什么声音，其实，最初好像是错觉，以为声音是在屋里响起。刚才从黑暗里不断向他身边逼近的脚步声，与这突然传来的声音一起停止了。接下来又传来响声，显然是来自屋外，那是喊叫声。

　　"哎呀……"传来这样的声音。接着，类似奔跑的脚步声同时在外面响起，还有清楚的叫嚷声："哎，失火啦！"

　　"失火啦！失火啦！"喊声接连不断，好像是女人的叫声。

　　与此同时，传来从远处奔跑而来的脚步声，紧接着是东西碰撞的声音。"失火啦！"这一回是另一女人的叫喊声混杂在一起。屋里深处好像飘荡着白色而又朦胧的东西，原来是烟雾。几乎是同时，鼻子闻到了烧焦味，这当儿传来剧烈的敲门声。

　　"失火了，失火了！"敲门声越来越激烈，他茫然不知所措，烟雾不断地从黑暗里飘来，屋里顷刻间浓烟滚滚，接着是呼吸困难的感觉。

　　激烈的东西碰撞声是从屋后传来的，显然是破坏什么东西而发出的响声。忽然，他意识到刚才面临的危险消失了。听说失火，许多人奔跑而来，脚步声和喊叫声从外面传入这幢房屋。他敏捷地朝正门那里跑去，突然好像有人抱住自己，于是便一把将对方推开。

　　眼前黑得什么也看不见，他根据判断朝门口跑去，不用说那里有门。他看不清楚那是什么，只顾一个劲地朝那里撞击，随着剧烈的响声，好像有什么东西掉落下来，那不是门！他险些倒在地上，接着他朝不同的方向跑去。这一回，他算是跑到了门前。

他用力开启，可门就是不开，估计可能有门闩，便用手摸，果然触摸到了，于是他不顾一切地卸下门闩，这些动作几乎没用上一分钟时间。使劲把门拽开后，顷刻之间映入眼帘的是不可思议的满天星星。

就在他跑出房屋的一瞬间感到周围突然亮了，视线投向亮的地方，察觉到鲜红的火焰从刚才那幢房屋背后朝着天空升腾，把夜色染得红彤彤的。

喧哗声朝着失火的地方集中，人们的黑影在那里不停地晃动，当他奔跑时，村里开始人声鼎沸。他意识到，是这场突如其来的火灾使自己摆脱了危险。不然落在他们手上，还真不知道会是什么结果。因失火而来了许多人，使罪犯的目的没有得逞。对他来说，这是一场幸运的火灾。

这当口也许罪犯们正在背后追赶自己，罪犯们是不可能让自己逃脱的。怎么办？从这里去柏原街道是山路，必须走没有行人的夜间山路，他打算从其他路逃走，可不知道那条路在哪里。眼下不管三七二十一，只有全力以赴地朝前奔跑再说。

这时从后面传来声音，与此同时，从地上传来的脚步声也清楚地飞入耳朵。也许和刚才预感的那样，那伙罪犯知道他逃跑后追了上来。他慌慌张张地大步逃跑，浑身直冒冷汗，脑瓜子里一片空白。有声音！好像就在自己身边。他吓了一跳，这时传来了女人声音："走那边危险，请到这边来！"不知道是谁在说话，但声音好像是从黑暗里传来的，猛然间他停住脚步犹豫起来。"快！快！"她的说话速度加快，不停地说着。

他终于下了决心，因为身后的脚步越来越近。他朝着传来女人声音的方向跑去。跑到那里才明白，那是一条几乎被草丛遮没的小路，脚下漆黑得什么也看不清楚。这时，冷不防伸出一只手来握住他的手，刹那间感触到了对方的柔软肌肤。他明白了，是刚才说话的女人的手。

"是这边，请注意脚下！"她压低嗓音提醒他。在他蹲下的时候，有好些人的脚步声在脑袋上方的路上经过，渐渐远去。那条路就是他打算返回柏原街道的逃跑之路，那些人显然是去抓他的。他在黑暗里松了一口气，也许听见了他叹气的声音，一起蹲在地上的女人说话了："立即离开这里！这里有一条近路，我来做向导！"

火刚被扑灭，烟雾里还有红色火苗。他朝边上看，被火光照亮的脸确实是那个漂亮女人。

"你！"他脱口说道，"果然不出我所料！"

她没有回答，相反转过脸去用后脑勺朝着他。

"你为什么要救我？"他感到心跳在加快，而且心跳声越来越响，"你警告过，可我没有听劝，稀里糊涂地掉进了陷阱。我想问你，我那么不听劝告，你为什么还要来救我？"

"现在不能说。"她第一次压低嗓音回答，"我想你知道为什么，但现在重要的是你尽快从这里逃出去，因为危险还没有消失。"她又催促道："我知道还有一条路，他们是决不会想到的。好了，他们大概不会追来了，快请跟我来！"她小心翼翼地从草丛里站起来，田代也只好按她说的做。

村庄四周都是山，仿佛坐落在花盆的盆底。从这里逃走，必须沿这条羊肠小道爬上陡坡，与来时那条路不同，是在还要深处的树林里，简直漆黑一团。小路非常狭窄，几乎只能容纳一个人行走。茂密的青草和朝下垂着的繁枝茂叶，即便白天里也遮住视线，何况现在又是夜晚，如果没有她做向导，他是寸步难行的。抬头看不见天空的星星，不是气候突然转阴，而是枝叶郁郁葱葱的树林遮住了天空。

她在前面带路，选择他容易行走的路。她的服装在黑夜里隐隐约约，与村民不同，穿的好像是浅灰色西服套装。

第七章　吻别

在她的引导下，他紧跟在后面。这条路几乎是上坡道，一直朝上延伸。眼下既是黑夜，周围又是黑压压的树林，根本就无法判断该怎么走和朝哪里走，只是在朝高山上爬是确实的。他们都没有带手电，其实凡是那种场合，即便身上带有照明器具也属禁用品，一旦暴露目标，只会被那些正在某山路上拼命追赶他的罪犯发现。

她为什么要救自己？这让他感到极其不可思议，他甚至有这种感觉，与她一起在黑夜里爬山路不是现实，好像是在梦幻里。他有许多事情想问她，而且想马上问个明白，只是她匆匆走在前面，没有问话的机会。

在走了很长一段路后终于听到河流的水声，好像来自山涧。时而走布满树根的山路，时而走村民制作的栈道，时而还要走木质架梯，他感受到城里人不擅长爬山路的弱点，然而她快步如飞，似乎在自家院子里走路那般熟悉。一察觉到他跟不上后，她便不时地停下脚步等他。他开始喘息了，上气不接下气。

"你累了吧？"她第一次大声说话，似乎危险已经过去。

"嗯，嗯。"他难为情地说道。男人在落伍时，无论说什么理由总觉得丢人现眼。

"休息一下吧。"她建议道。

"随你的便！"他嘴上这么说，心里却求之不得。其实，一路上已经多次想过申请歇脚的事，幸亏对方在这里先提出。

"请小心！别太靠近那里，那下面是山谷。"

从山涧传来的水流声，他就是听也觉得是在很下面的地方，不由得回忆起曾经去过的天龙河那座悬崖。在那里，出租车司机不可思议地成了水面上的浮尸。想到这里，他吃惊地看着她。她轻声笑了："别害怕，我不会对你怎么样的。"

树林里，猫头鹰在啼鸣。他知道，是坐在身边的她救了自己。当被骗到黑屋里时，屋外突然起火是她所为，是她纵的火。不然的话，不可能在自己面临危险时凑巧房屋着火。不过，他不明白其中原因，那就是她为什么要来救助自己。迄今她已多次提出警告，可他并没有把警告当作一回事。因为，他不知道其立场是站在罪犯那边，还是站在自己这边。

被黑暗围裹的深夜里，无名鸟在鸣叫。

"沿这条路走到底是哪里？"其实他想问的是其他话，但没能说出来，只问了这一情况。

"是野尻湖。"

他一直以为走这条近路是去柏原町，听了这一回答后感到有点意外。"你那么熟悉这里，是当地人吧？"她笑了，但没有说话。

"你这样帮助我，不会挨别人骂吧？"

她稍沉默了一下说："这我清楚。"

"什么意思？"

"我也说不清楚，不过可以这么说，我不可能一直帮助你，仅仅现在算是你的同伙。"

"但是……"他支支吾吾想问的是，她是否能平安无事地回去。无疑，罪犯们清楚放走他的是这个女人。他担心的是，她将会受什么样的惩罚。

"请告诉我！"他脸朝着她问，"那些罪犯为什么要把你拉入团伙？还有，他们为什么要杀害山川先生？为什么要杀害木南君？"

黑暗里，她那张微微发白的脸朝着地面，仍然默默无言，虽说是初夏晚上，也许是深山里的缘故，仍然像深秋那样全身冷飕飕的。在寂静的世界里，可能只有山涧水流声响是唯一的声音。

"我不能对你说。"她终于开口了。

"为什么？"

"你再问也没用，不能说就是不能说。"

"那么，就请允许我提一个问题。"他多少有点激动地说，"你为什么要救我？救我则意味着你背叛了他们。请允许我问一下理由。"

她没有回答。

"那么，就请允许我再提一个问题。"他说，"我和你同乘从九州飞往东京的飞机。当时你身边有一男人。请问，他是你什么人？"

"请宽恕！"过了一会儿后她才说道，"我是个没出息的女人，只是想救田代先生而已。"她第一次从嘴里说出田代先生，这让田代的心脏怦怦直跳。

"那，你为什么不救木南君？"他其实不是想问这而是想问别的，却没有说出想问的事。

"木南先生。"女人伤心地说道，"我想过救木南先生，可那时我没来得及。"

这一回是他不吭声了。

似乎觉得天空微微亮了，脑袋上遮住天空的树叶间隙尽管隐隐约约的，但天边开始发白。

"请别再问了！"她说，"好了，走吧！再不走就迟了。"

"我是担心你。"他说，"谢谢你把我领到这里，接下来我一定设法逃到安全地带，但是你就这样回去一定会遭罪的。为了救我而遭罪，我心里实在是不好受。"

他俩又走了一段路，天色渐渐步入拂晓，黑色的山边与天空编织成了天地间的界线，树木稀稀拉拉，似乎快接近山顶了。走在头里的她停住脚步说："到山顶了。"随后把脸朝向他说，"我就送你到这里。"借助蒙蒙亮的天色，她那张白嫩的脸也能看清楚了，与飞机上见到的完全相同：瓜子脸，那对黑色大眼眸正注视着他。

"我想你已经安全了，下山到达柏原街道时应该是早晨。大白天了，他们就是追上你也无可奈何。"

"谢谢！"他不由得握住她的手，她的手冰凉，"我这是托你的福，还给你添了各种各样的麻烦。"

"不，别这么说！"她没有打算松开被他握住的手。"赔不是的应该是我。"她的话语里带着悲伤，"这么做也算是证明我在赔礼道歉，可是我已经尽了最大努力。"

"这我清楚。"他松开她的手说，"你多次警告过我，可我没有听从你的忠告，冒失、莽撞，让你担惊受怕。最后，希望你满足我的一个要求。"

"什么要求？"

"你的名字。我想知道你的名字。"

她沉默了。"不行！"她片刻后低声说道，"您不能问我的名字。"

"为什么？"

"您别问为什么，"她脸朝下说，"因为我是坏女人。"他想说不是，可话到嘴边又咽了回去，在这种地方再说相反的话会没完没了的，比起这还有最后更想问的事情。他觉得，也许不会再有像这样两人说话的机会了。

"我是因为无视忠告而造成这样的结果。在枥之木村遭偷袭时，我在黑暗中听到许多声音，其中有一个确实是我熟悉的声音。我极力回忆，但就是想不起来那人是谁，想不起来那人曾经在哪里说过话。"

她没有吭声。

"我想你知道那人的名字，但是再怎么问你也是不会说的。我清楚，就算求你也是白搭。只是想问一下，诱骗我到这里的那个工人是他们一伙的吗？"

"我不能说。"她答道，"请宽恕，我绝对不能说。"

"明白了。"

她的拒绝也不是没有道理。仅仅是帮助他逃脱，她也已经尽了最大努力，如果对他没有好感是不可能这样做的。"我忘不了你的救命之恩，"他从心底里感激她，"但是我很希望知道你的名字，希望一辈子记住它，我也不知道什么时候再能见到你，但希望把你的名字铭刻在我的心里。你如果实在不愿说，我也无可奈何，只能按我的想象给你起一个名字。"

快拂晓了，她的脸庞轮廓变得清晰起来，瞪着大眼睛的脸庞似乎被拂晓的淡乳色光线融化，给人冰凉、飘逸和神秘的感觉。这时，他又本能地冲动起来，一把握住她的手："我一直称呼你为飞机上的女人，但是我觉得怎么也不能那样称呼你，因为那与你给我的印象不相吻合。于是我在心里给你起了个名字，就叫'雾女'吧！"

她的眼睛朝着地面。这当儿，灰白色薄雾从黑暗里的树木之间朝他俩飘来，烘托起她淡淡的身影。"就在这里分手吧！"她说，"请您别为我担心！只是我也有要求，请你千万别再插足，这是我发自内心的请求。"

"谢谢，我尽量不让你担心！然而案件是另外一回事，我想今后还一定会在什么地方见到你。"他的这番话，让她惊愕地抬起脸来看着他。

"是的，我想一定能再次与你见面，例如就像在新宿车站遇见你那样。"

她点了点头，光线暗淡得看不清楚她脸上的表情，但她确实是在回忆当时甩掉他跟踪的情景。那么，她和枥之木村里那些凶手之间究竟是什么关系？她与山川亮平先生一案又是什么关系？总之想问的事情很多，可他没有说出口。他完全明白，就是再怎么问，她也是不会回答的。接下来，只有感谢她的好意告别而已。而且也并不是一般的好意，为了救出自己，她也许会因为背叛而受到那些家伙的惩罚。

"我为你担心，因为你救了我，你一定会受苦的。"

"不许您重复同样的话。"她说，"我已经说过了我不会有事的。

田代先生，眼下最重要的是请你尽快回去！"

"我想再问一遍。你是以什么关系加入那个犯罪团伙的？团伙里谁与你有特别关系？"

诚然，这是他最想提出的希望回答的疑问，也是他最关心的事情。

"田代先生，请别再提各种各样的问题了，我的情况随你怎么想象，我只是希望田代先生平平安安，请务必记住我说的话。"她竭尽全力地说，实际上，这样的话从一开始已经重复多遍。忽然间，他觉得她可爱极了，她身后和周围依然有薄雾飘动，灰白的雾色在不断加深，雾那间有一点距离的黑树林无影无踪了。此时此刻，她宛如身着白纱般的雾装，犹如下凡的美丽白衣天使。

一想到就这样留下她而自己回去，他实在不忍心向她告别，觉得身披朦胧般灰白雾装的她会感到孤独和寂寞。突然，他紧紧抱住了她，似乎不受自己的意志左右，而是冲动的举止。她吃惊地在他怀里挣扎，喉咙深处好像发出轻轻的叫声。他把她的脸靠近自己，她的嘴唇被雾打潮而冰凉。她企图移开自己的嘴唇，可他硬是将嘴唇凑上去。

就在两人嘴唇触及在一起的时候，她不再躲闪，她的嘴唇宛如柔软湿漉的花朵。他松开嘴唇的时候，她轻声叹了一口气，嘴里的淡淡气味直扑他的鼻孔，心跳声电流般地传到了他的全身。她微微张开嘴巴，呼吸变得急促，闭上的眼睛和长长的眼睫毛相互映衬，犹如仙女。

"不可以这样。"她细声细气地说，夹带着颤抖的声音，全身似乎冻得直打哆嗦。

"我，"他喘着气说，"我忘不了你！"

"别这样！"她继续说，"我不是具备那样资格的女人，请别再那么说了！"

他还是没有松开手："你不是那种女人，我一定要把你从他们那里带走！也许需要一些时间，但我已经不能没有你，希望你坚强！我想你已经受过许多痛苦折磨，希望你一定要坚持到我来接你的那一天。"

"不，已经不可能了，请你别再那么说，就到这里结束吧！我觉得不可能再见到你。"

"尽管连你的名字我都不知道，但忘不了你所做的一切，你说不见我，但我会见到你。"他充满激情地说。一想到必须与她告别，瞬间又热血沸腾起来。

"我只想问你一件事，我对你的爱就像刚才说的那样，你呢？"她脸朝下没有吭声，也没有执意挣脱他抱着自己的手。

"我很清楚你一直在为我着想，但是要我把你的好意当作普通好意接受，我觉得自己做不到，希望能进一步知道你的心里想法。"

她没有说话，湿漉漉的雾珠抚摸着她的头发和脸庞。

"请回答！"他紧逼对方回答，"在不能了解到你真正态度之前，我不想离开这里，请把你心里怎么想的说给我听听好吗？"

声音很轻，但她好像说了什么，看到她把脸贴在自己胸前时，他明白了她所表达的意思。

田代利介在旅馆房间里像死人般地熟睡着。当从山上下来走进旅馆大门的时候，女主人看见他那般模样吃惊地说："哎，您怎么啦？"其实，女主人感到诧异也是理所当然的：他身上的西服被夜晚的露水打潮，裤子上沾满了泥土，疲劳的眼睛里充着血，脸色苍白。

"我爬山了，没想到回来时天拂晓了。"他编造了那样的理由，赶紧让女服务员铺上褥子，随后什么也顾不上就倒在床上，很快就进入了梦乡。在梦里，他见到了她，她好像是在白茫茫的雾里行走。奇怪的是她走的也是山路，她那矫健的身影在灰白色雾霭里飞也似的在空中飘行。他断断续续地做着这样的梦，醒来时射入房间的光线已经微弱，一看手表快下午四点了。

"您睡得好香啊！"女主人端来了饭菜，"哎呀，您是因为太累了，睡得很沉！我想问您吃不吃饭，可您睡得很熟，只好一直等到您醒来。"

"我睡得真那么熟吗？"

"嗯，就像滚在地上的圆木。"

其实，对于从昨晚到今晨发生的事情，醒来后总觉得是梦，可是有些梦是不会结束的，现在有一件事必须去核实。他三口两口地吃完饭。

"咦，您又要出门？"看见他准备出门，女主人有点惊讶。

"嗯，有一点事，今晚回来得早。"

女主人似乎没察觉出他出门干什么。他走出旅馆，目的地是木材加工厂，已经走到那附近了，还是没有听到过去听到过的电锯尖叫声。他心里想，也许过四点半了，木材加工厂下班了，于是径直走到木材加工厂跟前。

今天没有机械锯的响声，隔着玻璃窗打量里面也没有一个工人。这当儿他看到了玻璃门上贴有歪歪斜斜的"今天休息"的告示板。他环视里面，一股工厂里特有的木料气味传了出来，刨花屑在没有铺设地板的房间里堆得像座山。

　　他以为里面有人，但双目凝视仔细打量后还是没看到人影。厂房里进不去，正门和其他所有门都关了，只能隔着玻璃从外面看里面的情况。无可奈何，他只得怏怏而回。今天的天气也很晴朗，虽说是酷暑那样的光线，但走进树荫里还是觉得高原上气候凉爽。

　　他坐到树荫下的石块上。木材加工厂为什么休息？今天也许是规定的休息日，可又总觉得这家工厂今天休息与昨晚自己的遭遇有关。工厂主人到底是谁？这时候他脚下吹到刨花屑，是风把工厂里的刨花屑给吹到这里的。他不经意地把它拿在手上，看到那上面是杉树木纹，猛然间想起在湖畔曾拾到过的刨花屑。不知怎么的，自己总是惦记着湖畔的刨花屑。

　　虽没有确凿证据，可总觉得与那里的刨花屑有关，还有那明显焚烧木箱的痕迹。刨花屑和木箱之间好像有什么关联。还有这家工厂的一个工人涉足了这起案件，诱骗自己掉进罪犯设下的陷阱。

　　昨晚问她时没有得到答复，今天来这家工厂是为了查明那工人究竟是干什么的，但意外的是，工厂居然休息。他不停地思索。山川亮平议员也好，木南君也好，他们多半被那伙罪犯杀害了。就像他推断的那样，山川议员被政治反对派雇用的杀手杀害了，接着是追查该凶杀案的木南也被杀害了。现在，那伙杀手还在继续作案。那么，杀手是在什么地方杀害山川议员的呢？又是在什么地方杀害木南的呢？又是怎样处置他俩尸体的呢？

　　他打算立刻再去那里的山庄，假设没有其他线索，去枥之木村那幢房屋是追查罪犯线索的捷径。但是去那里有困难，因为"雾女"在那里，她是犯罪团伙成员，可她把自己救出了险境。也许雾女因为救出自己而正在受到犯罪团伙的折磨。自己如果再去枥之木村那幢房屋追查线索，很有可能给雾女增加更多的痛苦。再说就是独自去那里，自己单枪匹马，对方人多势众，结果还会重蹈覆辙。她反复忠告过自己，希望不要深入追查这起案件，此时此刻，忠告的声音还在耳边回响。想到她的处境，他不由得踌躇起来，他们在那被白色薄雾笼罩的树林里的一幕，更让他刻骨铭心，难以忘怀。

然而，自己也不能就这样从此对该案不闻不问，尽管雾女的忠告发自肺腑，然而他还是想彻底追查该案。自己这样做不是对她背信弃义，而是想把她拉回到自己身边。在他看来，这是燃眉之急。面对杀害山川议员和木南记者的杀人团伙，自己决不能袖手旁观，但又应该采用什么办法呢？

他首先想到的是向警方报案，依靠警方的力量端掉枥之木村的犯罪窝点。可是管辖当地的警方能侦破该案吗？犯罪团伙如此庞大的组织，地方小警署是难以对付的。那么，剩下的办法只有向木南所属报社通报，让他们以报社名义追查该案；再不就是让国家级检察机关介入侦查。

然而他决定不了究竟采用哪种方法，无论怎么思考，两者都有利有弊。例如，让报社以机构名义追查，但充其量是民间报社，无疑光调查是不可能有所作为的，它与警方不同，既没有侦查权也没有拘留权。那么，就让检察机关介入，最好是以报社名义邀请检察机关侦查。但是这么做也有障碍，因为目前他还没有掌握可以让检察机关介入的确凿证据。也就是说，他本人没有具体的受害事实。如果受伤，性质有所转变，可他连一处轻伤也没有。怎么办？难道就这样让杀人团伙逍遥法外继续作案吗？

那不行！他深信，那伙不明身份的杀人团伙已经夺走了山川和木南的生命。昨晚和雾女走在山路上曾向她打听过的那些情况，尽管没有得到明确答复，但她也没有否定，不否定则多半意味着肯定。线索只有一条，就是找到诱骗自己到枥之木村的那个工人，然而不可思议的是，今天居然是木材加工厂的休息日。其实即便不是休息日，他也没有指望对该工人身世能了解到多少。

但是，不管怎么说，他的心里有雾女的影子，她的影子在阻止他朝目的地迈进。他害怕她的影子，更不想惊动她。假设把继续追查变成报社活动，尤其现在的新闻媒体一旦知道犯罪团伙里有女罪犯，会毫不留情竞相报道，无疑她会引起媒体的兴趣和关注。他不能忍受雾女进入媒体视野，觉得她会遭到社会抛弃。此时此刻他迷路了，不知道接下去到底该怎么办？光靠自己一个人的力量是有限的，然而邀请其他机构参与，却有可能出现上述麻烦。他似乎一筹莫展，抱着脑袋坐在石板上。

考虑了很长时间。陌生游客坐在路边石板上聚精会神思考的姿势，会让当地人觉得好奇。终于，他下决心了，还是不能让犯罪团伙逍遥法外。按照最初的想法，先让报社展开追查行动。报社目前仍在拼命追查山川亮平的线索，如果他现在提供自己所掌握的情况，报社一定会立刻赶到这里，然而让他稍稍犹豫的是，心里仍然惦念着雾女。

他想过与报社做交换，希望报社在追查和报道时绝对不要涉及雾女。不过，这样的交换也许会遭到拒绝。他想夸大其词地把情况说得严重一些，以自己的人格保护雾女，此外没有其他办法。他终于从石板上站起身来，紧接着在旅馆里打电话给 R 报社。

接通电话要等两个多小时，这段时间里他坐立不安，连晚饭也没心思吃。早晨回到旅馆睡到下午四点，随后去木材加工厂，回旅馆后焦急地看着手表等电话。在这段漫长的时间里，他曾多次想取消长途电话申请。电话铃响了，铃声让他最终下定了决心。

"请接社会部长。"他向电话那头说了自己的姓名和要求。

好在部长没有外出，田代利介想先打听情况。

"怎么样，发现那木箱了吗？"

"没有，最终还是没有发现！"部长的语气里似乎有点失去了信心，"无论怎么打捞还是没能找到，好不容易得到了您的指教。"

田代利介提第二个问题："木南君有消息吗？"

电话那头似乎迟疑了一会儿，说："唉！伤透了我的脑筋，木南君的情况还是原样。"接下来的语气截然不同，显然夹杂着叹气声，"由于没有一点消息，我们也正在担心。"

"向警方提出寻找木南的书面申请了吗？"

"因为还心存一线希望，所以没有向警方提申请，不过我们报社现在也已经让各分社展开行动，尽最大努力寻找木南的下落。目前还没有好的消息。"部长回答道。

田代利介简明扼要地介绍了自己在山里栃之木村的遭遇，因为是在电话里说，没有说得很详细。尽管那样，这番叙述还是让电话那头的部长吃了一惊。

"是真的吗？"他用吃惊的声音确认。

"当然是真的。我想，木南君肯定被犯罪团伙杀害了，我这判断不会有错，只是觉得与其我个人向警察报告，倒不如由你们报社把这一情况通知给警方，所以给你打电话了。"他说。

"谢谢你把这情况通知我们。"部长兴奋地说,"我马上办手续,柏原街道那里没有我们报社的分社,这样吧,我立刻打电话给长野分社,让他们派人去。"

部长说完,好像察觉到什么,问道:"田代君,你什么时候回东京?"

"还没有决定,我想尽快回来。"

"对不起,警方一旦介入该案,理所当然地要向你了解情况,还不得不请你带他们到现场。因此,能否请你在旅馆逗留到他们向你了解情况以后。"

田代利介有这样的思想准备:"这我清楚,我也是这样打算的。"

"对不起,你接下来的住宿费用请允许由我们报社承担。"部长爽快地承诺道,"我这就打电话去,今晚或者明晨也许就有警察去你那里,届时请多多关照,长野分社会派人去你那里。"

作为社会部长,自从资深记者木南下落不明以来就一直非常担心。就最初的状况,因木南长期懒散的性格似乎没怎么放在心上,可是随着长时间消息不明,不由得开始担心起他的生死来。然而,田代利介刚才电话里有关木南下落不明的最先快报,着实让部长热血沸腾。

第二天早晨,田代利介接到来自长野的电话,当时还没有起床。"是田代君吗?我是 R 报社长野分社社长。"对方说话似乎很着急,"昨晚接到总社电话,我们分社的一名记者今天将登门拜访你。我想,他很快就会到你那里的,还有由于我们报社的委托,我想警方也一定会有行动的。"

"原来是这样,谢谢!"田代利介明白了,R 报社动真格了。

"木南是我们报社记者，大家都在担心他。你付出了许多，我们向你表示感谢。"

约一个小时以后，也就在他刚吃完早饭的时候，女主人嘴里说着"打扰你了"的同时，脚已跨进房间："现在，有这么两位客人要见您。"

一看名片是R报社长野分社的记者池田政雄，另一张名片是柏原警署探长助理筒井顺一。

"请进！"田代利介让女主人请他俩到榻榻米客厅。女主人下楼后，楼梯上传来两个男子上楼的脚步声。

"打扰了！"他俩都身着短袖衬衫，探长助理的年龄看上去稍大一些。

"是田代君吗？这次给你添了许多麻烦。"R报记者鞠躬行礼。

"这位是警署探长助理。"他介绍探长助理。于是，三人相互致意问候。

"大致情况已经听总社说了，您那天晚上的经历实在是惊险啊！"池田记者一边看着田代利介的脸一边说，"在我们报社，木南君也是老记者，全社上下都在寻找他的下落，凑巧有了你提供的信息，大家都非常高兴。能否请你对这位筒井警官说得更详细一些。"

他刚说完，筒井警官就接着说："大致情况我们听报社说了，但详细情况必须再进一步向你询问。我们想在你提供的情况的基础上制订周密的侦查方案。"这位探长助手，说话很谨慎。

"你们辛苦了！我的经过其实是这样的，……"田代利介在他俩面前详细地叙述了昨天夜里发生的事，但是省略了一件事情，那就是关于雾女的信息。其实，即便不说雾女的情况，整个叙述也合乎逻辑。两个来访者听了以后很兴奋。

"山川先生和木南先生确实是在那里被杀害的吗？"池田记者急切地问。

"不，不能那么断定，那只是我的感觉，但是我在被围困时问过他们，是否杀害了山川和木南，他们没有否认！"

池田记者嚷道："如果真是那么回事，这消息太耸人听闻了。怎么办？"池田记者问探长助理。

"是啊。暂时有必要请田代君带我们去栃之木村调查一下。"

"请务必去一趟。"池田记者准备站起身来。

"哎，请等一下。"筒井探长助理不愧是警察，他慎重地说，"我没有理由怀疑你说的情况，但我们如果去那里，也必须事先展开调查。再说警方是不能随意搜查住宅的，因此必须请田代君写一份被害经过的报告书。"

"被害经过报告书？"田代利介感到麻烦，自己并没有失窃。筒井警官忙答道："不，你被他们包围时感觉到生命危险了吧？你写那段经过情况就足够了，威胁罪名就成立了。我们警方就可根据该罪名展开假设侦查，请你提交书面报告，否则我们就无法搜查。"

"作为杀害山川和木南的犯罪嫌疑人，怎么样？"在田代写被害经过报告书时，池田记者问探长助理道。

"不，证据不确凿，可能有困难，总之，我要以田代君提交的书面报告为突破口展开有关山川案件的侦查。"探长助理说。

田代利介写好报告书后，三人一走出旅馆，立刻有三个男子迅速来到探长助理的身边，有的是工人打扮，有的是登山运动员打扮。不用说，他们是探长助理的部下。"请！"路边停着一辆警署的吉普警车。

一行人相互挤在狭小的车里。吉普车启程了，一边颠簸一边开始爬山，不停地沿着田代利介夜间回来的路行驶。太阳已经升得很高了，周围景色沐浴着明亮而又耀眼的阳光，不用说，与夜晚的感觉完全不同。

尽管那样，当时一些情景田代还朦胧记得。山路高低不平，左右两边是深邃而又茂密的树林，跟他的记忆完全相同。狭窄的吉普车里，田代利介夹在其他人中间，池田记者、探长助理以及部下刑事侦查警官都在冒汗。与夜晚的步行时间不同，不一会儿就到达山顶咖啡馆了。

"在这里停一下！"吉普车里，探长助理对驾车警察说。

咖啡馆是用桧柏树皮盖的屋顶，上面放有镇石。该店出售汽水、饮料和点心等。

"你好！"探长助理率先走进店里，其他人一个个跟在后面，利用在这里稍歇脚的时间擦汗。走进遮住阳光的店堂里，因为高原的地势高，感觉非常舒服，习习凉风不时地越过树林吹来。

"怎么样，大娘，枥之木村最近有什么情况吗？"探长助理喝了一口汽水后问年纪约有六十来岁的老板娘。

"哎，好像什么情况也没有。"大娘认识探长助理，抬起脸问，"怎么，发生怪事了？"

"不，不是那回事。"探长助理笑了，"好久没来这里了，枥之木村是否还像以前那样没人出门吗？我是随便问问。"

"哦，枥之木村的人什么地方也不去。"大娘摇摇头说，"最近木炭价格下跌，大家的生活紧巴巴的，听说有人想改行干买卖，但是目前大家还是像原来那样待在家里。"

"有没有陌生人来过枥之木村？"探长助理拐弯抹角地了解情况。

大娘又否认道："没有，那样的情况我没有听说过，就巴掌那么大的地方，一有陌生人来谁都会知道。各位先生来这里，是认为有什么坏人在枥之木村吧？"

"不，不是那样的，我们已经很长时间没来了，不知道那里现在怎样了。今天吉普车也有空，我们只是来看看而已。"探长助理是先在这里打听情况，没听说异常后，一行人又出发了。吉普车驶到山顶去枥之木村的小岔路口时，探长助理让司机停车："好，在这里下车！"

去枥之木村的路小而狭窄，只能容纳一个人行走，两个人并肩行走很困难，加之山路极其险峻，吉普车根本无法行驶。他们一行只留下司机警察，其他人都跟田代利介一起走上通往枥之木村的小路。田代利介则凭借着记忆在前面带路。记得走山路时，木材加工厂工人说一侧是悬崖，现在朝那里眺望，果然是峭壁，以陡峭坡度朝着山涧方向倾斜，陡坡斜面上长满了茂密的青草和紧挨着的树木，直接见不着溪流，但能听见下面的激流声响。

太阳光射入树林，青草的闷热气味直扑鼻孔。山路崎岖弯曲，走了一程又一程，还是见不着树林尽头。根据田代利介的记忆，他那天晚上步行了近一个小时。可是这回步行去枥之木村，只用了半个小时多一点的时间。终于看得到酷似盆地的村庄了，田代利介在明媚阳光下眺望枥之木村还是头一回，面积也就巴掌那么大，不规则地排列着矮檐小屋，几乎差不多大小。

"快要到了。"池田记者望着枥之木村说。

爬完最后一个山坡，再稍往下走一会儿便来到了村口。一来到这里，才知道家家门前都有人，只是村民们没想到探长助理一行人会来这里，觉得稀奇，都从屋里出来看热闹，其中大部分是女人，也有小孩，穿着看上去都很贫穷、寒碜。女人顾不上打扮，都是清一色的垂髫发型，没有一张脸是化过妆的，身上像男人那般肌肉发达，皮肤也因为阳光而晒得黝黑。

"田代君，"探长助理说，"你被诱骗进入的房屋是哪一幢？请回忆一下！"

其实探长助理不说，田代利介走进村庄时就已经在用视线搜寻，那天晚上漆黑得看不清楚，然而要说线索，应该是有失火痕迹的地方。田代利介打算在村里找到燃烧痕迹。作为线索，还有一个，那就是房屋坐落在石台阶上。

记得在黑暗里逃跑时，自己确实是沿短石台阶朝下狂奔的。上述两个特点是线索，他开始寻找有这两个特点的房屋。好在村里仅十多户人家，找那幢房屋没怎么辛苦。走了一会儿，有失火痕迹的房屋映入眼帘，田代利介觉得就是它，房屋背后有一半被烧黑了，也有石台阶。

"这就是我被带入的房屋。"田代利介简明扼要地说了它的特征。

"原来如此。"探长助理像观察那样，在房屋前面转来转去地看了好一会儿，说，"进去拜访一下。"

失火的地方是在后面，正面没什么变化，原以为屋里有人，于是打量了一下正面，可是什么标记也没有，大门也是关闭的。探长助理先敲了几下门，出于职业习惯，其他警察在房屋周围悄悄地走来走去。敲了几下门后没有反应，于是探长助理打量了一下周围。

从一开始，女人们就在望着他们从远处走来。

探长助理朝其中一个女人问道："这家里没人住吗？"

看热闹的女人们面面相觑，没有马上回答，但被询问的女人走过来说："那里什么人也没有。"

"什么，什么人也没有？"

"是的，那是枥之木村的会场，平时没人。"

这回答对于探长助理来说感到非常意外，就十几户人家，按理不需要会场。也许住户少和人口少的缘故，村民们非常团结，有可能建造了这么一个会场。

"那么，平时有没有人值班？"探长助理问。

"哎呀，没什么人值班！因为住房这么集中，住这里的我们都是值班的。"女人说完，看着失过火的地方说："唉，前天晚上发生过小火灾，是因为有点疏忽，真危险！"

"向警方报案了吗？"探长助理稍稍严肃起来。

"哎，当然按照规定报案了哟！"

"失火原因是什么？"

女人被问到原因后淡淡地笑了："警官先生，那是过失！"

"过失？怎么过失？"

"因为那房屋是会场，经常有人在那里聚集！也许是有人抽烟时没有踩灭烟头而造成的。"

田代利介在一旁听了这样的回答后有点担心起来，引起火灾的是雾女。他觉得探长助理如果进一步追究火灾原因，就有可能追查出失火肇事者雾女来。好在探长助理来这里的目的不是调查火灾原因，问到这里也就没再追问下去。由于那女人说火灾报告已经提交警方，探长助理也就认可了。

"前天晚上你们都在会场里吗？"探长助理看着聚集在一起的女人们问。

"不，前天晚上没有召开会议。"

"没有会议？"探长助理说，"那天晚上九点到十点左右，确实有五六个人在这里。"

"不，我们这村庄从开始到现在像那么晚聚集在一起，一回也没有。"女人否定道。

"平时来这里的人都是规定好的，我丈夫就是的。那天晚上早早就在家里睡觉了。"

说到来这里参加会议的人都是规定好的。这情况，其他女人也在说。同样，那天晚上男人们早就上床睡了，都没有外出。

"那不可能吧！"探长助理歪着脑袋问，"我是确实听说那天晚上有人的，请问，与会场邻居的是谁？"

"是我。"有一自报姓名的中年女人说。

"你如果是邻居，应该知道前天晚上的情况吧？怎么样？那天晚上从九点到十点左右，会场里难道没有许多人？"

"没有那回事！因为我家就住在隔壁，平日里如果有集会，我家能听见会场里的说话声。前天晚上到火灾发生的时候，那会场里根本就没有人。"

探长助理目不转睛地望着那个妇女："你没有弄错？"

"不可能弄错，我从来不撒谎，是不是在怀疑我说的话？"女人面带愠色。

"不，我没那么想。"探长助理满脸疑云地瞪大眼睛看着田代利介的脸，"田代君，实在是不可思议啊！"

"你也听到了，女人们都说这里没有开过会议，也没有陌生人来过。你再想一想，确实是这屋子吗？"

"确实是这屋子，肯定的。"田代利介断然肯定。自己不可能弄错，当时确实发生过火灾，自己逃跑时也走过这石台阶。这两个特征，明明白白是这房屋的。

"奇怪呀！"探长助理歪着脑袋百思不得其解。

"有男人在家吗？"探长助理问这话是因为大部分男人以伐木和烧炭为生，大多不在家。

"哎呀，都干活去了。"女人们说。

凑巧这时有一个男人朝这里走来，看上去是住这村里的，根据服装可以判断出他是伐木的，肩上挎着大锯。

"好极了，正好来了中年男子。"探长助理把他喊住。

男子年龄约四十多一点，矮个，胖乎乎的，被太阳晒黑的脸上胡子拉碴的。

"向你打听一下。"探长助理有礼貌地说，"你是这村的吗？"

"是的。"伐木人停住脚步，不可思议地望着探长助理一行。

"你前天在这村里吗？"探长助理问。

"在。"他回答很爽快。

"那，我问你，这屋里前天晚上有村上男人开会吗？"

伐木人当即否定："没有，没开过那样的会。如果开会，大概也会喊我的，但是那晚没有那回事，再说前天晚上我回来得晚，是夜里从山上回来的，经过时这屋里是静悄悄的，也没有人的说话声。"

"原来是这样，衷心感谢！"探长助理又看着田代利介，怀疑的眼神似乎想说，你说话不负责任。

田代利介的处境因此变得困难了，该村村民们团结得像一个人,是不会为自己证明的。其实,像这样的预感脑瓜子里早就有了,只是眼下是现实,确实陷入了困境,让他感到困惑。这种场合如果说出雾女,那就可以向探长助理解释得更具体一些,但是他没那么做。纵然探长助理不相信自己说的情况,自己也绝对不能说出雾女。

例如,尽管这屋子里发生了火灾,村民们都在敷衍说那是烟头没有熄灭而引起的。但田代利介认为,雾女是为了把自己从险境里救出,急中生智上演了这场失火闹剧。可是,这村的人似乎都是守口如瓶。那天晚上,自己确实被诱骗到这屋子里。如果说可以随意使用会场的人,除这村的有关人员外,按理不会有其他人。

这么说,那些罪犯与目前聚集在这里一口否定的女人们之间,不用说,肯定有微妙的攻守同盟关系。所以,女人们和刚才来这里的伐木男人们都是口径一致,隐瞒了那天晚上罪犯们来过这里的事实。但是,田代利介没能对探长助理说这些情况,如果受到追问,总觉得会牵涉到雾女,再说田代利介本人也没有能证明自己证言正确的物证,因为铁一般的物证什么也没有。村民们一旦否定,他提供的情况也就变得模糊不清而处在无可奈何的境地。

探长助理终于放弃了询问,池田记者脸上的表情也是非常遗憾。他也跟在探长助理后面向女人们提问,但没有什么反应。女人们笑嘻嘻的,只是摇摇头而已。池田记者似乎也用奇怪的目光看着田代利介,目光里好像还夹杂着愤怒,似乎在说,就因为你,害得我们冒着酷暑特地来到这么偏僻的山里。

"回去吧!"探长助理不满地说。一行人告别枥之木村沿着来的路回去了。妇女们伫立着用目光送他们,好像是在嘲笑田代利介。枥之木村之行就这样结束了，剩下的是走访木材加工厂。

"接下来，到那里去一下好吗？"这是最后的请求。但是到了这种地步，田代利介也预料木材加工厂那里不会有自己期望的线索。如果工人们也像枥之木村村民们那样否认有过那样的工人，结果也是相同的。吉普车驶到木材加工厂，今天倒是机械锯和机械刨发出了尖叫声。

"哎呀，我们不认识那样的工人。"对于探长助理的提问，工人们果然都摇头否认。

田代利介走到他们面前说："这就是我说的那个工人！"他抓住其中一个工人说，"这高个，四十岁，贼眉鼠眼的人，就是那个跟我说了好多次话的人。"

高个男子故意恶狠狠地望着田代利介的脸说："哎，我根本就不认识你！你说的那模样的工人，我们这里根本就没有。你这个人，我也是第一次见到。"

"你说什么？"田代利介怒发冲冠，不由得大声嚷道，"你们不是见到过我的吗？！你们不是也都站在一旁看着他和我在这里说了许多话吗？你们大概还记得我走进这家工厂参观机械锯的吧？"

"不，不知道。"高个男子还是用跟刚才相同的否定语气说，"你来这里参观什么的，根本不合情理。喂，各位，是这样的吧？"他转过脸问其他工人。

"是的，我们根本就没见过你，现在是第一次。"

田代利介咬住嘴唇，怎么回事？枥之木村也好，木材加工厂也好，都在无辜地陷害自己。

"你们真没看见那样的人？"探长助理从一开始就站在一旁

听田代利介和他们之间的对话，问道。

"是的，不认识，这人说的情况莫名其妙，再说我们也是第一次看到他。"

"怎么样？田代君，真不可思议！"探长助理对田代利介说。

"不，我确实来过这里，后来受到这家工厂工人的引诱，把我诱骗到枥之木村。这是千真万确的。"

"如果是那样，这些工人理应知道，只要他们说的话不是谎话，那就是你弄错了。"

"绝对没有弄错。"田代利介说，"我现在来到这里，还记得这些工人的长相。"

探长助理脸朝着工人们："他刚才说的情况，你们是怎么想的？"

"不，先生。"高个工人大声说，"我们现在是第一次见到这个人！他好像一开始就说有另外一个工人在这里工作，可是在这里工作的就是我们这些，没有一个在家休息的。这位先生说的情况，我们怎么越听越糊涂。"

"那不可能。"田代利介说，但这是一场没有休止的争议，自己说看见了，工人们却说没有看见。

"实在是不太明白！"探长助理放弃了继续了解，说，"好吧，回去！"

探长助理似乎觉得这样下去会没完没了，便带着大家离开了木材加工厂。于是，田代利介的处境越发尴尬了。枥之木村的人也好，木材加工厂的人也好，都在合谋造谣，矢口否认。

"田代君，"一路上，探长助理对他说，"我们警方也实在是不知道应该相信谁，不用说，我不会认为你在撒谎欺骗我们！但是，他们那么多人都这么说，我们也不能不当一回事。"

探长助理一脸毫无兴趣的表情，好不容易让田代利介提出被害书面报告，打算对这起案件展开侦查，可现在来这简直像见到幻影似的。这次探访与其说无聊，倒不如说探长助理很不满意。

警方有"风传"这种说法，即无中生有。探长助理似乎把田代利介提供的情报判断为无中生有。尽管这样，他也不能当面怒气冲冲，而是紧绷着脸。一起跟着来的长野分社池田记者的脸上，也是期待落空而怒气冲冲的表情。在他俩中间，田代利介的立场变得奇怪起来，就是再辩解也无济于事。

"好吧，我们回去了！"探长助理不高兴地对田代利介说，然后大家迅速乘上吉普车扬长而去。

田代利介回到东京，仔细想一想，以野尻湖为中心转来转去转了好多天，结果什么也没有得到，不过也不是竹篮打水一无所获。从内容看有许多收获，只是没有结果而已。列车到达上野车站的时候是傍晚，田代利介乘坐在出租车里欣赏久违了的东京街头路灯。在山里生活了好几天，非常怀念东京的灯火。

"先生，您去哪里？"

"把车开到 R 报社。"

时间还早，报社编辑部下班很晚，部长理应还在报社，总之回来后必须先向部长报告。虽然部长说过给他支付某种程度的差旅费，可鉴于现在这样的结果，田代利介打算拒绝 R 报社的支付。他一边眺望繁华的街道，一边感到不能忘怀那天夜晚在山上见到的雾女，眼前还不停地浮现拂晓前在灰白色薄雾里飘浮的雾女身影，还有她那冰凉、柔软的嘴唇渗透到他心里的感觉。

她现在到底怎么样啦？第二次去枥之木村的时候，根本没见着那伙罪犯，村民们商定庇护他们是毋庸置疑的。因此，田代利介无论怎么努力，不可能找到目击证人。忽然，有一个预感在他脑子里掠过，也许是看到东京灯光而突然想起来的。预感告诉他，雾女已经回到东京的某个地方，那些罪犯也已经离开柏原街道。尽管这种预感没有什么根据。

　　可以这么假设，他们已经离开那一带，并且也肯定回到了东京。这不是突发奇想。田代利介曾经在东京街头遇到过雾女。眼下从车里朝外眺望，也总觉得热闹灯光下的行人中间有她。车到达报社门前，听接待的人说社会部长还在报社，于是田代利介提出面见社会部长的要求。

　　"请！"他被请到三楼会客厅。他抽起了烟，等了一会儿后靠走廊的门开了，社会部长鸟井走了进来。

　　"你好！"他说，随后向田代利介致意后坐到沙发上，表情跟以前截然相反，似乎不高兴。

　　"你辛苦了！"他按照一般礼节向田代利介致意。田代利介知道他不高兴的原因：同意投巨资在青木湖和木崎湖上展开大规模打捞，同意承担自己在野尻湖畔的柏原街道逗留的差旅费用，可是，所有的努力都化成了泡影，什么成果也没有，光投入巨额费用却没见到丝毫回报。部长也许是这样想的，眼下的惨痛失败都是自己提供的情报所致。

　　"那情况我已经从长野分社的报告里听说了。"鸟井部长这么说，根本不让他辩解，"为此，分社特别邀请了警方，却一无所获……"他那说话的语气里，似乎把失败责任全部归咎于田代利介。不用说，站在部长的立场上，这样分清责任也不是没有道理。

他原先肯定是寄予了厚望，可最终是一无所获，难免怒不可遏。

"原打算接受贵社的好意，由于是那样的结果，我自己负担在柏原延长逗留的差旅费。"田代利介察觉到部长在埋怨自己，语气里也略夹杂着牢骚。

"不，那是有约定的，由我们报社承担！"社会部长坚持，可田代利介拒绝。"我只是想说，我提供的不是胡编乱诌的假情报，请理解我。"

部长脸上的表情里好像有所触动和局促不安："这我清楚，总之在该案追查过程中某个环节有差错，其实是很遗憾的。"部长脸色稍稍缓和了。

田代利介打算在气氛缓和的情况下打道回府，这时会客厅门开了，身着衬衫卷着袖子的部下走进来。"刚才警视厅召开了新闻发布会。"他轻声说完递上一张纸条。

向正在会见客人的部长报告情况，无疑有相当紧急的内容。部长迅速地浏览了一遍，向部下点头示意知道了，部下随即走了。

"田代先生，"部长说，"警视厅举行新闻发布会，宣布解散山川亮平失踪专案组。"

田代利介离开报社朝银座背后的小巷里走去，还是枥之木村之行的情绪反弹，驱使他朝那里移动脚步。平日里，有时也藐视银座酒吧的灯光为低级庸俗的东西，可是今晚特别想去那里。说到银座，不知过去常去的榆树酒吧到底怎样了？妈妈桑失踪后，其被害尸体却意外出现在东京郊外的国立杂树林里，曾在那里工作的服务小姐多半分散去了别的酒吧。

他想念榆树酒吧，顺路去那里打量了一下酒吧门前。名称改了，挂的是"天鹅沙龙酒吧"招牌，经营者也改头换面了。他去了别的酒吧，打算今晚沉浸在那种久违的氛围里喝酒。这家酒吧过去有时候也去，在妈妈桑看来觉得他的到来难得。

"哎呀，好久不见了，我一直在想您到底怎么啦？"妈妈桑热情地笑着前来迎接。

好久没来了，服务小姐换了新面孔，相反这是没人打扰的好机会，凑巧妈妈桑在接待其他客人。他坐在角落的包厢座位，点了酒后不声不响地喝着。此刻与R报社社会部长见面时的情景在眼前浮现，部长不高兴，告别时说了这么一条消息：警视厅山川亮平失踪案专案组于今天宣布解散。

警方无从知道政界实力人物山川亮平的下落，其生死不明成了永久的谜团。有杂志和媒体进行了种种猜测，说山川先生因重大渎职事件败露后仓皇逃到海外避风去了；还有杂志说，山川已经死亡。这些说法上增加了各种各样的主观想象，当然也就无法知道究竟哪一种说法是正确的。

田代利介对于山川亮平失踪案依然没有兴趣，而最令他担心的是木南的下落，很显然，他是在追查山川失踪案途中不知去向的，那不是木南主动消失，而是有凶手杀害了他。他已经隐约知道杀害木南的罪犯，在推测木南下落时又想起了雾女。那天夜里翻山越岭时，对于自己关于木南下落的提问，她不是没有否定吗？

"好静啊！"妈妈桑来到田代利介身边，坐到田代利介旁边的座位上："你很忙吧？好长时间没见到你了。"

"唉，总之有各种各样的事情缠身，也就来不了了。"

"忙是好事哟！"妈妈桑说完那样的话，突然问，"哎，以前和你一起来喝酒的那位先生叫什么名字？"他歪着脑袋思索起来。

"是谁？"

"也跟你一样是摄影师。"

"噢，原来是他。"他想起来了，"是久野吧？"

"哎，是的，是的，是久野先生，他好像很久没来了。"

"那家伙也忙吧？"他回答说，可是被妈妈桑这么一说又猛然想见久野了。为了追查榆树酒吧妈妈桑的下落，久野曾经非常卖力，可以说是竭尽全力，然而在自己去柏原寻找木南下落前他突然造访，说放弃追查妈妈桑失踪案，还劝自己也放弃追查，说："我有老婆和孩子，还不想现在就死。"随后就离开回家了。看来，久野肯定受到了杀害山川和木南的凶手的警告，感到危险临近而停止了继续追查的念头。这么一思索，他似乎恍然大悟了。

"妈妈桑，帮我打一个电话！"他说了久野的电话号码。服务小姐拨通电话喊道："先生，电话接通了。"

他接过电话说："喂，喂，我是田代。"

"噢，原来是田代先生。"接电话的是久野妻子。

"好久不见，怎么啦？"

"我有一段时间不在东京。"田代利介说，"你好，好久没见面了。"

"是出差吗？我丈夫也在挂念你，请等一下，我让他接电话。"

接着，电话那头传来久野的声音："喂，喂，是我，你终于想到我了，什么事？"

"我在银座的酒吧，好久没见面了，能不能来这里喝一杯？"

"好，我马上就来。"久野立即接受了邀请，"哎，银座的哪家酒吧？"

田代利介说了酒吧名称。

"哟，你去那家酒吧啦？我已经好长时间没去了，好，半小时内我一定到。"久野还是原来那样精神饱满，可能他也想与田代利介见面。

"晚上好！"久野走进包厢，头上还是那顶常戴的贝雷帽，身着黑色衬衫，没系领带。"怎么样，你好吗？"

"哎，托你的福，还可以。"田代利介让久野坐在自己旁边的座位。

"听说你去信州了？"久野问。

这时，妈妈桑打招呼："久野先生，好久不见了。"

"是啊！"久野也朝着妈妈桑投去和蔼的笑容，"我已有好长时间没来你这里了，刚才还差点忘了来这里的路。妈妈桑，你还是原来那样又精神又年轻。"

"你还是那么会说话。"妈妈桑一边笑一边站起来，去吧台通知久野点的饮料。

"信州……"久野说，"还是为那件事？"

"嗯，是去了那地方。"

"你还是那么积极！那，怎么样，有眉目了吗？"

"唉，连八字都没有一撇，你曾经热心追查的榆树酒吧妈妈桑凶杀案也搁浅了，我去信州，结果也白白浪费了时间。"田代利介脸上不由得浮现出一丝不快的表情。

"原来是这样，这世上的事情太复杂了！"久野说话很少装模作样。瞧他那般模样，让人觉得他已经对妈妈桑凶害案完全不感兴趣，目前已经把全部精力放在工作上了。

"你也很忙吧？"田代利介望着他红润的脸庞，"最近，你好像埋头于乱七八糟的杂务忙得脱不开身。依我看，差不多的时候还是最好早点回到工作上来，我这意见如何？"

其实自从该案发生后，田代利介在拍摄工作方面不怎么重视了，面对侦查专业自己仅仅是外行，再怎么努力也破不了案，现在也开始反省，只是眼下促使自己深入该案的不是其他什么，而是雾女的出现所致。但是，这情况他不能对任何人说。

"嗳，我必须去一个神秘的地方。"久野突然说。

"神秘的地方？在哪里？"刚巧返回座位的妈妈桑听到这句话立即追问。

"那呀，是解剖怪死尸的地方。"久野答道。

"哎呀！"妈妈桑的两只大眼睛瞪得像乒乓球那般。

"你是说解剖怪死尸的地方？"

"是的，警视厅下面有监察医院，是专门解剖被害者和自杀者尸体的，是调查死因的专门场所。"

"那么可怕的地方，您为什么要去？"

"那是工作，只好去。摄影师的职业是，只要有订单，不管什么地方都必须去。即便火灾现场、杀人现场和交通事故现场等等，总之，不管哪里都得去。"

"这是份糟糕的订单。"妈妈桑说，"身临解剖尸体的地方，像我这样的人很有可能晕倒，还是久野先生的承受能力强！"

"摄影师如果不是那样就无法胜任。"

"这是哪里来的订单？"田代利介在旁边插话。

"是某杂志社放在杂志彩页上用的，说是创新，那已经策划好了。"

"得到摄影许可了？"

"不，好像费了九牛二虎之力才得到许可的，但是得到的摄影许可是有条件限制的，躺在解剖手术台上的尸体是不准摄影的。

因此规定进入镜头的，必须有正在解剖的医生上半身，充其量只能象征性地让读者感受那种氛围。"

"如果那样，你还是能看到尸体解剖的。"

"是的，我也是初次体验，也想见识一下。"

"看了那样的场面，你心里不难受吗？久野先生，您一定会后悔的！"

"是的。"久野说着，语气稍稍变得有趣起来。

"听说，即便是刚强的警察，一看到解剖也会晕倒，总之我已经有思想准备，不会出现那种尴尬的样子，我打算去那里。"久野说这话的时候，田代利介忽然觉得自己也想去见识。

"喂，久野，也把我带去好吗？"田代利介并非出于好奇，而是觉得趁现在这种机会事先去看一下尸体解剖，或许是有益的经历。

"哎呀，田代先生也是怪人。久野先生是为了工作，不去不行，可您是主动想去，真恶心！"妈妈桑大惊小怪地皱起眉头笑了。

"你要跟我一起去……"久野说，"其实我也不希望一个人去，有伴，心理承受能力可能要强一些，但是假若你晕倒了，我不就要护理你了吗！"久野说完愉快地笑了。

第二天，田代利介和久野在约定地点见面后，到山手县 O 车站附近的警视厅监察医院去了。该建筑物像普通医院，但也许是怀有那种心情看的缘故，心里觉得气氛很特别。在明媚阳光下，院子里的树木和经过人工修饰的草坪给人以美的享受，但总觉得从什么地方飘来一股尸臭味。走到光线昏暗的楼房深处，久野走到传达室前面。

"请稍等片刻。"出来接待的是身穿普通白大褂的医务人员。

"请！"他俩跟着他来到医务科长办公室。科长鼻梁上架着眼镜，身材胖乎乎的，年龄看上去大约四十来岁，是博士学位。

"承蒙媒体宣传我的工作，这当然是一件好事，可是不管怎么说，这种地方有它的特殊性，希望不要拍摄解剖场面，尽管是尸体，可仍然是必须尊敬的佛身。"

"明白了，可为了营造解剖室氛围，想拍摄先生解剖的场面。"

"拍那样的镜头大概没关系吧，总之请别拍摄尸体。"

"明白了，哎，解剖已经开始了吗？"

"按理正在进行，我给你配备向导。"医务科长喊来年轻的医务员。

"解剖室在使用吗？"

"是的，在使用。"

"那好，你带他们去。"

久野和田代利介跟在那个年轻医务员身后。楼房里黑乎乎的，沿狭窄的楼梯朝下走，觉得该建筑结构和医院没有丝毫不同的地方。

"请把这套在皮鞋外面。"按照医务员说的规定，田代利介和久野穿上皮鞋套。

解剖室隔壁是休息房间。一来到那里，就已经闻到散发在空中的异样臭味，久野赶紧用手帕捂住鼻子。打开走廊尽头的门，这是没有铺设地板的房间，楼房里唯这里亮堂堂的，玻璃窗大，采光充足。最先进入眼帘的是正中心位置的手术台，上面躺着一具脸朝上的裸体男尸，四五个身着白大褂的医务员围站在尸体的前后左右。与普通医院的医生相同，他们头戴手术帽，身着手术装束，所不同的是都不戴口罩。

房间里充满了强烈而令人难受的臭味，但是解剖医务员们若无其事地在从事他们的神圣工作。担任向导的医务员跟其中一人打了个耳语，该解剖医生转过脸看着久野和田代利介，默默地用下巴示意打招呼。

解剖手术台上躺着的是被剖膛开肚的尸体，内脏裸露。另一个医务员在旁边像切生鱼片那样在切片。久野听说是在给肝脏切片，脸色唰一下变得苍白。其实，这是科学者的神圣工作，但对于参观者来说却是难以忍受的刺激。这会儿，田代利介的胃里似乎在发生奇妙的变化。

久野大概也有这样的反应，但是作为摄影师的他还是没有忘记自己的任务，拿起照相机拍摄那些在解剖手术台前弯着腰工作的医务员。正值医务员在取尸体脑髓，传来锯子声和铁锤敲打声，随后尸体脑袋宛如阴沟检修孔被打开，头发像海藻那样垂挂在耷拉着的脸上。

被打开的头颅里，有球状淡桃红色脑髓。一医务员把脑髓取出捧在手上，像捧卷心菜那样放在秤台上。看到这一情景后，久野和田代利介都逃离解剖室，再看下去，很难保证不引起贫血。走到走廊终于远离解剖室气味的时候，他俩相互对视，脸色都像一张白纸一样苍白。

"超出我的想象。"久野说，"我觉得胸闷恶心。"田代利介也有那样的感觉，不到外面呼吸新鲜空气就可能受不了。

"辛苦了！"沿走廊转弯的时候，见胖乎乎的医务科长正站在那里。

"怎么样？"医务科长问他俩。

"哎，真受不了！"久野的嘴唇颜色变了，医务科长见状笑了：

"是不是刺激太强烈了？"

"是的，谢谢！"久野搔了搔脑袋。

"你俩好不容易来这里参观，接下来请你们参观有点变化的尸体好吗？"

"是吗？"久野畏缩不前，"是更刺激的场面吗？"

"不，不是那么回事！我想接下来看的不是恶心场面。是呀，想请你俩参观我们从事的是什么样的科学工作。"

"如果是那样，行！"久野似乎松了一口气。

"那好，请跟我来。"医务科长走在前面带路。久野和田代利介跟在医务科长身后走进一个房间。"这里是用显微镜检查内脏器官的地方。"

房间像标本室那样安放着好几个立橱，橱里排列着一长溜盛有酒精的玻璃瓶，瓶子里的人体内脏器官在窗外射入的光线下呈现出黑色形状。和解剖室不同的是，四五个医务员坐在放有一排酷似打字机的墙边从事什么作业。原以为那是打字机，仔细看了以后才觉得那是雕刻器。他们正非常细致、小心翼翼地转动切削工具切削着薄片之类的东西。该器械周围，散发着许多犹如花瓣圆而薄的东西。

"哎，这是什么？"久野拿起一片类似花瓣的东西，透明、比纸还要薄，圆形周围是白色，唯中心部位像树节一样颜色不同。

"这是切削的内脏器官。"医务科长解释说。

"这是在显微镜下进行切削作业。首先，从内脏器官上切割一小块，浸泡在石蜡油里制作成标本，我们称它为蜡封。并且，像这样把标本放在器械上切成一些薄片，然后把其中一枚放在显微镜下检查。"医务科长边解说边带他们到排列着显微镜的地方。

"这里有一枚蜡封标本，请仔细看看。"久野看了以后是田代利介看。

出现在显微镜世界里的，是抽象画的美丽色彩。变了颜色的微线条成纵横走向，到处是斑点。

"这是肝脏的一部分，染色后进行精密检查，通过检查发现毒物等产生的化学变化。"

"像这样看，压根儿没有人内脏器官的感觉，就好像是看到美丽的花纹一样。"久野感叹。

"是那样吧。我们也常常是那样的心情，显微镜世界让人产生幻想。"医务科长解释说。

田代利介窥视了一枚被夹在显微镜里的薄片，其形状像美丽的樱花花瓣。参观完，田代利介和久野向医务科长致谢后离开了阴气沉沉的大楼。一来到风和日丽、空气清新的室外，心情豁然开朗起来。虽说整幢楼房是近代建筑，可里面的空气充满了让人窒息的死尸臭味。尤其是对于从外面来的人说，即便不那么想也会被感染成那种情绪。

"唉，心里实在不痛快。"久野说这话时脸色非常不好。

田代利介也有相同感受，觉得胃里不舒服。

"我可能有相当一段时间不用吃牛肉了。"久野说完，两人面面相觑后笑了。

他们乘上等候在门口的出租车返回闹市街道，当看到正在路上行走的人们时觉得稀奇，一想到躺在解剖手术台上的那具尸体，感慨人世间犹如梦幻般的大千世界。由此，他俩深深感受到能呼吸新鲜空气，又能从事劳动的人才是最幸福的。

尽管参观尸体解剖已经成了历史，但想到医务员像切生鱼片那样把肝脏切成薄片的时候，全身会不由自主地直打哆嗦。把内脏浸泡在石蜡油里，凝固后将它薄切成花瓣模样，然后再把薄片放在显微镜下精密检查。这样的情景，一刻也没有从田代利介的脑瓜子里消失。

久野不可思议地一声不吭，精神恍惚地从玻璃窗眺望外面世界。轻轨电车和汽车在奔驰，外面还是跟往常一样的风景。这时，田代利介的脑海里突然闪现某个情景，霎时间恍然大悟起来，眼前的景色瞬间远去、消逝。"蜡封"这一医学界术语，让他浮想联翩。

"久野君，"田代利介突然说，"我想起一件事要去办，就在这里下车，失敬！"

"什么？"久野深感意外，不禁问道，"就在这里下车？为什么……"

"嗯，有点急事。"田代利介故意说话暧昧。

凑巧在闹市中心的前面，仿佛高地之间的峡谷地带，中间架有轻轨。

"那，失敬了！"田代利介留下满脸困惑的久野，下车了。

他现在是独自一人，不，他想一个人走走，于是朝着某高地方向迈开脚步。这条街道上行人少，车也少，是边思考边散步的最好地段。他沿着那条白乎乎的坡道朝上走，两侧是茂密的树木，两边的住宅围墙向前伸展，这里是寂静住宅区的一角，很少有出租车通过，也很少有行人来往，适合于大脑思考问题。

他的眼前浮现出蜡封的东西，类似樱花的花瓣，薄得像膜，其正中心部位像木节那样颜色不同。然而，它确实是人体内脏的一部分，可此时此刻的它与内脏器官的感觉相距甚远。不管谁看了那片花瓣样的东西，都不会想到那是人体内脏器官上的。

医务科长说，把那枚内脏器官的切片放在显微镜下精密检查时有两种方法，一是采用刚才的蜡封方法；二是采用冷冻内脏器官的方法。冷冻后被固定了的内脏器官，被切成膜般薄片后放在显微镜下检查。

"尽管蜡封是最好的方法，但也必须切成薄片，否则就是放在显微镜下也检查不出来。但像这样把它放在器械上切成膜那样的薄片是需要切削技术的。来，请看这个！"记得当时，医务员让他看散乱在器械旁边堆得高高的相同切片。

"要浪费这么多。从这块长切片里，只能切削出两三枚可以放在显微镜下的薄片。从表面上似乎看不出什么，但切削确实是技术工作。说是蜡封，可是由于内脏器官里要渗出脂肪，即便采用这种器械刀具，也难以马上切削成薄膜般的切片。每次遇上脂肪时器械就很难把握。"

田代利介不由得想起刚才医务科长说的那些话，其实他并不是对这些话感兴趣，而是关心起被浸泡在石蜡油里的内脏器官来。信州的梁场车站也好，冈谷车站也好，他知道那里都到过来自东京被装在木箱里名称为蜡烛或肥皂材料的货物。

在冈谷车站，小件行李窗口的车站职员说，从木箱损坏的间隙里确实看到了肥皂材料的一部分。田代利介认为那些货物被扔入了木崎湖、青木湖和诹访湖，但问题是它的重量，假设其为肥皂材料，那就太重了。他非常自信解开了木箱谜团，那是在刚才参观尸体解剖现场时产生的灵感。他边走边思索，尽量选择没有车通行且行人少的路行走。路不知不觉地变窄了，渐渐延伸到寂静的住宅区。

在警视厅监察医院目睹了内脏器官蜡封后被切成薄片的过

程，给了他重要的启示。他又陷入沉思，连行走的方向也模糊了。
此刻，他又回想起罪犯寄送到信州车站的木箱体积和重量：

寄站名称	到站名称	货物品名	包装形式	重量（公斤）	长度（厘米）	宽度（厘米）	高度（厘米）
新宿站	梁场站	肥皂材料	木箱	5.8	50	40	40
新宿站	海之口站	蜡烛	木箱	4.1	80	20	20
新宿站	冈谷站	肥皂材料	木箱	16.5	50	52	20

这些包裹的货物名称，有的是石蜡，有的是肥皂材料。但是朋友杉原教授以前的分析结果，那都是石蜡。这已是毋庸置疑。如果把这些货物全改成石蜡，相对于木箱体积、重量就要明显增加许多。他回忆起木南的来信，手伸入口袋寻找，笔记本上写有木南来信的要点，翻开那一页，上面写道：

头部重量	躯干重量	左上肢重量	右上肢重量	左下肢重量	右下肢重量
4.4公斤	26.5公斤	2.8公斤	2.6公斤	7.3公斤	8.0公斤

诹访湖、青木湖、木崎湖→头、上肢和身体部分；

野尻湖→右上肢以外部分。

伪装方法→肢解尸体后用石蜡封裹尸块，分别送到农村。也就是说，石蜡里有尸块。

先在木箱里盛入石蜡油，将肢解了的尸块一一放在里面，然后使石蜡油冷却、凝固。

世田谷那片空地上擅自建造假厂房的工地上，便是肢解尸体和蜡封尸块的现场……

田代利介还在不断地思索，接下来试着排列顺序：

某犯罪团伙杀害了某个人。关于尸体处置，他们事先制订了计划，决定了杀人后的处置步骤。于是特地选择了土地主人不住附近的私有空地。该选择非常慎重，结果很顺利。

为遮人耳目，他们在空地上建造所谓的肥皂厂，在工地周围竖起木板围墙，以免罪恶行径暴露。从外表看，任何人都会觉得工地四周竖围墙是很自然的事。当建造肥皂厂的准备工作就绪后，他们便按计划在某个地方杀人，随后把尸体运到正在建造的肥皂厂工地。这时尸体可能已经被肢解了，并用石蜡封裹，这是秘密而恐怖的作业。先给石蜡加热，变成石蜡油后灌入木箱，再将头部、躯干和四肢肢解部分分别装到灌有石蜡油的木箱里。石蜡油从表及里凝固，逐渐变成固体，蜡封作业全部结束后，接下来是拆除工厂。在此期间，谁也不会怀疑正在建造的厂房会中途停止。

有关如何终止建造厂房，无疑他们也事先策划过。蜡封作业结束后，他们中间某个人故意向不住在空地附近的土地主人书面举报，引诱不知内情的土地主人匆匆赶来抗议，责令他们立即停工。罪犯借口说是房产中介商欺骗他们，装出上当受骗、诚惶诚恐的模样。所以在土地主人训斥下中途拆除，是不会受到别人怀疑的。在处置"货物"上，他们把它伪装成包裹，分散寄送到中央线一些边远农村车站，货物名称是蜡烛或肥皂材料，这样一来，即便包装破损货物裸露，看上去也与货物名称大致相同，不会引起怀疑。

收件人和寄件人是同一个人，这人到站后便去车站小件行李窗口提取包裹，接着是处置包裹里面的货物。他们起初可能是打算把货物沉入深水湖底，不料现场出现了目击者，也就是田代利介本人。

他在湖边听到响声的同时，还看到水的波纹朝四处漫延。无

306

疑，那是装有蜡封尸块的木箱。当时，不知道是什么东西被扔进湖里，他是根据可疑的响声和水声展开了调查。罪犯发现了他的调查行动，察觉到有目击者。此外，报社记者木南从他那里了解到该情况后，试图从湖底打捞出木箱。犯罪团伙再也按捺不住了，害怕露出马脚，于是在报社展开大规模打捞作业前，从湖里打捞起扔入的木箱。木崎湖也好，青木湖也好，诹访湖也好，罪犯们无疑都把木箱打捞起来了。即便野尻湖，他们也有可能打捞了。这是有证据的。接下来，他们鬼蜮伎俩，可能实施了骇人听闻的处置木箱和货物的作业。

警视厅监察医院的医务员为能在显微镜下检查蜡封内脏器官，采用刀具器械切削。由此可以推断，罪犯处置尸体的手段也与此相同，把木箱里的蜡封尸块原封不动地取出，然后切削成薄片，不用说，人工进行是不可能的，需要借用机械锯和机械刨来切削。

这也是有证据的。他曾在野尻湖深处不太有人去的岸边，看到过小山丘那样的刨花屑堆。其中一些刨花屑被风吹后漂浮在湖上，现在想起来了，那里不是还夹杂着变了色的刨花屑吗？！当时，他不以为然地把它给扔了，其实那里面肯定混有与尸块混合的石蜡刨花屑。当时从小船上岸后，发现岸边有烧剩的木箱残余。木箱也好，系住木箱的草绳也好，都变成了黑灰，旁边也有刨花屑。

那时，自己曾想过刨花屑怎么会出现在这不可思议的场所。现在看来，罪犯在那里处了一只从湖底打捞起来的木箱，还在那里燃烧过刨花屑，但是烧剩的一些刨花屑被风吹到水面上。这么看来，那木箱显然是从野尻湖里打捞上来的。

在柏原车站，车站职员说，没有到过那样的货物。狡猾的罪犯也许是伪装成其他货物蒙混过关的，另外，即便不采用列车寄送,也可能采用其他方法。有关包裹的寄送方式,不仅有列车快递,现在还有东京和新潟之间的汽车夜间快递。再者，寄件人有可能从其他车站提取后乘公交车或包租车运到处置地点。

由此可见，该犯罪团伙实施了一起骇人听闻的大案。被他们蜡封的头部、躯干和四肢里有血，即便像切片那样切削石蜡尸块，里面的血液理应朝外流淌，血一出现，伪装也就暴露。然而，他们是在蜡封前先从肢体里将血液排净。因为肢体是被切断的，血的处理作业不是很难。接着，他们可能把蜡封尸块放在机械刨上像切片那样切削，切削成刨花屑后混在其他刨花屑里装入容器扔掉。像这样的尸体处置手段实在是残忍、卑鄙，而且是闻所未闻、史无前例的。

此刻，田代利介不知道自己朝着什么方向行走。在沉思的过程中，不知不觉地已经走完了下坡道来到电车路。阳光下，快车道上依然是电车、汽车、卡车和公交车来往如梭，人行道上有许多行人，一派祥和的景象，绝对不会让人联想到这世上还有凶杀案。殊不知，在这和平的氛围背后，有犯罪团伙丧心病狂，草菅人命。他眼下反倒觉得，眼前的一切是虚构的世界。

许多人被卷入了这起恶性大案，显然这起案件是有预谋、有计划的。首先，政界实力人物山川亮平议员是被害人之一，这已是不争的事实。报社记者木南在追查山川失踪案快要水落石出的时候，也被罪犯杀害了。之所以这么推测，看一下他给自己的信便可明白。因为木南已经识破了他们的作案手法，不愧是派驻警视厅的资深记者，但由于目光过于敏锐，反而使自己先成了牺牲品。

无疑，木南在报社里有着特殊地位，可以擅自不与报社联系单独接近罪犯。这反而使他陷入孤立困境，成为在无人知晓的情况下失去生命的原因。

　　那么，他们为什么要绑架山川先生？山川议员失踪的那天晚上，曾去过银座的皇后夜总会。据夜总会接待小姐说，是一个女人打来电话让他接的。那女人可能就是榆树酒吧的妈妈桑。据声音分析，女人年龄在三十岁左右。他们为什么要杀害榆树酒吧的妈妈桑？

　　他想起久野说过的出租车司机是目击证人的情况，目击场所凑巧是"肥皂厂工地"附近的路边。据说出租车司机驾车经过时，发现那里有一辆熄灭了车灯的汽车停在树荫下，车里大约坐着四个人，其中一个是女的，他认出那女人就是榆树酒吧的妈妈桑。他把这一情况说给周围的人听，于是久野也知道了。不久，司机从信州的悬崖上坠落，尸体不可思议地出现在天龙河。理由很简单，犯罪团伙是为了杀人灭口。

　　不用说，榆树酒吧的妈妈桑是和山川先生一起失踪的，地点就是在司机亲眼目睹的地方，两者有着明显的联系。车里不仅有妈妈桑，或许还有山川亮平先生。这样的推断是极其自然的，据说，司机确实看到车上除妈妈桑外还有三个男的。如果这一推断也能成立，榆树酒吧妈妈桑的作用也就显而易见了，可能是在罪犯威逼下被迫诱拐了山川亮平先生。

　　当然，山川亮平上榆树酒吧妈妈桑的当，并不是对她有特别感情。田代利介推断：山川从遭绑架到被害曾在某秘密场所被软禁了一段日子。那段日子里，可能是妈妈桑在山川身边侍候。也就是说，罪犯给了政界人物山川亮平那样的待遇，不过也就那么几天。不久，罪犯对榆树酒吧的妈妈桑也下了毒手。

榆树酒吧妈妈桑的尸体，是在东京郊外国立街道杂树林里发现的，意味着犯罪团伙交给妈妈桑诱骗和侍候山川亮平的任务已经完成。面对握有重大秘密的妈妈桑，让她留在世上则是他们的心头之患，于是妈妈桑使命结束也意味着她生命的结束。妈妈桑遇难时，山川亮平多半已经离开人间。

那么，罪犯为什么没有采用相同方法处置妈妈桑的尸体呢？田代利介认为有两种可能：一是罪犯充满自信，即便杀了妈妈桑也无人知晓是他们所为；二是事先不曾想过杀害妈妈桑。也就是说，他们的计划里仅仅是杀害山川亮平和蜡封其尸体最后切片扔弃，不包括杀害妈妈桑和处置其尸体。还有他们也许这样想过，即便被发现一两具他杀尸体，也没什么大不了的，只是有计划犯罪和偶发性犯罪之间的差异。那么，妈妈桑尸体被发现的国立街道现场是否意味着与该案有关？还有最大的疑问是，山川亮平到底是在什么地方被杀害的？

在这里，田代利介察觉到自己的推断里存在自相矛盾的地方。他觉得山川先生显然是在东京被害的，而木南失踪是在信州柏原，可时间上是世田谷假肥皂厂工程被拆以后。如果木南尸体也像山川那样被用同样方法处置，蜡封尸块作业必须是在信州实施。然而信州那里凡是田代利介去过的地方都没有那种迹象，难道木南尸体也和山川尸体一样被蜡封后切削成刨花屑了？！

许多疑问像翻江倒海的乌云，在田代利介的脑海里汹涌起伏。且说切削蜡封尸体的场所，首先应该是柏原街道那家木材加工厂。诱骗田代利介去枥之木村的罪犯就是该厂的"热心"工人，可后来该厂员工都一致否认有那样的工人。这倒使田代利介认为自己的推断更加准确。

田代利介整理了一下上述推断,如下:

1. 山川亮平的遇难地点是在东京;

2. 因为榆树酒吧的妈妈桑尸体在东京被发现,遇难地点十有八九是在东京郊外;

3. 木南遇害地点是在柏原街道一带;

4. 在野尻湖发现的蜡封尸块刨花屑来自山川尸体,如果木南尸体被用同样方法处置,新的尸块刨花屑应该在其他地方。

田代利介早晨起床后打算仔细阅读最近的报纸,期待有与该案有关的报道,但是该期待一直落空。昨天的晨报,只刊登了停止对山川亮平失踪案侦查和解散该专案组的报道,写有专案组解散前最后的新闻发布内容。

关于山川亮平失踪案,本专案组竭尽全力侦查,至今没有掌握确凿证据,不得不宣布停止侦查和解散专案组,目前还不能明确断定有关山川先生的生死。虽解散了专案组,但事态也有可能朝最坏方向变化,今后视情况需要随时投入对该案的侦查。山川失踪是否是本人意愿隐居,目前还无法断定,因此也有不能列为犯罪案件侦查的客观原因,只是根据他的地位和推断,他的失踪将给各方面带来很大影响,因此专案组在侦查方面竭尽了全力。今后还是希望广大市民协助,如果知道关于山川的消息,请立即提供给警视厅。

在没有确凿证据的情况下,专案组不能对社会公布山川先生已经死亡。可这段谈话似乎已经暗示,警察当局对山川议员的生还基本上不抱希望。它还告诉人们,山川议员失踪将给时局带来相当影响。他曾两次担任过政府部长,在保守党内部是一派幕后实力人物。可以想象，警察当局是如何小心翼翼侦查山川失踪案的，公布情况也非常慎重。

这篇报道刊登在昨天的报上。田代利介还阅读了刚到的晨报，平日里不太注意的政治版面上，刊登了有关昨天内阁会议批准建议成立中部开发股份有限公司方案的内容，标题如下：

中部开发股份有限公司确实成立了吗？

所谓中部开发股份有限公司，是综合开发中部地区一带电力地下资源的新企业，注册资金巨大。该企业是山川亮平早就催促建议成立的，现在建议人下落不明，也许内阁会议是继承其遗愿决意批准成立的。但是看了整篇报道内容后，实际感受未必那样。山川议员生前建议成立的公司，是由A开发股份有限公司担当，因为该公司打算将其权利的大部分交给同行业界。

可是一看报纸方知A开发股份有限公司被取消了，变成了其竞争对手的××开发股份有限公司。这家被指定企业，据说和政府建设部长B议员有着密切联系。建设部长B议员又是直属派系首领政府财政部长L议员的亲信。换一句话说，是L议员指定的新企业。

且说，财政部长L议员与山川议员之间的关系水火不容，山川议员经常与财政部长L议员持反对立场，于是财政部长L议员近来视山川议员为首的山川派为眼中钉，致力于消灭其势力。总之山川议员的失踪结果，使他生前建议担当中部开发的A开发股份有限公司遭到排挤，直属于财政部长L议员和建设部长B议员的××开发股份有限公司，取代了山川亮平议员生前推举的A开发有限公司。报上大致是这样报道的，新闻解说由这段文章结尾。

总之，山川失踪令事态产生了变化，该决定给了山川派系相当大的打击。开发中部地区需要相当资金，而这些资金将转移到财政部长 L 议员的派系麾下。今后在派系财力方面，L 派系将远远超过山川派系。

田代利介对政局的态势变化不感兴趣，但是又不能无视这篇报道，因为山川失踪将给局势带来上述影响。这是偶然的吗？他放下手中报纸暗暗思忖。也许某些政治家早已耍了鬼蜮伎俩，策划了让山川派系在山川亮平失踪后走向没落的阴谋。由此可见，山川失踪案是非常周密而又细致策划的结果。

当然，不能断定内阁中心人物财政部长 L 议员和建设部长 B 议员直接策划所为。然而可以充分认识到，即使与他们本人无关，但该派系所属阴谋策划组织也为本派系利益制定了骇人听闻的杀人步骤。从客观上，被指定开发中部地区的 ×× 开发股份有限公司，由于山川失踪而将获得意想不到的利益。无疑，为得到这样的利益，该企业也很有可能把黑手伸向山川先生。

田代利介闭目沉思，还是觉得有必要再访柏原街道。

车站职员在一个劲地翻阅货物寄送存根。田代利介为按捺焦急的心情取出烟抽了起来，就在他抽烟的过程中该职员停止了翻阅，两眼目不转睛地打量那张存根。

"果然找到了！"职员转过脸说。

"找，找到了？"田代利介脱口嚷道，"请给我看！"

职员离开桌子来到营业窗口，特意把存根颠倒过来以便田代利介看得更加清楚。那是寄送包裹的存根复印件。"肯定是这一张吧？"职员用手指按住包裹单，那上面写有下列内容：

寄件人	货物名称	数量	寄至地点
××木材加工厂	机械刨刀	1	中央线立川车站

一看日期是十天前，田代利介赶紧把它抄写在笔记本上。

"衷心感谢！"他感到此行十分满意，发自内心深处地致谢，向职员恭恭敬敬地行礼。

离开车站包裹受理窗口后来到路上，他庆幸自己离开东京时的推断结果。假设那家木材加工厂要切削蜡封尸块，机械刨刀上肯定会沾有脂肪。切削人体的各个部位，脂肪量理应不少。上次参观监察医院时，院方解释说，刀具在切削蜡封的内脏器官时反复接触脂肪，刀口就会变钝而不起作用。

假设自己的推断正确，也就是说柏原街道尽头那家木材加工厂是尸体处置地点，那么用于切削蜡封尸块的刨刀当然要送修理厂去磨，这种刀具不是外行能磨的，再说农村街道柏原没有磨刨刀设备。为了磨刨刀，木材加工厂必须把它送到有磨刀设备的服务部。那么，果真需要这样做吗？如果确需这样，说明自己的推断得到了证实。为了核实，他特地离开东京再度来到柏原街道。

应该说此行很有价值，证实了他的推断。他走在柏原街道的路上，从追查开始就怀疑的木材加工厂居然真是那样。然而到底是采用什么方法实施的呢？也许是从木箱里取出蜡封尸块把它安在机械刨上切削，以隐匿杀人和弃尸的犯罪痕迹。真没想到，犯罪团伙的杀人方法竟然如此残酷，如此天衣无缝。

这是一条知道罪犯如何杀人、如何弃尸的路。田代利介走着，行走在熟悉的路上，按理走在这条路上能听到熟悉的机械刨和机械锯的响声，可是这会儿静悄悄的，没有一丝声音。这当儿耳边响起婴儿的哭声,不知是从哪家传出的。奇怪! 难道今天休息吗?

平日里理应在还没有见到工厂时,机械锯的尖叫声就已经传入耳朵。他迷惑了,转弯后突然又目瞪口呆,诧异不已:木材加工厂房竟然不翼而飞了。地点应该没有错! 山也好,树林也好,农家的村庄也好,都依然是那片景色的组成部分,唯独少了那家工厂。

田代利介顿时蒙了,仿佛大白天里遇上妖魔怪物似的,然而那不是幻觉,原木材加工厂的厂房基地那里有明显的拆除痕迹。他站在留有痕迹的地方仔细查看,发现这家工厂的设备极其简易,是连正式地基都没有的简易厂房,一侧堆有刨花木屑,其中一部分已经烧黑。简易厂房拆除后,拆下的木板被绳子捆扎后堆在一边,此外没有找到类似木材的商品。

望着这一切,他茫然不知所措。旋即出现在脑海里的是,这家工厂的工人也逃之夭夭了。尽管那样,罪犯一直是隐蔽在田代利介看不见的暗处,只是这些木材加工厂工人们清楚地暴露了真实身份。

这时候,一只乌鸦展开黑色翅膀在头顶上空飞过,啼叫声似乎在嘲笑田代利介扑了空。猛然间,他感到脚步变得沉重,蹒跚着步履朝附近农家走去。他朝该农家说想打听情况,年龄五十岁左右的主妇趿拉着草鞋从院里出来。

"对不起,向你打听一下,原先在这里的木材加工厂搬什么地方去了?"他问。

"哦!"主妇脸上表情不知所措。

"那家木材加工厂是什么时候拆的?"

"三天前。"一听说是三天前,他感到更加茫然。

这么说，就在他离开柏原街道回到东京没几天，木材加工厂便被拆除了。看来，罪犯可能察觉到田代利介的意图，亲自动手迅速拆除了简易工棚。"你知道那工厂的新地址吗？"他问。

"哎！"主妇冷冰冰地答道，"不知道搬哪里去了，没有对我们说。"

"那，那些工人是你们当地人吗？"

这一回是主妇明显摇头，说："不，都是其他地方来的！尽是些没见过的陌生人。"

"那么这家工厂到底是什么时候建造的？"

"这，让我想想看，"主妇歪着脑袋回忆道，"好像是两个月前吧？"

"两个月？"就这么点时间！看来，这家木材加工厂好像是专门为处置尸体而特地建造的。"木材加工厂负责人长什么模样？"

"我刚才已经说了，没打过交道，一点也不清楚。"

"这附近有没有对木材加工厂非常了解的人？"

"大概没有吧？他们好像不太和我们当地人说话。"

就这样，田代利介没有得到任何线索，但是上次来时见过机械锯在锯木材，虽量不多，但简易工棚门前确实堆有木材。看来，附近一定有向这家木材加工厂供应木料的店铺。找这样的店铺费时费力，但相比之下，还是找同行速度快。

"这条街道上还有其他木材加工厂吗？"他问。

"也不是没有，车站背后就有一家叫丸井的木材加工厂，已经经营很长时间了。"

"就在车站背后？"他把这情况记录在笔记本上，"谢谢！给你添了许多麻烦。"

　　他转过身按照主妇说的朝车站背后走去,那里果然有一家叫丸井的大型木材加工厂。他见到负责人后向他问了一些情况,对方回答了他的提问。

　　"说到那家木材加工厂啊,不是我们兄弟单位,情况不是很清楚,但总觉得有点奇怪。"

　　"奇怪什么?"他没有听漏这句话。

　　"我的印象是,这家工厂尽是外行,好像是心血来潮的外行在干我们这种行当。我们这行当天地小,立刻就能判断出新的同行是外行还是内行。说得明白点,那家木材加工厂是纯粹的冒牌企业!"丸井木材加工厂负责人可能还有竞争对手的敌对情绪,很想帮助田代利介。

　　"冒牌企业是什么意思?"

　　"它没有加入我们行业协会,和我们既不交往也不交流。干我们这一行,买方大多是固定的,哪家木材加工厂拥有哪些主要客户,大家都清楚。可是唯独那家木材加工厂根本就没有主要客户,唯一的做法是减价出售,在售价上还真给我们添了不少麻烦。我们的主要客户有的被他们低廉的价格吸引,也开始问他们订货。"负责人说到这儿用舌头舔舔嘴唇继续说:"你不知道,他们的技术非常差劲,说真的,在产品质量上没有哪家比它更差的了。一些因价廉而订货的客户后来好像也对他们不感兴趣了。我早就说过,他们迟早是要垮台的。果然不出所料,你看,也不知什么时候就倒闭了。"负责人说到这儿多少有点幸灾乐祸。

　　"这么说,那家工厂的人你根本不认识?"

　　"嗯,尽是些陌生人!可能是干我们这行的缘故,一般来说,马上就能知道什么师傅在哪家木材加工厂工作。不过，你问的那家工厂，工人都是外行，都是弄虚作假的。"

丸井工厂负责人满腹怒气，田代利介心里很明白，但他的话具有一定的参考价值。看来，那家工厂不是为了做生意而开设的，也就是说，木材加工厂是尸体处置场所。

田代利介漫无目标地在柏原街道上边走边整理思路。首先是枥之木村，那晚被诱骗到该村时，包围他的人至少有四五个。其次是木材加工厂，除诱拐他的工人外，其他七八个工人都是犯罪团伙成员。当然，在枥之木村包围自己的那些人，也可能都是木材加工厂的。

在枥之木村，那些包围自己的歹徒说话声似曾在哪里听见过，现在回想起来，其实是在木材加工厂参观时听到过的声音。那么，他们现在到底去哪里了？

他们在柏原街道搭建简易的木材加工厂是遮人耳目，目的只是为了处置尸体，当然，在目的达到后便立即拆除厂房，那样做不是终止经营，而是销毁处置过尸体的证据。因为，他们的目的已经实现。那么，这些人究竟去了哪里？

想到这里田代脸色骤变，因为在车站受理窗口见到了罪犯们的包裹寄送存根。这些罪犯拆除了简易木材加工厂后，可能是去修理和磨那把刨刀。这在车站受理窗口得到了证实，自己还亲眼看到了包裹寄送单存根。

那么，他们为什么要修理和磨那把刨刀呢？理由只有一个，那就是准备采用相同方法处置第三具尸体。田代利介想到这里不由得不寒而栗。那么，接下来的被害人会是谁呢？田代利介觉得是自己，因为自己已经介入这起案件太深，很难说自己不是下一位被害对象。

回东京的列车时间出现在脑海里，只是现在还有许多事需要琢磨。

犯罪团伙在拆除柏原街道简易厂房后去哪里了呢？他们不是解散，不是化整为零，而是仍以团伙形式住在某处。这样的推断，田代利介越来越觉得是正确的。那么，他们再次会在什么地方建立木材加工厂呢？这是根据他们把刨刀送去修理的事实分析得来的推断，而且很有可能再度建立木材加工厂。

他们究竟去了哪里，在继续准备些什么。想着想着，田代不知不觉已经来到一条熟悉的路上，那是曾经去过的小巷，尽头有挂着河井文作姓名牌的房屋，可是后来再去的时候已经人去楼空。现在既然路过这里，他想顺便再去看一下房屋的状况。站在空关着的房屋门前眺望，屋里依然空空的，实在是令人不可思议。像现在这种时候，农家一般不会空着房屋的。他又去问了邻居农家。

"哎，这屋就这么空关着再也没有人住。"附近农家回答说，"不知什么原因，想租房的人来看过这屋，可下不了决心。

"为什么下不了决心？"

"这不太清楚。"老人答道，"好像是说屋里阴森森的，不敢居住。"

"阴森森"这话让田代利介心里咯噔了一下。

其实，他也有这样的感觉。上次来时为了看房屋走进过院子，大门是关着的，当时的感觉好像是周围空气突然变得冷飕飕的。听老人说阴森森，田代利介情不自禁地回忆起当时那种感觉。原来，这种感觉不仅自己有，其他人也有。

"是阴森森的吗，为什么？"他故意问。

"哎呀，那不清楚。"老人答道，"听人说，好像一进屋就觉得阴森，因此来看房的人也没能和业主达成协议，所以现在仍然是空关着的房屋。"

"原住在这里的河井先生确实只住了一年吗？"

"是的，大概是的。"

"河井先生没说什么阴森森之类的话吗？"

"那样的话，一点也没有听他说过！是啊，河井先生前面的租房人在这屋住了很长时间。"

"房东是谁？"

"是种子店主人，就住前面巷子对面的房屋。"

"非常感谢！"他告别老人后接着来到在农村常见的宽门面店铺。

"对不起！"田代利介对站在店门口的店主说，"我是为租借你的出租房来的。"

店主听了以后突然热情起来："哎呀，请跟我来！"

"我的堂兄由于客观原因要搬到柏原街道住，正在找房子。我觉得你的出租房凑巧适合，请问那房屋已经出租给别人了吗？"

"不，还没有，如果喜欢，请去看一下房屋。"

"我是想看一下，请安排人带我去好吗？"

"明白了，我让店员带上钥匙。"

种子店主给他安排了一名男青年店员，店员手持钥匙给田代利介带路。其实，那屋门前的小巷他已经去过多回，距离很近。来到门口，走在头里的店员把钥匙插入锁孔打开房门。

"请！"店员邀请他进屋，随后一扇扇地打开木板防雨窗，让光线照亮屋里。

农家房屋非常大，铺着八张草席（每张草席约 1.66 平方米）的榻榻米房间中央有地炉（日本农家用于取暖和烧饭）。也许是老人那番话打下的烙印，果然感到阴森森的，环视荒废的空房，总觉得心情不太舒畅。天花板被熏黑了，草席乱糟糟的，隔门上的壁纸也破了。

他站在房屋中央，曾感受到布满寒气的院子就在眼前。白天与黑夜的视觉理应明显不同，但奇怪的是，粗看时与夜晚印象几乎没什么两样。他仔细检查草席表面，因为有租借房屋的借口，这样做也是理所当然的。认真查看后没发现可疑地方，拉开隔门打量，壁橱里面没有异常情况。抬头看天花板，因为地炉里烧火，被煤烟熏黑了。当然，他是绝不可以用棍子捣天花板的。"这家曾经住过几个人？"田代利介问。

"两个人。河井先生和他的妹妹。"

"妹妹多大了？"

"让我想想看，大概二十一二岁吧，是个大美人。"

当时，他没有留意这句话，问道："河井先生是干什么的？"

"哎呀，那不是很清楚，好像在农村有财产，靠那种收入过着舒服日子！也许是嗜好，他常去野尻湖打鱼，他妹妹好像也借船打鱼。"

"他妹妹也在野尻湖打鱼？"他不由得提高了嗓门。

"是的，我也常看见。"店员说。

田代利介也想起来了，曾经在野尻湖畔树林里步行回旅馆途中，看见有女渔民离船上岸的身影。当时，咖啡馆大娘说她是柏原街道的人，常来这里捕鱼。他激动得险些抓住店员的肩膀，问：

"哎，他妹妹长什么模样？"店员好像瞬间说不出话来。

在夜间列车的颠簸摇晃下，他回到了东京，可是在列车里没有睡好觉。他觉得自己对于这起案件的推断，就像列车在漫长隧道里行驶，好不容易看到遥远的前方出现了一丝光线。

但是不清楚的地方还是有许多，其中不清楚的问题就是包括女渔民在内的犯罪团伙到底去了哪里。就他的判断来说，罪犯们不会化整为零，他们一定是以团伙形式去了某地。

这以前他也假设过，总模糊觉得罪犯团伙去了东京，并且正在策划第五次杀人阴谋。如此性质的团伙可能持有秘密的居住场所。困难也就在这里，他们不会长期固定在某个地方，有流动性。如果这样，他们的窝点可能出乎意料地在东京。原先的伪装肥皂厂也是搭建在东京的。虽说为处置尸体特地选择了柏原街道，但是根据犯罪心理，他们无疑只是在远离东京的地方处置尸体。

木南的情况姑且不说，他们诱骗山川的地点在东京都内，作案后的返回窝点当然是在东京。那么，他们的窝点究竟在东京什么地方？尽管还不清楚，但是昨天的柏原街道之行已经有了相应的成果。他乘坐在列车上，回想起来，这起案件发生后到现在已经是第三次往返于这条列车线了。想着想着，不知是什么时候迷迷糊糊地睡着了。

醒来时天亮了，窗外被快速抛在车后的是东京郊外清晨的景色。朝外眺望，与铁路线平行的道路上，乘客们正站在巴士车站上等车。这是平凡而又宁静的风景线，是祥和而且文明的社会大家庭，然而表面上静得出奇的社会背后，隐藏着蒙骗善良百姓视线的特大阴谋，并且正在一步步实施，是常人难以相信的事实。

列车到新宿车站了，田代利介从行李架上取下旅行箱，脚刚要踏上站台的一瞬间，脑海里闪现出新的假设，即假设迄今绞尽脑汁推测的犯罪团伙行踪。该假设没有根据，没有确凿证据，需要今后证实。他回到公寓，昨晚没有睡好，于是躺在已经几天没回来的房间里酣睡起来。上午，平日里早晚来照料的阿姨喊醒了他。

"我不在家时有没有什么情况吗？"

"不，没什么情况。不过，有一位先生光临过，我说你不在家，他没有吭声就走了。"

"什么样的人？"

"我也是第一次见到，是一个三十岁左右的男人。"

"叫什么名字？"

"没说名字。他说，那好，下次再来拜访，就匆匆走了。"

"他没说什么？"

"他问田代先生去哪里了，我强调说因公出差，于是他频频打听，想打听你的出差地。"

"阿姨你怎么回答的？"

"他不想说自己的姓名，所以我在回答你出差目的地的时候也含糊其辞的，说'不是很清楚'。于是他留下'下次再来拜访'这句话走了。"

田代利介觉得阿姨的应付恰到好处，但同时觉得无形的黑手已伸向自己身边，不由得感到一阵紧张。吃完阿姨制作的土司面包，便去了已经几天没去的工作室，开门迎接的是木崎助手。"您回来了！"木崎亲切地问候道，接着又汇报了这几天工作室的情况。

"有没有其他什么情况？"田代利介问。

"有过两三次电话。"

"谁打来的？"田代利介从阿姨那里听说有人来过便介意起来。

"是一个姓宫尾的人。"

"宫尾？"一个想不起来的名字。

"说什么了？"

"他问先生什么时候回家，问出门去哪里了，还说自己是先生的朋友。"

"你告诉他了吗？"

"没有，因为您出差时关照过。"

"那好。"

然而到底是谁打的电话？来过公寓，又朝工作室打电话。看不见的黑手已来到自己身边。

"我现在出去一下，今天一天也许不回来。"田代利介对木崎助手说，"但是，我会打电话来与你联系的，我不在时如果有什么情况必须随时向我汇报。"

"明白了。"

田代利介向木崎助手交代了工作顺序后离开了工作室，乘出租车去报社，但不是R报社。这家报社里也有熟人，经常因为照片订单有工作联系。

"哟，稀客！"接待他的男子似乎很怀念田代利介似的。

"你好！我来这里有一件事求你！"

"什么事？"

"我想查阅一下调查部的书。"

男子答道："社外人是禁止进入调查部的。如果知道书名，我给你去借来！"

"好的，其实我是想查阅这方面的书。"他在受理用的纸上用铅笔飞快地写了几行字，那报社朋友目不转睛地看了好一会儿。

"你需要的东西与我猜想的相差得太远了！"

田代利介只是笑笑没有解释，接着跟着报社朋友乘上电梯，来到调查部门口后站着等候。片刻后，报社朋友从调查部出来。

"我还是说不清楚你要查阅的书，另外，他们说你可以进去查阅！"报社朋友对他说，"调查部的同事这样说了，进去没关系。"

"原来是这样，太谢谢了！"他在报社朋友带领下走进里面。

不愧是调查部，像小型图书馆，书架上排满了书。调查部的人可能是在忙各自的工作，觉得抽时间帮他找资料是麻烦事，好在有其他部门同事介绍，便给予特别照顾。他不断地从书架上抽出相当厚的绅士录和其他有关公司的花名册，为此花费了相当长的时间。

也不知是什么时候，调查部的房间里亮起了灯，窗外光线开始昏暗。调查部的人先是一个人回去了，接着是三三两两地也走了，最后就剩下一个年轻的女职员。她在桌上用剪刀剪着照片，分类后放进档案袋里。田代利介正在聚精会神地看着一本书，这时她悄悄走到旁边抱歉地说："对不起，要关门了。"田代利介这才发觉，自己在这里已经查阅很长时间了。

"哎呀，真对不起。"他合上书。外面光线暗淡，调查部里静悄悄的，他只好走了出去。从查阅的资料里，他有了收获，某种程度上解决了心里的疑问。可以说，那是知识。乘电梯下到一楼，他想跟报社朋友打招呼，可转而一想现在正是报社最忙碌的时候，还是不打搅为好，于是走出报社大门。来到外面，看到路边有电话亭他便径直走了进去。

"是我，你是木崎君吗？"

木崎助手汇报说，先生走后没有什么情况。于是，田代利介放心地走出电话亭，没走几步，冰凉的水珠掉在脸上，抬头望天，云层压得很低，在霓虹灯光照射下缓缓移动。这时雨下了起来，田代利介在雨中一边行走一边思考刚才在调查部掌握到的知识，分析和制订下一步计划。

"田代君！"忽然听到有人喊他，顺着声音望去原来是朋友久野君。

"你怎么啦？淋着雨走路，在想什么？"久野在旁边笑着说，"我这已经是第二次喊你了，可你好像没听见似的！"

"对不起，我在考虑其他事情。"田代利介辩解说。

"怎么样，去喝一杯？"久野看上去有准备，穿着雨衣。这会儿，雨也大了。

"那好，去歇一会儿。"他俩并肩走了起来，走进跟前的咖啡馆。

"怎么样？我听说你最近没把摄影工作放在心上？"久野边笑边问。

"是的，总觉得情绪低落，打不起精神。"被久野这么一说，他觉得心里不太好受。

"那不像是真话吧？"久野说，"你大概还在调查那起案件吧？前几天我打过电话，说你去信州了。"

"咦，是你打的电话？"田代利介有点意外。

"嗯，我打的！"

"原来是这么回事，失敬，失敬，他们没对我说。"

"是吗？大概忘了吧？"

326

但是久野打电话来，木崎助手和阿姨都没有说，也许都忘了。

"怎么，去信州还是为了那件案子吗？"久野询问的目光投向田代利介。

"嗯，去信州基本上是为那起案件。"

"你真热心！"久野表扬道，"还是你有恒心。"

"你不也是那样吗？榆树酒吧妈妈桑失踪时，我觉得你非常关注和热心。"

"那倒也是！不过，我这里工作太忙，当时那股子热情劲儿也已渐渐消失了。你还是兴趣十足，我可达不到你那样热心程度，忙于工作，最近又忙得脱不开身了。"久野说到这里话锋一转，说："如果可以，能否允许我问你去信州的情况？"接着又说，"你已经多次去那里，我想一定有相当有趣的事吧？"

"不，不是那么回事。"即便是朋友，田代利介此刻也不想多说什么，而是想在心里整理一下头绪。刚才去报社调查部得到一些信息，又有了新的灵感。久野看着他的脸忽然说道："那好，我告辞了，对不起，我突然想起一件要紧的事来。"

"你是回家吗？"田代利介拿起桌上的账单问，"哎，我不知道你怎么啦。"

现在，田代利介的心情和久野的心情像两股道上的车，不在一条轨道上奔驰。即便是好朋友，有时难免也会出现这样的状态。刚才他就是那样，像今天晚上，不管遇上多么要好的朋友，都不会跟对方有说有笑。久野说有事从椅子上站起时，可能也感受到他有心事。走出咖啡馆时，银座街上的人多了起来。

"下次再见！"即便那样，久野也还是一边挥手告别，一边朝人群里走去。

田代利介瞬间又成了一个人，去哪里呢？今天晚上没有目标，其实大脑里一直在不停思考，就是没有想出好的主意，因而感到苦闷打不起精神来。总觉得心里不痛快，而与久野君告别，好像也是出于该原因。

他觉得行走在热闹的银座大街上，犹如独自一人行走在没有行人的农村小路上。也不知是什么时候，他走进银座背后那条寂静的小巷。这里一片漆黑，虽路上有人行走，但人影稀少，是思考的好地方。

长时间过去了，他不由得感觉到了焦急和孤独。汽车亮着夜行灯风驰电掣般地驶过，仿佛在与自己完全不同的区域移动。快要到东京车站了，自己不知不觉地竟然从银座步行走到了这里。从检票口走进车站，平时这里是一派外出旅行的情景，到处洋溢着旅行者们出发时的匆忙氛围。此刻，田代利介的视线朦朦胧胧的。

第八章　　绝路逢生

第二天，田代利介去平时接受拍摄订单的某杂志社，在那里会晤一位跟他有工作联系的编辑。这本杂志里经常在策划彩页，自己有时也主动为他们策划。"你好，好久不见！"在杂志社接待室里，编辑走到他跟前说，"好久不见！其实，我一直想跟你见面！"

"有什么事吗？"

"哦，是关于彩页的事，有没有什么好的方案？"编辑请他喝稍有涩味的咖啡，说，"彩页真让我伤透脑筋，最近所有杂志都在这方面下大力气，竞争太激烈了。而我们杂志在这方面缺乏生气，属于竞争弱势。你的策划很有新意，标新立异，别开生面，所以一直想跟你商量。"

其实，这对田代利介来说，可谓正中下怀。"是吗？"他故意摆出思考的模样，"怎么样，这方案？"他提出自己的设想，"大企业都建有疗养所，咱们巡回拍摄疗养所，刊登一组疗养所组合彩页。这方案你觉得如何？"

"哎呀！"编辑一边抽烟一边不感兴趣地说，"不太合适。"

"但是，也有这样的说法哟！据说工作超负荷导致不少人患肺病。哎，结核病是长期存在的职业病。用这种社会视角捕捉企业职工在疗养所的实际状况，其意义深远哟。"

"原来是这想法。"编辑恍然大悟。

"彩页不能老是亮丽的，像这样策划的素色彩页也许会带来意外的效果！"

田代利介极力推荐自己的方案，编辑这时好像有点动心："请等一下，我去请示编辑部主任。"

编辑中途离开过了大约二十分钟后才返回来。这段时间里，田代利介祈祷自己的策划能被采纳。编辑回来时脸上笑嘻嘻的，看了这般表情后他觉得有戏了，建议肯定获得了批准。

"主任说拍一组试试看！"

"原来是这样。"

"还说照片如果精彩就刊用。姑且请只拍一组照片，是不是刊登要看了照片以后再说。"

"行！"田代利介说，"那好，去拍摄我正在调查研究的企业疗养所。"

田代利介说完拿出花名册，其中有国立的××开发股份有限公司。

"噢，原来是这家企业！"编辑看了那份花名册，好像是理所当然地说。

"那么，我立即着手拍摄，请与该疗养所联系。"

"你立即去吗？"编辑见他这么性急吃惊地问道。

"哦，拍摄工作有程序，因此我想这就着手，第一拍摄对象是××开发股份公司疗养所。"

"明白了。"编辑中途又离开了,那是为了请示主任,并且还要跟被拍摄对象单位取得联系。编辑这次离开,让他等了相当长时间。

"让你久等了!"编辑手里拿着名片走来,"我给××开发股份有限公司科长挂过电话了!"

"那太谢谢你了,对方同意了吗?"他问。

"嗯,答应得很爽快。"编辑一边这么说,一边把编辑部主任名片递给他,它可以用来代替介绍信。他仔细地看了一下,名片上有圆珠笔写的几行字。

松田君:持名片人是本杂志社摄影师,请给予方便。

松田可能是疗养所的管理员吧?"衷心感谢!"田代利介郑重地把代替介绍信的名片收起来,鞠躬表示谢意。心想,只要有这张名片就可以畅通无阻地拍摄了。

"那好,我立即着手拍摄,冲洗后请你审核。"

"请按主任说的办!"

田代利介离开杂志社。昨天,他在东京车站上思考的就是这方案,当时无论怎么思考就是想不出好办法。没想到这个难题现在竟然解决了。急中生智,天无绝人之路啊。

那天早晨是好天气,很适合拍摄照片。为外出摄影,他正在检查照相机等器具。这时,电话铃响了。"早上好!"是久野的声音,"上次失礼了!"

"不,我也失礼了!"

"怎么样,上次见面因为急事还有话没说,想过一段时间与你说说,凑巧我今天休息。"久野悠闲地说。

"对不起，我今天有点不方便。"

"哦，原来是这样，是因为工作吗？"久野问。

"是的，我现在要去某公司疗养所。"

"疗养所？"久野发出怪叫声，"为什么事，去那种地方？"

"是杂志社策划的，拍摄用于彩页的照片。今天天气好，我想边欣赏郊外风景边拍摄。"

"要去那么远的地方？"

"是的，在国立街道。"

"国立街道？啊，真遗憾！好吧，是工作只能去，那好，再选择你我都有空的日子吧！"

"好，就这样吧。"久野先挂断电话。

田代利介准备工作结束，现在要出发去××开发股份有限公司的国立疗养所。他乘电车到达国立车站，然后在车站广场换乘出租车去那家疗养所，还没驶上十分钟就到目的地了。一路上，武藏野田野仿佛无边无际的绿色海洋。车停在门口，从这里到疗养所的路是小山丘。

"车就停在这里！"田代利介在这里下车。沿着有相当角度的石台阶朝上走，高地的斜坡上种有卧藤松和杜鹃花等植物。他来到疗养所办公室前面。如果把疗养所比作医院，办公室则给人的感觉是门诊室。这幢房屋相当陈旧，光线暗淡。

他站在大门口，把编辑部主任和自己的名片重叠着递给年轻职员。年轻职员转身回到办公室，随后出来说："请！"把他领到接待室。

疗养所的接待室里摆设很简单，只有一张桌子和几张椅子，贴有彩色壁纸的墙上挂有书法条幅，都是企业界大人物和知名人士访问过这家疗养所后书写的。由于没有人来接待他，田代利介便直愣愣地在那里等了好一会儿。终于走廊上传来拖鞋声，片刻后进来一个男子。

"你好，让你久等了！"男子高个，头上已有一半白发，脸上笑嘻嘻的，主动朝他鞠躬。

"对不起，百忙中打扰了！"他站起身鞠躬还礼。

尽管天气较热，但高个男子一本正经地穿着西服。会见客人通常是穿西装，以表示尊重来宾。只见他手上握着两张名片，可能是田代利介刚才递给那个年轻职员的。

"我是疗养所的。"他殷勤地递上名片，上面印有几行字：

××开发股份有限公司武藏野疗养所主管　　三木章太郎

"我早就知道你今天要光临我们疗养所了！"三木主管坐下说，脸上还是笑嘻嘻的，"公司总部打来电话吩咐这件事，嗨，这么热的天真是难为你了！松田君凑巧外出，由我陪你。"

看来，杂志社已与该企业总部取得了联系，而该企业总部也已经通知了这家疗养所接待。

"百忙中打扰了，如果本杂志社与贵公司联系上了，想必你一定知道我是拍摄各企业疗养所设备……"他刚说到这里，三木主管连忙点头打断他的话说："这我已经知道，知道了。请，请自由拍摄！不管拍摄哪里我都带你去。拍摄前，请允许我先介绍疗养所的患者数字和疗养状况，仅供参考。"

因为是刊登在杂志上，主管已经事先准备好了，从口袋里摸出折叠好的纸摊开，上面写有疗养内容和统计得清清楚楚的数据。田代利介对于他的介绍感到厌烦，也许该企业想借杂志社拍摄机会大肆宣传疗养所。他感到无聊，把主管的介绍当耳边风。

"嗯，大致就是这样的情况。"主管擦了擦额头上的汗，"那么，我现在就给你带路。请！"

这家疗养所总共有四幢房屋，一幢是事务所，三幢是病房，地面比较高，但面积相当大。病房建筑不像医院那样紧挨着，而是一幢幢分开的，病房建筑之间种有树木和花草。

在主管引导下，田代利介先去了医生休息室，墙上贴有一览表，统计的是患者人数、疗养状况以及保健食品一览表等。在这里，他又不得不听其中一名医生讲解一览表的内容。因为代表杂志社拍摄，不得不忍受这种额外的负担。

接着在主任的催促下，他去了最早建造的病房。说是病房，可实际感受不太像病房，大小相同的日本式榻榻米房间，每间面积十三平方米左右，里面放有两张床。走廊两侧，是紧挨着的榻榻米房间。房门上侧，挂有"菊花间""枫树间"之类的房名牌。三木主管没有走进房间，只是隔着走廊说："怎么样，情绪好一点了吧！"

有人从房间里探出脸来答道："嗯，托你的福，好多了。"

"我想拍照。"田代利介说，主管婉言拒绝，"这幢病房旧了一点，如果想拍摄，请到再前面一点的病房，比这儿好多了。"

"嗯，我是拍摄照片，不在乎新旧。"

主管的立场，似乎是希望他把漂亮的房间拍成照片；而田代利介的立场，是想看这家疗养所里的所有地方。但是倘若与三木主管争执，有可能被莫名其妙地取消，姑且就按主管说的去做，打算离开时说服对方接受自己的主张。他俩去了第二幢病房，走廊上疗养患者走来走去的，不过他们的装束好像是温泉疗养装束。

"对不起，向你打听一下。"他与并肩行走的三木主管说，"有最近来这里疗养的患者吗？"

"是什么样的人？"三木主管反问。

"不，不是一个，是啊，有没有五六个一起来集体疗养的？"

"没有。"三木主管摇摇头答道，"那么多人一起来承受不了，因为空床位很少。"

"你说空床位很少，那具体有多少？"

"是啊，平均每个月只能接受一两个。"三木主管又解释，"因为光是这样的患者，又都是长期疗养，所以床位一直都很紧张。"

田代利介感到失望。从木南来信到想起这家疗养所，他一直在相信自己的推断，然而三木主管的回答让他的推断猛地从脑海里消失了。如果每月只能腾出一两张空床，那么，他的推断也就无法成立。"走，去下一幢病房！"

第一幢病房与第二幢病房之间，时而是树丛，时而是花草，给景色增添了魅力。走进第二幢病房，房型设计与第一幢病房几乎相同，走廊在中间，两侧是紧挨着的榻榻米房间。三木主管转过脸看着他说："这幢楼你可以自由拍摄！设备比刚才看到的第一幢病房要好一些。"

他从肩上取下照相机，做好拍摄准备。第一个房间是约十平方米的榻榻米，里面住着两个患者。他觉得，这里与刚才粗看过的第一幢病房的房间没什么两样。不过没经过核实具体也说不上来，也许有什么不同的地方。

"打扰了！"田代利介站在门口窥视里面的榻榻米房间。

住在里面的两个患者身着和服，一看到三木主管在旁边，便重新端正在榻榻米上的坐姿，鞠躬致礼。"怎么样？"三木主管点头打招呼。

"哎，好像是好多了。"

"这位摄影师要在这里拍照，是刊登在杂志上的，请表情放自然一点！"

田代利介看了那两张陌生脸，摆出拍摄架势在房间里装模作样地走来走去。这两名患者从来没见过，房间里也没有异常情况。

"衷心感谢！"他向患者致礼。

"拍好了吗？"三木主管也笑嘻嘻地站在走廊上。

"那么，现在去下一个房间。"这回是去前面的房间，那里也有两个患者，房间结构也几乎相同。

"打扰了！"他拍摄了好些尽管麻烦但又无奈的照片，不这样做会受到怀疑。

"就这样可以了！"每拍一张，他都要事先叮嘱被拍摄对象这样那样的。在这里，他并没有放松观察。不过，在这里没有发现什么可疑情况。

就这样在病房转来转去拍摄的过程中，浪费了相当宝贵的时间，结果什么可疑线索也没有找到，似乎仅仅是一般的胸部疾病疗养所而已。这些患者没有朝气，看上去都打不起精神。三木主管解释说，重病号送医院，轻病号一开始都送这里，他们中间除少数患者年龄大一点，绝大部分是年轻患者。

"哎，我们去下一幢病房吧！"

那是第三幢病房，一路上依然种有树木和花草。走进第一个房间，不用说，情况也与前面病房的房间相同。不过，让人不可思议的是，所有患者的脸上表情几乎都差不多，其中有的在欣赏携带式收音机，有的在一个劲地发呆。

"因为是这种生活。"三木主管继续解说，"许多人是创作俳句与和歌的，有的在俳句创作方面非常优秀，在当地相当有名！"

　　然而此刻，田代利介对于拍摄已逐渐提不起劲来，因为没有捕捉到能激发他兴趣的镜头。不用说，他目的不是在照片上，而是在其他方面，但是很不顺利，花大力气打量房间所有角落，像选择角度那样转来转去，然而凡是视线触及的地方都没有发现可疑迹象。患者的脸相也好，个头也好，尽是他没有见过的。

　　他想深入寻找。为达到这一目的，本想积极走动多去一些地方，然而在三木主管的限制下不能自由走动和拍摄。三木主管表面上在为自己引导张罗着，但在田代利介看来是在监视自己。而这种时候田代利介的行动，说到底看上去必须像摄影师那样，真正的秘密意图丝毫不能让三木主管察觉。

　　另外还不能让疗养所里的患者察觉自己的动机，因而行动也就自然而然地受到了制约，于是在这种制约下，他必须在拍摄的同时高度留神和不让可疑迹象从眼前漏过。转完了剩下的病房，结果还是没有实实在在的收获。第二、第三和第四幢病房都拍摄过了，唯第一幢病房没有拍摄，是因为三木主管不让自己拍摄那里。

　　"大致就到这里吧！"三木主管对田代利介说，"怎么样，拍摄到你理想的照片了吗？"

　　"衷心感谢！"田代利介说完问道，"说心里话，我还是觉得单调了一点，怎么样？刚才你也说过，能否允许我现在去第一幢病房拍摄？"

　　"噢，原来是这样。"三木主管考虑了一会儿，"其实，我不太赞同你拍摄那里，那幢病房是最早建造的，设备条件很差。就我的意见来说，你来这里拍摄照片是为了用在杂志上的，我当然请你拍摄设备条件好的病房。这是人之常情。"

三木主管的解释也不无道理。对此，田代只好极力解释道："你所担心的我完全能理解，但我可以用拍摄的角度和手法掩盖疗养所不完备的地方。照片与实际状况不同，可以获得格外好的效果！"

"噢，是吗？"三木主管还在犹豫。

"总之，暂不考虑拍不拍照片，我想参观第一幢病房好吗？"田代利介央求道。

三木主管考虑后终于点头说："好吧，你既然想参观，我也只能随你的便。我带路！"

"那太难得了！"田代利介从心底里感到高兴。

"可是那里脏得很，也许让你尴尬。"

"不，我不会介意。"

"那好，请！"

"向你提出无理要求，实在对不起。"他跟在三木主管身后。这时候，好像觉得有人在偷看自己。

当意识到周围有人在窥探，田代利介立即转过脸去，然而周围只有树丛、花草和陈旧建筑的外表，没有人影，可能是幻觉。"请！"三木主管向他点点头。

他来到门口，第一幢病房的结构与刚才看到过的几幢病房几乎相同，唯一不同的是，建筑物非常陈旧，与其他病房的走廊比较，显得肮脏，而且房间小。

"因为这地方条件太差，所以我不希望让你参观。"三木主管说，"来，请进！"

一走进大门，旁边便是病房，两个患者愁眉苦脸地坐在榻榻米上。在这里，他也和刚才一样摆出拍摄的架势一连拍了几张照片。仔细打量房间，除脏以外没有什么可疑地方。接着去第二个房间，这里的情况也跟刚才相同，他期待的迹象根本就没有发生。像这样单调情景的拍摄，似乎自然而然地接近了尾声。

这时，有个男子沿走廊急匆匆走来，喊道："三木主管，有一份资料请你无论如何过目，因为马上要送总公司，时间很紧。"三木主管一脸困惑的表情，但似乎还是下了决心，说："我马上去办公室。"说完，让部下先回去。

"你刚才也听到了，失陪了，请允许我稍稍离开一下。"

这对于田代利介来说，正是求之不得的机会，但是三木主管不在旁边盯着，不知道自己能否自由自在地在病房里转来转去。一有三木主管在身边陪同，任意行动往往受到制约。

"请！可是，我可以一直拍摄吗？"

"可以，你不必担心。"三木主管笑嘻嘻地说道，随后快步沿走廊离开了。

这时，田代利介变成一个人了，还得到了三木主管的许可，不过也不知道他要过多少时间才返回这里，总之，他不在的时间里自己是自由人。他来到下一个房间，没想到面积很宽敞，至少有三个刚才看到过的病房那般大，房间里大约有十个人围坐在一起，不知在干什么。

尽管他从门口朝里张望，可那些人一个都没转过脸来，而是脑袋凑在一起好像在商量什么事。霎时间，他有异样感觉。他们低着脑袋叽叽咕咕地在说什么，看那模样，好像是在协商什么重大事情。

他没有进这房间里，一来觉得他们在商量什么，不应该进去打扰；二来觉得这房间里的氛围非常压抑。于是，一声没吭地离开了。走廊两侧虽然房间与房间紧挨着，但房间里都没有人，好像都去大房间商议着什么，所以房间里鸦雀无声。

他觉得，眼下正是仔细观察房间的好机会，再说拍摄事宜也事先征得了三木主管的许可。即便进入这些没有人的房间拍摄，也没问题。

第一间病房最陈旧，似乎没有考虑摆放行李的地方。其实，观察了那些行李后也没有发现什么可疑迹象。来到走廊时，地上的稻草屑映入眼帘。稻草屑像灰尘那样非常细小，走廊尽头的地面上也到处都是。沿着稻草屑走了几步，稻草屑似乎呈一条直线，仿佛来自被拆开的包装草席。

田代利介见周围没有人行走，于是用视线跟踪着稻草屑，在走廊上迈开脚步。稻草屑在走廊途中消失了，其实是在走廊一半处朝拐角转弯了，接着是沿楼梯朝地下室延伸。他朝下打量，楼下一片漆黑。地下室里阳光进不去，加之没有电灯，就像洞窟那样。但是，稻草屑引起了他的兴趣。不用说，他感兴趣的是稻草包装的东西。他迟疑了一下，不知道三木主管什么时候回来，但倘若现在犹豫不决，就等于失去了了解稻草包装里货物的机会。

周围连一个患者也没有出现，不知道他们在大房间里商量什么，但看那架势，他们的谈话好像还需要一段时间才能结束。这时他孤注一掷，勇敢地沿楼梯朝地下室方向走去。路上黑乎乎的，沿楼梯朝下走的途中，觉得距离地下室门口很深。通常，这种地方应该装有电灯之类的照明装置，以保证需要时照亮楼梯。可是他不知道电灯开关在哪里，然而就是有也不能亮灯。他没有带着手电，后悔事先没有准备。

由于漆黑一团，必须留神脚下，还要慢慢地朝下走，因为手上拿着沉重的照相机，为避免它掉落在地上，迈步时不得不慎而再慎。也不知朝下走了多少级台阶，总之去地下室的路还很长。下面还是伸手不见五指，好像堆有什么货物，他的身体触及了许多物体，两侧堆有货物，正中间的楼梯通道显得狭窄。

他想知道堆放的是什么东西，可是没有光线根本看不清楚。地下室特有的霉味直朝鼻孔里钻，他就那样直愣愣地站着。上面没有传来脚步声，也没有传来人的声音。也许三木主管回来还需一些时间，他想借此机会至少辨别清楚放在这里的是什么东西。

眼睛渐渐适应了黑暗，觉得地下室那里犹如漆黑的洞窟，可这时不知从哪里射来一丝光线，好像是从什么地方泄露的，紧接着像拂晓那样渐渐地微微亮了起来。随着光线蒙蒙亮的同时，楼梯上堆放的货物开始变得清晰起来，主要是木箱之类的东西。虽不知道木箱里装着什么，但这楼梯两侧也许是堆放东西的地方，显得乱糟糟的。

田代利介朝下面走了几步台阶，皮鞋尖端轻轻地触及到了柔软的物体，当明白是草席时心里一阵高兴，有希望了！他全神贯注地查看，而圆形的物体就堆放在旁边，与自己的肩膀一般高。他赶紧用手触及物体，起初的感觉是金属物体，接着用手指触及朝外突出的薄而锋利的东西。"是刨刀！"他暗自叫嚷，果然是机械刨。

这时，他的眼前立刻浮现出立川车站来，罪犯把需要修理的机械刨从柏原寄送到立川车站，而立川车站和这家疗养所的距离连两公里也不到。分析运送的路线也好，分析距离也罢，机械刨肯定是罪犯在柏原街道肢解山川亮平尸体的凶器。他把手伸到袋里寻找，理应剩有两个闪光灯，找到后，手摸索着把闪光灯安装在照相机上。

他摆出闪光灯朝着物体的架势。这种场合，即便肉眼看不见拍摄对象，也可以把它拍摄成照片。就在按快门的瞬间闪光灯亮了，是五十分之一秒的速度，镜头确实捕捉到了机械刨。闪光灯还剩有一个，由于担心刚才拍摄失败，他把它装在照相机上。就在他再次准备拍摄时，猛然间从上面传来许多人的脚步声。霎时间，他大吃一惊，中止了摄影。

脚步声在来地下室的楼梯上停止了，他似乎觉得全身的血液刹那间不流动了，虽然脚步声消失了，但可以判断出有许多人站在楼梯上没有动弹。是被发现了？还是偶尔在那里停住了脚步？瞬间难以判断。他躲在物体背后侧耳倾听，好像有声音从上面传来，等到声音逐渐大了以后，才知是笑声，稍顷逐渐变成了哄笑声。

"田代君！"有人在楼梯上清楚地喊道。

他觉得声音耳熟，是在柏原山里枥之木村会场里听到过的声音，顿时全身的血液凝固了。

"稀客，田代君，欢迎你光临！"声音尚未消失，便传来沿楼梯朝地下室走来的脚步声："别站在那里发抖，再上来一点！你要是想摄影，趁现在时间拍个够！尽情地在那里拍摄，不必介意。瞧，那里有机械刨吧！是啊，那玩意儿才是你最想看的吧！不必客气，拍吧！那刨刀刃上理应还沾有黑色斑点，快把它清楚地拍在照片上！"

脚步声来到楼梯中段，与此同时黑暗的地方出现了光束，原来是对方按亮了手电。

"你好好地看看！"他继续说，"借助这光束慢慢地参观。"手电光束在移动。随着光束移动，某物体被照亮了，是半解开的草包，朝上凸出的是加工木材用的机械刨的刀刃。

"瞧，就是它！你看一下刀刃部位！那上面确实有黑色斑点吧？那是血块，是山川议员和记者木南的血。还有，本来想擦洗干净的，那上面还有石蜡屑，那就是你拼命要找的木箱里的东西。"

田代利介迷惘地看着手电光束照亮的地方，灯光虽不怎么亮，但那里确实沾有斑点，像石蜡那样的东西在闪光。说话男子又沿楼梯朝下走了两级台阶："你明白了吗？你眼睛大概也看见了吧？我们不得不承认，你在推理上确实下了功夫，就像你判断的那样，我们的行动确实有一部分被你知道了。当然，在你之前还有一个前辈，叫木南君。"

这时，上面传来脚步声。田代利介明白了，那么多人站在那里是等待命令。

"说到木南君，他比你稍早一些靠近我们，虽说是优秀记者，杀了他也怪可惜的，但我们是出于防卫，不得不对他采取过激手段。山川议员是政界大人物，他的死因一旦被木南君知道，我们就会彻底完蛋。可惜呀！我们把他引诱到附近处决的。我现在告诉你处决他的方法吧！因为，我现在就是把所有经过全部告诉你，也用不着担心什么后果。这意思，我想你明白了吧！"

这话宛如电流传遍了田代利介的全身。说话男子的意思，是意味着自己必死无疑。地下室漆黑一片，没有逃离的出口，唯一出口已经被说话男子和他的同伙堵住了。

"杀害木南君的地点是柏原的河井家，你来窥探过的！"

田代利介猛地恍然大悟，记得那天晚上站在那幢空屋门前时有莫名的寒气袭来，原来那里竟然是杀害木南的现场。这么说，当时自己正要用照相机朝对方拍摄时，怒气冲冲的河井是……

"是的，河井文作也确实见过你！河井文作，当时的文作就是我。"男子继续笑着说，"接下来，我就说说木南的情况吧！木南君来走访我的那个家，他的敏锐观察能力，就连我也佩服得五体投地。尽管可怜，但我还是在那里让他变成了一具尸体。

"且说，我们是半夜运送尸体的，是在枥之木村的某幢房屋里将尸体肢解，再把尸块浸在装有石蜡油的木箱里，凝固后把木箱运送到柏原街道的木材加工厂里，采用与处置山川议员相同的方法销毁了尸体，即把新的石蜡刨花屑和木料刨花屑混合后撒到野尻湖畔。这样的弃尸方法，是我们的发明！"

河井文作没有立刻下来，而是陶醉于自己的"演说"。"田代君，听得见我说的话吗？"

田代利介没有吭声。

"你大概不会听不到吧？像我现在说的那样，杀人容易，但处置尸体是杀手们难以解决的共同烦恼。我们也曾为此感到棘手，杀了山川议员后尸体怎么办？有建议说，把尸体埋在泥土里；有提议说，把石块绑在尸体上沉入大海。可是我不赞成。那样做，尸体总有一天会被发现，岂不是更加烦恼。我也想过肢解尸体，然后分散掩埋尸块。但是一旦某尸块暴露，也会将我们置于困境。究竟如何处置，尸体才会从世界上彻底消失呢？我们绞尽脑汁，最后想出了蜡封尸体的方法！"

田代利介站在原来的位置听完河井的上述介绍，觉得生命已经危在旦夕，自己正在一步步朝死神靠近。河井文作以田代利介生命的最后时刻幸灾乐祸，不停地演说，说话结束的瞬间无疑将是田代利介最后时刻的到来。

"蜡封尸体的主意来自于我，是最佳匿尸方法，灵感来自于尸体解剖后用显微镜查验局部尸体的方法。我们用蜡封裹尸块后再用特殊机械刨切削，再将石蜡尸屑和普通刨花屑混合在一起到处抛撒。该方法奇特，用它处置尸体神不知鬼不觉，无人知晓。因为在风的吹动下，石蜡尸屑将和刨花屑与大地的尘土混合在一起。"

"为了……"他收敛笑容又说了起来，"处置尸体，先要肢解尸体，需要肢解和蜡封尸块的场所，其次需要机械刨切削的实施场地。上述两个地点，我们不是一起考虑的。最初制订的计划，是装入木箱蜡封后系上重物沉入湖底。当然也不是扔在一个地方，而是扔在信州的各个湖里。然而木箱引起了你的怀疑，是因为我的同事粗心大意，没有察觉到你的存在。伤透我脑筋的是，你一而再再而三地想了解木箱里的货物……"

河井的声音在继续："为此，你还鼓动木南君参战。而木南君居然对两条湖的湖底展开打捞作业，这对我们来说太危险了。你刚回到东京，我们便从两条湖底把木箱打捞起来。后来尽管报社展开了大规模的搜寻，也还是一无所获，太辛苦他们了！"

河井嘲笑道："不过，到底是木南君比你更具慧眼，在你追查几乎没有进展的时候，他却快速闯到了我们身边，简直是近在咫尺！木箱秘密也好，尸体处置方法也好，他都了解得一清二楚！那后来，你满不在乎地步木南君后尘追踪我们。那可能不是你的智慧，可能是木南君写信告诉你的吧？"

楼梯上脚步声越来越近了，河井又朝下走了三级台阶，距离地下室地面只剩数级台阶了。

"怎么样？我说得没错吧？"那声音与地下室之间的距离变近了，就像在虚幻世界里说话那样响起了回音。

"你在柏原街道旅馆住宿，当时我好像警告过你，可你把它当作耳边风。于是，我们计划诱拐你到枥之木村。没想到，你还真上了我们的当。遗憾的是，我们内部有人犯错，不，我们内部出了叛徒，使我们无法在那里让你与世界永远隔绝。"

田代利介听河井说到叛徒时猛地吃了一惊，说话男子指的也许是雾女吧？分析他刚才的说话语气，她也许被处置了。田代利介打算反问对方，可对方说话的语气似乎有意不再涉及该话题："当时被你逃脱虽说是遗憾，可机会仍在我们这里。你回东京后盯上这家疗养所，那情况我们清楚，因为我不断让部下了解你的行动。你以杂志社摄影记者名义来这里，我们估计你会执意进入地下室。为此，我们事先在走廊上撒草席屑，伪造了一条引诱你来地下室的路。"

河井不可思议地笑着说："你不偏不倚地进入我们为你张开的口袋。你是一流摄影师，本不该干涉我们的工作，可你却对与你无关的事产生浓厚的兴趣，以致落到这种悲惨的地步。我为你想过，值得同情，但从我们的立场出发，是不可能让你平安无事回去的。

"田代君，我说到这里，你应该明白自己的处境了吧？你背后的地下室，除我们这里以外没有其他出口。并且上面的楼梯口，已经被我的同事们堵得严严实实，插翅难飞。"楼梯上传来响声，河井终于走到了地下室。

"田代君，我们的解说大致就到这里，你如果还有什么疑问，我可以趁你活着的时候回答你，也算是为你饯行吧！你看呢？"

田代利介从隐蔽的地方走了出来，既然到了这种地步，必须清楚自己的处境，眼前似乎浮现出山川议员和木南记者的临终情景，想到自己也遭同样厄运，反而胆大起来。

"你说说……"田代利介开始说话，"杀害山川议员的理由？听了你刚才的解说，我清楚了你们杀害木南记者的理由。请问，你们为什么要杀害山川议员？"

"你原来想问这个！倒是名副其实的问题。"河井说，"我们呢，是受某人之托。他不希望山川议员继续活在这世上。"男人说话的声音，仿佛从虚无缥缈的世界传来。

"那，我也察觉到了！"田代利介说，"这么说，你们是职业杀手？"

"说我们是职业杀手不太合适。"说话男子满不在乎地笑了，"不过呢，田代君，如果没有其他适当的措辞，你那样称呼我们也没有什么大不了的！其实啊，我们与山川议员并没有什么个人仇恨，杀人的动机并非都出于个人之间的恩怨。"

"谁委托你们的？"

"那不能对你说！对不起，就这个问题我不能回答你，请原谅！"

"你不回答我也大致清楚。山川议员是政界大人物，是 A 企业开发中部地区项目的有力支持者。因此我想，委托你们杀害山川议员的人大概是一家竞争该开发项目的大企业吧？说得确切一点，可能就是拥有该疗养所的那家大企业吧？"

"随你怎么想象都行，但我们不能告诉你，只是你执意说我们是受某企业委托，这让我们感到为难。我们不仅为钱，也是为了报答那个人，因为那个人是我们的大恩人。"

"果然是这么回事！照这么说，那个人与这家大企业之间的关系很密切吧？"

"那情况我们不清楚，我们呢，只是受恩人之托，做忠人之事。山川议员所持的政治立场与我们的恩人完全相反，因此，只要我们的恩人感到为难，我们就必须对使我们恩人难堪的山川议员下手，请他从地球上永远消失。

"这因果关系，想必你也早已知道了！第二次世界大战结束后日本发生过一起他杀案，政界某大人物遇刺身亡后被伪装成卧轨自尽的假象。即便像那样的他杀案，杀手跟大人物之间也没有任何个人恩怨。而我们现在的立场与当时杀手们的立场也是相同的……"河井的声音在继续，"从某种意义上说，杀人对于我们来说是至高无上的使命。"

"杀人是至高无上的使命吗？"田代利介反问。

"人有各种立场，无论你怎样指责，我们都必须按自己的想法实施。"

"你是首领吗？"

"嘻嘻，哎，算是吧。"河井讥笑道。

"请允许我问你杀害山川议员是否让榆树酒吧妈妈桑受了连累。"田代利介叫嚷。

"你说得对！榆树酒吧妈妈桑做了一件不该做的事。这正如你推断的那样。好吧，说给你听听。"河井用解释的语气说，"榆树酒吧的妈妈桑喜欢上了山川议员，但我们不知道妈妈桑是怎么想的，好像是为生意向山川议员提供了什么服务。我们在杀害山川议员之前，必须先把他软禁在某个地方。我这么说你可能明白，所谓某地，其实就是这里。田代君，就是你现在站的地方！"河井伸出手指示意地下室。

"且说，山川议员不是一般人物，我们应该表示点敬意。可不凑巧，我们都是男人，照料山川议员有点煞风景。出于礼貌，我们考虑给他相应的待遇，于是榆树酒吧的妈妈桑被选上了。这是我们选上她的。他俩从银座夜总会出来时被我们逮住了，现在我可以明明白白地告诉你，山川议员就是在这里……"

河井说到这儿，稍稍停顿了一会儿，接着又继续道："我们请山川在这里逗留了两天。其间请榆树酒吧的妈妈桑照顾他，之所以让他逗留两天，是因为处置尸体的准备工作尚未结束，就是那块空地上我们对外声称建造肥皂厂的那个工地。

"其实，建肥皂厂只是个幌子，正如你推断的那样，我们在烧煮石蜡油，一旦准备工作就绪，我们就立即结束了山川议员的生命。至于方法就不用解释了。总之软禁在这座地下室里无论怎么大声喊叫，声音也不会传到外面。这么多人对付一个山川议员，不费吹灰之力。"

河井这么说完再一次朝田代利介那里走了一步，犹如演员在舞台上边说台词边挪动脚步一般："榆树酒吧妈妈桑是紧接着被处死的，至于把她的尸体埋在树林的泥土里，那是我想过的，纵然尸体被发现也不会产生山川议员那样的影响，社会上多半会认为她的死与痴情有关。"

"你们杀害出租车司机小西的理由，是因为他亲眼目睹了榆树酒吧妈妈桑在那辆车上？"

面对田代利介的提问，河井沉默片刻后用同样语调答道："没错！那司机也值得同情，但是我们为了保住秘密不得不那样做。看见了对于我们不利的事情，那就是他的不幸。"

"有必要非把他处死吗？你们草菅人命杀害了无辜！"

"无论你说什么，我们也是不得已而为之。小西司机如果仅仅是看见，多半不会有什么牵连。可他把看到的情况告诉附近的人，这对我们非常不利，这样做让我们感到很为难。"

小西司机把他看到的情况告诉了别人，田代利介也是从久野那里听说的。河井说，那司机如果不对别人说自己看到的情况，也许不会遭遇灭顶之灾。无辜的小西司机就是因为对别人说了，才被这伙罪犯剥夺了生命。

"找借口诱拐小西司机也是我们干的。"河井接下来解释说，"司机丝毫没有怀疑，按照我们说的来了，而且是来到完全属于我们掌控的某地。"

"你说的某地就是天龙河工地吧？"田代利介回忆后说道。

"是的，我们的人也早已埋伏在那里。你大概知道××开发股份有限公司的工地吧？天龙河工地有我的同事，把小西司机带到悬崖上后一把将他推了下去。警方到场后的结论，好像是失足坠亡。"河井接着说，"凡是妨碍我们的人，我们将一个不留地送他们上西天。我们所做的事情一律不允许半途而废，为此，虽说榆树酒吧妈妈桑并未干什么妨碍我们的事，可我们还是请她离开了世界，好在警方作为一般他杀案件展开侦查的。按照一般凶杀案侦查，真相是不可能明白的。哎，田代君，你已经没什么要问了吧？"

河井扬扬得意的声音在洞窟般的地下室里回荡，一个犯罪团伙的头目坦白了所有犯罪事实。与此同时，也意味着剥夺田代利介生命的时刻来到了。他在杀害田代利介之前，炫耀了他们的犯罪恶行。脚步声走近了，田代利介意识到自己生命的最终时刻来临了。

"田代君，别一声不吭，如果还有要问的事情，就剩现在的时间。哎，什么都可以问，也算是为你饯行吧！"

田代利介在黑暗里与朝自己跟前走来的河井面对面地站着，充其量距离只有六米左右。"好，我问你，那女人现在怎么样啦？"

"女人？"

"她是多次警告过我的女人，也是被你们称为叛徒的女人。请允许我问你们，她和你们之间是什么关系以及她的身世？"

"原来是这个！"对于是否回答该提问，河井本人迟疑了一会儿，似乎不知该如何解释，"这倒是让我感到困惑的提问。"河井继续说，"看在你生命也就剩下数十分钟的面子上，就回答你吧！她是我们一个成员的妹妹，你应该在柏原街道见过她。"

"果然是那么回事！"田代利介想起一女渔民从船上来到野尻湖岸的身影；想起自己在柏原街道行走时那女人进入胡同的背影。还有自己沿胡同朝里走，走访的对象竟然是河井。

"那女人不是你妹妹吗？"

"是那么回事！但她最后还是没有与组织保持一致，在重要时刻放跑了你。"

"我万没想到是这么回事。"田代利介说，"你们没把她怎么样吧？"假若女子身上出现变故，那是因为帮助自己逃跑的缘故。霎时间，他的眼前浮现出她拂晓时分站在朦胧薄雾里的身影。

这时，有三个男子沿着楼梯朝地下室方向涌来。当他看见走在最前面的男子时，瞬间一切都明白了。尽管地下室很黑，可一看特征便立刻明白，就是那个老相识矮胖男子，跟在身后的是刚才自称三木主管的男子。

这会儿，他突然想起来了，从九州回到东京去榆树酒吧喝酒那天，吧台那里，有一个男子与矮胖男子紧挨着坐在一起。当时，榆树酒吧的服务小姐好像还告诉过自己，那男子是××开发股份有限公司的三木先生。

田代利介不得不醒悟，自己生命的最终时刻就要来临，在这暗无天日的地下室里，无论怎么叫喊都不会有人听见，自己死定了。

"已经没有时间了，"矮胖男子对河井说，"快干掉他！"

此刻，田代利介也看见了站在矮胖男子和三木主管背后的男子，他惊呆了！在来自楼梯上面的朦胧光线里，对方的身体轮廓是那么熟悉，但又觉得绝对不可能……

"喂，站在背后的那个人，你不会是久野吧？"田代利介脱口问道。

地下室里一片沉默，被问到的男子吃了一惊。

"哈哈哈哈……"河井像炸弹爆炸那样笑了，还冷不防用手电照亮那个男子。

暴露在光束里的果然是久野，表情僵硬。

"咦，怎么是你？"田代利介蒙了。刚才由于觉得太像久野而随便问了一下，然而做梦也没想到那人还真是久野。

"久野君，你……"田代利介凝视着久野的脸。

"怎么？吃惊了？"河井得意地说，"久野君已经加入了我们的组织。他提供的情报，为我们摸清你的行动起到了非常关键的作用。就说今天吧，如果没有久野君提供的情报，诱骗你到地下室来大概也不会这么顺利。"

他万万没有想到久野竟然成了犯罪团伙的成员，细细回想也不是没有预兆。自从他俩一起去天龙河查看司机遇难现场以来，就觉得久野的言行举止变得可疑起来。打从信州回来后，又隐约感到久野的言行举止像是在了解自己的行踪。最可疑的，就是久野今天早晨打来的电话。尽管如此，田代利介还是不明白久野为什么要加盟这个杀人团伙。

　　"久野君，"田代利介说，"我跟你是长时间的朋友，压根儿都没有察觉到你竟然是这犯罪团伙的成员。可你原来不是的吧？我想问你，你为什么要加入犯罪团伙？"

　　久野视线朝下，没有立刻回答。

　　"好吧，我来替久野回答你吧！"河井说，"久野君呢，他不是你那样冒冒失失的糊涂虫，不是你那样为无聊的好奇而毫不在乎自己生命的人，在接受我们的警告后立刻觉悟了……"

　　河井话音未落，久野接上去说，似乎是否认河井说的话："我是搞摄影的，你也清楚我一直去许多名人家为他们拍摄吧？"久野的声音在颤抖，"我不能说出他的名字，总之是非常有恩于我的人，为了他，我可以置自己的生死于度外。今后是怎么回事，田代君，也许已经没有说的必要，因为谁也不知道人活着的时候是什么命运。总之，这是人的力量无法左右的。"

　　突然，一男子匆匆跑到楼梯半腰那里大声叫嚷："糟啦！我们被大队警察包围了，快跑！"随后慌慌张张地沿楼梯朝上跑去。

　　"嚷什么！是大队警察？"河井及其同事慌了神，三脚并两步地朝楼梯那里跑去。

　　"趁逃跑前把这家伙干掉算了！"矮胖男子喊道，随后朝着黑暗里站着的田代利介扑过去。就在这千钧一发的时刻，头顶上响起仿佛可以撼动整个建筑的雪崩似的响声。田代利介不顾一切地朝地下室里面跑去，途中不知被什么东西绊住，跌跌撞撞地朝前跑了几步，接着又被绊住摔倒在地上。

"妈的，快撤！"有人嚷道。

黑暗里，大家你推我搡，纷纷跑出地下室朝楼梯口涌去。这时候，头顶上方还是传来巨大的响声，有皮鞋声、有东西倒地声、东西损坏声、殴打声和怒吼声等乱成一团。瞬间，地下室里的罪犯跑得无影无踪。地下室上面是激烈搏斗的响声，地下室里却像洞穴那般宁静。从楼梯上面射入地下室的一道光束里，灰尘像雾那般翩翩起舞。

地下室上面的嘈杂声在整个病房建筑物里蔓延，远处传来的车轮声沿地面清楚地传到地下室里。田代利介感到自己的生命在瞬间转危为安了，此外什么也没有想，出神地听着脑袋上方的响声。

抓捕行动结束了，犯罪团伙无一漏网。田代利介不明白，大队警察怎么会闪电般地冲进疗养所。在袭击犯罪团伙的警队队长解释下，他才清楚了警察行动的来龙去脉。

"给我们警方提供线索的是木南君！"

"什么？木南？"

"是这样的。木南临死前寄给我们一封信，我们根据信上提供的线索早就展开了秘密侦查，在田代利介接近罪犯的时候，我们也已经掌握清楚了，也一直尾随在你身后。"

田代利介做梦也没有想到会有这样的事。

"今天早晨，你的一个叫久野的好友来警署提供情报，说你今天深入××开发股份有限公司追查线索，还说犯罪团伙也已经拟订了诱杀你的计划。"

"什么？是久野来举报的？"田代利介不由得大声问道。

"是的。久野先生说自己因为胆怯也被拉进了犯罪团伙，但无论如何不能让好朋友被杀害，还说自己已经清楚将被送上法庭问罪，恳请警方救出田代君。"

田代利介叹了一口气，觉得久野的心还是善良的，自己的生命是因为久野才获救的。他在心底里暗暗发誓，一定要尽自己最大努力去有关部门奔走，以减轻久野的刑罚。

"接到举报，我们一大早就出发在那家公司疗养所周围实施监控。当看见你走进疗养所后，我们警方立刻包围了疗养所。其实从某种意义上说，你担当了诱饵的角色，我们警方只要抓住罪犯将要杀害你的现场，不管他们是否承认，根据法律可以把他们作为现行犯逮捕。是的，该案背景复杂，还是高智商犯罪，还牵涉到政党里的某些恶魔，因此在没有掌握确凿证据之前我们无计可施。"

田代利介离开警署时，夜幕降临了。久野被拉入犯罪团伙，完全出乎他的意料。也许，人会在某时因为某种动机而偏离正确的人生道路，好在久野勇敢地告别不归路重新站了起来。尽管有过被拉入犯罪团伙的经历，可他本身没有犯罪，多半会被法庭宣告无罪释放吧？

他打心底里感激，久野在自己危难时刻请求警方营救自己的友情。走着走着，黑暗里浮现出一个女人的身影，朝他旁边走来。

"田代君。"

"啊，你……"

她的脸在昏暗光线下浮现，宛如在雾中飘浮。

"你这段时间里到底怎么啦？"他站在她跟前哑然失色。

"我刚才是跟田代君在一起呀！可是我早就在那里了。"

"什么，你也在疗养所的地下室里？"

田代利介回想起在漆黑地下室里绊倒时，触及过柔软的物体。莫非就是她？借助大队警察蜂拥而入的鼎沸声，她再一次救助了自己，但是自己当时并没有意识到。

"我是在长期的噩梦里度过的。哥哥甚至把我也当成了牺牲品。哥哥他原先是当地的没落地主，对于金钱的贪欲和碍于某政客的情面而落到了这种地步……"

不知什么时候，他俩走过了护城河畔。

"我父亲原先拥有土地，与当地政党有关系。在家里，哥哥是长子。"她说，"那时候，我们家在当地有一点知名度，哥哥打算继承父亲的遗志。可第二次世界大战结束的时候，几乎所有的土地都被夺走了。哥哥感到失望，立志将来进入政党。他没有舍弃那样的梦想，与中央某政治家结成同盟，而且关系非同一般。该政治家尤其贪恋权力，终于使我哥哥陷入不幸的境地。"

"那么，你也是，"田代利介说，"听从哥哥的吧？"

"哥哥性格固执，再者枥之木村的村民都站在哥哥这边，光我一个人对付不了他。"她说完眼睛朝下看着地面。

"我还不知道你叫什么呢？请允许我问你的姓名。"

"我叫礼子。"

"礼子……"他在嘴里嘀咕。

记得在雾蒙蒙的黎明峡谷里，她那朦胧浮现的身影在形象上与礼子这名字完全吻合。总之，一切都已经成为历史……该案最坏的家伙是谁？是犯了罪的家伙？还是在上面操纵的大人物？

周围风和日丽，然而平静的背后隐藏着很深的黑影，他们目空一切，在黑暗中操纵着今天的社会。祥和与安宁只是表面现象而已，而怪物依然在日本看不见的黑暗深处徘徊。

　　"是叫礼子小姐吧？"他说，接着彬彬有礼地问道，"从现在起，可以跟我交往了吧？"

　　"嗯，嗯。"礼子点点头，抬起脸来望着他，眼眸里流露出接受他和赞同交往的眼神。他俩步行的地方没有其他人影，只有那里才是无人地带。

　　"为了找到你，我用去了很长时间。"

　　他嘟哝的声音脱口而出，那是因切身感受而迸发的，确实是漫长的时间。他在那段时间里经历了许多许多，倘若一切都过去了，与什么都没有发生没什么两样；不同的仅仅是，眼前崭新而又充实的生活正在朝他招手。

译 后 记

叶荣鼎

当我完成三部中的最后一部译稿时，一阵扑鼻的粽子香味从厨房传来，我这才想起，已经快到端午节了，自己在忙忙碌碌中又度过了一段翻译岁月。从春天开始耕耘，经历了酷暑和严冬，放弃了所有的节假日，几乎是每天埋头于这三部小说的翻译，一心希望尽可能早些把优秀的异国文化送到读者手里。可是怎么也快不了，语言转换是非常艰巨的工作，因为它不仅是字面上的 180 度转换，而且要准确无误地传递异国文化，并恰如其分地传送作者的创作思想。原著作家松本清张在日本古今作家中排名第八，曾获得芥川奖等大量文学奖项，写作手法及其对社会观察的深度和广度与其他日本作家不同，因而在翻译过程中，我经常不得不停下笔来琢磨多时甚至多日，查阅有关资料，否则难以下笔定稿。

我是 1981 年考入宝钢翻译科从事翻译工作的，1982 年开始涉足文学翻译，1983 年发表处女文学译作，从此一发而不可收拾。此后，两度赴日留学，一边深造一边继续翻译文学作品。2000年，我翻译的江户川乱步小说全集《少年大侦探系列》（现名为《少年侦探全集》）26本获得国际APPA文学翻译金奖。于是借这股东风，我又翻译了江户川乱步小说全集《青年大侦探系列》（现名为《青年侦探全集》）20本。这期间，受聘于东华大学担任翻译与文化硕士生导师教授、三峡大学特聘教授、扬州职业大学商务日语专业带头人兼职教授以及其他大学的讲座教授，出版了《日语专业语篇翻译教程》等5册专著。

由于翻译过程中涉及许多学科，因而要求翻译人有一定的知识面，何况日本属于经济持续发展的大国，因而我在翻译的同时，研究了翻译、文学、哲学、政经、经营和环境等学科，好在我在日本的大学和大学研究生院里学过这些课程。

在我近38年的翻译历程中，松本清张与江户川乱步一样，是我最喜欢的日本作家之一。翻译他作品的时候，你会感受到他的创作激情，他对社会敏锐的洞察力，他对平民始终有高度的责任感，为百姓鸣冤、鞭挞社会阴暗面，歌颂美丽的东方风土人情和大自然等。有学者说，阅读他的作品等于浏览和解读日本社会，同时能领略东方文化的博大精深和大自然的神奇美丽。我在演讲时跟大学生们说，欣赏松本清张的作品时必须静下心来细细品味，切勿像阅读侦探小说那样只看情节。

翻译是文化现象，而文学翻译是翻译领域里的最高殿堂，是推动文明社会发展不可缺少的组成部分。一个国家的文化里或多或少会融入异国的优秀文化，在吸收过程中必须经过碰撞、磨合、融入三阶段。通常，对优秀异国文化吸收得多的国家，其经济等各方面的发展也会突飞猛进，同时语言的丰富和改良的速度也是日新月异，使语言走可持续发展之路。因此，翻译人的心里应该时时刻刻装着读者，配合出版社不断了解读者心里在想什么，读者的阅读欲求是什么，在满足读者的同时还要引导读者读好书，读有利于驾驭自己人生航船的好书。

　　《黑影地带》鞭挞了某国会议员勾搭多个情妇姘居，结果受其中一情妇引诱而陷入政治劲敌设下的圈套死于非命。作为国会议员，肩负着选民们赋予的重任和厚望，理应处处严格要求自己。他在男女关系方面非但不是社会的楷模和榜样，还反其道而行，最终断送了自己的生命。同时，小说歌颂了主人公为了纯洁的爱情，为了帮助对方早日摆脱犯罪泥潭，被卷入酒吧妈妈桑和国会议员被害的凶杀案而出生入死、历尽艰险，不仅获得了真正的爱情，还使对方在他的正义感召下弃暗投明，金盆洗手。

　　《黑色福音》展现了侵略战争失败后的日本在一个时期里饱受西方的凌辱，即便在被视为净土的天主教堂里也是如此，神父不仅无视日本法律从事黑市贸易，还猖狂走私和贩毒。而日本高官为了迎合自己的需要草菅人命，出卖国家利益，给神父提供保护伞。同时，神父违反神圣的禁欲教规，与日本女子姘居，还有神父利用女信徒的虔诚肆无忌惮地进行性骚扰。一日本姑娘天真幼稚，明知神父不能与之结婚还是满足他的性欲，从而走上了死亡之路。宗教信仰是自由的，但必须全面了解宗教的清规戒律，尤其与神父接触的年轻信徒，千万不能在感情上越雷池一步。因为此"信"不等于彼"性"。

《黑点漩涡》怒斥了电视行业十佳收视和排行榜的猫腻，当中存在舞弊现象，无视公开、公平、公正和透明的评比原则，出现了本不应该有的不和谐之音，扰乱了正常的社会秩序。富有正义感的副科长伪造写信人姓名给报社写了一封读者来信，揭露了排行榜评比背后的内幕，没想到被上司识破而被迫离开了收视调查公司。他尽管富有正义感且已有家室，却也好色，在有职有权期间勾引有夫之妇，而该有夫之妇又被另外的有妇之夫勾搭上，由此形成了奇异的三角婚外恋关系，最终这三个人以他杀和自杀的形式先后去了天国。如果这位副科长只把爱情献给自己的妻子，加上他的正义感和责任感，可以依法律程序在荡涤社会丑恶现象上出力，即便受到打击报复也还可以留下英明和先进事迹，而不应该落得这样的结局。

由此可见，只有《黑影地带》里描述的情恋才是社会提倡的，因为它是无配偶当事人之间真心相爱的恋爱关系；而性恋和婚外恋，是有悖于婚姻道德和一夫一妻制的，应该老鼠过街人人喊打，让他们在今天的社会里永无立锥之地，以建立和维护正确的婚姻文化。我们的共和国大家庭是由千千万万个夫妻家庭构筑起来的，家庭稳定是构建和谐社会不可缺少的重要组成部分。同时，未婚年轻人在选择恋爱对象时切不可一时冲动，切勿步《黑色福音》女主人公的后尘，稀里糊涂地登上断送自己前程的破船。

构建和谐社会，除上述必备要素外，还应该健全公开、公平、公正和透明竞争的社会秩序。尤其是收视率、销售排行榜和评奖之类的评比活动应该纯洁，主办单位更应该自律、自重、自觉接受监督，防止《黑点漩涡》里的阴暗面出现，杜绝不和谐之音的产生。企业是经济体，是社会大家庭的重要成员，也是人们通过辛勤劳动和智慧换取生活报酬的重要场所。因此保证企业在正常社会秩序下展开竞争，是发展企业和构建和谐社会必不可少的要素。

《黑影地带》《黑色福音》和《黑点漩涡》，由日本平民大作家松本清张创作，确实都是难得的好书。为了它们的中文版问世，我付出了近一个春秋的岁月，眼角上多了纹，脑袋上多了白发，然而这辛苦是值得的。因为，我为社会文化的发展引进了优秀的异国文化，让读者们有机会在日本平民大作家松本清张构建的丰富而又高尚的精神世界里徜徉，吸取营养，学得怎么做人，学得怎么把握自己，学得怎么辨别真爱情和伪爱情。

36年来，我为中日文化交流翻译了著作逾100本、短中篇译作逾300篇、翻译字数逾1000万。其中，我翻译的《江户川乱步小说全集》46本被珍藏于坐落在作者家乡日本名张市的江户川乱步纪念馆里，荣获日本颁发的翻译《江户川乱步小说全集》感谢状，还先后荣获如下殊荣：

国际亚太地区出版社联合会APPA文学翻译金奖，国家新闻出版总署三等奖，上海翻译家协会荣誉证书，《大世界基尼斯外国文学译著数量之最》证书，上海市科技翻译学会突出贡献奖，入选上海市委组织部《上海留学人员成果集》。

今天，在上海三联书店和日本新潮社的支持下，我翻译的《黑影地带》《黑色福音》《黑点漩涡》终于问世。我深信，本文学系列将在中国大地上畅销和长销。

一部巨著的诞生凝聚着许多同仁的心血，谨此，感谢上海三联出版社总经理陈启甸、总编辑黄韬、责任编辑陈马东方月和其他相关工作人员，感谢宣传和推介本书的中日新闻媒体，感谢我国广大读者对本书的青睐。谢谢！

2018年端午节于上海东华美寓所

图书在版编目（CIP）数据

黑影地带 / [日] 松本清张著；叶荣鼎译. —上海：
上海三联书店，2019.7
ISBN 978-7-5426-6638-3

Ⅰ.①黑… Ⅱ.①松… ②叶… Ⅲ.①长篇小说—日
本—现代 Ⅳ.① I313.45

中国版本图书馆 CIP 数据核字（2019）第 042034 号

黑影地带

著　　者 / [日] 松本清张
译　　者 / 叶荣鼎
责任编辑 / 陈马东方月
封面设计 / 零贰壹肆设计工作室
监　　制 / 姚　军
责任校对 / 叶学挺

出版发行 / 上海三联书店
　　　　（200030）中国上海市漕溪北路 331 号 A 座 6 楼
邮购电话 / 021—22895540
印　　刷 / 上海盛通时代印刷有限公司

版　　次 / 2019 年 7 月第 1 版
印　　次 / 2019 年 7 月第 1 次印刷
开　　本 / 889×1194　1 / 32
字　　数 / 310 千字
印　　张 / 11.75
书　　号 / ISBN 978-7-5426-6638-3 / I·1504
定　　价 / 45.00 元
敬启读者，如发现本书有印装质量问题，请与印刷厂联系 021—37910000